일본 그 슬픈 악연

일본 그 슬픈 악연

한국여성문학인회

도서출판 답게

차례

제2부 일본의 실체를 해부한다

머리말

정 연 희(소설가)

    한국 땅이 하늘을 향해서 똑바로 일어서면 일본은 왼편 팔처럼 가까운 땅이다. 어쩌면 수수만년 전에는 한덩어리였을는지도 모를 땅이 현해탄이라고 부르는 대한해협을 사이에 두고 갈라져 있지만, 첨예한 이해관계가 없는 경우, 정치인들끼리는 일의대수(一衣帶水)라는 말을 빌려 두 나라의 사이가 얼마나 가까운 사이인가를 강조해 왔다.

    그러나 그 한 뼘의 바다를 사이에 두고, 일본은 참 질기게도 한국 땅을 건너다보며 침략을 일삼아 왔다. 그것이 총칼로 도륙하고 땅을 짓밟아 초토화시키던 잔인무도한 전쟁만 아니었다면, '저 바다가 없었다면……' 바다를 원망하며, 옛날 한덩어리였던 고향 땅에 대한 집념이 아니었을까 싶을 만큼 끈질긴 집념(執念)이었다.

    아직까지 풀리지 않는 수수께끼는, 19세기 말엽 중국·러시아·미국·독일·영국 등 온갖 강대국이 동북아시아의 발판으로 삼으려고 호시탐탐 노리던 한국을 어떻게 일본이 차지했는가, 한국 땅에 중국을 끌어들여 승리를 따내고 재차 러시아를 끌어들여 혼줄을 낸 뒤에 이 땅을 식민지로 차지한 일본은 누구였는가 하는 일이다.

　최근, 일본의 아사히(朝日) 신문은 '식민 지배 120인의 육성(肉聲)'이라는 제목으로 상세한 기사를 보도했다. 당시 조선총독부의 정무총감, 경찰부장, 기업인 등의 생생한 증언 기록을 발굴 보도한 것이다. 한국을 차지한 일본 군부(軍部)의 갖가지 무도(無道)한 정책을 여실하게 볼 수 있는 기록이다. 한국에 대한 일본의 동화정책(同化政策)이 얼마나 무리였는가를 자인한 내용이다. 한국 땅에서 값나가는 것을 모조리 빼앗아 간 것은 물론 가차없는 공출로 이 땅의 사람들을 굶주리게 만들고, 공창제(公娼制), 전매청제도를 만들어 도덕성을 무너뜨리고, 전쟁을 저질러 한국청년들을 전쟁터로 탄광으로 끌어다가 무참한 죽음 속에 처박았는가 하면, 정신대라는 이름으로 처녀들을 끌어다가 일본 군인들의 정액(精液)받이를 만든 사실. 조선어 말살, 창씨개명을 강요하여 한국인의 뿌리를 끊으려 했고, 일본 전통종교인 신도(神道)에 대한 신앙을 강요, 천황을 살아있는 신이라 우기면서 천황이 있는 동쪽을 향하여 궁성요배(宮城遙拜), 황국신민 서사(皇國臣民 誓詞) 암송을 강요하면서 이에 불응하는 한국 사람들을 영장 없이 체포, 구금, 고문, 살해했다.

　일본은 감히 우일주의(宇一主義)를 내세워, 일본 스스로 우주를 하나로 만드는 나라임을 자부했다. 천황(天皇)을 살아 있는 신이라 하고 그 신이 일본을 다스리며 천황을 모신 일본이 세계를 다스리게 되리라 우기며 세계를 향해 덤벼들었다. 한국을 강점한 이래, 대한제국의 왕실 궁전이었던 창경궁에다 온갖 동물을 모아다가 창경원이라는 동물원(動物園)으로 만들어 한국을 마음껏 기롱(欺弄)한 나라였다.

　한국 개신교에 대한 일본의 횡포는 끝이 없었다. '나 외에는 다른 신들을 네게 있게 말지니라' 한 십계명의 첫 번째 계명을 훼절 (毁節)시키기 위하여 수많은 목사를 끌어다가 고문에 고문을 자행, 처참한 죽음으로 몰고 갔다.

그 죽음이 우리의 수치를 감싸주는 순교(殉敎) 순국(殉國)의 열매를 남겨 주기는 했지만, 일본의 간단없는 핍박과 말살정책은 이 땅의 사람들을 서서히…… 그리고 진하게…… 돌이키기 어려운 정신적 몰락의 길로 몰고 갔다. 자본주의 경제체제가 원인이기도 했겠지만, 40여 년 간 일본의 군국주의의 군화 아래 짓밟히던 이 백성은, 우리가 지켜오던 순수 담백한 가치관을 잃어갔다. 관료주의, 권위주의에 매달려 출세를 못하면 자기비하(自己卑下)에 빠지거나 자포자기에 빠져, 눈앞의 이익만을 위하여 목숨을 거는 야비함을 다반사로 저지르게 되었다.

우리는 식민치하에서 빼앗긴 것들 중에 눈에 보이고 손안에 들었던 것에 대하여 억울해하거나 분해할 일이 아니라는 사실을 깨달아야 한다. 이 땅의 사람들이 지켜왔던 '사람스러움'을 잃은 것에 대하여 통분해해야 한다. 자원을 빼앗기고 아들과 딸을 잃고 국권을 짓밟힌 것보다 더 부끄럽고 원통해해야 하는 것은 그것뿐임을 알아야 한다. 우리가 놓친 주체성(主體性), 가치관의 상실을 통분해해야 한다. 민족정기, 민족혼이 아니라 인간의 궁극적인 자존심을 잃은 일을 통분해해야만 한다.

한국 서해(西海) 쪽의 해류(海流)는 저절로 흘러 일본 규슈(九州) 쪽으로 이어진다. 배를 젓지 않고 그냥 두어도 저절로 닿는 일본 땅이다. 규슈의 미야자키(宮澤), 그 동쪽 산 속에는 낭고송(南鄕村)이라는 곳에 '구다라'라고 불리는 백제리(百濟里)가 있고, 10여

년 전 그곳에 백제관(百濟館)이 세워졌다. 그곳 오지에는 천수백년을 두고 마을 전체가 거룩하게 바치는 제의(祭儀)가 있다. 마을 가장 높은 자리에 신문신사(神門神社)가 모셔져 있고, 신을 모신 단 아래 울울한 고목 그늘에 백제관이 서 있다. 신사(神社)에는 서른 세 개의 동경(銅鏡)과 마령(馬鈴), 칼, 한 뼘 크기의 동상(銅像)과 지금까지 우리 땅에서 쓰고 있는 대형 항아리가 신주로 모셔져 있었다. 그들은 정가왕(禎嘉王)이 가져간 물품들을 그렇게 모시고 있는 것이리라. 그들이 모시는 신(神)은, 나당 연합군에 의해 나라가 망한 백제의 왕족일시 분명한 정가왕이었다. 정가왕께 드리는 이 예배 제사는 지금도 해마다 가장 큰 제사행사로 12월 14일부터 열흘 간이나 이어진다. 정가왕의 사연은 그 아내와 두 아들, 그리고 끝없이 추적해 오는 신라군의 이야기로 극적인 사연을 이룬다. 일본 땅에서 천수백 년 간 신으로 모셔져 온 백제인. 유민(流民)이 되어 흘러 들어간 정가왕을 그들은 신으로 섬겨온다.

토착민의 눈에 신으로 보인 정가왕은 무엇을 가지고 있었을까. 토착민이 접해 본 일이 없던 삶의 양식(樣式), 문화(文化)였을 것이다. 정가왕은 그들에게 농경기술을 가르치고 병을 고쳐주며 삶의 온갖 지혜를 전해 주었을 것이다. 그것은 피차가 자연스럽게 주고받은 생명의 나눔이었다. 국경(國境)같은 것은 존재하지 않았다. 집단이익을 들고 반목하는 짓거리는 처음부터 없었다. 말이 통하지 않았어도, 삶의 양식이 달랐어도, 수용하고 건네주고 나누면서 서로를 익혔을 것이다. 견제(牽制)는 방어(防禦)를 낳고, 방어가 계속되면 침략의 욕구를 따라가는 것이 인간사회의 속성이다. 흘러들어 온 사람으로부터 삶의 지혜를 나누어 받은 토착민은 한없이 감사하는 마음으로 그 사람을 섬겼고, 그가 세상을 떠난 뒤에는 그를 신으로 섬겨 예배했을 것이다.

인구가 늘면서 집단을 이루고, 그 집단이 사회성을 늘려가며 국가의 형태를 만들면서 왕이나 장군 등 권력자들은 약탈과 살인교사(殺人敎唆)를 일삼게 된 것이 국가라는 이름이 자행한 전형이었다. '일본'이라는 나라 이름과 '일본사람'이라는 말이 풍기는 개념은 반드시 일치하지 않는다.

국가권력을 잡은 자들에게는 평민이 안고 살아가는 평화가 없다. 권력이나 세력 속에는 절대로 뿌리가 뽑히지 않는 폭력이 있다. 그것은 악의 전형(典型)이다. 국가라든가 민족이라는 언어 속에도 차별화(差別化), 고집, 이기심 등 잔인한 폭력이 내재해 있다. 그것도 근본적인 악이다.

근대사에서 일본이 저질러온 갖가지 잔인무도한 사건과는 달리, 일본사람에게는 그 나름의 독특한 분위기가 있다. 손잡이가 없이 매끄러운가 하면, 연하고 약한 듯하면서 절대로 속마음을 알아낼 수가 없는 닫힌 마음을 안고 있는 사람들……. 상냥한 인사성, 단정하고 반듯함과 예절바름 등 독특한 사람냄새를 지니고 있다. 그리고 일본의 지성(知性)에는 양심이 살아있는 경우가 드물지 않다. 현재 주오(中央)대학 상학부에 재직 중인 요시미 요시아키(吉見義明) 역사학교수는, 일본군이 자행한 종군위안부 자료를 찾아내고 그것을 과감하게 파헤쳐『일본군 군대위안부』라는 제목의 책을 엮어냈다.

저들 나름대로 이유야 있겠지만, 일본 당국은 자신들이 저지른 갖가지 파렴치한 역사(한국침략, 남경학살, 생체실험, 동남아 여성들을 위안부로 끌어간 사건, 전쟁도발 등)에 대하여 피해 당사국에 대한 일본국의 입장정리를 60여 년이 넘도록 미꾸라지처럼 피해

왔다. 그러나 일본에는 양심을 꾸준히 지키고 있는 지식층이 면면
히 살아 있었다. 2차대전 당시 끝까지 반전(反戰)주의자로 남아 민
족반역자 취급을 받던 지식인들도 상당수 있었고, 요시미 요시아키
교수와 같은 용기 있는 지식인이 할 일을 하고 있다. 그 양심은 일
본의 저력이었다. 역사를 왜곡하고 피해국가에게는 온갖 핑계로 이
리저리 피해가며 결코 진정한 사과를 하지 않는 일본이라는 국가
앞에서, 그들은 일본이 살아남아야 하는 당위성을 양심에서 추출해
내고 있는 사람들이었다.

최근, 일본 도호쿠(東北) 구석기문화(舊石器文化) 연구소의 후지
무라 신이치 부이사장이 저지른 역사유적 날조 사건은 전세계를
경악케 했다. 역사를 왜곡해 온 일본 역사학계의 실체를 뒤집어 보
인 사건이었다. 후지무라는 일본이 천추에 씻지 못할 부끄러움을
연출했다. 일부 일본의 역사학자들이 지금까지 자행해 온 왜곡과
날조, 심지어 창작도 불사하던 뻔뻔스러움이 드디어 그 바닥을 드
러낸 사건이라 하겠다. 그러나 일부 일본의 비양심이 그렇게 허탈
한 일을 저지른 반면, 그 사실을 과감하고 적나라하게 보도한 마이
니치(每日新聞) 신문이 보여준 양심은 또 하나의 충격, 그러나 신
선한 충격이었다. 일본의 지식층이 지키고 있는 양심의 승리였다.
아직도 군국주의를 부활시키려는 망상을 버리지 못한, 일본의 군벌
(軍閥) 극우파의 헛된 꿈의 실상을 벗겨버린 양심의 승리였다. 그
것은 곧 일본의 저력이요 미래에 대한 약속이라고 믿고 싶다.

인간이 에덴의 질서를 파괴하고, 가인이 그 동생 아벨을 죽이는
살인사건이 인간역사의 시발이라면, 일본과 한국의 관계는 한편이
죽게 되는 필연 속에 던져져 있는지도 모를 일이다. 한국의 지성
(知性)은 한때, 극일(克日)이라는 말로 일본과 맞서려고 했었다. 피

해 당사국의 아픔이 곰삭지 않은 분노가 생생했었다. 지금도 일본은 국가의 차원에서 한국에 대하여 한없는 어거지를 쓰고 꾀를 부리고 있다. 스스로가 저지른 일로 그토록 처절한 역사를 거쳐왔으면서도 일본이라는 나라는 결코 겸손해질 줄 모른다.

어쩌면 그것은 국가 대 국가, 민족과 민족 사이의 갈등이 아니라 원초적인 인간악(人間惡)에 뿌리를 둔 불행한 악역(惡役)일는지도 모른다.

우리가 '일본이 누구인가'를 멈추어 생각하자는 것은 그동안 일본이 저질러 온 죄악상을 들추자는 뜻은 아니다. 한국의 억울함이나 한을 풀어 보자는 뜻도 아니다.

역사 속에서 일본이 맡았던 배역은 무엇이었으며, 군부(軍部)가 장악했던 악의 뿌리와 국가권력의 실체는 어떤 것이었는가, 보다 깊고 넓은 의미에서 한국이라는 나라가 담당했던 역할은 무엇이었는지 냉정하게 정리를 할 때가 된 것이다.

역사의식은 공정하고 투철해야 한다. 가해자의 입장에서는 스스로 저지른 과오 앞에 정직해야 하고, 피해자의 입장에서는 고통의 의미를 그 민족의 정신사(精神史) 속에 아로새기되 증오도 한도 승화시키지 않으면 안 될 것이다. 역사의식에 올바른 눈을 뜨지 못하면 피해 당사국은 같은 수치와 고통을 계속 겪을 것이요, 가해 당사국은 같은 죄악을 끝없이 되풀이하게 될 것이다.

근래 일본의 우익 세력은, 전쟁 책임을 전적으로 피해국에게 전가하며 전후(戰後)의 역사기록을 '자학사관(自虐史觀)', '도쿄재판사관(史觀)'이라 비판하고 있다. 2차대전에서 저지른 갖가지 범죄를 감추고 '남경학살은 없었다!', '종군위안부는 상행위였다!', '태평양전쟁은 미국에 대한 방위전쟁이었다!' 등 대동아전쟁 긍정론을 떠

벌리고 있다.

이제쯤 우리는 일본의 실상(實相)을, 그 지리적 여건, 인간의 근원적인 조건을 일본의 역사 속에서, 보다 깊은 통찰력과 따뜻한 마음으로 분석해야 할 때가 왔다고 믿어 이 작업을 시도했다.

일본, 그 나라를 이끌어 가는 사람들도, 그리고 그 국민도 단기(短氣)의 내셔널리즘을 벗어나, 적어도 인류의 미래를 함께 근심하고 그 출구를 함께 찾아 나서는 인간다운 길을 찾기를 기원하면서 이 책의 출간을 시도하고 있다.

제1부
치욕의 정신대를 되새긴다

김순덕 할머니의 작품 <끌려감>

증언의 의무

박 완 서(소설가)

해방되기 전 반년 동안 고향에 내려가 지낸 적이 있다. 서울인구를 지방으로 분산시키기 위한, 일제의 소개령(疏開令)에 의해서였다. 숙명여고 2학년 때였는데 총독부 학무국에다가 소개 가는 지방과, 그 지방에 있는 전학가고 싶은 학교를 미리 신고하고 떠나면 해당 학교에서 소개지로 통지가 오기로 돼 있었다. 나는 개성의 호수돈 여고로 전학가고 싶다고 신청해 놓고 고향집에서 기다리고 있었다. 45년 봄, 종전되기 직전이었으니까 일본의 패색이 짙을 때였다. 소개 가기 전 숙명여고에 재학할 때도 학교에서 수업보다는 군수품 작업에 더 많은 시간을 할당할 정도로 전시체제가 극에 달했을 때였지만 정신대 나가라는 소리는 들어보지 못했다. 내 기억으로는 서울에서는 여학교를 통해 정신대를 강제로 뽑아간 일이 없었다.

그러나 내가 소개해 내려간 고향마을은 딴판이었다. 신작로도 안 통하고 소학교도 십리나 떨어진 벽촌이 정신대 때문에 온통 난리였다. 내가 귀향할 무렵 이웃마을에서 정신대 때문에 아주 나쁜 일이 일어났기 때문이다. 시집 안 간 처녀는 정신대라도 나가야 한다는 면사무소의 엄포가 마을을 공포 분위기로 몰아가고 있을 때였고, 마침 식량 사정도 최악일 때였다. 전쟁이 나고부터 농민들은 수확한 쌀을 공출(供出)이란 이름으로 거의 다 빼앗겨야 했다. 도

시사람들이 배급받는 기준에 따라 식구들의 양식을 남겨준다고는
하나 도시사람들도 허기지게 하는 배급양은 농사꾼의 양에는 턱없
이 모자라는 것이었다. 농민들은 자연히 한 톨이라도 더 빼앗아 가
려는 면서기들의 눈으로부터 안전하게 쌀을 감춰두려고 지붕 밑,
아궁이 속 등 온갖 기상천외한 장소를 다 물색하곤 했다. 아마 요
새처럼 비닐이 흔할 때였다면 우물 속에도 넣어두었을 것이다. 그
럴수록 공출담당 면서기들은 혈안이 되어 칼찬 순사들과 조를 짜
가지고 수시로 마을을 습격해서 쌀을 숨겨뒀음직한 데를 뒤졌다.

그들은 끝에 쇠붙이가 달린 길다란 장대를 들고 다녔는데, 그
쇠붙이는 근래에도 싸전에서 가마니쌀을 사려는 손님에게 가마니
안의 쌀의 질을 보여줄 때 쓰던 것처럼, 푹 찌르면 쌀이 한 움큼
딸려나오게끔 끝은 창처럼 날카롭고 가운데가 반달모양으로 오므
라든 모양을 하고 있었다. 동구 밖에 면서기와 순사가 떼지어 나타
나자 과년한 딸을 가진 엄마가 지레 겁을 먹고 딸을 얼른 마당에
갈잎낟가리 속에다 감추었다. 민심이 한참 흉흉할 때여서 쌀 뒤지
러 다니는 순사를 정신대 잡으러 다니는 걸로 착각한 것이다. 그
집에 들이닥친 일행 중 장대를 든 이가 뭘 눈치챘는지 제일 먼저
갈잎낟가리를 깊숙이 푹 찔렀다. 처녀의 어머니가 비명을 지르며
말릴 새 없이 순식간에 일어난 일이었다. 쇠꼬챙이 끝에는 쌀 대신
피묻은 살점이 묻어 나왔고, 면소재지로 실려간 소녀는 피를 너무
흘려 죽었다고도 하고 시름시름 앓다가 죽었다고도 했다. 유언비어
라고 입막음을 철저히 했기 때문에 수군대며 입에서 입으로 전해
지는 소문은 삽시간에 인근 마을을 공포의 도가니로 만들었다.

마침 그렇게 민심이 흉흉할 때 내가 내려간 것이었다. 고향집에
서의 첫날밤 나는 내 머리맡에서 두런거리는 할머니와 어머니의

근심스러운 목소리에 잠이 깨서 그런 사정을 알게 되었다. 열다섯 살 되던 해 봄이었다. 할머니는 내 또래의 동무들 이름을 대면서 누구는 며칠 전 신의주에 있는 서른 살 먹은 홀아비한테 시집을 갔고, 누구는 징병 갈 날짜를 받아놓은 건너 마을 청년하고 내일모레 서둘러 혼사를 치를 거라고 했다. 시집만 가면 정신대를 면할 수 있다고 해서 딸 가진 집에서는 너도나도 다투어 그렇게 혼인들을 서두른다는 것이었다. 흐릿한 호롱불 밑에 할머니와 어머니가 그런 이야기를 주고받는 걸 자는 척 엿들으면서 무섭고 서러워서 가슴이 오그라붙는 것 같았다. 나는 고향집에 며칠 못 있고 개성시내에 있는 숙부집으로 옮겨갔다. 사는 형편이나 식구가 들고 나는 사정을 서로 빤히 알 수 있는 시골보다는 도시에 묻혀 사는 게 그래도 안전하다는 어른들의 판단에 따라서였다. 어른들 생각대로 개성 시내만 해도 정신대로 인한 공포분위기는 전혀 느낄 수가 없었다. 두 달쯤 숙부댁에 얹혀 있다가 호수돈여고로부터 전학이 됐으니 등교하라는 통지를 받았고, 전학한 지 두 달만에 해방이 되었다. 그동안 내 고향마을의 어릴 적 동무들은 거의 다 울며불며 시집을 가버렸다. 단지 정신대를 면하기 위해.

내 동무 중 정신대에 끌려간 애는 한 명도 없었지만 그때 고향마을에서 일어난 정신대로 인한 피비린내 나는 사건과, 그 사건이 몰고 온 미처 피지 못한 소녀들의 절박하고 무자비한 혼인소동은 오랫동안 내 의식을 짓눌렀다. 쌀가마 대신 창에 찔린 소녀 얘기는 내 소설 중에 여러 번 반복되고 변형되어 나타난다. 증언의 의무 때문이다. 증언의 의무야말로 모진 시대를 살아남은 자의 피치 못할 운명이 아닐까.

알몸

이 규 희(소설가)

"그 사람들에게선 아마 향내가 날 꺼야."

나와 가까이 지내는 한 사람이 일본사람에 대한 호감을 그렇게 말했다. 이유를 물었을 때 서슴지 않고, "정직하고, 깨끗하고, 특히 타인에 대한 배려와 상냥스러움" 때문이라고 그는 대답했다. 나도 그의 의견에 반대할 뜻이 없었다.

헌데, 그 대화를 나눈 바로 그 저녁에 공교롭게도 텔레비전에서 제2차세계대전 때의 정신대 종군위안부에 관한 다큐멘터리가 방영되었다.

어릴 적 식민지 시절에 고향에서 언니들이 정신대에 관해 언급하며 벌벌 떨던 기억이 새로워 밤이 깊은 시간임에도 나는 그 다큐멘터리를 끝까지 지켜보고, 저물녘에 우리가 나눈 대화를 다시 상기했다. 인간의 기억이란 이다지도 철면피하게 배신의 탈을 쓸 수 있는 것일까 나는 자문해 보았다. 허탈했다.

정신대 종군위안부 문제를 마치 처녀막을 찢듯 오싹하는 충격으로 들고 나온 윤정옥 교수는 '일본군위안부 정책은 일본의 조선침략정책의 집약'이라고 말하면서, '일본군위안부들의 증언이 세계의 사람들이 사람의 이면을 알게 되는 계기가 되길 바란다'고 했는데 나는 그 말을 '일본군위안부들의 증언이 세계의 사람들에게 일본사람들의 이면을 알게 되는 계기가 되길 바란다'라고 바꾸어 말해야 된다고 생각했다. 물론 일본사람도 넓은 의미로 세계의 사람에 속하겠으나 군위안부와 같은 만행을 저지를 수 있는 사람들이란 세계의 다른 그 어느 나라에도 없을 거라는 생각에서다.

같은 여성의 입장에서 생존한 일본군위안부들의 증언을 들을 때, 온 몸과 마음에 경련이 일어나지 않는 사람은 아마도 없을 것이다. 꽃으로 치자면 피어나기엔 아직 먼, 한 점 망울에 불과한 열두 살, 열세 살짜리 미성년의 소녀들까지 강제로 잡아가거나 혹은 돈을 많이 벌게 해준다고 속여 데려다가 닭장처럼 누우면 몸에 꼭 맞는 칸막이 방에 가두고 그야말로 닭을 잡듯이 시퍼런 칼을 국부에 꽂아 생살을 찢어 필요한 크기의 성기구로 만든 다음, 덤벼드는 군인들에게 저항하자, 구타당하고 옷도 갈기갈기 찢기어, 그녀들은 단지 알몸으로 존재할 뿐이었다고 한다. 탈출이란 건 상상할 수도 없는 황무지 같은 전선의 삼엄한 경비구역 안에 오직 알몸이 있을 뿐인 그녀들은 덤벼드는 상대 세력이 너무나 거대하여 운명이겠거니 하고 자포자기할 수밖에 없었던 것이다.

일본군위안부 문제가 나올 때마다 보는 이의 마음을 아프게 했던 사진 속의 만삭임부(박영심, 78세)가 최근 평양에서 한 증언에서도 "성노리개가 되는 걸 거부하다가 일본병사가 휘두른 칼에 목이 찔리어 아직도 그 흉터가 남아 있다"고 하지 않는가. 그녀는 "지금도 일본군에 쫓기는 악몽에 시달린다"고도 했다. 하루에 많게는 3, 40명의 군인들을 상대해 아래가 붓고 아파서 발걸음도 옮겨놓을 수가 없었다지 않는가.

일찍이 인간의 성을 이토록 비인간적으로 야비하게 격하시킨 유례는 없을 것이다. 인간으로서 그 이상의 모독은 없으리라. 위안부였던 여성들은 물론 위안부를 만들어 극악하게 농락한 일본군 자신들에게마저도, 이건 전 인류를 분노케 하는 인간타락의 극치를 보여주는 사건이다. 제2차세계대전을 함께 발발시킨 일본의 동맹국인 독일의 나치가 유태인 대량학살로 전세계를 소스라치게 한 것과 맞먹는 가공할 일이다.

나이 어린 소녀들은 월경이 무언지도 모른 채 당한 일이어서 막상 초조가 터져 나왔을 때는 무서운 병에 걸린 줄만 알고 인제 죽었구나 싶어 엉엉 울었다고 했다. 그럴 만도 한 것이 더러 군의가 와서 검진을 하긴 하나, 거의가 성병에 걸려 누런 고름을 흘리거나 하혈을 하는 걸 흔히 보아온 때문이었다. 그녀들은 그 독하다는 606호 주사를 수시로 맞고 알약도 많이 주어 먹었음에도 매독의 감염으로 시력을 잃어 화장실 출입도 다른 사람의 부축을 받는, 처참함 중에도 더 처참한 경우도 있었다고 한다.

그날 저녁의 다큐멘터리는 그런 생지옥 같은 종군 위안소를 탈출하여 결혼을 한 명애(가명)라는 여성의 용기 있는 증언을 다루고 있었다.

재취자리로 시집을 간 그녀는 다행스럽게 곧 아기를 낳았다. 예쁜 여자애였다. 거기까지는 그녀가 바라던 대로 다른 사람들처럼 평탄한 생활궤도에 오를 수가 있었다. 그녀는 누구에겐가 모르지만 감사하면서 겸허하게 살았다고 한다. 이것이 행복이라는 건가 생각하면서. 그러나 그녀의 마음은 왠지 조마조마했다. 원체 무서운 시궁창에 빠졌던 탓에 그 무렵의 평탄한 생활이 도무지 실감나지 않았던 것이다. 또다시 그 무서운 시궁창이 자신의 앞에 아가리를 벌리고 있을 것만 같아서. 과연 그 무서운 운명의 아가리는 머지 않은 곳에서 그녀를 노리고 있었다.

아기가 자라면서 정상이 아님을 명애는 발견하게 된 것이다. 당연히 고개를 가누어야 할 시기가 지났건만 여전히 딸이 고개를 들지 못할 때, 그녀는 아무도 모르게 병원을 찾았다.

딸이 뇌성마비장애라는 사실을 알게 되었을 때, 그리고 그 원인이 다름 아닌 에미인 자신이 보유하고 있는 나쁜 세균 때문이라는 게 밝혀졌을 때, 그녀는 눈앞이 캄캄했다. 그 밤으로 가족 누구도 모르게 아기만을 들쳐업고 명애는 도망을 쳤다. 서울에 올라온 명애는 음식점의 주방에 취업을 했다. 아기는 몸에 붙은 혹처럼 언제나 등에 업은 채 일을 해야만 했다. 주방 일이란 항상 촌각을 다투는 것이어서 모두들 거칠게 이리저리 뛰다보면 아무리 보호하느라 신경을 써도 아기가 다치게도 되고 얼굴에 구정물이 튀어 박힐 때도 있었다.

그럴 때, 명애는 가해자에게 눈 한 번 흡떠보지 못했다. 우는 아기를 달래느라 쩔쩔 매었을 뿐, 혹시라도 그나마 직장을 잃게 될까 보아서.

그렇게 찍소리 한 번 못하고 숨어서 혼자 힘겹게 키운 아기는 다행히 지체는 정상이었다. 그러나 귀가 철통처럼 막힌 탓에 어느새 중년이 된 딸과 고희를 바라보는 명애가 화면 속에서 다정하게 수화를 나누고 있었다. 종군위안부라는 마수는 명애가 아무리 도망치려 해도 끝까지 그녀를 놓아주지 않고 한 평생을 징그럽게 달라붙어 고통을 강요하고 있는 거였다. 근 20만에 이른다는 그 수많은 여성들의 고귀한 생이 종군위안부라는 마수의 어둠 속에서 그렇게 억울하게, 무참하게 사라져 가는 거였다.

한평생을 숨어 지내온 명애가 그날 저녁 텔레비전 화면 속에서 '쨱'하고 큰 목소리를 냈다. "일본은 종군위안부 문제에 대해 공식

사과하고 응분의 보상을 해야 한다. 그렇지 않으면 내가 죽어 원혼이 되어서라도 그 문제만큼은 기어이 해결하고야 말 것이다"라고.

독일은 이미 유태인 대량학살에 관한 공식사과와 보상을 했고, 교황 요한 바오로 2세도 유태인 학살을 비롯 여태까지 있어온 인류사의 지대한 비극에 당면하여 가톨릭이 세계의 정의를 이루어 가는 데에 역할을 다하지 못한 점에 대한 반성과 참회의 메시지를 띄웠다.

과거의 잘못을 인정하고 사과를 하는 것은 좀체로 아물지 않는 상처에 새살이 돋아나는 거와 같은 희망을 우리 모두의 세상에 안겨주는 것이라고 본다.

헌데, 향내가 날 것 같다는 일본사람들만이 정신대 종군위안부 문제에 대해 질기게도 책임을 전가하고 이렇다 할 반성의 기미도 보여주지 않는 것은 무슨 이유일까.

너무도 슬픈, 우리 어머니들의 이야기

최 자 영(아동문학가)

둥둥둥……

울리는 북소리와 솜방망이로 살짝 살짝 얻어맞고 퍼져나가는 징소리가 야외 공연장에 모인 수백 명의 가슴속으로 흘러든다.

시월 중순인데도 기온이 뚝 떨어져 초겨울과 같은 을씨년스러움 속에서도, 몸을 웅크린 채 타악연주에 모두 열중하고 있었다.

'넋을 불러 혼을 좇고 넋을 불러 혼을 청하여……' 하면서 누군가 초혼가를 부른다.

떠도는 원혼을 불러모으고 위로하는 너무도 구성진 흐느낌이었다. 간간이 서툰 한국말로 해설하는 <나눔의 집> 일본인 자원봉사자 요네쿠라 마유미의 개량한복의 옷차림도 추워 보였다.

연주단에서 가장 가까운 맨 앞줄 층계에 할머니 몇 분이 자원봉사자의 부축을 받으며 앉아 있었다. 우리 눈에 많이 익혀진 김순덕 할머니는 가지고 있던 옷 중 가장 좋은 것으로 차려 입으신 듯 금사로 수가 놓인 남빛 두루마기가 눈에 환히 비쳐들었다.

할머니 앉은 바로 뒷줄엔 유가협(전국민족민주유가족협의회) 어머니들의 모습이 보인다. 앞서 간 아들을 생각하는지 고(故) 이한열의 어머니 배은심 씨가 어두운 얼굴로 연주를 듣는다. 가장 아프고 찢기고 슬픈 사람들이 더 아픈 사람들을 위로하기 위해 모인 것 같았다.

퇴촌 <나눔의 집>에서는 차와 우리 음악을 곁들여 돌아가신 일본군 위안부의 넋을 위로하고 이 일에 동참해 온 후원자들을 위해 이 행사를 마련했다고 했다.

후원자들의 연령층은 내 상상보다 훨씬 젊었다. 내가 좀더 일찍 이 일에 관심을 가졌더라면 지금쯤 꽤 많은 시간을 이 할머니들과 보냈을 터인데. 자기 또래들이 주말을 즐기러 시내를 헤매고 다닐 시간에 이런 행사에 참여하는 젊은이들을 대하니 자못 희망이 생기고 대견한 마음이 든다.

그런 상념에 젖어 있는 동안 먼저 가신 할머니들을 위로하는 헌다례(獻茶禮) 의식이 이어졌다.

그리고 공연마당 한가운데에서는 길고 새하얀 원삼을 펄럭이며 흐느끼듯 살풀이춤이 시작되고 있었다. 슬프고 처절하고 표현 못할 억울함이 복받쳐 올랐다.

이 원통함을 그래도 하늘은 알아주려는 듯 한두 방울씩 떨어지던 비가 제법 굵은 줄기로 쏟아지기 시작했다. 먼저 가신 할머니들이 저 굵은 빗줄기처럼 펑펑 눈물을 쏟으시려는가 보다.

살풀이춤을 추던 무희의 장삼이 비에 젖어 몸에 휘감긴다. 야외에서의 행사는 중단되고 모두 뿔뿔이 흩어져 일부는 영상실로 이동하여 국악연주를 감상하고, 다른 무리들은 할머니들의 휴게실인 통나무집으로 자리를 옮겨 진다례 의식을 지켜보았다.

퇴촌 <나눔의 집>을 방문하던 날은 우리 부부의 결혼 30주년 기념일이었다.

가을이라는 특별한 계절의 정서 때문이었을까. 결코 짧지 않은 세월을 무사히 헤쳐 나와, 오늘에 이르게 된 감사의 마음이 우리의 지난 세월을 조용히 뒤돌아보게 하였다.

상냥한 며늘애는 우리의 기념일을 위해 간단한 일정의 여행을 권하면서 여행 티켓을 끊어 놓겠다는 것이었다. 군이 이런 기념일이 아니고서라도 우린 자유롭게 전국을 다니는 터라(화가 남편 덕에 스케치 여행이라는 명목으로) 극구 만류했더니 넌지시 놓고 가는 봉투가 꽤 두툼했다. 그걸 들고 우리는 바로 길을 나섰다.

딱부러지게 언제 방문하겠다는 계획은 없었지만, 전부터 일본군 위안부 할머니가 계신 <나눔의 집>을 꼭 한 번 다녀와야겠다는 생각은 머리에서 떠나지 않았다. 그곳 방문은 나보다 남편이 먼저 생각해 낸 것이었다. 지금 생각해보니 이번 일에 그이가 나서 준 건 내게 얼마나 고마운 일인지 모른다. 내가 앞으로 이 할머니들을 위한 일에 나서는 일이 있을 때, 적어도 남편은 내가 쓸데없이 돌아다닌다거나 하는 불평은 안 할 테지. 경기도 광주군이라면 서울에서 그리 먼 거리는 아니었다.

나의 첫 방문길은 외할머니가 사시는 시골집 찾아가는 마음이었다(그런 마음가짐으로 할머니들을 방문한 것이 나중엔 그토록 부끄러울 수가 없었다).

현재 그곳에 기거하고 계신 분이 열 분 정도라 하여, 추석 때 쓰려던 과일 중 싱싱한 것으로 골라 담아 그걸로 바구니를 꾸며 소풍하듯 집을 나섰다. 아침나절에 집에서 나왔는데 길을 잘못 들어 점심께 지나서 도착하였다.

전화음성으로만 듣던 혜진(慧眞) 스님을 처음 만났다. 웃음기가 배어 있는 해맑은 얼굴을 대하니 아주 오래 전에 만났던 사람 같은 친근감이 느껴졌다.

사루비아가 피어 있는 꽃길을 지나 단정하게 지어진 <나눔의 집> 생활관을 겉으로만 잠깐 살펴보고 기념관 안내를 받았다. 그날은 월요일이어서 휴관이었지만, 스님은 우리 두 사람의 역사관 방문을 허락해 주었다.

최초에 증언해 주셨던 김학순 할머니의 육성 녹음을 듣는데 가슴이 저리고 아팠다.

이 건물은 한 독지가가 땅을 기증하고, 황토방으로 알려진 대동주택에서 지하 1층, 지상 2층의 기념관을 지어 헌납함으로써 민족의 사료관이 세워지게 되었다고 한다.

지하 1층에 보면 실물을 그대로 재현해 놓은 위안소의 전경이 나온다. 비좁은 공간, 꾀죄죄한 나무 침대며 걸려 있는 무명 수건, 거기서 꽃다운 나이에 끌려간 우리의 어머니들이 말로는 표현 못할 고통과 모멸의 시간을 견뎌야 했다고 생각하니 일본에 대한 분노가 머리까지 끓어올랐다. 위안소 옆 방에는 당시 사용되던 물품 중에 군표, 삿구(콘돔), 약품 등과 돌아가신 위안부 할머니들의 초라한 유품이 있었다. 그리고 각종 중요 문서와 사진 영상자료, 일제의 만행과 전후 망언사(역사왜곡) 상황전시, 또 2층의 '고발의 장'이라는 이름으로 정리된 방에는 할머니들이 그린 그림들이 있었다. 자원 봉사자인 어떤 화가의 지도를 받아 짧은 기간 연마하여 그린 작품인데, 그 그림들은 눈물이 나도록 슬프고 아름다웠다.

더구나 97년 2월 폐암으로 돌아가신 강덕경 할머니 작품은 출중했고, 현존해 계신 김순덕, 이용녀 할머니의 그림도 감동적이었다.

일본 군인의 손아귀에 붙잡혀 가는 놀란 표정의 '끌려감', 검정 깡동치마 흰저고리 차림의 소녀들이 거대한 일본군함 갑판에 나와

서서 어딘가로 수송되는 모습을 담은 '끌려가는 조선 처녀', '위안소에서의 목욕(선인장풀이 주변에 자라 있는 걸 보면 더운 사막인 듯, 알몸으로 목욕하는 여자들을 총든 일본군이 지키고 있다)', '악몽', '빼앗긴 순정' 등 과거의 소름끼치는 기억들을 주제로 한 작품이었는데도 그림 속의 어린 소녀들 모습은 성녀처럼 아름다웠다. 칠순을 넘긴 노인의 그림이라고는 도저히 믿어지지 않는, 연약한 소녀처럼 가냘프고 섬세해 보이는 수채화 그림이었다.

그밖에 위령탑과 분향소, 갖가지 조형물을 돌아보면서 나는 주체할 수 없을 만큼 얼굴이 달아올랐다. 같은 민족이면서 어쩌면 내 친정어머니 또래의 이 할머니들이 당한 처절한 슬픔을 이토록 외면하고 살 수 있었을까. 죄송하고 부끄럽고 창피했다.

불과 50여 년 전, 이들이 겪은 성폭행, 성노예 일을 남의 얘기처럼 흘려듣고, 매스컴에 일본군 위안부 얘기가 나올 적마다 부정한 어머니의 과거를 들척이는 것 같아 불편해하고 오히려 외면하려 하지 않았는가.

20만이 넘는 조선의 어린 딸들이 아무 잘못도 없이 희생양이 되고서도 만신창이 된 몸, 병주머니가 된 육신을 치료조차 못 받고 숨어 살아올 때, 너무나 잘 먹고 안락하게 살아온 내 자신은 과연 어느 나라 사람이었던고. <나눔의 집>을 방문할 때의 기분도 건방지기 이를 데 없었다. 할머니들을 위로하고 싶은 순수한 마음이 없었던 건 아니었지만, 약간의 위로금이나 전달하며 거기서 얻는 보상심리 정도로 때우려는 얄팍한 심정은 아니었을까.

나의 경우뿐만 아니라, 이 문제에 참여한 많은 사람들이 느꼈던 처음의 감정은 비슷한 것 같다. 대개 무심히 관광코스의 한 군데 정도로 생각하고 왔다가 역사관의 자료를 보고는 충격을 받았다고 했다. <나눔의 집> 회보에 실렸던 몇몇 사람들의 글을 옮겨 본다.

"할머니들의 기사를 볼 때마다 수치심을 느꼈다. 뭐 자랑할 일이라고 일본대사관 앞에서 시위하고 떠드는가? 부끄러운 과거사는 덮어두고 남은 여생 조용히 살다 가시지…… 하는 마음이었다. 그러나 역사관을 답사한 후 나의 생각은 바뀌었다. 내가 너무 모르고 있었다. 할머니들, 오래 사셔서 일본의 사죄 꼭 받아내시고 억울한 마음도 푸셔요." (모국 방문한 재미교포 3세 다니엘 최)

"정신대라고 하면 정신이상자가 모인 곳인 줄 알았다. 역사관을 관람하고 VTR까지 보고 난 후 엄청난 착각이었음을 깨달았다. 부끄럽다." (양평종합고 박세영)

"일본군 위안부라는 말은 역사책에서나 나오는 말처럼 현실감이 없었습니다. <나눔의 집>에 와서 할머니들을 뵙고 역사관을 보면서 그분들의 고통이야말로 우리 민족 전체의 고통인 것을 알았습니다. 상처를 떠 안고 살아가시는 할머니들을 위해 기도합니다." (까리따스 수녀회 배효숙 예비수녀)

"나는 너무 관심이 없었다. 너무나 무심했다. 방송에 나와 할머니들이 보상문제 운운하며 일본대사관 앞에서 항의하는 모습을 보고 왜 자꾸 긁어 부스럼 만드나, 양국간에 찬물 끼얹는가, 이제는 잊혀질 만한 문제를 들춰내고…… 치사하다고까지 생각했다. 그랬던 나였다. 이곳에 와서 할머니들이 과거에 처했던 환경, 끌려갔던 곳, 생생한 증언이 담긴 비디오 상영을 보고서야 내가 얼마나 무서운 생각을 하고 있었는가를 깨달았다. 이젠 나의 일처럼 느껴진다. 위안부 문제, 더 많은 사람들이 보고 느끼고 무지를 깨달아야 한다." (이름을 밝히지 않은 한국외국어대 남학생)

　"일본의 한 사람으로 1938년에서 1945년 사이에 있던 사실에 대해 매우 가슴 아프게 생각합니다. 속상하지만 아직도 이런 일을 모르는 일본인이 많습니다. 일본으로 돌아가면 모든 사실들을 일본인에게 알리겠습니다. 이번 방문은 의미가 큽니다." (도모유키 오기노 유네스코 청년회)

　방문객 중에는 일본인도 많았다. 눈물로 사죄하며 후원금을 내고 가면서 앞으로 계속 이곳 할머니들을 지지하겠다는 이도 있다. 어떤 면으로는 한국인이 더 무심한 것 같기도 했다. 지금의 거처인 이곳 퇴촌으로 오기 전 할머니들은 함께 모여 살고 싶어도 방을 구할 수가 없었다고 한다. 정신대 할머니들이 살 곳이라고 하면 집주인이 모두 거절하고 세를 주지 않았다는 얘기를 혜진 스님으로부터 전해 듣고 마음이 답답했다. 해방 후 나라는 혼돈에 빠지고, 권력자들은 자기 몫 챙기기에 눈이 어두울 때, 여성으로 가장 소중한 정조를 잃고 성노예로 살았으면서도 그 억울함을 호소하기는커녕 숨기고만 살았으니, 일본의 죄악상을 밝히기 위해 군위안부 할머니들에게 들어야 했던 증언은 이처럼 늦어질 수밖에 없었다.

　일본군 위안부 문제가 이슈화된 배경은 이렇다. 그동안 위안부 문제는 매스컴 보도를 통해 조금씩 알려져 왔지만 많은 사람이 제대로 알지 못하거나 잘못 이해하고 있었다.

　뜻 있는 사람들이 관심을 가지고 있어도 일본은 패전 이후 진실을 감추고 증거인멸에 혈안이 되었고, 심지어는 전쟁 동안 그렇게 성노리개로 우리 여성들을 농락하고서도 피신을 시키기는커녕 현지에 버리거나, 구덩이에 몰아넣어 질식시키고, 또 스스로 자결하도록 유도하기도 했다. 이렇게 해서 철로에 뛰어 들거나, 약을 먹고 자살한 우리의 어린 넋이 얼마나 되는지 그 숫자조차도 파악을 못하고 있다. (중국에 버려진 위안부 증언집에서)

1965년 김종필·오하라가 서명한 한·일 기본협정을 보면 '과거 일제하의 일본관계 국가 배상에 있어서 한국 정부와 그 개인의 청구권은 완전히, 그리고 최종적으로 포기된 것이며 더 이상 청구할 권리가 없다'고 되어 있다. 정부의 청구권뿐 아니라 개인의 청구권까지.

이렇게 억울한 입장이면서도 한국사회의 가부장적인 인식 속에 성폭력 피해자들은 숨어서 살아왔다.

그러다가 1987년 한국교회 여성연합회가 이 문제를 들고나섰고 이런 분위기 속에서 이화여대 영문과 윤정옥 교수가 한겨레신문에 <취재기>를 써가며 해방 후 40년이 넘도록 침묵되었던 이 문제는 조금씩 표면화되기 시작했다.

마침내 체계를 갖추고 조직적으로 드러나기 시작한 것은 1990년 5월, 노태우 전대통령의 일본방문 직전 한국여성단체연합에 한·일 양 정부에 처음으로 진상규명과 배상을 요구하는 성명서를 발표한 데서 비롯된다.

37개 여성단체가 항의를 담아 공개 서한을 보냈고, 그해 11월 윤정옥 교수를 공동대표로 하는 정대협(한국정신대문제대책협의회) 이 발족된다.

그와 때를 같이 하여 1991년 8월 일본군 위안부 출신 김학순 할머니가 본명을 밝히고 용기 있게 나섰다. 이에 힘을 얻은 많은 할머니들은 그동안 억눌리고 죄인처럼 살아오던 자신을 속속 드러내며 신고하기 시작했다.

지금까지 191명의 피해자가 신고했고, 그 중 40명 가까운 분이 돌아가셨다. 날이 갈수록 세상 떠나시는 할머니의 수도 늘고 있다. 문서 자료를 인멸시킨 일본은 서둘러 자기들의 부끄러운 역사를 결말지으려 하고, 우리는 한 사람의 증언이라도 더 듣고 확실히 정리해서 후세에 중요한 자료로 남겨, 일본의 사죄를 받아내서 할머니들의 억울한 마음을 달래드려야 할 터인데, 요즘도 이 일을 준비하는 사람들의 마음은 속이 타고 조급하기만 하다.

얼마 전 우리 정부는 일본과 도덕적 우위를 내세워 물질적 보상은 요구하지 않겠다는 입장을 분명히 했다. 금전적인 보상보다 진상규명을 강조한 정부 의도는 모르는 바 아니나 그것은 민간단체가 위안부문제를 해결하는 데 제일 큰 걸림돌이 되고 있다고 윤교수는 말한다. 인권침해, 그것도 성폭력·성피해를 입힌 가해국에 대해 배상청구를 포기한다는 것은, 위안부 인권보호를 포기하고 이 문제에 대한 관심을 포기하는 것으로밖에 볼 수 없다고 두 번째 증언집 서문에 밝혔다.

『중국으로 끌려간 조선인 군위안부들』이란 제목의 증언집을 읽으며 나는 내가 지금까지 읽었던, 비극적 인간사를 다룬 어떤 책에서보다 더 많은 눈물을 흘렸다.

200여 쪽에 이르는 한 권의 책을 다 읽고 난 후 내 몸은 구석구석 난자당한 기분이었다. 군위안부 할머니들이 살아 계셔 준 것만으로도 다행스러운 일이었다. 소름끼치도록 무서운 증언을 토해낸 이 할머니들이 없었다면 이 생생한 자료를 어디에서 구할 수 있었겠는가. 보물같이 여겨야 할 이분들을 우리는 숨어살게 했다. <나눔의 집>을 본거지로 세계에 흩어져 있는 할머니들은 앞으로 속속 한국으로 오게 될 것이다.

소녀의 몸으로 끌려가 50여 년을 우리말도 잊은 채 프놈펜에서 살아온 훈 할머니는 조국 땅을 밟았다. 이젠 우리 모두가 그분들을 어머니처럼 반기고, 편안하게 모셔야 할 때이다.

그리고 아주 작고 희미한 기억까지도 살려내어 한 마디의 증언도 더 들어야 함은 물론이다.

중국 호북성 무한(武漢)을 답사하면서 윤정옥 교수 일행은 그곳에 현존해 있는 9명의 위안부를 만나 증언을 들을 수 있었다. 정신대연구원 네 명과 사진촬영 기사까지 동반하여 현실감 있는 그곳의 모습을 담아왔다. 귀한 자료가 아닐 수 없다.

올해 75세된 홍강림 할머니는 경북 김천에서 태어나, 가난하게 살다가 일본인 집에서 애 보며 지냈는데, 돈 많이 벌게 해준다는 주인여자의 꼬임에 넘어가 17세에 중국 봉천 위안소까지 가게 되었다. 하루 열다섯 명 이상의 군인을 상대하게 했는데 너무 아프고 괴로워 울며 피했더니 군의가 잡아다가 밑이 너무 작다고 하면서 마취도 없이 질 입구를 칼로 찢어 늘리고 연고만 바르게 하더니, 일주일 후부터 다시 군인을 받게 했다는 것이다. 하루 두 끼만 먹었는데도 너무 몸이 아파 배고픈 줄도 몰랐다는 것이다. 나중엔 늑막에 물이 차서 큰 주사기로 물을 뽑아냈는데 그 고통은 지금 생각해도 소름이 끼친다고 했다.

14세에 동네친구 다섯 명과 함께 놀러나갔다가 영문도 모른 채 붙들려 상해로 가게 된 하나코(花子)라는 이름의 할머니. 본명은 홍예진이었는데 너무 예뻐서 위안소 군인들이 그렇게 불렀다고 한다. 나이가 제일 어린데다가 군인을 상대하는 일이 무섭고 싫어서 울며 침대 귀퉁이로 피해다니기만 했다. 그러면 일본 군인들이 팔을 걷어붙이고 때리려 하다가도 너무 예뻐 차마 못 때리겠다면서 팔을 내렸다고 한다. 어쩌다가 한국 군인을 만나면 그들은 한결같이 몸을 요구하지 않았고 자기를 붙잡고 울기만 하다가 나가곤 했단다.

이봉화 할머니는 생리도 시작하지 않는 13세 때 돈벌게 해준다는 조선인 동네 아저씨의 꾐에 넘어가 봉천까지 가게 되었다. 너무 어려서 처음엔 심부름 정도나 시키고 놀리더니 어느날부터 군인을 받게 했다. 그 일을 안 하려고 방안을 몇 차례나 돌고 도망치려 했지만 군인에게 잡혀 결국 강제로 당할 수밖에 없었단다. 첫날 3명의 군인을 받았는데 아래에서 피가 철철 흘렀다. 나중에 알고 보니 너무 찢어져 한 달을 치료받아야 했다. 평일에 십여 명 상대하던 군인도 일요일엔 30명이 넘어 지친 몸에 식사도 못하는 일도 있었고, 그녀의 어떤 어린 친구는 성폭력의 고통을 견디다 못해 정신분열증을 일으켜 뛰쳐나가 자살하기도 했다.

한 사람 한 사람 들어보면 그건 인간으로서가 아닌 소모품으로 우리의 어린 딸들은 일본군인의 성노리개감이었다. 몸값이랍시고 군표 같은 것을 주기도 했지만, 그건 일본패전 후 모두 휴지쪽이 되어버리고 말았다. 이처럼 엄청난 체험을 딛고서도 현지에서 결혼한 분들도 있다. 하지만 생산 기능은 거의 마비상태였다. 질내외부가 거의 손상되거나 자궁의 자리조차 뒤틀려 아기가 들 수 없는데다가 성병감염으로 노년에 이른 지금까지 고생하고 있는 분들이 많다.

현재 일본군 위안부 문제와 관련된 대표적인 단체는 정대협, 한국 정신대연구소, 나눔의 집 이렇게 세 곳이 있다. 이 3개 단체 외에도 소리 없이 애쓰는 자원 봉사자, 매스컴, 영화, 음악이라는 매체를 통해 이 문제의 진상을 알리기 위한 작업에 불철주야 뛰고 있는 이들이 있다. 그들의 노력으로 태어난 다큐멘터리 영화 <낮은 목소리>(기록영화제작소 '보임' 작품)는 할머니들의 증언을 세상에 알리는 데 큰 도움일 뿐 아니라 영구 보존할 자료로 큰 역할을 하고 있다.

할머니들을 만나보면 금방 핏줄이 당기듯 이끌리고 만다. 아픔을 보고 가만히 있는 것조차 죄의식이 느껴진다.

발목이 잡혔다고 하면 속된 표현이 될까, 이분들을 보고 도망칠 수는 없다. 나는 이분들을 어머니로 부르기로 했다. 되도록 시간을 내어 자주 찾아 뵙고 말벗이라도 되어 드리려 한다.

슬픈 노모들은 이제 자꾸 줄어들고 있다. 이러다가는 10년 안에 모두 떠나버리실지도 모른다. <나눔의 집>에 기거하는 분들도 채 열 명이 안 된다. 중국 등지에 계신 분들은 한결같이 이곳에 오기를 희망하고 있어서 조금은 더 늘어날 수도 있을 것이다.

그동안 할머니들의 보금자리인 <나눔의 집>은 정부지원도 없이 후원자들과 독지가들에 의존하여 겨우 겨우 꾸려나왔다.

할머니의 손자뻘 되는 혜진 스님이 1991년부터 자원봉사자 몇 명과 함께 이분들의 일을 추진하고 있는데 너무 힘겨워 보였다. 그동안 쏟아 부은 노력으로 많은 국내외 사람들이 이 할머니들에게 관심을 갖게 된 것은 다행한 일이다. 한 달 평균 자료관을 찾는 사람은 이제 700명이 넘는다고 한다.

요즘도 <나눔의 집> 가족들은 수요일마다 힘든 노구를 이끌고 시위에 나선다. 1992년 1월 이후 한 번도 빠지지 않고(일본 고베 지진 때를 제외하고는) 일본대사관 앞에 모여 12시에서 오후 1시까지 외치고 있다. 남의 일이 아닌 우리 자신의 일인데 세상은 너무 무심하여 때론 그 외침이 공허하게도 들린다. 전국민이 해야 할 일을 할머니들이 대신해주고 있는 데 말이다.

추위는 다가오는데 앞으로 얼마나 버텨갈 수 있을까. 몇 년이나,
몇 개월이나 더.

12살 초등학생 정신대와 양심 있는
일본인의 증언

차 옥 혜(시인)

일본의 양심과 지성은 다 죽었었는가? 일본은 눈이 멀었었는가?

일본은, 아시아에서 대 제국을 꿈꾸며 우리나라를 식민지로 만들고 영토 확장을 위해 태평양전쟁을 일으켜, 우리나라의 초등학생 12살 어린이까지 끌어가 강제노역을 시키고 종군 위안부로 만들었다. 군국주의는 한 나라의 이성을 이렇게 마비시키고 짐승 이하로 전락시켰다. 일본인들은 자신들의 어린 딸들이 이런 일을 당했다면 어찌했을까. 일제의 만행 중 특히 정신대 문제는 두고두고 상기시켜 역사의 거울로 삼아야 한다.

이런 사실이 양심 있는 한 일본인의 증언으로 확실한 증거로 나타났다.

당시 담임으로서 12살 초등학생 제자들을 정신대로 보내고 죄책감으로 평생 한국 쪽 하늘을 쳐다보지 못하고 독신으로 살아왔다는 여교사 이케다 씨가 1991년 옛 제자들을 만나고 싶어 수소문하다 일본의 후지TV 취재팀이 알고 함께 취재하며 밝혀진 사실인데, 1992년 1월 16일 일본의 미야자와 기이치 수상의 한국 방문을 계기로 정신대문제가 대두되면서 다시 세상에 드러나게 된 것이다.

그 참혹한 일이 있은 지 48년만의 일이다.

1992년 1월 14일 신문들은 어린 초등학생들마저 근로 정신대로 끌려간 사실을 1면에 대서특필했다. 동아일보 취재팀은 이케타 씨가 담임을 맡았던 당시 방산 초등학교 6학년 4반 학적부에서 이 사실을 확인했다. 70여 명의 여학생 중에서 5명이 1944년 7월 2일에, 1명이 그 이듬해에 각각 일본 도야마공장 근로 정신대원으로 출발한 것으로 돼 있으며, 5명은 12살이고, 1명은 14살이다. 생활기록부에는 "부모의 반대를 설득 또는 본인의 의지로 극복했거나 국가를 위해 본인이 정신대로 가길 희망, 정신대에 참가했다"고 기술하고 있다. 이 발표가 나가자 여기저기 전국 15개 초등학교에서도 1백여 명의 학생이 정신대에 징발된 것이 확인됐다.

이케다 씨는 "당시 전쟁중 학생들에 대한 정신대 동원 명령은 거역할 수 없는 천황폐하의 명령 바로 그것이었다. 정신대 차출은 조선총독부의 지시였으며 문서를 안 남기려고 가정방문을 통해 본인이나 부모의 '응락'을 받아냈다"고 증언했다. 또한 어찌 됐는지는 몰라도 근로정신대로 보낸 어린이들의 숫자가 현지 공장에서 일한 숫자와 일치하지 않았다는 이야기도 했다. 12살 어린아이가 종군위안부로 끌려갔을지도 모르는 가능성을 입증한 것이다.

일본정부는 이케다 씨 같은 양심 있는 일본인들과 생존해 있는 정신대 할머니들의 생생한 증언에도 불구하고 1992년 7월 6일 일본 관방장관 가토 고이치를 통해 '위안부 문제에 대해 군의 관여는 인정하지만 모집과정에서 강제성은 없었다'고 간접 부인하며 엄연한 사실을 은폐했다. 이를 반박하기 위하여 우리 정부는 뒤늦게 해방이후 최초로 '일제하 군대위안부 실태보고서'를 발표해 위안부정책의 입안, 위안소 설치, 위안부 모집, 수송 관리 등 모든 면에서 일본군이 전면적으로 개입했음을 반증했다.

일제는, 종군위안부로 주로 가난한 농촌의 어린 소녀들을 공원이나 간호원을 시켜준다고 속여 끌고 가고, 울부짖는 여자들을 노예사냥처럼 후려갈기고 젖먹이를 팔에서 잡아떼며 애 엄마를 끌고 가기도 했다. 이런 종군위안부가 8만에서 20만 명으로 추산된다고 한다. 생존자들의 증언은 기가 막힌다.

'1943년 8월 놋그릇 상납요구를 거절한 아버지가 경찰서로 끌려갔다. 이장이 찾아와 애국봉사대에 지원하면 아버지가 풀려날 수 있다고 권유해 지원했다. 그 길로 군대위안부가 되어 자카르타로 끌려가던 중 광동에서 불임수술을 받았다. 1946년 3월 미군의 도움으로 돌아왔다.'

'1943년 1월 혼자 집에 있다가 모르는 남자에게 끌려가 만주 하얼빈까지 갔다. 용광현에서 방 1칸에 배치되어 하루 20명 가량의 군인을 상대했고, 한국말을 하거나 남자를 거부하면 구타당했다. 성병이 걸리면 치료받은 뒤 다시 같은 일을 했다.'

'1943년 9월 무렵 부산진역 앞에서 왜경에게 강제 연행돼 일본 오사카로 갔다.'

'1942년 3월 처녀 공출이란 명목으로 영장을 받고 끌려갔다.'

'1938년 4월 산에서 나물 캐다 일본군과 한국인에게 강제 연행돼 오사카까지 갔다.'

일본의 광포에 삶을 빼앗긴 피맺힌 사연은 끝이 없다. 그러나 한편 일본엔 일본인으로서 몸둘 바를 모를 정도로 부끄러운 심정이라며 과거 일본의 잘못을 숨김없이 증언해준 이케다 씨 같은 분도 살고 있다. 인류의 발전과 양심을 위해서 제 나라의 치부를 정직하게 드러내고 진실에 공헌한다는 것은 얼마나 아름답고 귀한 일이며 용기 있는 일인가.

일본은 자신을 위해서도 과거의 잔혹한 행위를 두고두고 속죄하며, 피해자 정신대 할머니들에게 속죄하고 보상하며 아시아 여러 국가에 저지른 죄를 용서받기 위하여 더욱 아시아와 세계평화를 위해서 헌신해야 마땅하다.

이제 세계는 서로의 발전을 위해서 어제의 적과 오늘 손을 마주 잡는다. 적대감만 가지고는 평화와 번영이 이루어지지 않는다.

우리도 마음의 문을 열고, 정의의 수호를 위하여 일본의 잘못은 철저히 기억하면서, 한편으로 용서하며 이케다 씨 같은 일본의 양심과 지성과 연대하여 일본이 올바른 자세를 지키도록 수시로 각성시키고 지원하는 프로그램을 연구하며 공존해야 할 것이다.

인간지옥이었던 여자정신대 위안소

허 근 욱(소설가)

우리 민족에게 있어 암울했던 풍랑의 20세기는 이제 지평 그 너머로 사라져갔다. 그러나 아직껏 우리 가운데 그리고 우리의 주변에서는 치유되지 않는 그 많은 상처들이 아픔을 견디며 신음하고 있다.

다름 아닌 종군위안부로 일본 관헌에 의해 태평양 전쟁터로 끌려가 일본군인의 동물적 욕망의 대상이 되어 육신이 갈기갈기 찢기운 채 태평양 정글에 버려지거나 살해당했던 조선의 여자 정신대……. 일본군인은 패전 후에 대부분 그들을 전쟁터에 버리거나 살해했다. 요행히 살아남은 사람은 정글에서 굶어 죽거나 미군의 포로가 되거나 또는 연명을 하기 위해 중노동을 하거나 매춘을 강요당했다.

간혹 조선으로 귀국할 수 있는 기회를 가졌던 사람들도 있었으나 너무나 처참한 위안부의 체험으로 폐인이 된, 자신의 육신에 대한 수치심으로 인해 가족이 사는 고향으로 돌아갈래야 돌아갈 수가 없었던 것이다.

자살하는 사람, 미친 사람이 속출했다. 너덜너덜 헤어진 옷을 걸친 채 절벽 위에서 몸을 던진 젊은 조선 처녀들의 한 맺힌 비명이 역사의 지층에서 조국을 원망하는 것만 같다. 요행히 살아남은 조선처녀들은 그 인간지옥의 악몽에 전율하며 이 세상과 인생의 뒤안길에서 지금은 할머니가 되어 탄식의 나날을 보내고 있다. 결코 그들에게는 아무런 죄가 없다. 일본에게 침략당하여 나라를 빼앗기고 일본의 식민지가 된 조선에 태어났다는 비운밖에는 없다.

지난 20세기로 접어들면서 1905년에 일본은 침략의 첫 삽인 '을사보호조약'을 맺음으로써 구한국정부의 외교권을 박탈했고, 급기야 1910년에 '한일합방' 조약을 강제 체결하면서 한국을 완전히 식민지화하였다. 그 잔악한 일제 36년 통치 중에 일어난 제2차세계대전 중 일본은 1941년 미국 하와이 진주만을 기습하여 태평양전쟁을 유발했다. 초기에 우세했던 일본군의 전세는 미드웨이 해전(海戰)을 계기로 패전으로 치닫게 된다.

이 전쟁 말기에 일본은 '정신대(挺身隊)'라는 이름아래, 높은 임금을 받는 군수 공장에 취직시켜 준다는 속임수를 써가며 조선 전국에 걸쳐 조선의 처녀들을 강제 동원해 갔다. 나중에는 나이 어린 소녀와 젊은 새댁까지 강제 연행하여 태평양전선의 일본군인 위안소로 끌고 갔다. 조선처녀들뿐만 아니라 조선의 젊은이들은 일본의 탄광으로 끌려가 강제노동을 하며 죽어갔고, 지금도 사할린에 버림받은 채 조국으로 돌아오지 못하고 있는 사람들이 얼마인가. 뿐만 아니라 일본 관동군에 의해 생체실험의 마모트가 된 학도병들……

일본 군국주의가 저지른 죄악은 50여 년의 세월 속에 흐려지고 지워진 것처럼 보이지만 인간이 살아있는 한 그 악의 잔학성은 결코 잊혀지지는 않을 것이다. 그 당시 만주와 동남아시아에 진군한 일본군부는 병력을 증강하여 4백만 명의 일본군을 재편성하여 그 대규모 군대의 군인들 29명에 한 사람의 위안부를 할당하라는 동원령을 내렸다. 이에 조선 총독부는 조선의 처녀사냥에 착수했던 것이다.

조선의 전국 곳곳에서는 일본순사에 의해 17, 8세의 처녀들이 강제 동원되어 삼엄한 감시를 받으며 부산으로 끌려갔다. 경찰서 감방에서 약 1개월 동안 갇혀 있던 조선처녀들은 일본군인들이 많이 타고 있는 군함에 실려 군함 밑의 작은 방에 6명씩 갇혀 40여 일 동안 항해를 했다. 이윽고 조선 처녀들은 일본이 점령한 '싱가포르' 섬에 도착했다.

군함에서 내린 조선처녀들은 트럭에 실려 군인막사로 끌려갔다. 그 당시는 일본군과 영국군이 싱가포르에서 격전을 벌였던 직후여서 싱가포르 시내 곳곳에는 전쟁의 흔적이 남아 있고, 간간이 멀리에서는 포성이 울려오는 삼엄한 분위기였다.

즉 1943년 2월 15일, 영국군은 일본군에게 패전하여 싱가포르를 일본에게 넘겨주었던 것이다.

각 부대에 배치된 조선처녀들은 부대장의 지시에 따라 그 치욕의 인간지옥이 시작되는 '위안파티'에 참석했다. 오들오들 불안에 떨면서 조선처녀들은 아리랑과 도라지노래를 강요당하여 노래를 불렀다. 한 시간 가량의 파티가 끝난 후, 조선처녀들은 한 사람씩 바라크로 지은 위안소의 방으로 배치되었다. 순진한 처녀들은 긴 항해 끝의 휴식인 줄 알고 방안에서 쉬고 있었다.

그런데 어깨에 번쩍이는 견장을 단 일본군 장교들이 굶주린 이리 떼처럼 각방으로 쳐들어갔다. 순간 조선처녀들은 비로소 군수공장으로 가는 것이 아닌, 일본군인의 위안부로 부대까지 끌려온 것임을 알게 되었다. 조선처녀들은 좁은 방안에서 몸을 피하며 이리 뛰고 저리 뛰며 살려달라고 애원을 했다. 그러나 총검을 찬 군인들은 발로 차고 후려 때리며 욕설을 했다. 결국 기절을 하고 쓰러진 조선처녀들에게 덤벼든 일본군인들은 들개처럼 굶주린 욕망을 채웠다.

잠시 후 정신이 들었을 때엔 이미 조선처녀들은 일본군인의 위안부가 되어 있었다. 가슴을 쥐어뜯으며 울부짖는 조선처녀들은 다시 인솔자에게 끌려 처음 싱가포르에 도착했을 때 갇혔던 군인막사로 끌려갔다. 이미 거기에는 육신이 망가져 있는 조선처녀들이 갇혀 있었다. 인솔자는 조선처녀들의 머리채를 움켜잡고 후려 때리며 군인막사로 밀어 팽개치고는 바깥에서 문을 자물쇠로 잠그고는 가버렸다.

날이 갈수록 전쟁에 지친 일본군인들은 언제 죽을지도 모른다는 생각으로 거칠고 난폭해져 사소한 일로도 총검을 휘두르기 일쑤여서, 조선처녀들이 총검에 찔려 죽는 경우도 있었다. 조선처녀들은 제대로 먹지도 못하고 불면증에 걸려 차츰 몸이 쇠약해져 갔다. 그런 상태에서 어떤 날은 아침부터 밤까지 60여 명의 일본군인에게 짓밟히며 학대당하기도 했다. 살아 있는 것이 아닌, 죽은 송장과도 같이 간신히 목숨이 붙어 있는 조선처녀들은 다음날 아침에야 의식을 회복하곤 했다. 그러나 끝이 없는 인간 지옥의 시간은 전세에 따라 이동하는 군부대를 따라 다른 지역으로 옮겨지면서 계속되었다.

이런 가운데 꽃다운 18세의 조선처녀들은 숨을 거두기도 하고 육신은 폐인이 되어 갔다. 살아 있는 인간이 아니었다. 목숨이 붙어 있는 산송장과 같이 되어 버린 그 육신을 이끌고 어찌 부모형제가 살고 있는 조국땅 고향으로 돌아올 수 있을 것인가!

1945년 8월 15일, 일본이 패망하게 되자 일본군인들은 자기네들이 저지른 만행이 세계에 알려지는 것이 두려운 나머지 조선처녀들을 집단 사살하기도 하고 정글에 버린 채 도망쳐갔다.

그 생지옥에서 살아남은 조선의 처녀들은 해방이 된 조국땅을 등진 채 지금도 이국땅 한 구석에서 할머니가 되어 생의 조각을 이어가고 있다. 그들의 삶은 결코 남의 일이 아니다. 바로 우리 한국여성의 일인 것이다.

한 사람의 파렴치한에게 강간을 당해도 그 상처는 치유되지 않는데, 총검이 번득이는 일본군인의 생지옥 막사에서 수많은 일본군인의 짐승 같은 욕망의 노리개가 되어 육신이 갈기갈기 찢기운 조선의 꽃다운 처녀들을 생각하면 숨이 막힌다. 그래서 일본인 개개인을 만날 때면, 과거는 이제 잊어버리자고 마음을 다지면서도, 어딘지 마음 밑바닥에 침전되어 있는 울분의 절규가 소리도 없이 뿜어져 올라옴을 어찌할 수가 없는 것이다.

이제 다시는 이 같은 생지옥의 비극이 일어나서는 안 된다고 입술을 깨물며 나라 잃은 지난 20세기 1910년의 교훈을 다시금 새겨보고 또 새겨본다.

일제치하, 그래도 사도(師道)는 살아 있었다

정 위 진(시인)

　수많은 독립투사 및 그 독립군에게 재산을 바쳐온 분들 그리고 목숨을 부지하기 위해 꿈도 일본말로 꿉시다 하고 연단에 서서 피를 토하던 선인(先人)들은 이미 고인(故人)이 되고, 그분들의 가슴에서 튀는 피를 뒤집어쓰면서도 그것이 피인 줄도 모르던 눈망울들. 즉 일본인이 되다 만 세대가 지금의 칠, 팔십대다.

　초등학교 여학교를 공립학교에서 배운 나는 학교에서 일어(日語)는 국어(國語)로, 정말 우리 국어는 조선어(朝鮮語)로 호칭하면서 자랐다. 여학교 때 교장선생님을 비롯해서 대부분의 선생님들이 일본인이었는데, 교장선생님은 늘 우리학교 학생들은 조선의 사대부(士大夫) 가정의 규수로 키운다면서 무척 엄한 교육을 시켰고, 대다수가 엄한 가정의 딸이던 우리는 아무 저항 없이 그대로 순응하며 교장선생님을 그냥 존경했었다.

　아침조회 때면 "경건하여 맑고 밝고 곧고 슬기롭고 강한 자녀여라"를 외웠고 그리고 장상존중(長上傳重), 일가단란(一家團欒), 자녀교양(子女敎養), 생활개선(生活改善) 등 매일같이 귀에 익혔고, 제2교가로 "금강석도 갈지 않으면 구슬의 참빛은 나지 않는다"고 노래 부르게 하면서 사대부 가(家)의 규수로 다듬어주시는 그분들을 어버이처럼 따랐다.

그러다가 2학년 되던 해에 소위 지나사변(支那事變)이 터지고 나서는 3학년 때 조선어(우리 국어) 폐지, 애국자녀단 입단 등, 차례로 옮아서 조여 갔지만 거부감도 느낄 줄 모르고 병대(兵隊) 환송, 천인침(千人針: 천 사람이 정성들여 한 뜸씩 떠서 무운장구(武運長久)를 빌어 배채를 만든 것)을 받느라 가두(街頭)에 나섰고 그러다가 창씨(創氏)에까지 이르면서 졸업을 했다. 시골집에 내려가서 동생들의 관솔 따기 솔방울 줍기 등등 바라보면서도 분노를 모르는 숙맥이었다.

결혼을 하고 얼마 후에 서울에 사신다는 사촌 시누님이 오셨다. 단아한 모습의 부인이셨다. 시어머님께서 그분의 부군, 즉 나의 종시매부가 되시는 분이 독립운동가라는 사실을 알려 주셨다. 그러니까 내가 어릴 때 조선은행 폭파사건이 발생했었는데 그 종시매부 3형제분이 관련되어 투옥당하고, 갖은 고문을 다 당하고나서부터 만주로, 북경으로 건너다니면서 더욱 철저히 독립운동을 했고 투옥도 십여 차례 당하면서 그때 수인번호가 64번이라 시를 쓰면서 아호(雅號)를 육사(陸士)라고 했다는 말씀. 또 여기 다 나열할 수 없지만, 한두 가지 예를 들자면 고문당할 때 대나무를 쪼개서 손가락 사이 사이에 끼우고 손가락 끝을 묶고는 그 대나무 쪼갠 것을 한꺼번에 잡아당기면 손가락 살이 다 묻어 나온다던가 고춧가루물을 코로 부어 넣는 고문 등등 소름이 끼쳐서 들을 수가 없는 말씀뿐이다. 나는 친정어머님께서 비밀리에 독립군에게 소도 주고 양식도 실어 보냈다는 말씀은 듣고 있었지만(그때는 그 말씀도 신기한 나라의 신화(神話)처럼 듣고 말았지만), 이렇듯 악독한 고문까지 당하면서 굴복하지 않고 독립운동을 하는 사람들 얘기는 처음이라 무어라 형용할 수 없는 충격에 가슴이 터지는 듯 아파 왔다. 그리고 피가 거꾸로 솟는다더니 정말 구토증을 일으키며 나는 한국 사람으로 돌아왔다. 사촌 시누님, 긴 세월 아니 평생을 가정의 행복은 모르고 옥바라지를 하시다가 부군께서 옥사하신 후에는 그 추억에 매달려 늦게 얻은 무남독녀 외딸 옥비(沃非)만을 보물처럼 키우며 사신 분, 그야말로 부도(婦道)를 다하신 존경스러우면서도 가엾은 분, 후에 이웃으로 이사를 오시고는 각별한 사랑을 주신 형님, 삶의 지혜와 시집살이의 요령을 가르쳐 주셨고, 여러 종동서들 가운데 나를 우뚝하니 세워주시던 자상하신 그 형님은 영원히 내 가슴에 꺼지지 않는 등불이다. 역시 선조로부터 이어내린 내 피는 한국인의 피였으며, 그 피가 눈을 뜨고 바라보는 세상엔 분노만 치솟았으니 학도병에, 징용에, 그리고 정신대(그때는 정신대란 군수 공장에서 일하는 여공쯤으로 알았지만) 쌀이나 일용품 배급을 받을 때 시골에서는 황국신민(皇國臣民)의 맹사(誓詞) 3항을 외워야만 배급을 준다든가, 이루 헤아릴 수 없는 잔학상, 그런 중에도 일본이 패망한다는 설이 돌아 기대에 부풀기도 하다가 드디어 종전(終戰)이 되고 해방을 맞았다. 그후 전날의 더 끔찍했던 만행들을 자주 듣게 되고, 그때마다 충격은 새롭고 거기다가 일본인들은 지칠 줄도 모르고 망언을 늘어놓아 분개하며 미워하며 세월은 흘러 내 나이 어언 80을 바라보게 됐으니……

헌데 일본에 대한 분노와 적개심과는 상관없이 간혹 여학교 시절이 그리워지고 자애롭던 白神교장선생님과 村田선생님을 비롯해서 그때의 선생님들 모습이 먼 구름 사이로 떠오르곤 한다. 조선의 사대부 가의 규수로 키우기 위해 갈고 다듬고 하던 그 정성, 살아오면서 눈설지 않는 부도(婦道)의 소양을 길러주신 그분들……

침략자로 갖은 무도(無道)한 만행은 다 저질렀지만 그래도 사도

(師道)는 살아 있었나 싶다. 이제는 고인(故人)이 되셨을 그분들의 말씀이 소녀시절엔 꿈의 요람이었던, 언덕 위에 우뚝한 크림색 교사(校舍)와 그 현관 위 높이 걸린 비둘기에 패랭이꽃 배지, 그리고 표리가 다르지 않은 사람이 되라고 심었다던 측백나무 울타리와 함께 아련한 그리움으로 다가옴을 어쩌랴. 이것이 바로 우리 세대의 비극인 것을……·.

눈물 없이는 그 이름 부를 수 없네

김 후 란(시인)

나는 일제치하에서 초등학교 5학년까지 일본어로 교육받은 세대이다. 일본어교과서로 수업했고 일본이름으로 불리웠으며 국어(일어) 상용이라 해서 우리말을 쓰면 선생님에게 이름을 적어내도록 되어 있었다.

한번은 이런 일이 있었다. 하교길에 어머니와 마주쳤다.

"엄마, 어디 가세요?"

"오, 이제 오니? 볼일 좀 보고 갈 테니 먼저 가 있거라."

이튿날 교실에서 나는 불려나가 한 시간 벌을 섰다. 어제 함께 가던 친구 중의 누군가가 내 이름을 적어서 교탁 위에 올려놓았던 것이다. 그때 나는 고개를 숙이고 생각했다. 다른 아이들은 엄마하고도 일본말로 말하나? 나 그렇게 못해.

내선(일본과 조선)일체를 외쳐대면서 실상은 센징(조선사람을 낮춰 부르는 호칭) 운운하고 차별하는 것을 우리는 모르지 않았다.

나라 잃은 설움을 겪으며 일제의 조선말살작전에 당시 뜻 있는 어른들이 얼마나 통탄하고 억울해하였을까. 독립지사들의 결의와 문인들의 속 깊은 저항문학을 통해서 후대의 우리는 조국의 소중함을 배운다.

　나는 8·15 해방이라는 표현은 부당하며 어디까지나 광복 즉, 칙칙한 어둠을 걷어내고 밝은 빛을 되찾은 날로 기념해야 한다는 주장이다. 우리 나라는 어둠 속에서도 엄존해 있었던 것이다.

　올해의 8·15는 일부나마 남북이산가족이 만나는 생생한 보도 속에 가슴 저릿한 나날이었다. 병들고 늙으시어 일어나 앉지도 못하는 노모가 북에서 온 늙은 아들 손을 잡고 "왜 이제야 와. 가지 마. 나랑 같이 살어……" 모기소리 만하게 절규하는 장면에선 나도 모르게 눈물이 흘렀다.

　실로 50년만의 만남이라니, 이 지구상 어느 나라에, 차로 몇 시간도 안 걸리는 지척 거리에 가족이 살건만 서로 생사 확인도 못한 채 애간장 녹이며 반세기 넘어 살아야 하는 경우가 또 있을까. 말끝마다 통일, 통일 하지만 그 통일은 또 언제? 어떻게? 답답한 일이다.

　1천만 남북이산가족에서 비록 빙산의 일각이지만 상봉이 계속될 의지를 정부는 밝히고 있는 만큼 잘 진행되길 바랄 뿐이다. 그래서 차례를 기다리는 수많은 이산가족들의 맺힌 한을 풀어주어야 한다.

　가슴 얼얼한 와중에 뇌리에서 떠나지 않는 건 도대체 어쩌다가 우리민족에게 이런 끔찍한 시련이 덮쳤는가 하는 점이었다. 부모 자식간에, 부부가, 형제자매가 장장 50년이 지나도록 아니 아직도 더 헤어져 살아야 하다니…… 너무 길고 잔인한 시련이다. 기다리지 못하고 세상을 떠난 분들은 죄도 없이 종신형을 지낸 것이나 마찬가지다.

　그러나 다시 생각해 보면 이 뼈아픈 한(恨)의 뿌리는 다름 아닌 일본에 화살이 꽂힌다. 5천년 역사에 우리 선조들은 줄곧 외국침략을 막아치웠을 뿐, 단 한 번도 남의 나라를 넘보거나 침략하지 않

았다. 이처럼 순후한 우리 민족의 정상적인 삶을 뒤엎은 일제 만행
이 종국에는 제2차세계대전으로 패망하면서 소련과 미국이 한반도
에 들어서게 하였고 민족상잔의 이데올로기 대결로 남북분단의 고
통으로 이어졌다.

일본은 우리에게 너무 많은 상처를 안겨주었다. 그 어느 나라보
다도 사이좋게 지낼 수 있는 가까운 나라이건만 매워지지 않는 골
이 너무 깊다.

그 중에 아직 해결되지 않은 큰 문제가 있다. 종군위안부라는
불쾌한 호칭이 따르는 정신대여성들의 찢겨진 삶에 대한 해결책이
다. 나는 그네들을 위로하는 시를 썼다.

눈물 없이는 그 이름 부를 수 없네

그대들은 우리에게 고통을 가르쳤다.
부르기도 괴로운 정신대 종군위안부

앳되고 순결한 꽃봉오리 시절
무고하게 일제의 희생자가 된
노예의 꽃, 짓밟힌 인생

빛은 사라지고 어둠 속에 처참히 쓰러졌다

어느 집 귀여운 딸들이었을까
나라 잃은 암흑의 세월
이 겨레 가슴 찢어 피를 쏟게 하고

이 땅에 굴욕의 한을 심었다
이국의 하늘은 얼마나 멀고
눈물로 지샌 땅 어디였던가
돌아오지 못한 원혼들이여
아프고 피멍 든 목숨이여

억울하고 뼈저린 그 상처 안고
구천세계 발붙일 곳 없어
그대들 지금 어디 한 서린 혼백 떠다니나

그 엄청난 죄값 어찌 다 갚을까
그 처절한 죄상 어찌 다 지울까

그대들은 우리에게 고통을 가르쳤다
눈물 없이는 그 이름 부를 수 없네
아픔 없이는 그 이름 부를 수 없네

아직도 일본정부는 제대로 사과하고 보상하지 않았다. 최근에도 주한일본대사관 앞에서는 매달 정기적인 데모가 열리고 있다. UN에서도 내년에 종군위안부 보상문제를 다룰 것이라고 한다.

전에 일본 中央大 요시미 요시아키 교수가 한국여성들의 정신대 모집에 일본군이 직접 관여했음을 증명하는 군자료를 일본 방위청 자료실에서 발굴, 공개한 바 있다. 이 학자는 일본이 불행했던 과거에 대해 진정으로 뉘우치고 그에 대한 응분의 배상을 해야 한다고 주장하였다.

그 자료에 의하면 10만~20만 한국여성이 정신대와 종군위안부로 희생되었고, 이것은 남경대학살에 버금가는 역사적 사건이라고 요시미 교수는 표현하고 있다. 물론 종군위안부는 애초에는 화류계 일본여성들로 출발했다가 한국과 중국여성들을 끌어들인 것이며, 이때 군수공장취업이라 속여서 대거 투입한 것임은 이미 다 알려진 사실이다.

살아 남은 몇몇 여성이 용기 있게 고발함으로써 만천하에 드러난 이 기막힌 성학대 사건의 희생자들은 심신이 찢길 대로 찢겨, 평생 정상적인 생을 누리지 못한 채 <나눔의 집>에 모여 살고 있다. 그들을 찾아가 손을 마주 잡았으나 위로의 말을 어떻게 해야 할지 같은 여성으로서 입이 열리지 않았다. 정녕 일본이 원망스러웠다.

한국을 이해하고 사랑해주는 진정한 지성인 일본인들도 적지 않다는 걸 우리는 알고 있다. 나 개인적으로도 와세다 대학의 大村益夫 교수부부와 각별히 친하다.

그는 한국 문학작품을 번역 출간했을 뿐 아니라 윤동주 시인의 묘소를 북간도에서 찾아내어 빛을 보게 한 공로자이기도 하다. 방학 때면 한국에 와서 장기 체류하면서 연구에 몰두하는 한편 친교를 나누곤 하는데, 이러한 양국인 사이의 인간적인 교류는 널리 일상화되고 있다.

또한 학술 체육 예술을 비롯, 한·일 양국간에 문화 개방도 되고 있고, 2002년 월드컵 한·일 공동개최도 잘 치르게 될 것이다.

그런 좋은 관계를 유지 발전시켜 가기 위해서는 우리의 정서상 깊은 앙금으로 남아 있는 정신대 및 종군위안부문제(강제징용문제까지도 포함해서)를 일본정부가 인정하고 구체적인 해결점을 찾는

노력이 필수적이라 하겠다. 가장 가까운 우방국으로서 평화롭게 지
내고 싶은 것이 우리의 심정이다.

일본, 웃는 얼굴의 무서운 이웃

김 가 배(시인)

퇴촌 <나눔의 집>.

일제치하 일본군에 의해 위안부로 끌려갔던 할머니들이 함께 모여 살고 계신 집.

그 집 벽면에 걸려 있던 사진.

나는 그 사진을 보는 순간, 가슴이 쿵하고 내려앉으며 날카로운 칼끝으로 가슴을 찔리는 것 같은 형언할 수 없는 심한 충격을 받았었다.

전혀 표정이 없이 앞을 응시하고 있던 얼굴. 나는 아직껏 그토록 심하게 깊이 패인 얼굴의 주름살을 본 적이 없다.

깊이 일그러져 흡사 보리밭 이랑을 연상케 하는 깊은 주름살, 표정이 없어 더 처절해 보이던 눈빛이, 나는 지금도 가끔 아니 자주자주 한없이 출렁이는 물결 위에 오버랩되어 내 앞에 다가오는 착각을 하곤 한다.

지금도 왜 자꾸 그 장면들이 넘실대는 푸른 수면 위에 떠오르는지 알 수가 없다. 내가 꽤나 국가관이 뚜렷하고 애국적이어서 발벗고 나서서 그분들의 한과 원을 해결해 줄 능력이나 의욕도 변변치 못하면서 그곳을 방문했던 이후, 자주 그들의 일그러졌던 삶과 깊은 주름살을 떠올리곤 하는 것이다.

약소민족이라는 이유만으로 당해야 했던 용서할 수도 이해할 수도 없는, 용서해서도 안될 참으로 통탄할 만행.

헤어날 길 없는 절망과 참담함, 이유나 영문도 모르면서 속수무책으로 당해야 했던 피눈물로 뒤범벅된 그 수치와 치욕, 그들이 공포 속에 치를 떨며 넘고 건너야 했던 깊은 강, 깊은 계곡의 어두움이 그들의 얼굴 위에 너무도 선명히 살아 있기 때문일 것이다.

'우리가 강요에 의해 했던 그 일을 역사에 남겨야 한다.'

어느 독지가에 의해서 세워진 자기들이 살고 있는 단출한 건물 현관 앞 벽면에 그들은 그들의 한을 걸어 놓고 있었다. 다행히도 그 험난하고 처절했던 시대를 벗어나 태어난 우리들은 내 자신의 일이 아니라는 이유로 그들의 아픔과 한을 남의 일로만 치부하고 자존심과 수치심에 먼 나라의 이야기처럼 무관심 속에 많은 세월을 굳이 외면한 채, 의도적으로 피해왔던 것은 아닐까.

무지 내지는 무관심, 이 타성과 관용의 어휘들은 역사의 사실을 수수방관하려는 우리들의 자기변명 내지는 자기방어였고 그런 무관심은 자기주권을 찾지 못했던 민족의 설움을 애써 희석하고 책임을 회피하려는 적당한 탈출구는 아니었는지. 빛 바랜 사진들을 보면서 자책과 분노가 뒤섞여 자신도 모르게 두 손을 움켜쥐었다.

과연 인간이 어디까지 잔인하고 야비할 수 있는지, 그 극명한 사실 앞에 우리는 아연하지 않을 수 없었다. 어찌 그들이 약소국에 저지른 만행이 위안부 문제뿐이겠는가? 차마 눈뜨고 볼 수 없는 광경 앞에 등줄기 서늘하던 분노의 전율이 아직도 내 뇌리에 선명히 남아 있다.

인간을 생체실험할 수 있었던 그들의 동물적인 잔혹함. 국토의 곳곳 우리의 기상이 응집된 곳마다 쇠말뚝을 박아야 했던 저들의 비열함, 어떤 변명이나 어떤 이유로도 용서할 수 없는 교활하고 야비한 저들, 신이 인간에게 베푼 가장 큰 은혜가 망각이라고 한다지만 나는 내 스스로를 혐오할 만치 지금 갈등에 빠져 있다. 국가관이 남보다 뚜렷하다고 착각하고 있던 나 자신도 지금 내 아이에게 극일의 길이라는 이유로 일본어 공부를 권유하고 있다.

그리고 가끔 일본사람들을 만나며 일본을 여행하기를 좋아한다. 그 사근사근하고 친절한 그들의 매너, 아름답고 깨끗이 정돈된 거리 또는 산야(山野), 그리고 또 내 아이들은 일본문화에 열광을 한다. 그들의 우월성을 수긍한다. 그들의 성실성을 인정한다. '왜놈' 총칼을 마구 휘두르던 그들의 변화된 면모에 우리의 아이들은 매료된다. 그들은 조상들의 얽히고 설킨 아픔의 역사를 잊어가고 있는 것은 아닐까?

문무대왕이 동해 바다에 자신의 수중무덤을 만들어야 했던 사실, 임진왜란의 그 참담함. 일제 36년 간의 치욕을 그들은 역사의 한 페이지로만 기억하려고 한다.

나의 어머님은 일제하에 젊은 시절을 보내신 분이다. 겨우 한글을 터득하여 『옥루몽』이나 『춘향전』을 더듬더듬 읽어 가시던 내 어머님은 당신이 지닌 지식보다는 훨씬 현명하고 지혜로우셔서 깊은 통찰력을 지니고 계신 분이셨다. 어머니께서 우리들이 잘못된 습관 내지는 버릇을 꾸짖으실 때는 그분은 곧잘 일본인들을 예로 들으셨다. 그 중에 하나, 일본인들은 집을 팔고 이사를 가려면 한 달 전부터 집 안팎 구석구석을 손보고 정리 정돈하며 청소까지 더욱 철저히 한다는 것이다. 우리 고래의 관습은 이사를 가려면 엄동설한에도 문에 발라진 창호지를 굳이 찢고 구멍을 내고 깨끗이 치우면 가난해진다는 엉뚱한 명분 아래 청소도 하지 않은 채 마구

어질러 놓고 이사를 한다는 것이다.

어느 인사 한 분의 일본 생활을 읽은 적이 있다. 엄동에 낯모르는 동네로 이사를 가게 되었는데 먼저 살던 이들이 이사를 가고 난 후 들어가 보니, 집 안팎이 잘 정돈되어 있음은 물론, 며칠분의 식량과 석유가 남겨져 있었다고 한다.

그들의 그런 휴머니티를 접하면 그들의 어느 구석에 전쟁의 잔학함이 숨어 있었을까 싶다.

요즘 독도에 대한 그들의 불손함 때문에 우리들의 감정이 부글부글 끓고 있다. 그들은 끊임없이 독도가 자기들의 영토임을 앵무새처럼 되뇐다. 그들은 우리처럼 입에 거품을 물지 않는다. 다만 그들은 그들의 국회 회기 때마다 독도를 거론한다는 것이다. 먼 후일 자기들의 땅임을 입증하기 위한 자료를 국회 속기록에 남겨서 후세에 전하기 위한 소리없는 분명한 행동인 것이다. 그뿐인가, 근간에 이루어진 잘못된 어업협정의 체결 때문에 우리의 어민들은 일터를 잃고…… 탄식을 한다. 엄연한 '우리의 수역을 두고 조업을 못하는 어민들의 울분에 가까운 안타까움. 나는 그들의 눈물을 안다.'

우리들의 밥상 위에는 이미 수입 어종들이 올라오고 있는 것이다.

우리의 청소년들, 또한 어업협정을 체결한 우리의 권익을 책임지고 있는 정치인들은 불쌍한 어민들의 한숨소리를 되새겨 듣고나 있는지. 빼앗긴 당연한 우리의 수역을 알고나 있는지. 일본의 대표들은 그 협정을 위해 20년 간이나 연구를 해왔고, 우리의 대표들은 그저 한두 번 한·일 간의 조례를 살펴본 것뿐이었다고 한다. 참으로 아연할 뿐이다. 개인이 그러하듯 국가 또한 그렇다. 세상을 살아가기 위해 노력하고 인내하고 행동해야 하듯, 우리는 우리의 국가를 위해 무언가 뜨겁게 깨어 있어야 한다. 뜨거운 것이 있어야 한다.

우리는 기억해야 한다. 수치와 굴욕의 역사지만 눈 부릅뜨고 기억해야 한다. 세월이라는 시간 속에 적당히 희석시켜서는 안 된다. 우리들이, 우리의 후손들이 우리가 겪은 뼈아픈 수모와 고통을 생생히 기억해야 한다. 이제는 정서나 격정 따위를 논하지 말자. 항상 깨어 있는 자의 각오로 역사를 열어가야 한다.

일본의 기자들은 천신만고 끝에 잡은 특종도 국익에 위배된다면 서슴없이 붓을 던진다는 그들의 국가관을 우리는 알아야 한다. 나보다는 이웃, 이웃보다는 나라가 우선하는 그들의 나라사랑과 그들의 철저함을 우리는 똑바로 보아야 한다.

문 할머니의 증언

문 주 생(수필가)

우리집 식탁유리엔 연로하신 할머니 한 분의 사진이 끼워져 있다. 따스한 봄날인 듯, 어느 행사장에서 주위 사람들과 함께 박수를 치고 있는데 아무리 바라봐도 전형적인 한국 노인의 인자한 얼굴이다. 혈육의 외할머니마저 몇 달 전에 세상을 뜨셨으니 내게는 할머니라고 이름 부를 분이 없어진 터에 종씨인 문 할머니를 뵙게 되어 얼마나 반가웠는지 모른다.

가끔 난 사진 속의 할머니에게 말을 붙이곤 한다. 수화기만 들면 이야기를 나눌 수 있지만 불편해 하실까봐 그 생각은 아예 접고서 무언의 대화를 나눈다. 특히 늦은 밤에, 『중국으로 끌려간 조선인 군위안부들』라는 증언집을 읽다가 그분들의 아픔과 억울함, 모멸과 수치감에 슬퍼져서 자주 덮을 때마다 "할머니, 얼마나 고통스러우셨어요? 얼마나 죽고 싶도록 힘드셨을까요?" 하고 여쭙는다. 그때마다 "난 모두 잊어버렸어……" 하시는 것만 같다.

할머니를 알게 된 것은 어느날 조간 신문의 짧막한 기사에서였다. 그분은 꽃다운 열 여덟에 일본군 위안부로 중국에 끌려갔다가 무려 64년만에 조국의 품으로 돌아온 것이 바로 작년이었다고 한다. 한 많은 인생살이 끝에 안착한 조국으로부터 받아든 생활자금—그 모두를 '베트남민간학살진실위원회'에 기부한 사연이었다.

그분의 청춘을, 아니 전 인생을 보상받기에는 너무 초라한 액수이지만 마지막 여생을 위해선 꼭 필요한 돈이 아니겠는가. 그런데도 그 돈을 뜻 있는 곳에 쾌척하였다는 인간애에 감동한 것이다. 과연 내가 그런 처지라면 그처럼 따뜻한 온정을 베풀 수 있으랴 싶다.

그 기사에 보니 문 할머니는 광주군 퇴촌면의 <나눔의 집>에 기거하신다고 하였다. 기사를 읽기 열흘 전쯤 여성문학인회에서 <나눔의 집>에 함께 위치한 역사관을 방문하고 돌아왔는데 할머니 한 분만 뵙고서 대화를 나누었던 기억이 난다. 그때 군위안부에 무관심했던 회원들에게 역사관은 충격이었다. 오로지 여성이라는 이유로 온갖 수치와 곤욕을 당한 분들에게 커다란 죄스러움을 느꼈고 약소 국가의 비통했음을 절감할 수 있었다.

일본은 전쟁에서의 승리를 목적으로 동남아 여러 나라의 어린 여성들을 끌어다 군인클럽, 위생적인 공중변소, 군인오락소, 군위안소와 같은 허울 좋은 이름 밑에서 성 노리개로 삼았다고 하니 믿어지지 않는다. 농락 유린당했던 여성들의 생생한 기록을 보고서 우린 뭐라 말할 수 없는 비탄의 심정으로 그곳 문을 나서야 했던 것이다. 우리가 지금 누리고 있는 행복과 번영, 풍요와 사치가 세월에 노쇠해지고 초라해진 할머니들 앞에서 새삼 부끄럽기만 하였다.

그런 심정이었던 나는 문 할머니를 한번 뵙고 싶은 마음에 '수요 정기시위'에 찾아갔었다. 눈비에 아랑곳하지 않고 매주 수요일마다, 9년 동안이나 이어졌으니 여성들의 힘이 놀라웠다. 문 할머니를 비롯한 몇 분의 할머니들과 민간단체의 회원들이 뙤약볕 밑에서 열심히 구호와 노래를 외치고 있었다. 그들이 부르짖고 있는 구호란 다른 게 아니다. 일본정부가 성범죄를 인정하고 사과하며 피해자들에게 배상해주어야 한다는, 지극히 온당한 요구이다. 그런 데도 저들은 끔찍하게 저질렀던 만행을 부정하며 모르는 체하고 있으니 얼마나 통탄할 일인가. 2차대전 때 똑같은 만행을 저지른 서독은 어떠했는가. 총리가 몸소 유태인들을 찾아가 무릎을 꿇어 사죄했으며 정부 차원에서 민간인들에게 모두 배상해주었던 것이 다. 그리고 보면 미온적인 우리 정부의 태도가 답답하기 이를 데 없다.

그 시위장에서 문 할머니에게 내 이름을 소개하자, 그분은 친척 이라도 만난 듯이 반가워하며 손을 놓을 줄 몰라하였다. 마치 내 외할머니처럼 사랑이 넘치는 분이었으며 퍽 소박한 품성이었다. 보 행이 불편하여 남의 부축을 받아야만 했고, 말씀이 자유롭지 못하 여 주로 듣는 모습이었는데 그 어린 나이에 조국을 떠나 돌아오기 까지 얼마나 고생스러우셨느냐고 여쭙자, "말도 마래이. 날이면 날 마다 눈물이 마를 새가 없었데이" 하는 말씀으로 일축하셨다. 한 번도 남을 미워해 보지 못했다는 그분은 자신을 무참히 짓밟았던 일본을 한 줄기 연민의 정으로 바라보시는 것 같았다.

이렇듯 자애로운 할머니를 따라 그 다음 수요일엔 시위가 끝난 후 <나눔의 집> 식구들 틈에 끼어 퇴촌엘 따라나섰다. 마치 어렸 을 적 외가를 가는 것처럼 도회지를 벗어나고 곡식이 푸르게 자라 는 논밭을 넘어 산자락 밑에 도착할 때까지 할머니는 유일하게 내 손을 놓지 않으신다. 이내 집에 도착해서 방으로 안내하여 손님 접 대의 예를 다하는 그분 앞에서 나는 한낱 어린아이였다. 말주변 없 는 난 수박을 먹으며 창가에 매달린 풍경에서 흘러나오는 소리를 감상하거나, 할머니 사진들을 들여다보거나, 바깥 숲의 나무들을 바라보는 따위였다. 먼길에 피곤하셨으니 좀 누우시라 해도 그저 사양만 하던 할머니는 객이 무료할 것으로 여겼는지, 벽에 걸린 동자승 모양의 인형을 장난스레 가리키며 등허리 속의 단추를 눌러 보라 한다. 거기에선 뜻밖의 녹음된 염불 소리가 흘러나왔다. 노인생을 바로 신앙의 힘으로 견디고 있음을 보았다.

아직 따가운 석양볕인데 마당까지 나와서 날 배웅하며 "하룻밤 자고 가면 좋겠데이"를 연신 두 번이나 되뇌시던 문 할머니. 잘 가라며 슬픈 듯 손을 흔드는 모습에서 나는 외할머니와 이별이라도 하는 것처럼 눈시울이 뜨거워지는 것이었다.

* <나눔의 집>에는 문 할머니의 증언 기록이 있지만 65년 전의 기억이 까맣게 지워져 있었다. 그래서 모른다는 말씀이 유난히 많다.

침묵의 소리

김 정 기(시인)

『침묵의 소리』는 미국 언론계에 있는 한국교포 김대실 여사가 작년도 영문으로 출판한 책이다. 뒤이어 채널 13에서도 이 책의 내용과 인터뷰한 것이 한 시간 동안 생생하게 방영되어 우리를 다시 한 번 조국의 역사 속으로 들어가 생각할 수 있는 기회를 주었다. 원어 제목은 'SILENCE BROKEN'으로 김대실 여사는 그가 인터뷰한 네 분의 정신대 희생자의 억울함을 겪은 할머니들의 이야기를 썼다. 새삼스럽게 상처를 들쑤시는 것 같은 아픔도 있었지만 말로만 듣던 것보다는 훨씬 더 현장감 있게 미국에 사는 교민들의 가슴을 파고들었다.

잠자고 있던 한국을 침략해서 민족분단을 야기시킨 일본은 아직도 우리의 원수인가. 아니면 한국전쟁을 통해서도 경제적 이권을 챙겨 세계 속의 경제대국으로 성장했다는 편협한 사고에서 벗어나 어떻게 그들을 수용해야 하는지 해방 후 초등학교를 들어가 반일 교육으로 성장한 나는 가끔 혼돈할 때가 많았다.

일정(日政)때 교육을 받은 나의 큰오빠는 언제나 그 정신 안에 일본은 우상이었다. 해방되고 40년 후일 때도 펜으로 깨알 같은 일어소설을, 그 잘 쓰는 글씨로 써서 일본의 아쿠다가와상(介川文學

償)에 응모한다고 하던 생각이 난다. 뜻은 이루지 못하고 세상을 떠났지만 일본 문학에 심취했던 오빠를 떠올릴 때마다 나는 청주 여중에 입학하여 존경하는 인물을 쓰라는 난에다 나쓰메 소세키라는 일본 문인의 이름을 썼던 부끄러움도 앞서곤 한다.

이런 나의 생각들은 『침묵의 소리』에 나오는 희생자들에 비하면 얼마나 사치스러운가를 곧 알게 되었다. 정신대에 끌려간 그들은 하나같이 가난했고 또 순박한 시골 출신이었다. 어린 나이에 그들은 청천벽력 같은 일을 당하면서 유교사상에 젖어 있던 촌부의 딸들로서 죽음밖에는 길이 없었다고 고백하였다. 그들은 이제 팔순의 노년을 외롭게 보내면서 앞으로 사죄하는 것을 보고 눈을 감아야 하겠다고 부르짖었다. 그리고 "시집 한번 가 봤으면…… 남들처럼 자식 좀 낳아 보았으면……" 하면서 울먹이고 있었다.

누가 그들에게 결혼과 자녀에 대한 평범한 여자의 꿈을 짓밟았으며 글쓰는 데 천재적이던 우리 오빠가 한국말이 아닌 일본말로 글을 써야만 되게 하였는가. 생각하면 그뿐인가. 50년 넘는 긴 이별에 목매는 이산가족도 왜 생겼는가. 누구 핑계 대는 것이 아니라 36년 어두운 세월이 없었더라면 남과 북이 갈리는 일이 있었겠는가. 또 있다. 그들은 아직도 정신대에 대한 진지한 공식적인 사과를 하지 않고 오만하게 버티고 있는 것은 무엇을 뜻하는가.

일본에게 배울 것이 많다고 하며 문화를 전면 개방하자고 하는 목소리가 크다. 일본에 대하여 좀더 객관적이고 이성적 태도를 갖자고도 한다. 역사의 피해의식에서 벗어나자고 사람들은 신문에 써

대고 있다. 그러나 수많은 우리 동포의 한 맺힌 사연을 돌이켜보며 편견과 폐쇄성을 벗어나려는 현재 조국의 모습이 때로는 안타깝다.

아래 시(詩)는 몇 년 전 '정신대 희생자 돕기대회'에서 낭송한 시다.

민족의 꽃

민족 광야에 피어나던 꽃송이들은
태양도 떠오르지 않는
벼랑에서 시들었나니

어둠을 짖어대던 개 떼들은
피 흘리며 저버린
겨레의 꽃을 짓밟아

찢어진 색동옷에
민족의 부끄러운 살점
들어내고
흔적 없이 타국 땅에서
잊혀졌는가

돌아갈 수 없는 고향
실개천 봄 아지랑이도 그리웠고
그대에겐

첫사랑의 연분홍 치마도
아름다운 꿈도 있었네

숨죽여 울어
달빛도 돌아앉던
질긴 외로움은 칡뿌리로 쇠었네

찢어진 흰 고무신 벗고
끝없이 아픈 맨발의 딸이여
조선의 딸이여
시대의 증인이여

이제 7천만의 울음으로 메아리치나니
들이대던 일제의 장검에
여호수아의 기도 무기로
역사의 젖은 무덤에
푸르게 피어나는 꽃들이여

잔혹하게 떨어진 고운 숨결
꽃답게 다시 움터 피어나리

잃어버린 열여섯 살

김 경 실(수필가)

"할머니도 우시고 아버지도 우시고 모두 눈물 바다였어요. 그래도 가야지 어떡해. 아침도 먹는 둥 마는 둥 하고 순사를 따라 집을 나섰지. 우리 할머니는 나를 붙잡고 우시면서 마을 어귀까지 따라 나오셨어요. 할머니한테 내가 '할머니 걱정마, 갔다올게. 돈 많이 벌어서 올게!' 하면서 겉으로는 담담한 척 위로를 했지. 하지만 속으로 얼마나 두렵고 무서웠는지, 한 번도 고향 밖을 나가본 적이 없었거든. 아이구 내가 거기 갔다가 다시 못 돌아오면 어쩌나 하고 생각하니깐 눈물이 앞을 가리는 거에요. 순사를 따라가다 돌아보고 또 돌아보고……."

증언 3집에 나오는 성폭력 피해자 할머니의 피끓는 회억이었다.

일본군 위안부!

치욕의 역사에 희생된 열여섯 큰아기의 슬프고 아픈, 지워지지 않는 오명이었다. 십여 년 전 매스컴을 통하여 일본군 위안부 문제가 폭로되면서 온 국민에게 충격을 주었었다. 그러나 그 문제는 세월에 묻히어 차츰 중요성조차 잃어 관심 밖으로 밀려났다 해도 과언은 아니다. 그렇게 해방 40년이 넘도록 침묵되었던 이 문제가 사회적으로 이슈화되었어도 사건의 진실을 알 수 있는 개괄서를 접하기에는 많은 세월이 흐른 뒤였다.

　5월도 중순으로 접어드는 날, 일제시대 어린 나이에 강제로 끌려가 성폭력을 당한 분들이 함께 위로하며 사시는 <나눔의 집>을 방문하게 되었다.

　<나눔의 집>에 기거하시는 할머니들은 연구원과 간사 자원봉사자들의 도움을 받으며 생활하고 계셨고, 국민의 관심과 지원으로 운영되고 있었다. 또한 이곳 위안부 전시관은 기업의 이윤을 사회에 환원하고자 하는 어느 그룹회장의 큰 뜻으로 이룩되어 있었다.

　마침 할머니 몇 분이 마루에 나와 무표정한 채 찬거리 나물을 다듬고 계셨다.

　전시관을 관람하며 사진으로 보는 그날, 할머니들이 그린 그림을 보았다. 더욱 가슴 아린 것은 이 집에서 제일 젊은 할머니의 골수에 사무친 증언을 듣고서야 할머니들의 무표정에 담긴 뼈저린 세월을 실감하게 되었다. 점령 당시 여성들을 조직적으로 연행하였던 일제는 열두 살 이전의 여아들은 '처녀회'라 하였고, 열 두살이 되면 '근로회'라 이름을 붙였다. 이렇게 1937년부터 1945년까지 12세 이상 40세 미만의 조성여성들을 끌고 가, 일분군의 성노리개로 삼는 만행을 저질렀다. 버섯을 따며 가족과 함께 평화스럽게 살던 열여섯 큰아기는 트럭에 군수물자로 취급된 채 중국, 일본, 동남아 등지로 끌려가 일본군의 성노리개 되어 비탄과 자괴의 날들을 보내야 했다. 담요 한 장과 대야 하나가 고작인 당시 위안소 정경사진은 조선여성들이 겪었던 절망의 세월을 대변해주고 있었다.

　가슴이 뻐근하게 저려왔다. 그리고 잃어버린 젊음에 대한 보상과 역사 밝히기에 투쟁하고 계시는 할머니들의 모습이 당당하고 거대해 보였다. 또한 유교사상 속에 살아온 조선여성들의 가슴속에 어쩜 저리도 정의감이 용솟음칠까 의아하지 않을 수 없었다. 그리고 생존 할머님들을 위해 성원의 박수를 보냈다.

차에 오르며 나는 나의 열여섯 적을 되돌아보지 않을 수 없었다. 초등학교 1학년 때 나는 동족상잔의 비극을 체험하였다. 허나 그토록 무섭고 불편한 전쟁이 왜 일어나야 하는가 하는 의문을 버릴 수가 없었다. 열여섯 살이 되었어도 전쟁과 이데올로기에 무관하게 살았다고 봐야 할 것이다. 성이 아닌 우상을 좇아 고민하며 불면의 밤을 보냈고 부모와 가족의 보호 아래 물질의 혜택을 누렸다. 숨가쁘게 밀려오는 외래문화를 달콤하게 수용하며 진정한 가치관 정립에 혼란을 겪었던 철없던 열여섯이었다. 시대적으로 불운한 시기에 태어나 보호받을 수 없었던 할머니들의 열여섯 살과 보호받으며 성장한 나의 열여섯 살은 이렇듯 여인들의 삶을 송두리째 바꾸어 놓고 말았다. 허나 이렇게 잃어버린 삶을 운명으로 돌리거나 잊어서는 안될 큰 이유가 있다. 그것은 당시 점령지 여성을 상대로 저지른 일제의 만행이라는 점이다. 종전이 되었어도 타국에 버려진 위안부 여성들은 수치스런 과거 때문에 귀향조차 포기한 채 돌아오지 못하고 근근히 삶을 연명하고 계신 분들이 아직도 계시다고 한다. 그리고 성병을 앓거나 정서불안에 시달리기도 하고, 위안부 생활이 드러날까봐 아예 독신으로 고독하게 살고 계신 할머니들이 전부라고 한다. 부계 중심사회에서, 더욱이 피해 여성의 삶이 우리 전통사회에 적응하려면 굽이굽이 고통을 넘겨야 할 것 같다. 허나 윤리를 저버린 일본의 만행을 하느님은 용서하지 않으셨고 조선의 여성들을 버리지 않으셨다. 피해 여성들의 응어리진 삶은 세상을 울리며 증언하고 있다. 일본정부는 조선인 여성들을 종군위안부로 강제 연행한 사실을 인정하고, 그것에 대해 공식적으로 사죄하고, 희생자들을 위하여 위령비를 세우고, 생존자와 그 유족들에게 보상하라고!

  열여섯 병든 할머니로 돌아왔지만 조국은 할머니들을 더 아프게, 외롭게 하지는 않을 것이다. 할머니에게 마냥 송구스러울 뿐이다. 일본군 위안부 문제는 이제 묻혀진 먼 얘기가 아니라 우리가 풀어가야 할 바로 우리들의 문제인 것이다. 여성을 성노리개로 만든 일본 군부나 국가권력의 만행이 다시는 인류사회에서 재현되지 않도록 세상에 알리고 교육하는 것이 남은 이들의 과제라 생각된다. 누군가 역사는 반복된다고 하였던가. 그러나 그 역사 속에서 절대로 반복되어서는 안 되는 것이 반드시 있지 않을까……

일본을 경쟁자로 삼아

임 경 자(시인)

으레 8·15가 가까워지면 빈번해지는 일본에 대한 역사적 비판과 과거 소급의 비극을 되돌아보는 것이 우리 한국인 반세기 동안 연중행사였다고도 볼 수 있겠다. 식민시대를 모르던 어린 시절부터 광복절 행사를 거듭해오면서 해방에 대한 기쁨이나 관공서나 학교 교육기관에서 강조하는 의식이 절실하게 느껴지기는커녕 오히려 어디엔가 묶이는 것 같은 막연한 느낌을 갖곤 하였다.

거슬러 올라가 보면, 일본이 군사적 위협과 강압을 써서 일방적으로 한일합방을 이루었고, 마침내 한국을 식민치하에 두면서 우리의 언어를 말살하고, 이름을 빼앗고, 일본의 정통종교인 신사참배를 강요하는 등, 갖은 만행과 악행을 저질렀다고 한국의 역사 교과서는 전했다.

몇 해전부터이던가, 갑자기 '정신대' 문제가 거론되기 시작하면서 한일국교 조약 이후 몇 번째의 큰 이슈로 국내외에서 일본의 사과와 배상을 요구하는 운동이 계속되고 있다. 맞다. 일본이 나쁘다. 잘못했다. 잘못했어도 크게 잘못한 거지…….

뉴욕 유엔 앞에서, 일본대사관 앞에서 데모행렬이 줄을 잇고, 군데군데에서 집회를 열고, 신문·방송에서 끊이지 않고 계몽, 교육함으로써 역사와 진실을 밝히고 있다. 그렇게 집요하게 정신대 문제로 지면을 채우는 동안 '독도는 우리 땅'이라고 목 터져라 대중 가요 노래까지 만들어 불렀던 그때를 생각해 보았다. 1965년 한·일 양국의 회담에서 4억이라는 배상금을 받았던 한국대표는 다시 국민 앞에 서서 해명해야 할 일이 있다.

그 받은 돈이 일본으로부터 받은 충분한 보상이었는지, 그 돈을 어디에 어떻게 썼는지…….

역사는 항상 '과거형'이다. 또한 아무도 돌이킬 수 없는 것일진대, 그것을 뒤집어본들 더 이상 무엇을 얻으려하는지……; 해방 55년이 지나 2000년인 오늘 버튼 하나만 제대로 누르면 컴퓨터로 세상을 한 바퀴 비-잉 돌 수 있다.

세계 다른 나라 사람들은 여전히 일본이 우리보다 선진국이라 하고, 일본은 질서 있고 예의바른 강대국이라고 단정짓는다. 그동안 55년이라는 반세기를 넘어오면서 각종 산업, 문화, 경제, 민족 교육면에서 모두가 알다시피 꾸준히 현저하게 발전해온 것을 안다.

그래서 그들은 우리를 비난하지 않고도 무시할 수 있었던 것일까. 그들은 어떻게 세계 어느 나라 어느 학계에서도 필요 이상으로 핏대를 올리며 역설하지 않아도 고고히 문명과 과학의 전문실력을 당당하게 자랑하곤 했던 것일까.

팽팽 돌아가는 세상, 1초마다 수십만 명이 태어나고, 하루사이에 정보가 바뀌어 세대 차이가 난다고 농담이 오가는 지금 언제까지나 안 주겠다고 버티는 밀린 빚을 받아내겠다고 연연하며 묶여 있는 우리는 아직도 해방된 민족이 아닌 듯 싶다. 진정한 광복절은 언제 올까.

백의민족, 단일민족, 그 깨끗한 땅에 누가 일본을 불러들였는가? 법이 없어도 살았던 선량한 백성이 두려움과 치욕에 떨었던 것이 일본병력 때문만이었던가? 힘없고 줏대 없는 일부 비겁한 위정자들의 혈연간의 다툼, 내정의 혼란으로 시작된 난리가 아니었던가 말이다.

내 아내, 내 딸, 내 어머니가 일본군에게 강간·납치 당하여 위안부가 되었을 때, 한국의 남성들은 무엇을 했는가? 죄 없고 선량한 백성은 전쟁터로 끌려갔고, 나라를 팔아먹은 위정자들은 자신까지 일본에게 바쳐 이름도 종교도 언어도 고스란히 넘겨주었다. 자기살을 뜯길까봐 호랑이에게 날고기를 들이밀듯이……

요즘은 일본의 포키만 카드니, 영화니, 게임이나 비디오로 온 세상이 하나인 것 같은 생각이 들 정도이다. 그들의 문화흥행 게임은 그 위력과 인기가 무궁무진해 보인다.

여전히 일본 것과 일본 문화의 잔재를 안고 살아가는 불쌍한 민족이여, 이제는 우리가 그들을 경쟁자로 삼아 분발해야 할 때이다. 우리 자신의 긍지와 신념을 재정립해야 할 때가 아닐까?

반세기를 지내보고도, 아직도 거꾸로 가는 마차를 타기보다는 이제 우리 자신을 해방된 민족답게, 자유 민주주의 국민답게 겨루어 가며 발전해 나가길 열망하고 있다면 이제 우리 광복의 시작이다.

우리가 일본의 식민지였던 것을 잊을 수는 없다. 영웅과 성공은 반드시 실패가 실패로 끝나는 것이 아니라, 그 실패 때문에 더 성공할 수 있어야 한다고 믿는다. 이제 그들보다 나은 우리의 역사와 문화를 찾아 안고 새 천년을 새로 시작할 일이다.

일본인과 정신대

지 연 희(수필가)

남편은 일본에서 태어나 7년 간을 그곳 정서 속에 살았다. 동경을 중심으로 남쪽에 위치한 중소도시 오사카의 재일 한국인이었다. 그는 일본소년들 틈에 끼여 유년의 성장기를 보낸 탓에 뿌리는 한국인이지만 고향은 일본인 셈이다. 그러나 남편은 1947년 고국에 돌아와 50년이 넘게 살아오면서 애국심이 무엇인가를 실생활 속에서 보여주고 있다.

해방 후 2년이 지난 1947년의 대한민국은 일본의 억압된 통치에서 벗어나 독립의 기쁨은 누리기 시작하였으나 훗날 나라가 반으로 갈라질 만큼 이념의 대립이 팽배해 있던 혼돈의 시대였다. 근 7년 간의 일본생활에서 고국에 돌아온 일곱 살 소년은 민족이라든가 지배자와 피지배자의 아픔도 모르는 체 마냥 일본에 돌아가겠다며 부모님께 억지를 부렸다고 한다. 일본에서의 생활이 보여준 동경의 대상이 무엇이었는지 알 수 없지만 그냥 가고 싶었다고 한다. 어린 소년의 눈에 비친 일본이라는 나라는 당시 한국의 환경과는 판이하게 다른 경제적, 문화적 발달의 혜택 속에서 삶의 편리를 누릴 수 있는 곳이었다는 것이다. 일본말을 하고 일본문화에 익숙해 있던 소년이 언어도 소통되지 않고, 생활습관도 판이하게 바뀐 고국의 생활에 적응하기란 쉽지 않았을 것은 자명한 일이다.

일본사람의 생활 태도에 길들여졌던 소년은 지금 누구 못지 않게 나라를 사랑하며 중년 나이를 보내고 있다. 회갑을 앞에 둔 나이도 잊고 몇 달 전 TV에 방영된 한·일 축구의 그 숙명적 라이벌 순위 다툼전에서도 그는 어쩔수 없는 한국인의 핏줄임을 확인시켜주고 있었다. 있는 목청껏 소리를 지르며 공연히 욕설을 퍼붓고 혹여 한국선수들이 지기라도 할까 안절부절 했다. 무슨 일이 있어도 일본선수들에게 지면 안 된다는 것이다. 농구, 배구 등 스포츠 한·일전에 신경을 곤두세우는 한국인의 민족적 정서는 언제까지나 일본엔 이겨야 한다는 것이다. 36년 간 말살되었던 한 민족박탈의 굴욕의 삶은, 선의의 경쟁자로 건전한 정신과 육신을 단련하고 상호 화해로운 교류의 바탕이 되어야 할 스포츠 게임을 치르며까지 영향을 미치고 있다. 그만큼 일본에 손상된 민족적 상처는 어떤 세기의 변화 속에서도 치유되지 않는 것임에 분명하다.

한국과 일본은 지형적으로 이웃사촌이다. 서로 우의를 나누며 가까이 가슴을 열어 놓을 수 있을 만큼 생김새도 닮았다. 그러나 한국인은 근 백 년에 가까운 세월이 흐르도록 혈연을 이어가며 끊기지 않는 반목의 한류를 침략의 야욕으로 한반도를 지배했던 일본이라는 이름 위에 흘려보내고 있다. 36년의 억압 아래 나라를 빼앗기지 않겠다는 애국인의 억울한 죽음은 수를 헤아릴 수 없었다. 민족의 역사와 전통과 영혼을 짓밟히고 남의 나라를 지키는 일에 짐승처럼 끌려가 목숨을 잃은 수천 만 청년 학도병들, 그리고 저 치욕의 정신대 어린 소녀들의 아픔을 잊을 수 없는 것이다. 꽃도 피워보지 못하고 전장의 위안부로 끌려간 열여섯 살 소녀는 칠십이 넘은 노구를 끌어안은 채, 지금도 전신에 입은 상처로 앓고 있다. 비인간적이고 비인류적인 침략자의 검은 발자국은 한 인간의 아름다운 삶을 송두리째 빼앗고 안온한 가정과 사회를 등진 채 치유되지 않는 아픈 상흔을 매만지며 눈물을 흘리게 하였다.

독도가 일본 땅이라고 우기는 양식 없는 일본인들이 머리에 띠를 두르고 시위하는 모습을 TV화면을 통해 보았다. 그들은 아직도 한국인을 아니 한국의 국토를 다 잡았다가 놓친 토끼쯤으로 착각하고 여전히 토끼사냥을 시도하고 싶어할지 모른다는 생각이 간혹 들 때가 있다. 물론 가당찮은 일이지만 말이다. 1947년 귀국 길에 오르는 가족들에게 헤어짐을 슬퍼하지 말라며 일본인들이 들려주던 한 마디를 남편은 기억하고 있었다. 아주 상냥한 음성으로 더 없는 친절함의 아쉬움 깃든 이별의 인사말을 한국으로 향하던 뱃전의 부두에 나와 일본인들은 소리쳤다는 것이다.

"잘 가세요, 야스다 씨! 우린 20년 후에 꼭 다시 만날 수 있을 거예요."

참으로 어이없고 소름끼치는 암시였음을 알게 되었다고 한다. 20년 후에 다시 한국을 침략하겠다는 언질이었다. 일본의 한국 침략은 소수의 위정자들에 의한 탐욕만은 아니었음을 직감하게 하는 대목이다.

21세기는 지구촌시대가 될 것이라고 한다. 이는 나라와 나라 사이의 벽을 허물고 지구촌은 하나라는 인류사적 공감대를 형성하지 않을 수 없다는 것이다. 얼마 전 한국은 일본문화 개방이라는 정치사적 변혁을 이루었다. 그러나 한국인의 정서가 과연 일본으로부터 입은 뼈 속 깊은 상처를 말끔히 씻어내는 화해의 손길을 내어놓을 수 있을지는 알 수가 없다. 더욱이 치욕적 삶을 살았던 정신대 할머니들의 아픈 증언을 듣는 날이면, 나라의 독립을 위하여 처참히 형장의 이슬이 되었던 독립운동가를 회상하는 날의 울분은 하늘을 치솟기 때문이다. 어떤 보상의 대가도 의미가 없는 아픔이 아닐 수 없다. 머지않아 일본 침략의 산 증인으로 남아 아픈 역사를 되씹게 하는 정신대 할머니들도 세상을 뜨고 말 것이다. 우리는 지금, 지난 역사의 과오마저 망각하고 회피하는 일본을 향하여 어떤 대가를 요구해야 옳을까.

아늑한 산자락에 핀 꽃잎 한 장

김 해 석(시인)

새로 돋는 움과 새순으로 온 천지가 소생의 향연을 베푼다.

마치 험난하고 모진 질곡의 인생 역정을 견뎌 이겨 오늘을 살고 있는 그분들을 만나러 가는 우리에게 뭔가 시사하는 양 퇴촌 <나눔의 집>에 도착했을 때에는 초여름의 싱그러움이 여느 평화스런 마을 풍경과 다름없었다.

혜진 스님의 따듯한 보호의 손길 아래 여기저기 흩어져 살던 할머니들이 모여 생활하고 있는 모습은 다정한 자매들 같아, 보는 마음이 한결 편안했다.

한 분 한 분이 그간의 겪었던 일들이야 어찌 필설로 다 할 수 있으랴만, 아직도 부끄럽고 아직도 뭔가에 두려운 할머님에게 이것저것 묻는다는 것은 못할 일이지 싶었다.

꽃다운 처녀 적 순박한 꿈들을 펼쳐 보지도 못하고 누구의 잘못도 아닌 역사의 희생양으로 살아오신 저분들! 생지옥과도 같은 모진 환경에서 그 긴긴 날 남루해질 대로 남루해진 가슴을 부둥켜안고 살아오시면서 꾸어오신 꿈은 무엇이었을까.

덫에 걸린 들짐승처럼 처참한 나날을 견디며 삭여온 고통을 팔순을 넘긴 지금도 바로 어제인 듯 회상하시는 할머니의 입술은 바작바작 마르는지 자주 입술을 축였다.

수련 위에 잠자리 조을고 밤이면 하이얀 박꽃이 꿈처럼 피어나는 쇠죽 쑤는 아궁이에 묻어둔 감자가 한여름 밤의 즐거움을 더해주던 어린시절 고향 풍경이 떠오른다.

한낮의 더위를 피하려고 친구들과 시원한 나무 그늘을 찾았을 때 무성한 잎새로 하늘을 덮은 느티나무 아래선 아버지가 친구 분들과 담소를 즐기고 계셨다.

풀밭 꼿꼿이 세운 삼베옷 속으로 합죽선의 바람을 넣으며 선이 할아버지도 그곳에 계셨다. 장죽에 담배를 꼭꼭 채워 몇 모금 빠시더니 뭔가 마뜩찮은 표정으로 돌 위에 담뱃재를 터시면서 대추나무 집 막내딸 혼삿날 잡힌 거 아느냐며 한숨을 쉬셨다.

나는 화들짝 놀라 가만히 귀를 기울였다. 대추나무집 순이는 나보다 나이는 서너 살 위지만 나와 함께 고무줄 넘기도 하고 공기받기도 하며 놀던 친구다.

그런 순이를 정신대에 보내라는 통지를 받은 순이 부모가 서둘러 시집을 보낸다는 거였다. 그 일이 있은 후 마을에선 혼기도 차지 않은 처녀들을 서둘러 시집을 보냈고 배필을 구하지 못한 아가씨들은 군수 공장에 간다며 하나 둘 마을을 떠났다.

처녀들이 떠나자 이제는 보국대라는 이름으로 장정들을 끌어갔다. 젊은이들이 빠져나간 마을에선 농번기에 일손이 모자라 애를 먹었다. 몇 해 전 비오는 북해도 광장을 걷고 있을 때 징용으로 끌려가 삿보로에 가 있다던 초등학교 친구인 금이아빠 생각이 났다.

늘 인자한 모습으로 농사일에 열중하던 금이 아버지. 금이네는 아버지가 징용 나가신 후 가세가 기울어 학교도 그만두었다. 혼자 고생하시는 엄마를 돕는다고 봄이면 들에 나가서 바구니 가득 나물을 캐서 시장에 나가 팔곤 하던 애처롭던 모습이 흐려진 필름을 보듯 아련히 떠오른다.

아기를 업고 집집을 돌며 빨래를 거들어 주던 금이 엄마의 생기 잃은 모습이 삿보로의 하늘 아래서 문득 떠올라 사방을 두리번거리기도 했다. 마치 아버지를 찾는 금이의 심정이 되어서.

지금 우리 앞에서 증언을 하고 계시는 저분도 그런 수난의 과정을 겪으셨으리. 저분의 부모님들은 귀여운 자식을 그렇게 빼앗기고 온전한 삶을 사셨을까?

덧없는 세월은 흘러 그때 부모님보다 더 나이를 먹은 저분. 우리는 과연 저분들을 위해 무슨 일을 할 수 있을까, 안타까울 뿐이다.

급변하는 세계정세는 동서도 남북도 없다. 다만 신기술 빠른 정보만이 현대를 살아가는 가장 튼실한 무기다. 세계에서 교육열로 말하자만 둘째가라면 서러워할 우리.

힘을 기르는 것이다. 경제 강국이 되어 만방에 위세를 떨칠 일이다. 그러는 것만이 저분들의 한을 푸는 길일 것이다.

　　　퇴촌 마을 산자락에 민들레 새움 튼다
　　　부끄런 역사 속에 꺾기어진 꽃송이들
　　　정신대 그 함정 속에 조선 처녀 앗긴 순정

　　　살아와서 증언하는 그 시절 그 숙명을
　　　차마 듣기 안쓰러워 애간장 녹아나네
　　　어디라 찾을 길 있어 저분을 달랠까

　　　애처로이 숨져간 아리따운 그 처녀들

통일된 어느 먼 날 위령제 향 올리리
구름만 눈물 머금고 수화로 주는 얘기

내가 만난 일본

이 희 만(시인)

일본 남쪽에 아마미라는 작은 섬이 있다. 그 섬지방에 얽힌 애환과 환희를, 그곳의 민요와 춤을, 온 몸으로 추어대는 사람을 나는 안다. 5년 전 멤피스 세계시인대회 때에 처음 만났고, 두 번째는 영국대회 때 만난 나오시 고리야마(Naosi Koriyama)는 대학에서 은퇴 후, 아마미 민요를 번역하여 책 출간하기를 꿈꾸는 사람. 대회 중에 발표한 내 글의 결론 부분에 일본의 점령과 해방 후에, 한국인이 겪은 가치관의 혼란과 표류에 대하여 간략하게 언급한 부분이 있었다. 그 발표 후, 그와 같이 온 일본 시인들은 한국인인 내 눈을 차마 바로 쳐다보지 못하는 등, 엄숙한 속죄의 태도를 보여주었고, 뉴욕으로 돌아오자마자 나는 그에게서 사죄의 뜻이 배인 침통한 한 통의 편지를 받았다.

세계인들이 모인 곳에서는 국가적 역사적 죄로 독일인들과 같이 집단으로 죄인이 되는 그들을 보면서 나는, 때로는 사색당쟁으로 얼룩졌다고는 하나 전쟁하기보다는 화해하고, 검보다는 붓 들기를 즐겼던 우리 선조들의 고아한 품성을 새삼 떠올리지 않을 수가 없었다.

나의 시 중에 '푸른 양심으로 일어서리라'는 시가 있다. 보편적인 인간 내면세계를 천착하는 내 시의 세계에서는 흔하지 않게 시

대와 역사의 희생물로서 정신대로 끌려가 정신과 육신이 갈기갈기
찢긴 희생자들의 영혼을 위로하는 시이다. 인간 생존의 아픔과 괴
로움 중에 이보다 더 이상 골수에 사무친 분노가 있을까? 슬픔이
있을까? 잔혹이 있을까? 비참이 있을까? 모순이 있을까? 전후 세
대의 한 사람으로서, 상업적인 면을 제외하고 일본이란 나라를 나
와 연관지어보니, 속죄로 촉촉한 그의 편지와 내 시의 구절 구절이
함께 떠오른다.

푸른 양심으로 일어서리라
-정신대 희생자들께 바친다-

천둥과 함께 밀려온 비구름이었네
벼락치며 몰려든 이리 떼였네
청명한 새벽과 함께 일어나
순하게 엎드린 들판에 허리를 묻다
노을 빛으로 하루의 수고를 씻던
순백의 어진 사람들

믿었던 하늘이 무너지니
산천이 갈 길을 잃었네
디뎠던 땅이 갈라지니
초목이 살 길을 잃었네

우물가에서 물긷던 아낙
논밭에서 호미질하던 처녀

골목에서 소꿉질하던 소녀
교실에서 공부하던 어린 학생

두레박 깨뜨리고
흙 묻은 손 묶이고
밥상 걷어차이고
책보따리 빼앗기며

손목 잡혀 끌려간 길
승냥이 떼 굴속이었네
불길 지옥이었네

들끓는 태양 아래
역사라는 이름 아래
군국주의의 군화 밑에서
인면수심의 창칼 앞에서

더러는 피지 못한 꽃눈을
벌겋게 뜨고 죽어갔네
더러는 뜨거운 피를
철철 흘리며 살아 남았네

숨을 끊어도
지옥 같은 목숨
살아 남아도

벌레 같은 목숨

영광된 자의 영광을 위하여
비겁한 자들의 비겁을 위하여
치욕된 역사의 치욕을 위하여
번영된 조국의 번영을 위하여

북만주 벌판의 흙바람 속에서
필리핀의 오지 속에서
오키나와 섬의 풍랑 속에서
조국 산하의 서릿발 속에서

끝없는 역사의 수레바퀴 밑으로
다시 빨려 들어가네
산 채로 흙무덤 속으로
몸부림치며 끌려 들어가네

눈이 있는 자
눈을 바로 떠야 하네
양심 있는 자
양심을 바로 세워야 하네

내 살점으로 전장을 덮고
내 피로 바다를 물들인 것
그 비명 살아오지 않는가

그 아픔 돌아오지 않는가

우리 그 고통의 핏물에
뒷짐지던 손을 담구어야 하겠네
우리 그 절대의 희생에
푸르게 물오른 양심으로 일어서야 하겠네

사라지지 않는 분노

황 혜 경(수필가)

일본!

37년 동안 일본의 속국으로 살아 왔던 치욕적인 체험과, 6·25의 경험도 모르는 세대에서 일본을 말한다는 것은 수박 겉 핥기식이 되지 않을까 우려가 된다. 그러나 할머니와 어머니한테 들은 이야기만으로도 우리는 충분히 일본이라는 나라에 대해서 간접적으로 분노를 느끼고 있다.

체험하지는 않았지만 일본 하면, 우선 거부감이 오고 또 북한의 북 소리만 말해도 잡혀가 반공법에 걸린다는 이론적인 공부만으로도 공포감을 느껴왔는데, 위안부 생활로 인생의 모든 희망을 앗아간 그 시대의 잔인한 인간성에 어찌 분노를 느끼지 않겠는가.

거기다가 우리는 맞아 죽을 각오로 일본을 마구 패주는 사람도 없고 또 늙은 각료들의 망언에도 강력한 대응이 없는 현실과, 한·일 어업협정마저 실패해 놓고 있는 어선들이 포구에서 수평선만 바라보고 있는 실정이다.

독도가 자기 땅이라고 우기는 사람들, 어찌해서 일본의 잔꾀에 넘어가는지 알 수가 없다. 수십 년 동안 당하고도 모자라 현재도 당하고 있는지 예리한 분석을 하지 않는 한 우리는 보이지 않는 일본이라는 사슬에 묶여 살 수밖에 없다.

그렇게 적대시하며 반세기를 살아 왔던 북한과는 포용과 악수로 그 동안의 한을 풀었지만 일본과는 같은 동양권에 속해 있다는 것뿐 이질감이 오고 또 따뜻한 포용은 없을 것으로 본다. 왜? 그들은 겉과 속이 다르고 이익을 챙기기 위해 맞닿는 뜨거운 가슴보다는 머리로 철두철미하게 계산을 먼저 하는 사람들이기 때문이다.

그래서 일본은 '이코노믹 애니멀'이라는 닉네임으로 전세계적에 알려져 있지 않은가. 이 말만으로도 그들의 인간성을 알 수가 있고 또 충분한 앙갚음이라고 생각했다. 그런데도 그들은 까딱하지 않고 "가자! 황금의 땅 한국으로……" 라고 외치고 있다.

일본 문화가 야금야금 밀려들어오고 있다. 2002년 월드컵 축구대회를 앞두고 한국과 인연이 깊어 3차 개방에 따른 거부감이 없어 올 하반기 3차 개방을 받아들일 것으로 판단하고 있다.

상륙채비를 하고 올림픽공원 체조경기장에서 일본어로 공연이 열린다는데, 일본문화를 어떻게 대처할 것인지 걱정이 앞선다. 2천 석 이상 공연장에서는 대중적인 노래를 부르지 못하도록 금지한 정부가 4천~5천 석으로 객석을 늘리고 야외공연도 원칙적으로 허용할 방침이라고 하니 우리도 이에 걸맞는 문화를 일본에 수출해야 되지 않겠는가.

물론 시대도 변했다. 유일하게 분단된 나라로 남아 있던 남과 북이 손을 잡을 만큼 변한 세상에서 일본 문화를 계속 거부만 해서도 안 되지만, 무조건 받아들인다는 것도 문제의 요인이 될 수가 있다.

일본 노래를 못 부르게 한 것도 엊그제요, 북한 방송과 노래도 청취할 수 없었던 것도 바로 어제 같은데, 이제는 영화와 노래가 우리 문화와 교류라는 이름으로 서서히 다가오고 있다.

일본문화원은 벌써 음악정보센터를 설치하고 인기 가수들의 음반과 비디오 8백 70여 장을 감상할 수 있는 장소를 마련하는 등 가요시장 개방에 발 빠르게 대비하고 있다고 일간지는 보도하면서도 거기에 따르는 부작용이나 손익에 대해서는 언급이 없다.

우리 영화와 인기 가수들이 진출해 일본에서 히트를 치고 있는 것도 반가운 일이다. 나 또한 일본 영화 3편을 보았지만, 우리가 표절을 했는지, 아니면 일본에서 표절을 했는지 너무 내용들이 비슷비슷했고 느끼는 감동 또한 어쩔 수 없는 동양인들만이 갖는 정서가 깔려 있었다.

옛날 입었던 상처가 아물지 않은 상태에서 밀려오는 일본문화를 어떻게 받아들이며 또 어떻게 이해를 할 것인가.

우리나라 대통령들께서 위안부 건에 대해 일본의 사과를 받아보겠다고 여러 차례 시도를 했지만 겨우 한다는 소리가, 유감스럽게 생각한다든가, 아니면 가슴아프게 생각한다는 등 성의 없는 대답으로 일관하는 늙은 수상들이 슬쩍 넘기려는 노련한 정치적 발언을 보면, 그들은 아직도 우리나라를 좌지우지할 수 있다고 착각을 하는 것인지……. 우리 조상들께서 무덤에서도 벌떡 일어날 일들이다.

<나눔의 집>에서 고생하고 계시는 분들께는 뭐라 위로의 말씀을 드릴 수가 없다. 단 몇 푼의 돈으로 깊고 깊은 상처가 아물 리 없고, 또 지난날의 곤혹을 되새기고 싶지도 않은 치욕스런 일로 인해 푸른 하늘을 바라볼 수도 없다.

그 어둠을 거두어 드릴 방법은 오로지 늙은 각료들이 아닌 젊은 세대에서 문화개방에 앞서 자기들 조국에서 저질러 놓은 과오를 인정하고, 한 번만이라도 방문하여 어른들의 잘못을 진심으로 사과

를 한다면, 그분들의 아픔이 조금이라도 위안이 될까. 그리고 우리가 일본에 대해서 가지고 있는 편견이 달라지지 않을까 싶다.

용서는 절대자께서만이 할 수 있는 일이다. 우리는 단지 용서보다는 그들이 진심으로 뉘우치고 수십 년 전에 잔인하게 굴었던 인간 이하의 과오를 인정받고 싶은 것이다.

알 수 없는 분노, 풀리지 않는 감정, 잠재되어 있는 울분, 이 모든 감정들을 정리하기에는 우리 세대에서는 아직 시기상조라고 생각한다. 아무리 일본문화가 밀려온다 해도 우리는 우리 것을 지켜야 하고 함부로 모방하지 않는 젊은 세대들이 되었으면 한다.

우리 세대만이라도 일본을 다른 각도에서 볼 수 있었으면 한다.

제2부

일본의 실체를 해부한다

강덕경 할머니의 작품
<우리 앞에 사죄하라!>

자유와 날개

이 세 기(소설가)

　일제 강점기에서 이화의 수난기는 1938년부터 해방까지 7년 간 가장 극심했고, 김옥길 선생님은 이화에 입학해서 해방이 되기까지 그 중에서 만 5년 동안 학생과 사감으로서 스승의 시련을 목격한 증인이었다. 그 암흑의 세월에 잃어버린 나라를 되찾기 위해 해외 망명지에서 독립운동을 하던 애국지사도 훌륭하지만, 압제자들의 모욕과 천대를 눈앞에서 겪으면서 학교를 지킨 스승·선배들도 독립투사 못지 않은 애국자라고 생각했다. 그들은 개인의 명예나 영달 이전에 민족의 딸들을 교육시킨다는 단 하나의 목적 때문에 자존심이 만신창이가 되어도 포기하지 않았다. 김옥길은 그때 이를 괴로워하고 가슴 아파 눈물짓던 스승을 보면서 나라 없는 백성의 서러움이 얼마나 뼈아픈 일인가를 절감할 수 있었다. 그들이 없었다면 교육도 없고 교육이 없다면 나라의 장래도 기대할 수 없었을 것이다.

　김옥길은 스승의 시련이 시작되던 스산한 초겨울의 일을 생생하게 기억하고 있다. 아펜젤러 교장의 표현처럼 스승은 "명민한 학자요 영감 있는 교사이며 유능한 행정가"였으나 교장의 직책을 승계받은 순간부터 스승의 인생 앞에는 어느 때보다 험난하고 모진 가시밭길이 가로놓여 있었다.

미·일 관계가 험악해지면서 일제는 이화를 압박하려 들었다. 일차적인 공략으로 25년 간이나 이화에 봉직하고 있던 아펜젤러 교장을 비롯 한국 여성의 교육을 위해 몸과 마음을 바쳤던 선교사 11명을 이화 교정에서 몰아냈다. 40년 11월, 새 교장이 취임하고 나서 1년 7개월 후이고 김옥길이 이화에 입학한 지 8개월 만의 일이었다. 김활란 새 교장으로서는 부모요 스승이며 동료였던 그들이 떠난다는 것은 단순한 섭섭함이 아닌, 집안의 기둥이 한꺼번에 무너지는 일이나 다름없었다. 일본에겐 적일지 몰라도 그들은 한국인의 정신을 가다듬고 광명을 보게 해 준 은인이었고, 이화는 미국 감리교 해외여선교부(Women's Foreign Missionary Society)의 원조로 운영되고 있었기 때문이다. 만의 하나, 미국의 원조가 끊기는 날이면 이화는 바람 앞의 촛불처럼 꺼져 버릴지도 모를 일이다.

선교사들이 떠나던 날 김활란 교장은 인천 부둣가로 전송하러 나갔다가 일본 외사계 형사들의 삼엄한 경계 때문에 인사말도 변변히 나누지 못한 채 쓸쓸히 학교로 돌아왔다. 그들을 보낸 교정은 텅 빈 듯이 허전했고 스승은 깊은 생각에 잠겨 한동안 교정을 걷고 있었다. 이화는 심한 풍랑 속에 떠 있는 한 척의 배였고 스승은 키를 잃고 방황하는 외로운 선장의 모습이었다. 미국의 원조로 지탱하던 이화의 운명이 어떻게 될 것인가는 아무도 짐작할 수 없었다.

만주 대륙을 거쳐 중국에까지 뻗치던 일본의 침략 야욕은 선교사들이 이 땅을 떠난 다음 해인 41년 12월 8일, 진주만을 기습공격하는 것으로 미·일 전쟁은 정면으로 터졌다. 스승이 노심 초사한 대로 미국 선교부와의 연락은 단절되었고 원조도 끊겼다. 이런 사정에는 아랑곳없이 일제는 미국 선교사들의 손으로 이룩된 이화를 눈엣가시처럼 못마땅한 존재로 겨누기 시작했다. 미 제국주의를 숭상하는 비애국자로 매도하는 등 이런 학교는 없앤다는 쪽으로 몰아가면서 갖은 술책과 미봉책을 마다하지 않았다. 조선 땅을 함부로 짓밟아 점령한 것처럼 일본인 교수들을 무작위로 파견하여 이화를 내부적으로 침략하려 들었다.

그가 이화를 졸업하던 무렵에는 일제의 탄압이 가장 혹독했던 시기였다. 영어를 적국어로 치부하고 영어 사용을 금지시키는가 하면 예고도 없이 여학생들의 기숙사를 기습해서 책상 서랍을 뒤지고 성경과 찬송가 등을 적발하고 한글로 된 모든 책들을 불살라 버렸다. 특히 이광수의 『흙』이나 심훈의 『상록수』 같은 소설은 악성 불온 문서로 취급되어 이런 책을 가지고 있던 학생은 며칠 동안이나 잔인하게 추궁당했다. 이화 교정에는 찬송가나 우리의 가곡 대신 군가가 울려 퍼지고 총독부 학무국은 공식적으로 일본어를 캠퍼스 내에서 일상 용어로 사용하게 했다. 교정에는 우리말이 사라지고 교가마저 일본말로 고쳐 불러야 했다. 숨막히는 압제와 간섭 속에서 김활란 교장은 학생들에게 "내 나라 내 땅을 다시 꾸며 보겠다는 희망 하나에 의지하면서 슬픔을 겹겹이 감춰 두고 꿋꿋하게 버티자"고 다짐했다.

총독부 지시에 따라 종교 교육과 종교 행사가 폐지되어 크리스마스가 다가와도 크리스마스를 위한 어떤 장식도 할 수 없었다. 기숙사 학생들은 해마다 카드와 선물을 주고받으면서 즐거운 성탄을 보냈으나 축제 분위기는커녕 잿빛처럼 어둡고 굴욕적인 생활로 한창 발랄해야 할 젊은이들은 움츠러들 대로 움츠러들기만 했다. 그런 상황에서 김옥길은 우울한 친구들을 위해 기숙사 창가에 크리스마스 장식과 카드를 진열해서 사감을 놀라게 한 일이 있었다. 작은 나무에 색등을 달고 은종이와 금종이로 벽에다 '메리 크리스마스'를 써서 붙였다. 성경과 찬송가가 적발되는 마당에 만약 일본인 선생들이라도 이를 보는 날엔 총독부에 알려져서 어떤 날벼락이 떨어질지 모르는 위험천만한 일이었다. 사감은 하얗게 질리고 학생들은 큰 죄나 지은 듯이 기가 죽었으나 김옥길만은 "그까짓 일이 무슨 큰 대수냐"는 듯이 싱긋이 웃고 있었다. 그의 입장에서는 일제의 압박에 시달리고 주눅 들린 고단한 친구들을 위로해 주자는 것뿐이었다. 따지고 보면 아무 것도 아닌 일 같지만 일제는 기독교를 미국의 상징으로 알고 기독교 학교인 이화를 이를 갈 정도로 미워하고 있었고, 이를 빌미로 학교와 교장에게 어떤 압박과 곤욕을 가할지 예측할 수 없는 나날이었다.

　그뿐만이 아니었다. 그 시절에는 본관을 비롯해서 이화 동산을 무궁화 동산이라고 할 만큼 한국을 상징하는 무궁화나무들이 사방에 심어져 있었다. 학교 건물과 운동장 주변의 씩씩한 무궁화나무들이 정렬하여 아침마다 이 민족의 기상과 끈기를 지지 않는 꽃으로 피워 냈다. 그러나 어느날 캠퍼스에 들어온 일본인들은 무궁화가 삼천리 강산의 상징이자 나라꽃이라는 이유로 나무들마저 모조리 캐어 없애 버렸다. 뿌리째 잘리고 꺾인 무궁화나무들은 일제의 총칼에 쓰러진 민족의 슬픔처럼 여기저기에 산더미처럼 쌓여 있었다. 그때 김옥길은 일제가 씨를 말리고자 뽑아버린 무궁화 한 그루를 주워다가 기숙사 방에서 몰래 키웠다. 기숙사 방에서 물을 주고 가꾸어 꽃을 피워 냈고 친구들은 무궁화꽃을 보자 잃었던 조국의 모습을 만난 듯이 눈시울을 붉히며 기뻐했다. 그것은 시드는 꽃 한 송이를 피워 낸 데 그치는 것이 아니라 그의 고집스러운 의지가 나라의 꽃을 기어이 피워서 조국의 서광을 예고하는 것처럼 보였기 때문이었다. 친구들은 옷깃을 여민 채 숙연해지기도 했다.

그가 학교에 다닐 때는 미국인 교수에 이어 한국인 교수들도 거의가 학교를 떠나 한두 명의 교수만 남아 있었다. 그러나 대한 독립의 희망을 한 가닥도 가질 수 없었던 절망 속에서 무언의 교훈으로 민족 정기와 애국심을 일깨워 준 사람은 한글학자 이희승 교수였다.

이화에 입학하던 해 기숙사에서 짐을 풀면서 그는 선배들로부터 '대추씨(棗核公)'라는 별명을 가진 훌륭한 교수의 소문을 듣고 '어떤 분이기에 그처럼 제자들의 마음과 깊이 이어져 있을까?' 기대하고 있었다. 강의 시간에 만난 스승은 체구는 작았으나 한눈에도 대쪽처럼 단단하고 고고한 인품이 느껴지는 학자였다. 이교수는 언어학과 한문을 강의하는 도중에 학문의 귀한 점을 전해 주면서 제목을 주어 작문을 짓게 하고 글의 잘못된 부분은 붉은 잉크로 줄을 그어 고쳐 주기도 했다. 한국 사람들은 이름마저 빼앗겼고 한국말을 하다가 일본 순경이나 학교의 일본인 선생에게 들키면 혼쭐나는 판이었으나 이교수는 조국에 대한 사랑과 긍지와 민족의 얼을 심어 주는 교육에 열중했다. 그때 이희승 교수가 들려준 이야기는 김옥길의 나라 사랑을 끝없이 부추겼다.

"어머니의 젖꼭지를 물고 배운 말은 잊을 수 없는 것이다."

42년 10월, 문과의 이희승 교수가 일본 경찰에게 잡혀가던 날, 학교는 온통 비탄에 잠기고 김옥길은 스승을 위해 눈물의 기도를 올리기도 했다. 스승은 틈틈이 우리말과 애국가를 가르치고 학문보다 더 귀한 것은 인간됨이라고 일러주었다. 그러나 점점 잊혀져 갈지도 모를 우리말 한글을 길이 남겨 놓으려는 조선어학회 사건으로 왜경에 잡혀 모진 고문을 받고 함경남도 홍원에서 옥고를 치르다가 광복 후 석방되었다. 김옥길의 '사랑할 수 있는 조국이 있음을 감사하는 기도'는 그때 싹튼 것이다.

이희승 교수가 잡혀가자 학생들은 학기말 시험에서 일본인 선생의 과목에 백지 동맹을 하는 것으로 묵묵히 저항했다. 일본은 선생들이 백지 동맹에 대해 큰 소리로 추궁하고 협박조로 악을 써도 답안지를 쓰지 않은 채 몇 시간이고 버티고 있었다. 나중에는 퇴학을 시켜 버리겠다고 으름장을 놨으나 학생들은 꿈쩍도 하지 않았다. 이 소식을 듣고 철학을 가르치던 박종홍 교수가 강의실에 들어와서 "너희들 왜 이러느냐? 선생님에게 사과하라"고 엄히 꾸짖었다. 학생들은 그제서야 박교수의 말이 떨어지기가 무섭게 자리에서 일어나 일본인 선생에게 잘못을 빌었다. 일본인들은 속으로 놀라고 있었다. 그것은 한국인 교수에게는 복종하고 일본인들에게는 저항한다는 뜻이었다. 다만 그들은 일본인이긴 하지만 '교수'라는 신분 때문인지 관리나 군인처럼 대책없이 무자비하게 굴지는 않았다. 그러나 학생들의 '조선인'만을 스승 대접하고 자신들을 배타하는 무언의 저항이 유쾌할 리만은 없었다.

전쟁이 막바지에 이르자 전시 체제를 갖춘답시고 남자들의 머리는 빡빡 깎아 버리고 여자들은 한복 대신 검정 세루 양복에 흰 칼라, 스커트 대신 '몸뻬'를 입게 했다. 심지어는 황국신민 교육을 한답시고 일본 예법, 일본 음식과 화복(和服) 만들기를 배우지 않으면 교사자격증도 주지 않았다. 당시 감리교는 신사 참배가 '정치적인 국민의례에 지나지 않다'는 일본의 설명을 액면 그대로 받아들였고 감리교 재단에 속하는 이화도 종교적 성격에 관계없이 이를 받아들이는 것이 탄압을 피해갈 수 있는 것으로 판단했다. 기독교를 교시로 세워진 학교에 모욕적인 신사 참배란 말도 안 되는 소리였다. 그러나 남산에 세워진 신궁의 생소하고 어색한 건물 앞에 설 때마다 학생들은 오히려 가슴속에 애국심을 불태웠다. 일제는 황제가 다스리는 나라의 신하임을 인정하는 '황국신민(皇國臣民)'임을 서약하게 하고 날마다 그 서약을 되풀이할 것을 강요했다. 뿐만 아니라 일본 천황이 있다는 동쪽에 대고 허리가 굽을 정도로 절을 해야 하는 '궁성 요배(宮城遙拜)'에 이어 기숙사에는 일본의 조상신을 섬기는 '가미다나(神棚)'를 세우기도 했다. 조용한 기도와 찬송가를 부르던 학생들에게는 모든 것이 요망스럽고 야릇한 광경이 아닐 수 없었다. '아마테라스 오카미(天照大神)'라는 신단 앞에 흰 떡과 울긋불긋하게 물들인 생선을 차려놓고 제사를 지내는 동안 손뼉을 딱딱 치라는 대목에서 학생들은 더 이상 참지 못하고 웃음보를 터뜨렸다. 이 일로 학교에 시찰을 나와 있던 총독부의 시학(視學)은 분노를 금치 못했고 애꿎은 교장을 불러 일장 훈시를 하는 등 신경질을 부려댔다.

스승은 이 모든 일을 담담한 얼굴로 참아 냈다. 마주 덤비면 끝장이었다. 덤빌 힘도 없었고 덤빈다는 것은 문자 그대로 바위에다 달걀을 던지는 일과 다름없었다. 상대방은 호시탐탐 트집을 잡아 이화를 짓밟고야 말겠다는 심보였다. 이를 아는 스승은 내 나라 내 민족을 당당하게 이룩하는 날까지 그들의 그물에 걸리지 않기 위해서는 참고 견디지 않으면 안 된다는 각오로 버티고 있었다.

일제의 압박은 날이 갈수록 포악해져서 김활란 교장의 단발머리가 서양식이라고 트집을 잡기도 했다. 학교 건물에 부조된 십자가까지 눈에 거슬린다고 해서 일본 군인들을 동원해서 새벽부터 건물 지붕머리에 새겨진 십자가를 쪼아대는 망치 소리로 소란을 피워댔다. 이화의 상징이자 주축이 되는 푸른 숲 속 정면에 세워진

본관 건물은 백색 화강암으로 마감한 미장(美匠)의 푸른 지붕이었으나 지붕의 이마에 새겨진 십자가를 없앤다는 구실로 여러 날을 두고 쪼고 깨는 과정에서 건물의 모습은 보기 흉한 상처를 입었고 기도실의 유리창도 깨어져 버렸다.

그때 김활란 교장은 김옥길을 불렀다.

"저 기도실 창을 어떻게 하지?"

조용하게 가라앉은 음성으로 먼 데 창 밖을 내다보면서 스승은 기도실 창을 막아 달라고 부탁했다. 그것은 기도실의 창이 깨어진 것에 불과한 것 같지만 모든 것을 다 바친 학교가 갖은 수난을 당할 때마다 스승은 자신의 살점이 떨어져 나가는 듯한 고통을 혼자서 감내하고 있었다. 스승의 부탁을 받고 김옥길은 학교가 깨지고 부서지는 가운데서도 하루 종일 가슴이 뛰는 기쁨을 느꼈다. '깨어진 유리창을 어떻게 했으면 좋겠느냐'는 것은 어찌 보면 단순하게 '창을 막아 보라'는 지시였으나 그 한 마디 속에는 김옥길에 대한 각별한 신뢰가 함축되어 있었다. 7백여 명이나 되는 많은 학생 중에서 스승이 그를 불러 준 것과 그 작은 일을 의논해 준 것에 그는 크게 감동받았다. 누구에겐가 자랑하고 싶기도 하고 아무에게도 알려서는 안 되는 비밀스러운 기쁨이었다. 교장실을 나오자 그는 기도실의 창을 어떻게 해결할 것인가를 곰곰이 궁리해 보았다. 햇빛을 차단하는 스테인드 글라스는 전쟁 중이어서 아무 데서도 구할 수 없었다. 하는 수 없이 도화지로 유리창을 막아 보기로 했다. 도화지를 여러 겹 겹쳐 발라 거기에다 기도실 창에서 본 대로 크레용으로 남색과 붉은색을 엇갈려 채색해 나갔다. 크레용의 질이 좋지 않아서 색깔은 밀초처럼 이리 밀리고 저리 밀렸으나 스승이 기뻐할 것을 생각하면서 열심히 정성껏 꼼꼼하게 색칠해 나갔다.

거의 밤샘을 하다시피 도화지의 채색 작업을 끝내자 허전하게 뻥 뚫린 기도실 창을 도화지 창으로 막았다. 김활란 교장의 가장 절친한 친구이자 그가 기숙사에 처음 들어올 때 사감을 하던 이정애(李貞愛) 선생이 들어오더니 "아주 훌륭하다. 먼저 유리창보다 더 보기 좋다"고 칭찬해 주었다. 기도실의 스테인드 글라스보다 더 좋을 리는 없었으나 이정애 선생은 그의 친구를 위해 수고해 준 김옥길을 가상하게 여겼다.

시내에 나갈 일이 있어서 기차를 타기 위해 신촌역에 설 때면 멀리 본관의 십자가가 있던 자리와 그 아래 깨어진 유리창을 막아 놓은 색칠한 도화지가, 한눈에 들어왔다. 시내에 나가기 위해 기차는 유일한 교통수단이었고 그때마다 플랫폼에서 바라보는 서투른 도화지가 그처럼 가슴 뿌듯할 수가 없었다. 내가 그린 것이다. 내가 그린 도화지가 내가 붙인 도화지가 본관 건물에 장식되고 있다는 사실과 그 속에서 스승의 기도하는 모습은 상상만 해도 기쁘기만 했다. 그러나 유리창이 아니라 종이창이고 보니 바람이 조금만 불어도 도화지는 자주 떨어져서 펄럭거렸다. 그는 언제라도 도화지에다 크레용으로 색칠하는 일을 되풀이했다. 스승이 좋아한다고 생각하면 못 할 것이 없었다.

일본인 교장을 취임시키기 위해 학교 운영상의 경리 상태를 감사할 때도 교장은 추호의 초조감을 보이지 않았다. 신촌역까지 조사단을 맞이하러 나가던 날, 학교 초입에 서 있는 우람한 버드나무를 보고 일본인 학무국 교육과장이 '꽤 큰 나무'라고 감탄하자 교장은 놓치지 않고 "그 고목나무 옆에 있는 작은 버드나무는 지금은 눈에 띄지 않지만 큰 나무가 죽으면 그 대를 잇게 하기 위해 우리들이 심은 거랍니다" 했다. 제아무리 압박과 핍박을 가해도 이화의 어린 싹들이 이화를 짊어지고 나갈 것을 암시한 발언이었다.

이 땅의 여성들에게 고등 교육기관을 통해 민족의 얼을 보존시키는 것을 용인할 수 없었던 일제는 본격적으로 학원 존립의 정당성을 위협하기 시작했다. 총독부는 조사단을 파견하고 만의 하나 장부상의 부정이나, 혹은 운영상의 부실이 손톱만큼이라도 드러나면 일본인 교장을 취임시켜 이화를 횡탈한다는 계획을 세우고 있었다.

'미국과의 통로가 끊기고 지원이 차단된 상태에서 이화여전의 살림이 형편 있으랴.'

그러나 장부 정리는 털끝만치도 틀린 곳 없이 깨끗하기만 했다. 작은 착오나 부정을 발견할 수 없었고 교내 구석구석은 잡티 하나 없이 청결했다. 교수와 학생들은 굳건하게 결속되어 서로 사랑하고 존경하는가 하면 미국 선교부의 원조가 끊어진 이래 교장은 월급은커녕 자신의 개인 재산인 당주동 집을 팔아 학교 재정에 보태고 있었다. 학교의 사정을 샅샅이 살펴본 감사단 중의 사무관 한 사람이 회의를 끝내고 나오면서 "이전(梨專)의 주인은 따로 있어. 우리가 발버둥쳐봤자 안 될 것 같다"고 머리를 흔들었다. 이화에 오면서부터 스승의 자그마한 몸매에서 나오는 놀라운 지혜와 흔들리지 않는 신념을 존경했던 김옥길은 이 일이 있은 후 더욱 스승을 우러르게 되었다. 참으로 든든하고 자랑스러운 스승이었다. 학생들의 기대에 실망을 준 일이 없었다.

이화를 빼앗으려는 일본의 집요한 노력은 그 후에도 불시에 들이닥쳐 학교 장부를 검사하고 시학관을 상주시켜 학교 행정을 감시했다. 아무리 기다려도 흠을 잡을 수 없었던 시학관은 "어떻게 여자가 큰 학교를 운영하느냐?"고 노골적으로 교장의 자존심을 건

드리는 멸시의 언동을 일삼기도 했다. 교장은 얼굴색 하나 변치 않았고 "칭찬해 주어서 고맙다"고 받아들였다. 교장의 외로운 투쟁은 '나보다는 학생, 나보다는 이 나라 교육의 앞날'을 위해 온갖 수모를 감수하고 있었다. 능멸과 무시를 견디지 못해 사표를 내고 말았다면 이화의 운명은 그것으로 그만이었을 것이다. 어떻게 이룩한 이화인가. 김옥길은 이화의 존재가 거론될 때마다 그것은 스승의 지독한 인내심의 결과라는 것을 곳곳에서 설파하고 있다.

교장은 신촌에서 새벽 기차를 타고 총독부로 갔다가 아침과 점심을 굶고 한나절을 그곳에서 보내고 오후 4시가 넘어서야 학교로 돌아오는 생활을 얼마 동안 계속했다. 총독부에서 '이화'가 거론되면 이화의 설립취지와 운영상태 등을 지체없이 해명하고 변명하기 위해서였다. 교장이 총독부에 드나들며 학교를 지키기 위해 애쓰는 모습이 너무 안쓰러웠던 몇몇 졸업생들은 교장실로 찾아가 이 일을 만류하려 들었다. 해는 서산에 지고 있었고 교장은 말없이 지는 해를 바라보며 창가에 서 있었다.

"선생님 그만두세요. 선생님이 고생하시는 모습을 더 이상 뵐 수가 없습니다."

졸업생들의 진언에 교장은 말없이 서 있다가 조용히 입을 열었다.

"너희들 구약 성경을 읽었지? 이적은 구약 시대에만 있었던 것은 아니다. 모세가 노예 생활을 하던 이스라엘 백성들을 이끌고 이집트를 탈출해서 젖과 꿀이 흐르는 가나안 복지로 오기까지는 광야에서 40년의 세월을 보냈다. 장구한 세월을 노예로 있던 이스라엘 백성이 이집트에서 풀려날 것을 누가 상상이나 했겠는가. 하나님의 섭리는 아무도 기대하지도 바라지도 못했던 것을 40년이 지난 후에 풀어 주시고 자유를 주시었다. 그 하나님은 살아 계시고 하나님의 역사하심은 지금도 계속되고 있다. 너희들은 가서 성경을 읽고 이화를 위해서 기도해 다오."

교장의 진정한 신앙심과 조국에 대한 기대가 무엇인지를 안 졸업생들은 그날 눈물을 흘리며 교장실을 물러났다. 참으로 학교 하나를 살리기 위해 어떤 치욕인들 못 받아 넘기랴는 의지가 몸 전체에 담겨 있었다. 어떤 극한 상황에서 어떤 처참한 일을 당할지라도 이화를 바로 세우고 지킨다는 의지만이 꼿꼿이 서 있었다.

이화여전에 입학해서 마음의 요람으로 삼게 된 후 김옥길은 2학년 되던 해 전혀 예기치 못한 일로 일본 경찰에 연행된 사건이 있었다.

겨울 방학을 맞아 평양 기림리 집에 내려간 지 사흘째 되던 날, 방학에도 기숙사와 도서실의 일 때문에 집에 올 수 없었던 그는 오랜만에 만난 가족들과 편안한 휴식을 즐기고 있었다. 그러나 그날 일본인 형사가 집으로 찾아와 동행을 요구했다. 도무지 영문을 몰라 어리둥절해하자 형사는 그가 경찰서에 가야 하는 이유는 '편지' 때문이라고 했다. 친구들과 주고받은 편지 속에 '님'이란 단어를 쓴 것이 원인이었다. 편지 속에서 쓴 '님'이란 이성을 뜻하는 것이 아니라 '나라'와 나라를 잃은 슬픔과 울분과 독립에의 기원이 깃들어 있었다. 그런 단어는 당시 대학생이면 누구나 '나라'를 상징하는 간접 표현방식으로 우편 검열에 걸릴 경우를 감안해서 '조국'이나 '독립'이라는 단어 대신 '님'을 사용하고 있었다.

김옥길은 『동아일보』나 『삼천리』 등에 실린 '님'을 주제로 한시를 즐겨 읽었고 친구들에게 이런 종류의 시를 적어 편지로 보내주기도 했다. 일본 경찰로부터 사상범 취급을 받은 것은 그의 말투에서, 그리고 친구들과 주고받은 편지에서 개인의 행복과 나라의 행복과 국민의 행복이 일치해야 한다는 것을 자주 거론했기 때문이었다. 서울에서 그가 친구들에게 보낸 편지에는 한용운의 「님의 침묵」이 인용되어 있었고 일본인들도 '님'이 갖고 있는 의미를 너무나 잘 알고 있었다.

평양의 겨울은 매차게 추운 날씨였으나 사상이 불량하다는 죄목으로 그는 구속되어 두 달 동안 감방에 갇혔다. 감방 생활을 하는 동안의 고초는 말할 수 없이 비참했다. 추위와 굶주림과 분노가 엄습할 때마다 그는 하나님께 매달려 내가 해야 할 일이 무엇인지 어디를 향하고 살아야 하는지를 가르쳐 달라고 떼를 쓰듯이 기도했다. 조국은 얼마나 소중한 것인가. 조국 없는 설움을 재확인하면서 그는 장래 그가 해야 할 일에 차츰 눈뜰 수 있었다.

"당신들은 우리 민족의 행복을 짓밟고 방해하려 하지만 우리는 기필코 민족의 행복을 성취하고 또 강해질 것이다."

감방 안에서 다짐했던 일본인에 대한 생각은 어떤 경우에도 나라를 빼앗겼던 설움을 잊어서는 안 된다는 것과 그들보다 강해져야 한다는 것이었다.

'우리는 강한 조국을 가져야 한다. 그러기 위한 바탕을 길러야 한다.'

1943년 간신히 위기를 넘기는 듯 했으나 그 전해 제4차 조선교육령이 개정 공포되고 영문과 성격의 문과는 일본과로 전향되면서 전시 교육임시조치령으로 교과 과정이 전면적으로 변경되고 대학교육전 과정을 중지했다. 그리고 전시 동원을 위해 3년제로 단축되어 김옥길은 그해 9월, 6개월을 앞당겨 3년 반 만에 졸업했다. 전시 체제대로 졸업하고 나서 전국의 전문교육은 이공계만 남기고 인문계는 모조리 문을 닫아야 한다는 지시가 내려졌다. 이 소식을 전해들은 교수들은 한동안 정신을 잃은 채 멍한 생각에 잠겨 있다가 각자 자리로 돌아가 짐을 꾸려 학교를 떠났다. 학교는 하루아침에 텅 비었고 김활란 교장 홀로 남아 학교를 지키던 시기도 있었다. 물론 김옥길은 그때도 기숙사에 있었다.

이화여전과 연희전문을 빼앗아버릴 계획을 치밀하게 강구하던 일본은 전문학교의 이름을 모두 개명할 것을 명령했다. 연희전문은 공업경제전문으로, 보성전문은 척식경제전문이 되었고, 고종이 내려준 '이화(梨花)'라는 학교 이름은 민족정신을 고취한다는 이유로 연성소(鍊成所)로 개편하고, 이화전문여자청년연성소 지도자양성과라는 긴 이름으로 바꿔서 간판을 걸게 했다. 연성소로 개편되어 학교가 문을 닫다시피 했을 때 학생들은 교정에 모여 앉아 일본어 가사로 번역된 교가를 부르면서 통곡했다. 그는 숭의의 폐교를 떠올렸고 학교가 문을 닫는 비극과 절망은 두 번 다시 경험하고 싶지 않다고 생각했다.

학교는 역사를 무시당한 채 한때는 농촌 지도원 양성소, 해방 전해인 44년에는 연성소란 이름으로 1년 과정 학생을 모집할 수밖에 없었다. 그러나 응모해 온 학생은 40명도 채 되지 않아 "학생도 오지 않으니 나무나 심자"면서 스승과 사생 몇몇이 묘목을 나누어들고 며칠 동안 나무를 심었다. 지금의 기숙사 언저리에 있는 큰 밤나무들은 그때 선배들의 손길과 간절한 기도로 만들어진 가시밭길의 발자국과 아픔의 기록이었다. 이화의 어느 한 모퉁이도 저절로 되거나 거저 된 것은 하나도 없었다.

그 무렵의 이화 캠퍼스에는 본관과 기숙사를 제외하고는 일본군이 들어와 있었다. 보급 부대로 되어 있는 군인들이 진을 치는 바람

에 조심스러운 것이 한두 가지가 아니었다. 연성소 학생들은 기숙사
에 갇히다시피 생활해야 했었다.

당주동 집을 팔아 학교 운영비로 써야 했던 교장은 롱뷰로 거처
를 옮기고 계속 침묵한 채 이따금 피아노를 치는 것으로 마음을 달
래고 있었다. 롱뷰는 선교사 사택으로 건축된 건물로 그곳 창가에서
내다보면 멀리 한강이 바라보였다. 선교사들이 떠난 후 교장은 이정
애 선생과 주로 이 집에서 머물면서 주변의 채마밭을 가꾸기도 했
다. 이 때부터 김옥길은 그를 사랑해 주던 김활란 교장과 스승의 절
친한 친구이던 이정애 선생의 영향을 받아 이화 사랑에 몸을 바치는
것을 배우게 되었다.

영원히 살아있는 이야기
-일본군 위안부와 강제징용문제-

고 임 순(수필가)

　이글거리는 8월의 태양이 절정에 달한 15일이 되면 열병이 번지듯 지난 이야기가 고개를 든다. 먼 과거 이야기가 아니고 지금까지 이어지고 있는 이야기, 아니 세월과 함께 역류하듯 생생하게 살아나는 믿고 싶지 않은 이야기가 있다. 2차대전 중 자행한 일본의 잔학행위에 희생된 우리 동족들의 이야기 '일본군 위안부와 강제징용문제'가 그것이다.

　신문지상에 '2000년 일본군 성노예 전범 국제법정'에서 고 히로히토 일황을 기소키로 했다는 보도를 접했다. 그리고 어떤 일본 승려가 한국 땅을 순례하며 '사죄고행'을 했다는 기사와 일본 고등학교 선생과 학생들이 <나눔의 집>을 찾아가서 할머니들에게 용서를 빌며 봉사하고 있는 사진도 보았다. 아무리 그들의 언행이 진심이라 할지라도 사후약 방문격인 간교하고 얄팍한 일본 후손들의 행위가 비위에 거슬렸다. 아직도 일본 중학교 교과서에는 일제의 한국 병합에 대한 기술이 미화, 왜곡되어 있고, 일본정부는 징용과 위안부 피해자에 대한 사죄와 보상도 회피하고 있지 않는가. 어느 누가 이분들의 상처를 치유하고 그 수난을 보상할 수 있겠는가.

　지난 5월, 여성문학인들이 경기도 광주군 퇴촌면에 있는 <나눔의 집>에 갔었다. 이곳에는 생존 위안부 아홉 분의 삶의 보금자리와 역사관이 자리하고 있었다. 마당에 들어서자 조각작품들을 감싸 안은 파란 하늘이 너무나도 가슴 아리게 다가왔다. 「못다 핀 꽃」, 「대지의 여인」 앞에서 숙연해진 마음이, 통나무를 깎아 위안부의 고통과 힘든 삶의 흔적을 표현한 「상처의 강」 앞에서 떨리고 말았다.

'역사관'으로 들어갔다. 이곳은 성노예를 테마로 한 세계 최초의 '인권박물관'으로 동시대인과 후대인들에게 역사의 진실을 전하는 역할을 하고 있었다. 첫 전시장 '증언의 장'에 들어서니 중국과 미얀마의 국경지대에서 포로가 되어 트럭에 실려 이동중인 위안부들의 사진이 눈에 띄었다. 대부분 앳된 얼굴들로 그 중 임신하고 있는 10대의 모습이 애처로웠다. 일제의 수탈정책으로 빈곤층이 늘어난 1937년경부터 감언이설로 꿰어 강제납치, 인신매매 등으로 희생된 이 땅의 꽃순이들은 모두 30만 명 정도로 추종된다는 놀라운 기록이었다. 위안소 앞에서 줄 서서 차례를 기다리는 일본군들이 개, 돼지로 보였다.

제2전시장 '체험의 장'에서 마침내 울분이 터지고 말았다. 그녀들의 괴롭고 음울한 체험, 증언을 통해 재현한 위안소 내부는 너무나 비참했다. 그리고 그 옆으로 나열된 위안소 생활의 잔혹성을 알 수 있는 자료들과 유물들을 보고 소름이 끼쳤다. 하루에 30명에서 50명 가까이 상대해야 했다니 인간기계나 다름없지 않는가. 성병이 심해지거나 임신하면 어느날 소리도 없이 처치되었고 탈출을 시도했다가 실패했을 때 가혹한 벌을 받아야 했다. 그 중에는 스스로 목숨을 끊은 사람도 많았다. 또 패전 후 일본군은 퇴각하면서 이들을 한데 모아 죽이기도 하고 연합군의 폭격으로 귀국선이 침몰해 집단 수장되기도 했다는 것이다.

이렇게 원통하게 삶을 마감한 영혼들의 안식을 기원하는 자리가 마련되어 있었다. 「분향과 애도」의 작품 앞에서 묵념을 올리며 귀를 기울이니 용기 있게 증언을 하는 김학순 할머니의 육성이 가슴을 적셨다.

"내 지난 삶이 하도 억울하고 원통해서 사실을 숨김없이 털어놓는다."

마지막으로 '고발의 장'에서는 할머니들의 심정이 숨김없이 토로된 그림들이 전시되어 일제의 만행을 고발하고 있었다. 특히 「빼앗긴 순정」을 그린 강덕경 할머니(97년 작고)의 유품, 그림 도구들과 간병일지들이 눈시울을 적시게 했다. 폐암으로 시달리면서 수요집회현장에서 구호를 외치다 쓰러진 후 일년 남짓 투병 끝에 세상을 등지고 만 것이다. 「타임터널」의 작품 앞에서 역사란 시간으로 공간을 만들어내고 있음을 실감했다.

밖으로 나와 「못다 핀 꽃」의 모델인 김순덕 할머니(80세)의 증언을 들었다. 작은 체구에 이목구비 뚜렷하고 눈빛이 총명한 이분은 낭랑한 목소리로 거침없이 체험담을 털어놓으며 우리의 질문에 답해 주었다. 모두가 남의 이야기가 아닌 우리의 어머니, 고모, 이모들의 이야기가 아닌가.

그날 밤 나는 잠을 이룰 수가 없었다. 5년 전 견학한 역사의 현장이 오늘 본 광경 위에 겹쳐졌기 때문이다. 징용으로 끌려간 한국인의 비통한 부르짖음이 울리던 굴속. 일본 나가노(長野)현 마쓰모토(松本)시 금화산에 있는 15년 전쟁하의 가해사적 미쓰비시 항공기제작소 지하공장 터. 그 어둠 속으로 우리는 헬멧을 쓰고 손전등으로 발 밑을 비추며 곱사등으로 기어들어갔다.

발 밑에 밟히는 무수한 칼날 같은 바위 파편들. 굴을 파들어 가면서 남긴 우리 동포들의 손자국이 바위에 각인되어 전류처럼 흐르고 있다가 내 몸으로 감전되어 옴을 느꼈다. 물기도 축축한 굴속을 50미터쯤 갔을 때 양쪽으로 뚫린 십자로가 나타났다. 오른쪽으로 100미터쯤 더 뚫려 있다고 설명하는 일본주부 안내원은 이곳 자원봉사자로 올바른 역사관을 밝히며 참회하고 있노라고 그 실태를 폭로하는 것이었다.

한국 노동자 10명에 한 명이 딸린 일본인 감독은 잔인무도하게 인간기계를 조작하듯 짐승처럼 다루었다고 한다. 낮과 밤, 교대로 혹사하면서 먼저 산의 소나무를 베어 받침기둥으로 해서 굴을 파들어 가게 했다. 워낙 단단한 바위산이라 삭암기(削岩機)로 깎아내면 면도날처럼 부서진 돌조각 때문에 짚신이 다 헤져 발에서 피가 흘렀다. 잠시 쉬거나 한눈 팔면 곤봉이 부서지도록 매를 맞았다고.

의복은 고향 땅에서 연행될 때 입은 그대로였고 강냉이나 보리죽 한 모금으로 연명했다. 그 중에는 설사병과 영양실조로 병사하거나 아사하는 사람도 있었고, 산사태로 압사한 사람도 많았는데 시체는 극비에 처리되었다. 급할 때는 들에서 태워 땅에 묻어버리기도 하고 심지어 쓰레기처럼 강물에 던져버렸다고 안내원은 급기야 울먹이고 말았다.

우리는 분노에 찬 눈빛으로 갱벽에 남아 있는 낙서를 확인했다. 히노마루(日丸) 위에 가위표, 1·2의 한자, 그리고 열십자. 이것들을 어찌 낙서라고 하랴. 그것은 혈서였다. 십자가가 둘로도 셋으로도 아른거려 나는 그 자리에 우뚝 서고 말았다. 그 기호가 언어보다 강한 절규가 되어 내 가슴을 울렸기 때문이다.

저 십자가는 그들 고통의 승화요, 영혼의 부르짖음이 아닌가. 내면 깊숙한 자기 자신만의 언어로 이 역경을 이겨낸 동포들의 신심

(信心), 입이 있으되 말이 필요 없었던 그들은 오직 이 십자가를 통해 어둠 속에서 숨을 쉴 수 있었을 것이다. 그때 정감 어린 모국어가 되어 가슴을 울리던 그 기호에서 한국인의 강인한 의지를 읽을 수 있었던 것이다.

그 당시 강제 연행된 한국노동자 인원은 150만 명을 넘어 주로 댐발전소, 군수공장, 비행장 등 건설과 광산채굴작업 지하벙커 건설공사 등에서 혹사당했다. 나가노 현에 동원된 3만 명 중 7천 명이 이곳에 배치되어 비밀병기 공장을 만들 계획이었으나, 일본은 패전해 버리고 지금 이 굴 하나만 남아 그 때의 참상을 증언하고 있었다. 생존자들은 뿔뿔이 흩어지고 그때의 일을 가슴속에 묻어버린 채 이곳에서 죽은 듯이 살고 있다는 박씨 노인의 말만이 메아리치고 있었다.

"용서하고 있지요. 그러나 잊을 수 있나요. 적어도 천 년은……."

일본은 과연 우리에게 누구인가. 일제 36년, 나라를 잃고 성과 모국어까지 빼앗기고 핍박받았던 식민지 시절을 우리는 어떻게 잊을 수 있으랴. 진실을 이야기하는 용기를 가진 기적의 생존자들. 이제는 병들고 늙어버린 주름투성이의 위안부 할머니와 징용, 징병 피해자들의 증언만이 전설처럼 남는 것일까.

세월이 약이라지만 천 년 아니 만 년이 흘러도 잊을 수 없고 치유될 수 없는 이분들의 상처를 치유할 묘약은 없는 것일까. 살아남은 자 우리 모두에게 던져진 화두는 후세에까지 '일본군 위안부와 강제징용'의 뜻을 기억하게 하고 주체성을 갖도록 역사에 남기는 작업이다. 이것이 세계 평화를 위해 21세기를 향한 한국인에게 주어진 과제이기도 하다.

오소이 고소이 자매와 와타나베(渡邊)家

김 종 희(시인)

　지금으로부터 400여 년 전 임진왜란 때 왜병들에게 강제로 잡혀가 풍신수길(豊臣秀吉)의 시녀가 되었다가 한많은 삶을 살다간 조선인 자매가 있는데, 오소이 고소이는 그 두 자매에게 일본에서 붙여진 이름이다.

　지금 두 자매의 묘는 시고쿠 북쪽 다카마쓰(高松) 시(市)에서 가까운 미키(三木) 정(町)에 있는 와타나베 가(家)의 묘역에 있는데, 그녀들은 조선의 누구인지, 어느 집 딸인지 아직 밝혀지진 않았지만 용모가 아름다운 충청도 양반집 규수였다 한다. 일본으로 끌려갈 때 남녀 7명이나 되는 종을 데리고 가고 혼수로 장만해둔 여러 가지 생활 용품까지 가지고 갔다 하니 당시 자매가 생활하던 충청도에 있는 집안의 규모가 어느 정도인지 상상할 수 있겠다.

　임진왜란이 일어난 때는 선조 25년 4월 14일이었다. 당시 조선은 당파싸움으로 날이 새는 줄도 모르고 지내던 시절이었다. 나라 밖으로 눈을 돌리지 못하고 당파 싸움만 일삼던 조정과 왕을 모신 백성들은 아무 준비도 없이 맞이한 전란으로 수난의 삶을 살아야 했다.

　왜장 시고쿠 다카마쓰의 번주(生駒讃岐守一正)가 2,500명의 왜군을 거느리고 충청도에도 쳐들어왔다. 평화롭게 사는 고을에 난데없

116

이 들이닥친 왜병들은 온 마을을 짓밟고 약탈해 갔으니 속수무책으로 당해야 했던 양민들은 얼마나 억울하고 분했을까.

왜병들은 1596년 일본으로 귀국할 때 조선인들을 수백 명이나 끌고 갔다 한다. 마치 아프리카 흑인들이 미국인들에게 끌려가듯이 그렇게 끌려간 것이나 아닌지(미국인들이 그물망으로 달아나는 흑인들을 짐승 잡듯이 잡아가는 광경을 TV에서 본 적이 있는데, 그 당시 미국인들은 흑인들을 감정도 눈물도 없는 짐승 취급을 했다).

그때 번주와 같이 쳐들어온 신하(高岡宗彌)가 용모가 뛰어난 두 자매를 풍신수길에게 바치기 위하여 잡아간 것이다. 나는 신문(동아일보 1992년 5월 7일 임란 400년 '한민족의 혼 일본에서 숨쉬다')에 실린 한(恨)의 일생(一生), 오소이 고소이 자매의 기사를 읽고 충격이 컸다.

이런 일이 있었구나! 400년 전의 상황이 어제 일같이 생생히 되살아나 내 마음을 아프게 했다. 과년한 두 딸을 그것도 혼기를 앞둔 딸들을 막무가내로 잡아갔으니 얼마나 기가 막혔을까.

그런 야만적인 행동을 당해야 하는 그 설움과 분노, 어디다 하소연했을까.

매일 매일이 초상집 같았을 것이다. 몇날 며칠을 분노에 떨며 울고 울었을 것이다. 두려워 떨며 자매는 자결을 결심하기도 했을 것이다. 그러나 죽지 못하고, 도무지 죽음 이외는 피할 길이 없는 상황에서 죽지 못하고 왜병들에게 끌려가야 하는 딸들의 그 비극적인 광경을 지켜보아야 하는 어머니의 처절한 모습…….

드디어 두 자매와 어머니는 왜병들의 감시 속에서 모든 것을 포기하고 슬픔과 비통함 속에서 순리에 따르듯 그들의 뜻에 따를 수밖에 없었을 것이다.

어머니는 애통한 마음을 억누르며 딸의 혼수로 장만해 둔 옷이 며 옷감들, 백자 항아리, 청자 주발, 소반, 백자 대접 등등 생활용 품들을 하나하나 챙기어 옻칠한 갈색 나무 상자에 담았을 것이다. 그리고 딸들을 멀리 타향으로 출가시키는 심정으로 마음을 다잡으 며 눈물을 흘리며 딸들의 앞날을 부처님께 빌었을 것이다. 천리만 리 먼 타국으로 끌려가는 딸들에게 해줄 수 있는 유일한 위안으로 높이 10㎝ 되는 도자기 불상을 딸들의 손에 쥐어주고 그것이 그들 의 생명과 안위를 지켜줄 호신불임을 자각시키며 애처롭게 이별을 했을 것이다. 그 조그만 불상의 복장 속에 딸의 만수무강을 비는 발원문을 쓴 다라니경을 정성스럽게 말아서 넣으며 모든 분노와 슬픔을 달랬을 것이다.

잡혀간 자매는 일본으로 끌려가서 교토(京都)에 있는 풍신수길 에게 바쳐졌다. 풍신수길은 여색을 탐하는 인간으로 그의 저택이나 성내에는 당시 200여 명이나 되는 여자들이 머물렀다 한다. 두 자 매도 풍신수길의 시녀가 되어 한 많은 삶을 살아야 했다. 그러나 불행 중 다행인가. 2년 후 1598년에 풍신수길이 죽은 다음 두 자매 는 그들을 잡아갔던 다카마스의 번주(生駒)에게로 다시 돌아왔다. 이때 번주는 자신의 가신이었던 와타나베에게 자매의 앞날을 부탁 했다. 와타나베 가로 옮겨온 두 자매는 그 집에서 쓸쓸히 살다가 고국으로 돌아오지 못하고 한 많은 생을 마감한 것이다. 자매는 죽 은 다음 와타나베 가의 묘역에 한자리를 차지하게 되었으며, 그들 이 잡혀갈 때 함께 끌려간 7명이나 되는 남녀 종들의 묘 역시 오 소이 고소이 자매의 묘 양옆으로 나란히 모셔져 있다 한다.

지금 와타나베(渡邊順久 86) 노인이 살고 있는 집안에는 자매가 끌려갈 때 가지고 간 생활용품과 풍신수길의 시녀가 되었다가 와타나베 가의 묘역에 묻히게 된 사연이 그대로 전해지고 있다 한다.

그는 동경고등사범학교를 나온 인텔리인데 선친(1950년 작고)이 고향의 재산을 지키도록 당부하여 공직을 사퇴하고 평생을 가보와 토지를 지키는 데 바치며 사는 노인이다.

오소이 고소이 자매가 조선에서 일본으로 끌려갈 때 함께 가지고 간 유물들이 지금 40여 점이 남아 있다는데, 그 중 상태가 잘 보전된 것이 18점이나 되며, 자매가 저 세상으로 간 뒤 300여 년이 지난 오늘까지 누구에게도 보여주지 않았다 한다. 2차대전 중 일본 고위층이 보여달라고 몇 번이나 간청했지만 이국에서 애처롭게 죽어간 고인들의 유품을 단순한 호기심으로 보는 의도가 싫어서 거절했다는 것이다.

"여러분은 오소이 고소이의 동족으로 고인들도 반가워할 것으로 여겨 처음으로 보여드리는 겁니다."

그는 한국에서 간 조사단에게 그들의 유품을 보여주며, 자매를 불쌍히 여겨 집안 대대로 300여 년 동안 매년 8월 15일 밤에 제사를 지내오고 있다고 했다.

"무슨 뜻인지는 모릅니다. 조상들이 시키는 대로 할 뿐이지요. 두 자매의 무덤 앞에서 촛불과 향을 피워놓고 서쪽을 가리키며 오소이 고소이 저쪽이 조선이다, 조선으로 돌아가라고 몇 차례 외칩니다."

그는 선친이 작고한 후 선친의 유언에 따라 처음에는 형식적으로 제사를 지냈지만 20여 년 전부터는 휴머니즘을 생각하게 되었다 한다.

"저도 이제 80이 넘은 노인으로서 돌이켜볼 때 두 자매의 무덤과 유물을 고이 간직하는 것을 인간애의 기본이라고 믿어 왔습니다."

그는 그가 잘 보살펴온 무덤 앞에서 한국인 동족이 참배를 올리는 모습을 보니 참으로 보람을 느낀다고 했다.

"두 영혼이 기뻐할 것으로 믿습니다."

조사단이 손때가 묻은 작은 불상을 조심스럽게 흔들어 보니 종이가 부딪치는 소리가 들렸다. 그것이 자매의 만수무강을 비는 발원문(發願文)이 적혀 있는 다라니경인 것이 분명하여 두 자매의 이름을 알 수 있을 것 같았으나 400여 년 지켜온 와타나베 가의 가율에 따라 그 내용을 볼 수 없다고 엄숙히 말했기 때문에 조사단은 안타깝게도 그 내용을 보지 못했다고 했다.

나는 양반집 규수라면 글을 모를 리가 없을 텐데 어찌하여 단한 줄의 글도 일기도 남기지 않았을까 하는 의문이 들기도 했다. 그러나 양반집 가문의 딸들로서 그렇게 산다는 것은 치욕이므로 자신의 신분이 드러나는 그런 일은 절대로 하지 않았을 것이다.

풍신수길이 죽은 후 고국으로 돌아올 마음만 먹었다면 돌아 올수도 있었으련만……. 당시만 해도 조선은 유가의 법도를 엄격히 따지는 세상이었으므로 자매는 이국에서 죽은 듯이, 살아 있는 것이 아니라 죽은목숨같이 살다가 생을 마친 것이 아닌가 하는 생각에 미치니 자매의 애달픈 삶이 더욱 가련하게 느껴졌다.

그 애닯고 가련함이 얼마나 처절했으면 일본인의 마음을 감동시켜 와타나베 가로 하여금 국경을 초월한 인류애의 실현을 맛보게 한 것일까.

결국은 자매의 비극적인 삶이 일본인의 마비된 양심을 일깨우고 숭고한 인간애를 구현하도록 하여 오늘날 마비된 나의, 모든 이의 양심을 일깨우고 있는 것이 아닌가.

'민족적 에고이즘'을 극복한 순수 인간애의 시인
「長長秋夜」의 오구마 히데오(小熊秀雄)

이 인 복(비평가)

I

한일 근대문학의 관련 양상과 관련하여, 김윤식 교수께서 쓰신 글을 읽은 일이 있습니다. 오에 겐자부로(大江健三郎) 씨의 다음 같은 말을 인용하셨습니다. "내 작품 속에 반한적(反韓的)인 표현이 있다고 지적하는 분이 있는데, 아마 사실일지 모르겠습니다. 일본인인 내 무의식 속에 그러한 요소가 있었는지 모르지 않겠습니까?"라고요. 그러면서 김 교수는 "그때 제 머리를 스친 것이 있었습니다. 후쿠자와 유키치(福澤喻吉)의 자서전인 『福翁自傳』의 후반부에 나오는 소제목의 하나, <본번(本藩)에 대해서는 그 비열함이 조선인과 같다>가 그것"이라 하셨습니다. 그리고 결론하여, 나카노 시게하루(中野重治, 1902-1979)의 「비 내리는 品川驛」에 담긴 한 구절 '조선 프롤레타리아트가 일본 프롤레타리아트의 앞잡이요 뒷군이다'를 인용하시면서 '반한(反韓)' 감정을 이야기한 것입니다.

이 글을 대하면서 필자는 조선 프롤레타리아트와 일본 프롤레타리아트가 어떻게, 그리고 누가 누구에게, 또 혹은 상호간에, '앞잡이요 뒷 군'인지를 살피는 가운데, 다른 한 일본시인 오구마 히데오(小熊秀雄, 1901-1940)의 시(詩)를 나카노 시게하루와 동시대 상황 안에서 찾아내었습니다. 오구마 히데오(小熊秀雄)의 「長長秋夜」

안에서 친한적(親韓的) 순수 인류애를 발견한 것입니다.

Ⅱ-Ⅰ

1930년대는, 힘의 원리가 세상을 지배하던 시대였습니다. 36년 간이라는 일제의 통치기간을 겪으며, 우리 민족은 지배받는 약자의 처지에서, 한없는 저항적 의지에도 불구하고 비참한 생활을 해야 했습니다. 이 시간들은 스산한 바람만이 황량한 우리의 국토 3천리 금수강산을 휘몰아치는, '끝없이 긴 가을밤'과 같았습니다.

이러한 시기에 오구마 히데오는 1930년대라는 강압적인 일본 제국주의 시대에 문화적 관용을 위하여 저항한 시인이었습니다. 그는 제국주의의 정치세력이 횡행하는 시대에 침략국의 한 양심적 지식인으로서 가지게 되는 고뇌와 비판의식을 작품화하고자 노력하였으며, 그 소재로서 당시 조선의 현실을 택하기도 하였습니다. 그 대표적인 예로 「長長秋夜」를 들 수 있습니다. 이 시는 일본인인 그가 식민지 상태의 한민족(韓民族)이 받는 고통을 묘사했다는 외면적 이유 외에도 그 전개에 있어서 한국의 정서에 맞는 한국적 시어(詩語)를 사용하고 있다는 점에서 주목됩니다. 그러나 「長長秋夜」는 일본이나 우리나라에서는 거의 논의된 바가 없고, 연 전에 내가 미국에 갔던 때, 어바나 샴페인 일리노이 주립대학 동양학부의 일본문학교수 David Goodman에게서 그 자료를 구해올 수 있었습니다.

오구마 히데오는 일본 역사상 가장 어두운 시대에 살았던 사람입니다. 그러나 히데오는 시대와 타협하지 않았습니다. 그는 1901년 9월 9일 홋카이도 오타루에서 태어났고, 1928년에 도쿄로 이주하여 프롤레타리아 시인협회에 가입합니다. 그러나 협회에 가입한

지 2년도 채 못된 1932년에 협회가 강제 해산되고, 나카노 시게하루를 포함한 400여 명의 좌익 지식인들이 사상범으로 투옥됩니다. 그후의 경제불황은 오히려 히데오의 문학적 생산성(生産性)을 높여주어 1933년에서 3년 사이에 그는 많은 작품을 발표하였고, 1935년에 작품집 2권을 내고, 1940년에 39세로 세상을 떠납니다. 그가 임종 당시에 준비중이던 세 번째 시집은 1947년에 나카노 시게하루가 편집한 유고집으로 발간되었습니다. 그후 오구마 히데오를 사랑했던 학자와 시인들이 오구마 히데오의 시를 집대성하여 1977년과 1978년에 총 5권으로 전집을 냈고, 이 전집 안에 「長長秋夜」가 수록되었으며, 1980년에는 오구마 히데오의 수필집이 발간되었습니다.

그가 세상을 떠난 후 40년 만에 전집이 나왔으니, 여기서 그가 당대 일본 사회에서 대우받지 못한 이유를 생각해 보는 것은, 또한 오구마 히데오가 나카노 시게하루의 '민족적 이기주의'를 극복한 순수 인간애 내지는 순수 인류애의 시인임을 대변해 주기도 합니다.

II-II

나카노 시게하루의 「비 내리는 品川驛」에 담긴 한 구절 "조선 프롤레타리아트가 일본 프롤레타리아트의 앞잡이요 뒷 군이다"를 인용하여 '반한' 감정이 이야기되는 터에, 바로 그 사람 나카노 시게하루가 오구마 히데오의 세 번째 시집을 편집하여 유고집으로 발간해 주었다는 사실을 생각해 보면, 나카노 시게하루의 '반한' 감정이라는 것도 어떤 정도의 것인지를 다시 한 번 생각하게 합니다.

오구마 히데오는 프롤레타리아 문학운동에 참여한 후 『프롤레타리아의 시』라는 잡지를 통하여 시를 발표하였습니다. 오구마 히데오가 프롤레타리아 문학운동에 참여한 것은 그의 시세계에 긍정적 영향과 부정적 영향을 동시에 주었으며 막시스트 이데올로기가 오구마 히데오의 시에 수용되었습니다. 「나에게 재능을」이라는 시에서 히데오는 가난하고 헐벗고 불우한 민중의 대변자 역할을 합니다. 흘러 넘치는 문학적 영감을 억누를 길이 없어 “나는 먹을 수가 없다. 시를 계속 쓰고 싶을 뿐이다!”라고 외칩니다. 그는 극심한 가난에도 불구하고 죽을 때까지 시를 쓰겠다고 결심합니다. 한편으로는 사회주의 입장에 서 있으면서, 다른 한편으로는 문학과 정치가 별개의 것임을 주장하였습니다. 따라서 이 시기의 시는 프롤레타리아 이념을 배경으로 하고 있으면서 결과적으로는 독립적 비공산주의적 좌익 지식인으로의 자리를 굳혀줍니다.

II-III

1935년에 발표된 장편 서사시 「長長秋夜」에서 히데오는 자신의 시를 이념적인 치장이 없는 상태로 보여줍니다. 식민지 조선에 가한 일제의 통치 정책에 저항한 시입니다. 조선의 여인인 노파의 위치에 서서, 일본 문학사상 전무후무하게 무서운 칼날의 비판을 담은, 반일 반제국주의 작품입니다.

오구마 히데오는 진정으로 인간을 위하는 다문화적(多文化的) 세계관을 가진 시인이었습니다. 그의 「長長秋夜」는 누구나 쉽게 읽고 이해할 수 있습니다. 그러나 오구마 히데오를 진정으로 이해하고 그의 용기와 업적을 제대로 평가하기 위해서는 당시의 일본 정치 상황과 그러한 상황이 다른 문인들에게 미친 영향을 알아야만 합니다.

1895년에 일본은 중일전쟁에 승리하고 대만을 흡수하였습니다. 1910년에는 조선도 일본의 식민지가 되었습니다. 1931년 9월 18일 일본의 공격으로 말미암아 만주 지역은 1년도 못 되어 완전히 점령되고, 일본은 1932년 3월 1일에 부이를 황제로 내세워 정권을 장악합니다. 그후 일본은 중국에 대한 공격을 늦추지 않고 중국과 전쟁을 계속하고 1941년 12월 7일, 진주만 공격으로 미국과 전쟁을 시작한 일본의 팽창정책은 극에 달합니다.

이 시대를 살았던 일본의 지성인들은 대부분 일본 제국주의 정책을 지지하고 문학작품을 통하여 일본의 행위를 정당화하려고 애썼습니다. 그러나 오구마 히데오는 중일전쟁을 처음부터 반대했고, 피해국들이 처한 상황에 대하여 동정하는 시를 썼습니다. 그의 시는 일본 제국주의 정책의 피해자들이 처한 실존 상황을 이해하는, 순수 인간애의 형상화였습니다.

인류애적인 그리고 다문화적인 세계관을 극명하게 보여주는 「長長秋夜」는 시 자체도 내적으로 강할 뿐만 아니라 그 시를 1935년에 발표했다는 사실에서 특별한 용기와 정의감을 보여줍니다.

주지하는 바와 같이 일본의 식민조선정책 제3기(1936-1945)는 '일본화정책의 시기'라고 불릴 만큼 일본의 식민조선탄압이 극심했던 때였습니다. 이 시기에 일본은 조선의 문화를 말살하려 했습니다. 그래서 1935년에 오구마 히데오가 전통 한복착용을 불법화한 일본정책에 항의하는 내용을 담은 시 「長長秋夜」를 썼다는 것은 다만 인권운동으로서가 아니라 보다 적극적인 의미에서, 문화말살 정책에 대한 강경한 저항으로 보아야 합니다. 조선의 노파가 전통 한복을 입을 수 있는 권한을 지키기 위해 투쟁하는 시 구절은 가슴 저미는 감동을 줍니다.

　　오, 조선이여! 노파들이 죽음도 마다 않고/ 낡은 백의의 전통을
지킨다 해도/
　　자연도 사람도 누구도/ 그 전통을 이어 나가지는 못하리라./
황폐한 조선이여!/

오구마 히데오는 자신이 암흑기에 살고 있음을 알고 있었습니다.
그러나 시대의 암흑이 그를 저지하지 못하였습니다. 오히려 그는
그 암흑을 도전으로 해석하였습니다. 그의 말기시 중 「마차를 출발
하며」라는 시에서 그는 암흑기를 살아가는 시인의 책임과 의무를
예언자적 수사(修辭)로 이렇게 밝힙니다.

　　나는 암흑을 알고 있다. / 그러기에 암흑 저편에는/ 광명이 있
음을 믿는다./
　　그러니 사람들이여,/ 광명을 향한 열망으로/ 암흑을 헤치고 나
가자./

비록 39세의 나이로 생애를 마감했지만 오구마 히데오는 그 시
대의 암흑에 광명을 주었습니다. 「長長秋夜」에서 오구마 히데오가
우리 한민족에게 주는 '인류애적 사랑'도 그러한 맥락에서 이해할
수 있습니다. 정의를 사랑하고 불의를 미워하며 탈 민족적 초국가
적 이념을 중시하는 시를 썼고, 그리하여 고난받는 사람이면 누구
에게나 연민과 보호의식을 느끼는 오구마 히데오의 「長長秋夜」는,
바로 그러한 이유 때문에 일본의 문학사에서는 의식적으로 은폐되
어 온 듯하고, 일리노이 주립대학의 동양학부 강의실에서만 이야기
되는 실정입니다.

II-III

그러면 이제 낙동강 가의 한 마을에서 일어난 사건을 서사적이고 극적인 언어로 형상화한 시 「長長秋夜」를 기승전결(起承轉結)의 서사적 구조로 나누어 살펴보고자 합니다.

길고 긴 가을밤/ 조선이여, 울지 마라!/ 울지 마라, 노파여!/ 꽃다운 처녀들아, 울지 마라!/

다듬잇돌이 비웃겠다!/ 똑딱, 똑딱, 똑딱./ 무슨 소리인가?/ 그대들 손에 쥐고 있는/

나무 방망이에서 나는 소리인데./ 밤이 되면,/ 온 마을 집집마다/ 소리를 낸다./

똑딱, 똑딱, 똑딱./ 조선의 야산에는 나무가 없댄다./ 정말? 불행하구나!/

집에는 끼니꺼리가 없댄다./ 참 슬프구나./ "우리 아기 착한 아기,/ 천지신명 보살피네."/

익숙한 박자로/ 이리저리 흔들면서/ 노파가 다듬이질을 한다./ 다듬잇돌 위에 흰 천을 놓고/

기(起)에 해당하는 이 부분은 마지막과 연결되는 내용입니다. 시인은 울고 있는 조선을 달래고, 제국주의 지배하에서 황폐한 야산과 끼닛거리 없는 생활난을 겪는 조선의 현실을 안타까워합니다. 그리고 밤이 되면 온 마을 집집마다에서 울려나오는 전통적인 다듬이 소리를 거론하여 조선민족의 과거와 현재를 상기시킵니다. 그리고 '다듬잇돌 위에 흰 천을 놓고 노파가 다듬이질을 한다'는 구절에서 조선민족의 전통과 저항을 내포하는 조선 민족의 힘을 은 유적으로 표현합니다.

내 딸들과 아들들의 일은 알 수 없어도/ 그러나, 내 아버지와
선조의 것/ 옛 조선의 이야기는/

이 늙은이의 더럽혀진 귓가에/ 한없이 둥둥 맴돈다./ 으스름
달빛/ 온 마을 집집마다/

길고 긴 가을 밤/ 아낙들이 다듬이질을 한다./

까마귀 소리 없이 하늘을 날고/ 낙동강은 평화롭게 흘렀다./
전에는 이렇지 않았지./

오늘날은 마을 이장들이/ 구실만 있으면/ 서류 한 장 들고 소
리 치며 /

아무 집에나 들이닥친다./ 자식들은/ 이 마을에서 안락했지./
웃사람 말도 잘 들었지./

그러나 이제는 어두운 바람이 불어/ 흰 치마 속에 바람이 들어/

마을을 떠나 산을 넘어가려 한다./ 저 산을 넘어만 가면/ 저
산너머에는 행복이 있다는데/ 그리고는 산을 넘는다./

귀신에라도 홀린 듯이./ 그렇겠지/ 약혼자가/ 이 가난한 마을을
떠나/

동경에서 땀 흘리며 일한다지/

꽃다운 소녀야./ 아, 언제 그런 날이 올까/ 떠나는 사람은 많아
도/ 돌아오는 이는 없어./

그 옛날 조선은 어디로 갔나?/ 천지신명이시여/ 하늘은 조선을
다시 살리시겠지요?/

화자(話者)가 노파로 전이되면서 구체적인 조선의 현실이 승(承)
에서 서술됩니다. 시인은 조선을 노파의 입을 빌어 과거 평화로웠

던 조선과 일제하에서 달라져버린 조선을 탄식에 가까운 독백으로 처리합니다. 마을 이장들이 아무 집이나 들이닥쳐 횡포를 부리고, 자식들은 이제 어른 말을 제대로 듣지 않게 되었으며, 처녀의 약혼자들은 징용 가서 돌아올 기약이 없습니다. 당시 일제의 압박을 견디다 못해 떠나간 유민들과 징용간 젊은이들의 모습을 보여줍니다. 일본의 부(富)를 위해 금을 캐는 조선인의 아픔이 전이됩니다.

그러나 이러한 비참한 현실 속에서도 끊이지 않고 계속되는 것은 다듬이질하는 소리입니다. 이것은 우리 민족의 과거·현재·미래에 모두 존재하는 소리로, 언젠가는 반드시 풍요롭게 가을을 맞이하던 옛날의 조선으로 다시 돌아갈 수 있으리라는 기대를 갖게 합니다. 또한 다듬이질은 우리 민족 공동체의 전통적 행위이며 구원의 기도 행위로 이어집니다.

노소를 막론하고/ 밤새도록 다듬이질을 하네./ 똑딱, 똑딱, 똑딱./ 다듬이질 소리도/

예전같이 즐겁지 않다./ 청년들은 지주와 싸우고/ 뜻도 모르면서/ '농민조합'을 결성하고는/

마을을 떠난다./ 이장은 소리치며 온 몸을 떨었다./ 젊은이들은 그 자리를 떠났으나/

노파들은 떠나지 못했다./ 백로처럼 몸을 웅크리고/ 학처럼 고개를 숙였다./

그들은 목청껏 소리 내어 울었다./ 불쌍히 여기시오, 이장님!/

우리가 살면 얼마나 더 살겠소?/ 어찌 이럴 수 있소?/ 흰옷을 입지 말라니/

우리를 불쌍히 여기시오!/ 검정옷을 입으라니/ 차라리 우리를

죽여주시오./

　아!/어찌 흰옷을 버릴 수 있겠소?/ 하느님께서 주신 이 옷을./

　아, 열성조와 조상님들이여!/ 이장이 흰옷을 가져가고/ 까마귀처럼/

　검정옷을 입으라고 합니다./ 벼락 맞아 죽을 놈들 같으니/ 난 절대 그리 못한다./

　흰옷 말고 다른 옷을 입으라니/ 차라리 죽고 말지./ 이 일을 어찌 할거나./

　며칠 전에도 와서는/ 울고불고 난리 치고/ 무슨 핑계라도 대서는/

　우리(일본인)가 시행하는/ 개혁을 거부하니/ 누구든 흰옷을 벗어버리고/

　검정옷 입기를 거부하는 자는/ 천황폐하의 길을 막는/ 쓸모 없는 인간이니/

　거꾸로 십자가에 못박을 테다./ 온갖 꼬드김과 감언이설로 이장은/

　흰옷 입는 전통을 버리라 한다./ 그러나 깊은 샘에서 물이 흐르듯/

　슬픔도 마음 속 깊은 곳에서 솟아난다./ 비탄과 분노의 행렬로/

　노파들은 기운 없이 집을 향한다./

　나막신을 신은 아낙들이/ 중얼거리며/이장 집을 떠나/ 밤 안개 사이로 걸어갈 때,/

　갑자기 한밤을 가르는 비명소리,/ 한 떼의 남자들과 아낙들의 몸싸움/

　아낙들은 산길을 따라 도망가려 하지만/ 놈들이 길을 가로막는다./

개같은 년들! 흰옷을 입어야만 하겠다고?/이 더러운 뚝딱년들 아!/ 당장 벗지 않으면/

옷 입은 채로 검게 물들여 주마/ 쓰러지는 노파들을 젊은 놈들 군화가 짓밟는다./

젊은이들은/ 주먹을 휘두르고/ 그리고 젊은이들은 와 하고 고함을 치며/

개들이 늙은 닭을 좇듯 아낙들을 쫓는다. / 붓을 들어/ 검은 물감을/

어깨에서부터 그대로/ 아낙들의 흰옷에 뿌린다./

머리는 헝클어지고 놈들 습격으로/ 검게 물들었다./

노파들은 일그러진 얼굴로/ 간신히 몸을 일으켜 돌아간다./

전(轉)에 이르러 시인은 노파들이 당한 일과 귀가 도중에 겪은 수모를 서술합니다. 이장은 마을 사람들을 그의 사무실로 모이게 해서 규칙을 지키라고 하고, 노파들에게 다듬이질과 흰옷 입기를 그만두라고 합니다. 다듬이질이 필요 없는 검정옷을 입으라는 명령에, 노파들은 통곡하며 하느님이 주셔서 조상 대대로 입었던 옷을 벗을 수 없으니 차라리 죽여 달라 합니다. 이에 이장은 십자가에 거꾸로 못박아 버리겠다며 협박합니다. 어쩔 수 없이 노파들은 슬픔과 분노를 안은 채 귀가하다가, 한 떼의 젊은 남자들에게 군화로 짓밟힙니다. 젊은이들은 흰 한복에 잉크를 뿌리며 주먹을 휘두릅니다. 그리고 끝까지 쫓아가 잔인하게 노파들의 흰옷을 검게 더럽힙니다. 일제 통치의 잔악함을 극단적으로 드러내었습니다.

새벽이 되어, 마을의 노파들은/ 아무 일 없었다는 듯/ 이웃들을 불러/낙동강가로 내려간다./

　더럽혀진 옷을 강물에 넣자/ 강물은 한 순간 검은 빛이 되지만/

　검은 물은 흘러 다시 깨끗해진다./ 똑딱, 똑딱, 똑딱./ 다듬이 방망이질을 시작하며/

　간밤에 있었던 일을 확인하려 한다./

　얼굴에는 슬픈 미소를 짓고/ 연약한 손을 들어/ 다듬잇돌을 내리친다./

　조선을 노래하며/ 때를 벗은 옷을 방망이질한다./

　방망이가 소리내어 운다./ 다듬잇돌 위의 옷도 소리내어 운다./

　노파들도 소리내어 운다./ 다듬잇돌도 소리내어 운다./ 조선이 운다./

　결(結)에 해당하는 이 부분은 시간적 공간을 새벽으로 하며, 기(起) 부분과 연결됩니다. 새벽이 되어 노파들은 아무 일 없다는 듯 이웃과 함께 낙동강가에 가서 더럽혀진 옷을 강물로 빨아 정화(淨化)합니다. 강물은 한 순간 검은빛이 되지만 곧 검은 물은 빠지고 옷은 다시 깨끗해집니다. 다듬잇돌에 검은 물감 묻은 옷들을 올려놓고, 조선을 노래하며 다시 방망이질을 합니다. 그러나 노랫소리와 다듬이소리는 방망이, 흰옷, 노파들, 다듬잇돌의 울음소리로 바뀝니다. 결국 조선이 웁니다.

　그러나 전반부에서 조선의 현실을 슬퍼하여 울던 울음은 아닙니다. 검게 물들었던 흰옷이 강물에 의해 깨끗해지는 것을 보고, 노파들은 우리의 현실도 세월 즉 역사의 수레바퀴 안에서 끈질기게 살아가노라면 평화로운 세상이 돌아와 고통과 울분은 사라지고 즐겁던 조선의 시절이 되돌아올 것이라는 예감을 갖게 합니다.

　「長長秋夜」는 이렇게 식민지 상황의 비극적이고 참기 힘든 조선인의 시간과 공간을 보여줍니다. 옛 조선 시절의 시간과 공간이 아름답고 풍요로운 전통으로 묘사되어 있습니다. 1930년대의 한민족은, 평화와 여유가 충만하던 시절을 희구하면서, 바람이 찰수록 옷을 더욱 여미게 되듯이, 일본의 탄압이 심할수록 우리의 얼을 지키려는 노력과 인내를 아끼지 않는 민족으로 묘사되고 있습니다. 그리고 이를 용납치 않는 일본인의 잔인함이 일본인 시인에 의해 한국적 정서의 시어들로 표현되어 있습니다.

Ⅲ-Ⅰ

우리 한국인이, 한일 관계를 오로지, 가해자와 피해자라는 이분법적 이해관계로만 인식하여 과거의 한(恨)만을 내세우고, 일본 총리의 대 한국발언이 일본 대선에 큰 영향을 끼치는 일본적 정서를 일본인들이 지속하는 한, 대승적(大乘的)이고 인류적(人類的)인 화해(和解)와 상생(相生)과 평화(平和)의 공동 발전은 기약할 수 없으며, 나카노 시게하루의 '민족적 에고이즘'은 극복될 수 없을 것입니다.

그런데 1930년대에 일본의 저항시인 오구마 히데오는 자국을 초월한 인류애적 시를 씀으로써, 생존 당대에 소외당한 작가로 살아야 했습니다. 무엇이 자신의 조국이나 동족들에게서까지 미움받는 시인으로 고난을 받으면서 그로 하여금 한민족의 아픔을 절절이 노래하게 했을까?

시인은 자신이 일본인이기 이전에 인류 중의 한 사람임을 깨달았음에 틀림없습니다. 또한 어떠한 수탈과 탄압 하에서도 다듬이 소리를 조선 여성들에게서 빼앗아갈 수 없듯이, 조선인의 혼이 담긴 언어와 정신은 말살할 수 없음을 시인은 인지(認知)했음에 틀림없습니다.

인류애에 기반한 그의 시세계는 조선인의 고통을 묘사하는 데 그치지 않고 그 생명력과 미래적 전망마저도 제시하여 주고 있습니다. 즉 흰옷을 '하늘이 주신 옷'이라고 표현하고, 검은 물감을 퍼부었지만 강물에 담그자 검은 물은 빠지고 강물과 흰옷이 다시 깨끗해진다는 시상(詩想)의 전개를 통해, 끈질긴 조선인의 생명력과 밝은 미래를 예언(豫言)합니다.

그리고 일본이 아무리 한국을 탄압하고 조선인의 혼이 담긴 문화를 말살하려 해도 반만년을 이어 온 한민족의 정서와 생명력, 그리고 전통은 말살할 수 없다는 사실을 선포합니다.

제국주의 시대에서도 아름답게 피어난 그의 인류애와 정의로운 비판정신은 현재에 와서도 자국의 이익추구를 위해 힘의 원리를 따르는 신 식민지 정황에 각성의 계기를 마련해 줍니다.

그러므로 오구마 히데오는 그의 조국에 아주 큰 공헌을 한 셈입니다. 일본 제국주의가 저지른 온갖 침략행위에 대해 일본인 스스로도 부끄럽게 여기고 있다는 사실을 이 한 편의 시가 보여주고 있기 때문입니다.

비록 일본인에 의하여 씌어졌으나 이 시 「長長秋夜」가, 시각의 왜곡이나 편향성을 벗어나 객관적인 시각에서 타민족의 수난을 생생한 리얼리즘의 언어로 극명하게 형상화하고 있다는 점은, 문학이 사회적 역할을 감당한다는 필자의 주장을 손색없이 지지(支持)해 줍니다. 그리고 바로 이 시 「長長秋夜」를 필자는 문학의 사회적 역할을 감당한 詩의 한 예로서 제시하는 바입니다.

「長長秋夜」에서 오구마 히데오가 인류애를 보여주었다면 그 사랑은 수난 받는 모든 사람들에게 바치는, 인간애적·인류애적 사랑이라고 이름 붙일 수 있겠습니다.

Ⅲ-Ⅱ

금년에는 수세기 동안이나, 전쟁 혹은 침략으로 인해 불목 관계에 있어왔던 한일 관계 초극의 한 양상이 표면화되어, 일본 대중문화의 한국 내 전면 개방이 조심스럽게 시행되었습니다.

2000 대희년의 새 봄 3월 12일에, 로마의 교황 요한 바오로 2세는 온 세계를 향하여 장엄하게 '용서 청함의 날'을 선포하시고, 2000년 세월을 통하여 가톨릭이 유대인을 대해 온 태도가 잘못되었었음을 용서 청하셨습니다. 그리고 이어서 이스라엘을 방문하셨습니다. 교황청의 자문기구와 자문위원들은 이 일을 만류하였지만, 교황은 겸손과 순종과 정직함의 덕성으로 인류의 미래를 위해서 이 일을 해야 한다고 주장하시고, 그리스도의 사랑을 실천으로 보여 주셨습니다. 교황님의 이 용감한 결단과 실천을 보고 이스라엘의 한 장관이 "교황의 이스라엘 방문은 2000년 동안 기독교와 유대교 사이에 흘러 온 피의 강물 위에 화해와 일치의 새 다리를 놓아주었다"고 말했고, 대학살 때 살아남은 유태인 생존자 한 사람은, "이제 유대교와 기독교 사이의 반목과 증오는 과거의 것이 되었다"라고 논평하였습니다.

80 고령을 넘긴 병들고 쇠약하신 교황님께서 온 인류에게 보여주신 이 용감한 복음 정신의 실천은, 새 천년 새 세기를 사는 이 시대의 인류 한 사람 한 사람에게, 화해(和解)와 상생(相生)과 평화(平和)의 소중함을 가르쳐주기에 넉넉합니다.

이러한 차제에 우리 한일 양국의 학자나 문인들도 '반한(反韓)'이나 '친한(親韓)'이냐를 저울질하는 정서의 갈래를 말함에서 떠나,

새 밀레니엄을 맞이한 인류의 새 봄, 새 하늘, 새 땅, 새 인류, 새 생명, 새 인류 생명공동체의 새 시대를 추구하는, 평화 공존 화합의 차원으로 전진해야 할 것입니다.

오늘 필자가 오구마 히데오(小熊秀雄)의 「長長秋夜」를 살펴보는 이 일도, 새 천년의 새 세기를 시작하는 시대적 요청에, 작게나마 기여하는 일이 되기를 겸손되이 소망하며, 글을 맺습니다.

參考 圖書

Written by Oguma Hideo, Translated by David G Goodman, 『Long, Long Autumn Nights』, Ann Arbor: Center for Japanese Studies, University of Michigan, 1989

岡田雅勝, 『小熊秀雄 - 人と作品』, 淸木書院, 1991

岩田宏 編, 『小熊秀雄 詩集』, 岩波書院, 1982

小熊秀雄, 『小熊秀雄全集』 第一卷, 創樹社, 1977

수파문집(守坡文集) 사건

안 을 현(시인)

1944년으로 기억된다.

그날도 새북결(설뫼 앞 냇가)에 물 마시러 내려왔던 여우가 죽어있더라는 말이 떠돌던 복더위였다.

해는 중천에서 번철같이 달아올라 지글거리는데 육촌되는 칠곡 오라버니가 다급히 대문을 들어서며 "ㅎ, ㅍ, ㄹ,(고등계 형사)가 방천둑(마을입구)에 화물차를 대 놓고 또 시작이다. 빨리 치워라" 하고는 급하게 자기집으로 내려갔다. 어머니와 나는 형사 맞이에 이골이 난 터라 재빠르게 아버지(안호상)의 일기뭉치(독일가시기 위해 중국에서 어학공부 동안의 기록)와 들켜서는 안될 책들을 아궁이에 넣고, 보릿대 속, 쌀뒤주 등에 감추고, 잿더미 속에 숨겨놓고(나중에 보니 잿더미 속에 숨겨둔 책은 불씨가 남았던지 소롯이 종이 숯덩이가 되어 있었다), 나는 바느질솜씨 익힐 적삼감 마련으로 어머니 농 밑옷인 갈포단 속곳을 따고 있었다. 마을사람들이 틈틈이 우리집에 들러 바깥 정보를 알려왔다.

이번에는 젊은이들은 두고 어르신들만 모아 화물차에 태우는데 연만하신 한 분은 "너희들이 나를 데려가려면 사인교를 대라"고 호통을 치시니 사인교로 모시기도 하였다고 했다.

저녁나절에야 찾아낸 수파문집 몇 질과 한산모시 두루마기를 입으신 어르신들로 차를 채워 떠나니 온 마을이 다 비었다.

그러나 일주일이 멀다 하고 들이닥쳐 이 잡듯이 뒤지니 더 이상 감출 수가 없어 온 동네가 책을 모두 불태우기로 하여 거름 속에 묻어놓고 몇날 며칠 밥짓는 땔감으로 다 태워서 없앴다. 3백여 년 뿌리내린 집성촌(集姓村)을 갈아엎는 날들이었다.

가족을 부산형무소에 보낸 사람들은 번갈아 오르내리며 옥바라지에 정신이 없었다. 콩밥 한 순갈에 소금국만 주면서 허구한 날 고춧가루 풀은 물로 고문하고 몽둥이로 개패듯이 팬다고 하였다.

그런 와중에도 날이 가고 달이 지나니 한 분 두 분 고문으로 피멍든 몸을 끌고 돌아오셨다. 그분들께 동네입구에서 먼저 두부부터 먹이고 나서 모셔와 물을 드시게 하였다.

얼마나 지났는지 거의가 출감이 되셨는데 연곡 아저씨, 누찬이 오라버니(수파공 장손), 골품 아저씨(수파공 조카), 민갓아저씨는 동지가 가까워도 돌아오실 줄 몰랐다.

방 윗목 숭늉대접이 꽁꽁 어는 추위에 연곡 종숙모님은 밤새도록 앉아 영창문을 뚫고 손을 밖에 내밀어 추위를 가늠하며 영감님의 고통을 나누시는 나날이었다. 동짓날 어느날 아침, 민갓아저씨께서 옥사하시어 지난 밤에 마차에 시신이 실려와 내일 장례를 치른다는 소식이 들려왔다. 어머니는 달순이(노속)를 시켜 콩죽 한 동이 쑤고, 북어 한 쾌를 들려 부조로 보냈다. 지금은 두 시간이면 갈 수 있는 부산이 그때는 아득히 멀어서 형무소에서 사망 후에 기별을 받고 갑자기 내려간 상주는 겨우 마차를 구하여 싣고 왔다고 하였다. 그후 면회 다녀 온 오라버니의 말로는 아저씨께서 "옆방에 민갓아이가 꽁꽁 앓더니 요사이는 아무 기척이 없다. 죽었는지 모르겠다"하시며 옥사하신 줄도 모르고 계셨다고 하셨다.

선달 하순이 되자 오촌이 위독하여 출옥하셨다는 전보를 받고 연곡 종숙모님 모자분이 부산으로 떠나시고, 설뫼서는 장롱 안에 든 명주 몇 필을 꺼내어 나의 어머니와 계성할머니, 여러분이 모여 수의를 짓고 장례 치를 준비를 마치고 기다리시니 세 분이 상봉한 사흘 만인 음력 12월 25일 오촌께서 운명하셨다는 전보가 왔다(계성할머니는 영감님이 수단강(牧丹江)에서 병원을 차리고 계셨는데 다니러 가셨을 때 목단강 형무소에서 옥사하신 백산(白山) 안희제 할아버지의 수의도 혼자서 지어 입혀 고국으로 반장하는 데 힘을 쓰신 분이셨다).

운 좋게 화물차를 구하여 캄캄한 밤에 시신이 도착하였으나 심한 고문 끝에 찢기고 터지고 부어 올라 온 전신이 피멍으로 만신창이가 되어 시신이 안치된 방안에는 극히 제한된 네댓 분만 출입하고, 염습도 아무도 안보는 데서 대렴 소렴을 다 하셨다. 오촌께서 출옥하여 마나님과의 첫 인사가 집에 빨리 가서 호박떡 해먹자 하신 호박떡은 초상 내 제수로 응감하시고, 그때의 분노는 무엇과도 견줄 수가 없었다. 혹독한 고문을 이겨내신 남은 두 분은 8·15에 출감하셨으나 출감 후 연이어 세상을 떠나셨다.

그해 겨울도 설뫼에는 여느 해와 마찬가지로 녹을 틈 없이 눈이 내려 천지를 덮었다. 그 위로 늑대발자국 사이사이에는 어느 마을 누구네 돼지를 잡아먹었는지 늑대똥에 검실검실 섞여서 감겨진 돼지털이 섬찟했던 그 겨울의 기억들과 영남일대의 유수한 학자 백수십 명이 부산형무소로 끌려가서 수개월씩 옥고를 겪은 엄청난 학자수난의 '수파문집사건'은 아직도 잊혀지지 않는 일로 설뫼사람들의 가슴에 크나큰 아픔으로 남아 있다.

※수파공=홍문관 교리

1. 대궐 내의 무녀 진령군 배척상소문으로 추자도에 유배
2. 갑오경장에 금옥된 후 3년 후 출옥
3. 만주 안동현 접리수에서 망명중 별세

바람 바람 바람

정 명 숙(수필가)

오키나와(沖繩)의 하늘과 바다는 소름끼치도록 눈부시다. 적도 상공에서 내려다 본 동해바다, 서해바다, 태평양, 인도양, 남태평양이 한눈에 들어온다.

넓디넓은 대해에 떠 있는 백여 개의 섬 속 사람이 사는 40여 개의 섬 류큐열도는 그 바다빛따라 흑조(黑潮) 계절풍(북풍, 남풍)이 몇억 만 년 이어진 자연의 힘으로 연결되어 있다.

우리보다 20년 전 일본에 점령되어버린 오키나와는 2차대전 때는 일본 본토를 대신해 피를 흘린 곳이었고, 14세기 중엽엔 우리와도 관계가 있는 국제 노예시장이 섰고, 17세기엔 중계무역이 활발했던 곳이어서 짬뽕(잠풀)문화라 할 수 있다.

새빨간 무궁화꽃이 슬프도록 탄성을 자아내게 하는 이곳이 그 숱한 고난의 삶을 이겨낸 현장이라니 믿기지 않는다.

언제나 처참한 희생의 최전방에 내몰렸던 삶이었는데도 애조 띤 사피선(蛇皮線-三味線) 가락에 맞추어 부르는 정(靜)과 동(動)을 조율한 춤사위에서 쓰라린 과거사를 가슴에 묻어 삭이고 너울거리는 것을 보면서 인간의 불우함이란 참으로 크나큰 기폭력(起爆力)을 가지고 있구나 탐복했다.

거리엔 한자(漢字) 간판이 즐비하고 아직도 고대어인 만엽어(萬

葉語)를 쓰고 있어 제주 방언을 연상하게 한다. 동경 사람들의 냉정하리만큼 차분히 정리 정돈된 모습에는 숨막힐 것 같은 각박한 쫓김 같은 것은 어디에서도 찾아볼 수 없다.

G8 사밋트회의가 열린다는 푸세나 테라스는 수채화처럼 아름답다.

돌아오는 길에 들른 만좌모(萬座毛) 벼랑의 제주도 일출봉 같은, 높은 곳의 잔디벌판을 돌아보고 나오며 전쟁으로 사람이 그렇게 많이 죽어도 살아 남은 인간은 또 이렇게 즐거움을 찾아 살아가는 게 인생이 아닌가 다시금 생각하게 되었다.

도착하기 전날까지 일기가 좋지 않았다는데 우리가 바람을 몰고 와 이렇게 좋다며 만나는 사람마다 인사다.

실상 오키나와는 바람이 만들어 놓은 섬이다. 적도에서 발생한 흑조(黑潮)는 넓은 바다에 거대한 강을 이루어 폭 2백 킬로미터, 최고 속도 10킬로미터, 수심 7백 미터란 큰 띠를 이루어 구미도(久米島) 서방 130킬로미터를 지나 북으로 내달리고 있다.

1초 동안 내뿜는 수량 5천 톤, 수중 온도 22~29도로 가열된 공기는 통과하는 연안지역 공기까지 뜨겁게 달군다고 하니 매년 우리를 괴롭히는 태풍의 진원지가 여기임을 알았다.

이 대순환의 여정은 3만 년 전부터 이어오는 상상을 초월한 다이나믹한 힘이다. 그 바람은 해상에서 풍속 10~15미터의 강풍으로 변하는데, 이것을 잘 이용할 줄 아는 지혜를 선대로부터 익혀온 해양족이 오키나와인이다.

우리는 청연의 집이 있는 오카시키(渡嘉敷) 섬으로 가기 위해 페리 호에 몸을 실었다.

잉크를 풀어놓은 듯한 바다를 쾌속으로 한 시간 남짓 달려 1972

년까지 미군기지였던 섬에 닿아 30여 분 만에 커다란 골프장 같은 미군 캠프가 있는 고즈넉한 언덕에 닿았다.

인력 때문인지 경비 절감인지 각자 하라는 설명을 듣고 집담회실 옆 책장을 보니 섬 안내서가 있다.

1945. 3. 28 미군 상륙

스스로의 결단으로 목숨을 끊는 것은 자결, 일본은 옥쇄(玉碎)라는 미명 아래 군인 군속 주민들에게 자결을 강요했다. 주민들의 집단자살은 지옥을 방불케 했다는 증언이다.

일본군은 막판에 주민들의 비상식량을 강탈하고 피난호에 포탄을 던지기도 하는 광란의 연속, 유독 이 섬은 첫 상륙지로 희생이 컸다 한다.

한반도에서 끌려간 군속 위안부의 수를 정확히 알 수 없는 채 많은 인원이 각지에 흩어졌고 일본은 패색이 짙어지자 한국인을 미군의 스파이로 몰아 죽였다니 그들의 원혼을 누가 달래줄 수 있을까.

나라가 힘이 없으면 이런 수모를 당한다는 것을 역사는 보여주고 있다.

평화공원(平和の礎)에는 태평양을 향해 확 트인 언덕 오석에 새겨진 희생자 기념비가 출신지별로 세워져 있는데, 대만인 28, 영미인 14813, 오키나와 147731, 대한민국 54, 북조선 82개로 피아 쌍방의 희생이 얼마나 컸나를 보여준다.

평화공원 희생자 명단에 있는 현지인들의 희생도 컸지만 우리 동포들의 희생은 너무나 처참했노라고 현지인들은 자기들도 피해자면서 가해자였노라 머리 숙여 사죄한다.

역사의 지울 수 없는 흔적이 우리를 무겁게 맞이한다.

바닷가 깎아지른 벼랑 위 오카시키시마(渡嘉敷島) 무라리바라(村里原) 1997. 11 위령제(정신대 희생자 추모비).

이 티없이 아름다운 자연 속 위령비에 아리랑(アリラン) 글자가 얼비치자 모두의 눈에 이슬이 맺혔다. 전쟁은 힘없는 백성과 부녀자들을 너무 슬프게 한다.

죽어도 못 잊을 조국을 향해 그들은 무엇을 말하려 하는가. 역사는 언제 어디서 누가 무엇을 했는가. 그리고 우리와 어떤 관계가 있었나 하는 의문을 시발점으로 하고 있다.

6월 여성문학인회가 안내한 원당리 <나눔의 집> 김순덕 할머니의 증언을 들으며 살아 남은 자들의 해야 할 일이 무엇인가를 되새겨 본다. 우리는 그렇게 처참하게 당하고도 챙기지 못했다는 것을 아프게 뉘우쳐야 한다.

희생자의 정확한 수도 헤아리지 못한 채 미해결의 일본위안부 전후 보상 등 많은 문제들을 안고 있다.

여기 아리랑 망향비 앞에 서니 자책에 소름이 끼치도록 싸늘해진다.

바람아 전해다오. 인간이 인간을 박해하지 않는 그곳에서 편히 쉬시기를. 바다 바람은 세차게 울어댄다. 3일 간의 그룹 토론이 모두 끝났다.

G8 동남아 8개국 청소년들의 살아 숨쉬는 건강한 소리를 들을 수가 있어 좋았다. 지금 오키나와는 G8을 계기로 전쟁과 수난의 아픈 역사를 털어버리고 후손들에게 새로운 21세기를 향해 자신감을 불러일으키려는 어른들의 노력이 눈물겹다.

끔찍한 고난을 대물림하지 않겠다는 의지가 너무 강해서 안쓰러울 정도다.

이번 청소년 캠프가 그러한 뜻의 모임이었다.

바람, 그 무서운 바람은 표류물마저도 날아오게 한다. 한때는 나무토막 하나 주워도 횡재라 했다는데 오늘은 그 바람에 실려 '메이드 인 코리아'가 선명한 폐기물들이 흘러 들어와 우리를 부끄럽게 한다.

짧은 시간 오키나와 현장에서 근세 백년 사이 한·일 관계가 다시금 클로즈업된다. 일본은 우리에게 이런 것이었다를 잊을 수 있겠는가.

다시는 그런 일일랑 없어야 된다고 다짐하며.

일본은 신(神)의 나라인가

주 영 준(수필가)

　얼마 전 일본 수상은 "일본의 국체는 천황폐하를 정점으로 하는 신의 나라(神國)다"라는 발언으로 국내외의 따가운 비판을 받았다. 일본이 신의 나라라는 케케묵은 말에 나는 잊고 있던 지난 일들이 떠오르면서 새삼 울분이 치밀었다. 어쩌면 바로 한 달 전 양평 퇴촌 마을의 <나눔의 집>을 방문하여 정신대 출신의 여성들이 모여 사는 모습을 보고 아픔이 채 가시기도 전이어서 그 말이 더욱 자극적으로 들렸는지도 모른다.

　중일전쟁을 끌어오던 일본은 1941년 12월 12일 미국의 진주만을 불시에 공격한 후 대동아전쟁이라는 깃발을 내걸고 전시태세를 한층 강화하였다. 동남아의 새 질서를 확립하겠다는 명분을 내세운 것이다.

　대동아전쟁이 한창 기세 있게 나가고 있을 때 나는 사범학교에 재학중이었다. 한국사람과 일본인이 반반이던 그 학교는 현지 거주자 외에는 전원 기숙사에 입사시켰다. 기숙사에서도 한 방에 열 명씩 한국사람과 일본인을 반반으로 배정하였다. 기숙사는 모든 구조와 음식과 생활양식이 완전히 일본식이어서 한국학생들은 불편이 많았지만 4년 동안에 점차 익숙해지고 순치되어 갔다. 서로 민족감정이 항상 바탕에 깔려 있었지만 내선일체(內鮮一體) 즉, 한국과 일본은 하나라는 허울좋은 정책 아래 표면상의 차별은 없었지만 철없는 일본 아이들이 문득문득 우리 자존심을 아프게 할 때도 있었다. 하지만 한솥밥 먹으면서 같이 향수에 젖기도 하고 일상의 희비를 같이 겪다보니 미운 정, 고운 정으로 무난하게 지낼 수 있었다.

우리는 긴 복도로 이어진 학교와 기숙사만 오가는 폐쇄된 생활환경에서 신문도 라디오도 없이 학교에서 듣는 정보만으로 세상을 내다보고 살았다. 승승장구 연전연승하며 동남아로 넓혀 가는 전선 소식을 듣고 그저 감탄할 뿐 아무 것도 아는 것이 없었다.

그들은 일본은 신의 나라로 이 전쟁은 신의 현신인 천황폐하의 뜻으로 시작된 성전(聖戰)이므로 반드시 승리한다고 믿고 있었다. 천황폐하를 받드는 정신은 철저했다. 교실마다 궁전의 사진을 걸어놓고 경례시키고, 매월 초하룻날에는 신사참배를 시키고 천황이 내리는 말을 적은 칙어(勅語)를 봉안전(奉安殿)에 따로 모셔놓고, 의식이 있을 때마다 학교장이 흰장갑 낀 손으로 꺼내어 높이 받들어 고개 숙이고 모셔다가 최경례를 하고 나서 펴서 읽었다. 우리는 고개 숙이고 듣고.

그들이 이렇게 천황을 신으로 받들면서 그 이름으로 야심을 동남아 일대에 펴 나가고 있을 때 그 승전고 뒤에서 우리 민족은 학도병이다 군속 노무자다 정신대다 하는 가지가지 명목으로 연령, 생활환경, 남녀의 구별도 없이 닥치는 대로 저들의 전장에 끌려가고 있었다.

나는 어느 방학에 집에 갔을 때 소꿉친구 손이가 시집을 가고 그 동생은 정신대에 갔다는 말에 크게 놀랐다. 동네 처녀들이 서둘러 시집을 가는 이유는 처녀들을 대상으로 징발하는 정신대를 피하기 위해서라고 했다.

전쟁이 장기화되면서 군수물자의 부족으로 저들은 우리네 집집에서 놋그릇을 걷어가고 학생들은 산에 가서 송진을 따는 근로봉사에 동원되기도 하였다.

내가 학교를 졸업하고 교단에 섰을 때 시국은 극도의 긴장과 불안이 감돌더니 드디어 어느날 태평양의 한 섬기지(基地)에서 일본군이 옥쇄(玉碎)했다는 비보가 전해졌다. 신문마다 주먹만한 활자로 보도되었을 때 모두 놀라서 어리둥절하였다. 전멸이라는 처절한 그 상황이 옥쇄라는 표현으로 비참하다기보다 모진 비바람에 우수수 흩날려 진땅에 떨어지는 벚꽃잎을 연상시켜 오히려 인간적인 안쓰러움이 긴 여운을 남기게 하였다. 그로부터 옥쇄 소식이 몇 군데 이어지고 어두운 전운이 덮이기 시작하더니 마침내 전국(戰局)은 패전으로 치달아서 1945년 우리는 일본으로부터 해방이 되고 독립하기에 이르렀다.

그 8월 15일 정오 중대발표가 있다는 말에 모여든 사람들은 라디오에서 흘러나오는 무조건항복이라는 일본천황의 발표에 귀를 의심했다. 신의 현신이라는 천황의 힘없고 맥빠진 그 목소리가 지금도 잊혀지지 않는다.

내가 꽃잎처럼 떨어져 간 그 옥쇄의 현장을 보게 된 것은 해방이 되고도 근 반세기가 지나서 사이판으로 여행을 갔을 때였다. 사이판은 서태평양 마리매너제도 남쪽에 있는 작은 섬이다.

남북의 길이가 약 23킬로 인구 7만(그 당시)의 조그만 섬으로 일본의 중요한 군사기지였다. 하루에 일곱 가지 색으로 변한다는 환상적인 바다 위에 떠 있는 아름다운 이 섬은 태평양전쟁의 아픈 상흔들로 만신창이가 되어 있었다. 미군은 이 섬을 점령하기 위해서 1년 간 생산하는 분량의 많은 포탄을 하루에 퍼부었다니 그 싸움의 치열함을 가히 짐작하고도 남는다. 그 공격에 일본은 견디지 못해서 항복하게 되었을 때 천여 명의 병사가 천황폐하 만세를 부르며 바다에 뛰어들었다는 만세바위, 항복을 거부하는 병사와 민간인이 떨어져 자살했다는 자살바위, 이 바위에서 일본인들은 천 명이 넘는 우리 노무자까지 강제로 동반시켰다니 경악과 분노에 할 말을 찾지 못했다. 이 조그만 섬에 우리 노무자가 천 명이 넘게 있었다니 그러면 전체로는 얼마나 많은 우리 장정들이 징용을 당했더란 말인가.

내륙의 숲 속에는 군데군데 방공호가 짐승이 살던 동굴처럼 남아 있었다. 습하고 컴컴하고 그 음습한 방공호가 우리 위안부들이 한 사람이 하루에 백여 명씩이나 군인들을 받던 곳이라고 한다.

이것도 신의 이름으로 저지른 것이라면 도대체 그 신은 무엇이며 일본이 왜 신의 나라인가.

서기 1200년대 원나라가 고려를 항복시키고 연합군을 편성하여 일본정벌에 나섰을 때 때마침 불어온 태풍으로 연합군이 대패하자 일본은 그 태풍을 가미카제(神風)라 하여 스스로 신국(神國)을 자칭했다. 가미카제는 일본군의 수호신처럼 전해 내려오면서 대동아전쟁 말기에는 가미카제특공대를 조직하였다. 십대의 어린 소년병들에게 비행기 한 대에 미국군함 한 척 격침이라는 목표로 갈 때의 연료만 주어보내는 결사대였다. 이렇게 잔혹한 일본이 자칭 신의 나라였다.

양평의 <나눔의 집>에 수용되어 있는 정신대 출신 노인들의 회고담은 비통했다. 대부분이 농촌에서 차출된 이 여인들은 시대적 불운을 탓할 수밖에 없던가. 시대는 영웅만 만드는 것이 아니라 이렇듯 젊음을 빼앗기고 인생을 짓밟히는 불운한 인생을 수없이 만들기도 한다.

일본은 침략적 기질이 많은 민족인지 정계의 수뇌부에 있는 사람들은 지금도 미수에 그친 대동아건설의 꿈을 잊지 못하는 듯 신의 나라를 들먹인다.

정신대문제가 공식으로 일본에 제기되었을 때 일본인 동창들로부터 미안하다는 사과편지가 오더니 이번 수상발언에 대해서는 친분 있는 어느 일본문인으로부터 다음과 같은 편지가 왔다.

"내가 어릴 때는 국민들이 모두 일본은 신국이라고 믿었다. 그러나 지금은 수상의 발언에 '그렇습니다' 할 사람은 한 사람도 없다. 빨리 꿈에서 깨기를 바란다. 한국 분들을 대하기가 부끄럽다"고. 신의 나라는 이제 종지부를 찍나보다.

나는 일본이 자칭 '신의 나라'라는 망상과 망언에 실소를 금치 못하지만 그들의 애국심, 단결심, 철저한 자연보호에 의한 국토사랑, 공중도덕 준수 등 그 웃음에 함께 담을 수 없는 것들이 있음을 간과할 수가 없다. 그런 아름다운 마음으로 신의 나라 이름으로 억울하게 희생된 사람들에게 자성과 사죄하는 마음을 가져주기를 바란다.

가깝고도 먼 나라

송 원 희(소설가)

한국과 일본은 지리상으로 보면 육로로 갈 수 있는 중국을 제외하고는 어느 나라보다도 가까운 사이라고 할 수 있다. 그러기에 두 나라는 고래로부터 뭔가 많은 것의 왕래가 있어 깊은 관계를 갖고 있다. 그러나 요 근래에 와서 이웃간에 결코 친숙하지 못한 관계 속에 있어 왔다. 그 이유는 무엇보다도 일본이 우리에게 침략이라는 지워지지 않은 깊은 상처를 남겼기 때문이기도 하지만 그 앞서 우리의 저변에는 민족적 문화적 우월감이 있고, 일본으로서는 지리적 역사적 또 문화적 열등감이 짙게 깔려 있는 것이다. 나는 어린 시절 어른들이 일본에 대해 말하는 많은 소리를 들으며 자랐다.

"일본 그 섬나라가 예전에는 식량도 부족해서 우리 조선에게 원조로 갖다 먹기도 하고 일본 옷이 그게 옷이냐, 그것도 우리나라의 수의(壽衣)를 가져다가 만들어 입은 것이란다. 그 게다짝이 신발이냐, 음식도 그게 음식이냐" 혹은 "불교도 유교도 다 우리나라를 통해서 일본으로 전파된 것이다. 그런 야만족이 서구의 개화사상을 받아 뒤진 한국을 침식했다" 등등의 우월감이 한국민족에게 뿌리깊게 남아 있는 것이다. 일본도 그것을 알기에 그 문화적 열등감을 이겨내기 위해 서구문화를 빨리 받아 들여 낙후된 한국을 침략하게 되었다고 볼 수 있다.

거슬러 올라가 고대 역사를 돌이켜 보면 BC 5000∼3000년경의 고조선의 찬란했던 문화문명 나라가 멸망하자 고조선의 지배계급이 배를 타고 일본으로 간 것은 일본서기에도 나와 있다. 그후 고구려가 신라와 당의 연합군의 공격으로 멸망하자 역시 고구려의 많은 지배계급이 일본으로 흘러갔고 백제 또한 어떠했던가. 백제는 왕실과 백제 지식층이 일본으로 망명해 간 것은 역사를 조금만 알아도 다 아는 사실이다. 고구려의 후예가 세운 발해국은 어떠했는가. 발해가 요(遼)나라에 의해 멸망했을 때 발해의 지배계급층이 적지 아니 일본으로 망명해 간 것이다. 망명한 그들은 일본에 건너가 역시 지역별로 작은 나라를 세우고 원주민들을 다스렸다.

어느 나라나 국경선에 있는 이웃은 한국과 일본과의 비슷한 관계가 있다. 어찌 그뿐이랴. 임진왜란 때는 얼마나 우수한 도공(陶工)이나 학자들을 납치해갔고 일제침략 때는 징용이나 학도병, 또 정신대 등으로 이런 저런 이유로 얼마나 많은 한국민족이 일본으로 끌려간 것인가.

그들의 역사에도 한국에서 건너간 한국사람들을 도라이진(渡來人) 즉 바다를 건너온 사람으로 불렀고, 한반도에서 간 사람들이 고도의 문명과 동방에서 온 예의를 지닌 민족으로 존경을 받았던 것이다. 그래서 무엇이나 고급스러운 것은 '백제에서 온 것'이었고 백제 것이 아닌 것은 '구다라데 나이' 즉 백제 것이 아니라며 요즘도 이 말을 사용하고 있다. 그만큼 한민족의 일부 뿌리가 일본 땅에 이식되어 오늘날까지 내려오는 것이 여러 곳에 심어진 이름뿐만이 아니라 종교도 생활양식도 전통적 축제도 조금씩 변형되어 내려오고 있는 것이다.

물론 일본에 건너간 사람이 전부 한국민족만은 아니며 일본이 섬나라이니 만치 동남아 일대인 '자바' 섬에서도 많이 건너가 JAPAN이라는 이름도 거기에서 유래하고 있는 것이다.

그것은 그렇고 현실로 돌아와 볼 때 현재 일본은 아시아에서 제일 먼저 서구문명을 받아들인 덕으로 동남아시아, 극동아시아 등에서 제일 앞서 서구화(西歐化)를 이룬 나라이다. 그들은 이 점에 있어서 근대 현대문명의 우월감을 가지고 있고, 상대적으로 좀 뒤진 아시아국가들은 열등감을 가지고 있을 것이다.

그러나 이제 세계는 협의적으로는 민족주의를 가지지만 광의적으로는 세계화로 지향하는 정보화시대를 맞고 있다. 생각하면 이것 또한 세계 속에서 살아남아야 할 발전이니 만큼 약소국가라고 의기 소침할 것도 없고 강대국이라고 자만할 수만은 없는 것이다. 세계는 확실히 개방되어 있다. 모든 나라뿐 아니라 개개인의 문도 활짝 열려 있는 세상이다. 그러므로 개인은 물론 한 나라도 참다운 미래 지향자만이 살아 남을 수 있다. 빛에 가까운 속도로 통하는 정보화 시대이다. 이런 정보화시대에 개개인의 발전은 곧 한 나라의 발전이기도 하고, 전 인류의 발전인 만큼 언제까지나 과거에 얽매일 수는 없다. 갑자기 과거에 대한 상처에 관대해져서가 아니라 이제는 국제적으로 당당하게 일본과 맞설 수 있는 자세를 가져야 한다. 이웃이란 너무 가깝기에 그만큼 상처도 입기 쉽고 따라서 미움과 경시와 적대감을 갖게 된다. 그러나 그것은 피차에 이득이 되지 않는다.

그 언젠가 아득한 옛날 백두산의 큰 화산 폭발로 한반도의 일부가 떨어져나가 일본 땅이 생겼다면 또 언젠가 예측할 수 없는 큰 지각변동으로 일본이 태평양 한가운데로 흘러가 버리는 날이 오지 않을지, 또 백두산이 재 폭발하여 한반도가 떨어져 나가 섬이 되지 않을 그때까지는 일본과 한국은 숙명적으로 어쩔 수 없는 가장 가까운 이웃이다. 숙명적인 이 이웃을 벗어날 수 없는 바에야 이웃이라는 좋은 의미를 충분히 살려나가야 하지 않을까.

시대는 버튼 하나로 우주선과도 빛의 속도로 교류가 이루어지고 있다. 등을 돌려 적대시하면 아무리 가까운 나라라도 먼 나라이다.

어쨌든지 한국과 일본은 아시아 권내의 제일 밀접한 이웃으로서 운명적으로 서로 상부상조하지 않으면 아시아권 내에서뿐만 아니라 전 인류에도 도움이 되지 않기 때문이다. 이제 21세기로 넘어가면서 생존의 키워드는 어쩌면 나라보다도 강조되는 것은 개개인의 창의적 실력일지 모른다. 그것만이 서로의 다른 문화를 존중하고 국제적 올바른 관계가 된다.

내게 없는 것을 그들에게 배우고 그들이 없는 것을 우리가 주며 교환할 때 바로 그것이 올바른 친선이 이루어지는 것이기에 말이다.

울어라 현해탄

김 문 숙(수필가)

일본인은 참으로 묘한 인종이다. 평소 친하게 지내는 정직하고 친절하고 싹싹하고 온화한 일본인을 대하고 있으면 이 멀쩡한 사람들이 민족이라는 이름으로 집단화하면 어떻게 그렇게 광적으로 잔악한 인종으로 변해 버리는지 이해할 수가 없다.

모진 놈 옆에 있다가 벼락맞은 우리나라의 역사의 쪽마다 분노가 가득하다.

정작 벼락을 맞아야 할 모진 놈은 그들인데……. 참! 그들도 벼락을 맞은 역사가 있긴 하다. 수십만 명의 목숨이 한순간의 빛으로 죽어간 원자폭탄의 벼락을.

그래도 그들 모진 놈은 살아남아 독버섯처럼 번식하면서 또 다시 전쟁으로 달려가고 있다. 색깔 고운 평화의 깃발을 높이 앞세우고, 모진 놈의 철학은 변치 않는다.

'어제는 어제, 오늘은 오늘, 내일은 내일…….'

우리나라가 입은 벼락의 상처는 너무나 크다. 상상을 넘어선 잔악하고 간교한 일본이, 어둠 속에 교묘히 파묻어 버린 한반도 침략의 범죄 역사를 친일 사학가들은 자기 범죄를 감추는 데 급급해서 눈감고 있었다.

양심 있는 몇 사람들의 잃어버린 역사 찾기는 묵살당했다.

식민지 역사의 가장 암울한 산증인 정신대할머니들이 '모진 놈'들에게 사죄와 배상청구 소송장을 내밀고 돌아오는 배 위에서 검푸른 현해탄을 향해 울먹였다. 10만 명으로 추측되는 조선의 어린 처녀들을 연락선에 태워, 행방도 알리지 않고 기상천외한 그들 운명의 가혹함도 감추고 울부짖는 그들을 동물처럼 가두어 이 현해탄을 건너게 한 모진 놈들의 소행에 나는 치를 떨었다.

피로와 배멀미에 지친 할머니들은 잠들고 혼자 2등 갑판에 서서 밤의 현해탄의 이야기를 들었다.

1992년의 현해탄은 숨소리를 죽이며 억울하게 죽은 수많은 망자들의 이야기를 쉴새없이 계속했다. 한반도와 중국 연해지방을 노략질하고 다니던 왜구(倭寇) 일본 해적들의 거친 고함소리도 섞여 들린다. 광적인 도요토미 히데요시가 일으킨 임진왜란 때 이순신 장군에게 몰살당한 일본 해군의 죽어가는 비명소리, 원한의 소리도……

TV역사 드라마에서 듣던 히데요시의 고양이 같은 목소리가 들린다.

"귀를 베어라, 코를 베어라, 조선을 정벌하라."

세계 역사상 전쟁시 군인이 점령지에서 강간을 저질렀다는 얘긴 들어봤지만, 국가조직으로 여자들을 성적(性的) 목적으로 전쟁터마다 이동하면서 끌고 다녔다는 군대위안부란 낱말이나, '귀무덤', '코무덤'이란 유사이래 처음 듣는 단어도 모진 왜인의 해괴망측한 창작품이다. 히데요시가 피묻은 조선군사들의 코를 헤아리며 즐거워하는 광경은 완전히 한 장의 만화이다.

교토(京都)의 히데요시 신사(神社) 앞쪽에 흙무덤이 하나, 소위 '귀무덤'이 있다.

무심한 한국관광객들은 일본 땅에 관광을 간 것만도 자랑스러워 희희낙락 큰소리로 떠들면서 지나쳐 버리기 일쑤이다.

약탈, 방화, 몰살의 임진왜란의 원흉(元兇)으로 인해 성(城)은 말할 것도 없이 들녘도 산도 모두 불타고 백성들은 떼죽음을 당한 채 아버지는 자식을 위해 통곡하고 자식은 아버지를 찾아 헤매는 슬픔의 나라를 만들어 버린 괴수, 히데요시의 사당 앞에서 아픔에 찢어지는 군졸들의 '귀와 코'의 울음이 진동하는데도 생각 없는 한국사람의 귀에는 아무 것도 들리지 않아서 안타깝다.

'귀무덤'은 흙으로나마 어느 스님의 손으로 조국땅에 돌아왔지만 모진 놈들의 잔학성은 영원히 그 땅에 기록되리라.

지금을 사는 양심 없는 일본인들은 눈 딱 감고 모든 지난날의 식민지 만행을 아니다, 모른다로 넘기려 하고 있다.

정신대 문제도 그렇다. 전쟁이 끝난 그 무렵은 몰랐다 하더래도 이 문제가 한·일 간을 시끄럽게 하고 있는지가 몇 년인데 "모른다, 그럴 리가 없다"가 통하는가.

또다시 신무기를 앞세우고 침략의 날을 세워 전쟁으로 돌진하고 있는 '모진 놈', 그들 때문에 이웃이라고 해서 또다시 벼락맞아야 하는 지긋지긋한 악연.

나는 검은 바다를 향해 울분을 쏟았다.

"야! 일본 모진 놈들아. 이제 벼락은 너네들이나 맞어라이. 우리는 싫데이…… 참말로 싫데이……."

검은 현해탄은 대답이 없었다. 내 절규는 바람에 날려 멀리멀리 허공에 흩어졌다.

일본은 우리에게 무엇인가

신 동 춘(시인)

1911년 한일합방 조인의 소식을 접한 일본 수뇌부는 축배를 올렸다. 유사 이래의 숙원을 비로소 달성했다는 뜻에서다. 경주 석굴암 부처님의 양미간의 백호는 일본의 침략을 자비 광명으로 막아보려는 우리 조상의 은근하고도 간절한 염원의 발로였다. 충남 연기군 조치원의 양세오충 정려문(兩世五忠 旌閭門)이 이런 내막을 뒷받침해 준다. 아버지 박천봉은 1592년 임진왜란(壬辰倭亂) 청주 격전에서 전사했으며, 아들 넷은 42년 후 병자호란(丙子胡亂) 전란에서 같은 날 쓰러졌으니 선조 15년의 일이다. 김문숙 여사가 번역한 『임진왜란(貫井正之 지음)』은 기상천외의 몽상가 풍신수길(豊臣秀吉)의 웃지 못할 야욕의 전말을 소상히 드러내고 있다.

일본은 참으로 우리 민족에게 있어 무엇이었고 또 지금 무엇이며 장차 무엇이 될 것인가.

어머니는 어려서 철도를 까는 일본 노동자들이 밤이 되면 한잔 걸치고 유카타(일본 옷) 차림으로 손뼉을 치며 "쯘떼루상"을 부르면서 떠들썩하게 노는 것을 동네 아이들과 숨어서 지켜보았다고 한다. 여름 달밤에 공사 중인 철로 위에서 유카타 자락을 허리띠에 걸어붙이고 이리 들썩 저리 들썩 신나게 노는 꼴이 가관이었는데 문제는 그들이 속바지 나부랭이를 걸치지 않았다는 데 있었다. 그래서 어머니는 그들이 겉보기에는 예의 바르고 친절해도 속은 야만인이란 생각을 평생 버리지 못했다. 그것만으로 그들을 야만인이라고 단정짓는 건 좀 뭣하지만 그들이 좀 얄팍하고 대체로 소갈머리가 없는 편이며, 때에 따라서는 무척 잔인하기까지 한 족속이라는 생각을 나 또한 줄곧 해왔다.

나는 어려서 봉천(지금의 심양)과 북경에서 일본학교를 다녔다. 일본인 선생과 교우들의 친절을 기억한다. 그러나 내겐 그들에게 털어놓지 못할 고민이 있었다. 그 고민은 차츰 슬픔으로 변용되었다. 1940년 초반일 게다. 심양에서 북경으로 이사가서 얼마 안 되는 어느날 학교에서 올림픽 기록영화를 단체관람 갔을 때 일이다. 손기정 선수가 마라톤에서 우승하여 일장기가 하늘 높이 펄럭이자 동무들은 손뼉을 치며 환호성을 터뜨렸다. 그런데 나는 "이건 아닌데"하는 생각이 치밀어 목이 메였다. 관람석 어두운 공간에서 맛본 착잡한 눈물 맛은 짰다.

이보다 앞서 북경에 가기 전 심양 시내. 내가 다니던 가모 소학교는 멀리 떨어져 있었고 집 근처에는 시키시마 소학교가 있었다. 4년 아래 아우와 나는 곧잘 그 학교 운동장에 놀러 가곤 했다. 모래밭 철봉틀에 매달려 한창 신나게 뒤치락거리는데 사내아이가 다가오더니 느닷없이 나가라고 고함을 쳤다. 두 번 세 번 소리소리 지르면서 빨리 자리를 뜨라고 했다. 그는 동생과 내가 말하는 걸 듣고 일본인이 아님을 알아차린 것이다. 그때 그 아이가 뱉던 "조센징노구세니(朝鮮人のくせに)"는 내 심층에 깊이 파고들어 지금껏 표류하고 있다. 우리말로 옮기면 '한국인 주제에'쯤 되는 이 한 마디가 시사한 바는 컸다. 그들이 말하는 이른바 '조센징' 또는 '센징'에 배인 멸시를 한 번 들어본 사람은 잊지 못할 거다. 그리고 '주

제에'는 '건방지게'라는 말이 포개진다. 나는 그때 동생을 업고 뛰었다. 물론 울면서.

그러나 이보다 가슴 아팠던 일이 있다. 아버지는 학교에서는 학부형회의 우두머리였고, 집에서는 호랑이라는 별명으로 군림했다. 그리고 팔달령(八達嶺) 넘어 내몽고(內蒙古)에 무연탄광을 가진 당당한 실업가였으며 기차는 2등 칸을 상용했다. 그런데 어느날 기차에 탄 아버지를 전송하던 내 눈에 비친 아버지의 비굴한 모습을 지울 수 없다. 일본인 차장이 와서 아버지를 3등 칸으로 내몰았다. 아버지는 처음에 정중하게 표를 내보이면서 설명하려 했으나 차장은 막무가내였다. 순순히 명령을 따르지 않는다고 호되게 당하며 마침내 굽실거리며 쫓겨가는 과정을 나는 무성영화를 보듯 주시했다. 일장 단막극이 진행되는 동안 줄곧 딸의 시선을 의식했던가. 칸을 옮겨 자리를 잡자마자 아버지는 창 밖을 향해 내게 어서 가라고 손짓했다. 자신이 당하는 고초보다 딸에게 줄 마음의 상처가 염려스럽다는 표정이었다. 보이고 싶지 않은 광경, 보고 싶지 않았던 광경이었다. 발톱 빠진 호랑이 꼴로 웅크리고 앉은 아버지에게서 평소의 당당함은 찾을 수 없었다.

돈을 갑절이나 주고 무엇 때문에 2등 칸을 탔다가 그런 봉변을 당하느냐는 것이 어머니의 이론이다. 어머니는 일본인을 믿지 않았다. 경우도 법도 없는 야만인은 피하는 게 상책이라는 정도로 생각하는 것 같았다. 부엌 식당에서 뚱보 아마(현지 도우미)와 일본사람들 흉을 보며 박장대소(拍掌大笑)하던 광경이 지금도 생생하게 떠오른다. 둘이는 걸핏하면 일본사람을 헐뜯었는데 내용은 별 게 아니더라도 헐뜯는 대상이 일본인이라는 데 의미가 있었던 것 같다.

그러던 어느날 나는 아마 방에서 묘한 걸 발견했다. 그 무렵 나는 겨울 아침 학교에 늦지 않도록 밖이 밝기도 전에 일어나 혼자 아마 방에서 밥을 먹어야 했다. 그날 따라 아마가 밥을 차리는 동안 궁둥이 아래 따듯한 방바닥에 손을 깔고 있다가 어쩌다 그 아래 돗자리 밑으로 손을 디밀었다. 놀랍게도 잡히는 게 있었다. 손바닥만한 소책자였다. 그때만 해도 한글을 못 읽어 한문을 골라 읽자니 문맥이 잡히지 않았다. 아마에게 들키지 않도록 얼른 제자리에 돌려놓았다. 삽시간의 일이었다. ‘대한민국(大韓民國)’, ‘관동군(關東軍)’, ‘산해관(山海關)’, ‘중경(重慶)’ 등 그때 급하게 건져 올린 단어들이 한동안 머리 속을 맴돌았다. 그러나 아무에게도 그 일을 말하지 않았다. 주변 분위기가, 궁금해도 혼자 삭혀야 한다는 걸 말해 주었다.

방학에 동경과 심양과 서울에서 공부하던 형제들이 모여들면 밤이 늦도록 이야기꽃이 핀다. 소곤소곤 흥미진진하게—그렇게 들렸는데—비밀스런 이야기를 나누는데 이야기꾼은 주로 오빠 친구인 북경대학 농대학생이었다. 한 번은 숨어서 듣다가 야단을 맞았다. 그렇지만 못 듣게 하면 호기심은 더욱 발동하기 마련. 그때의 귀동냥으로 일본사람들의 잔악함을 속속들이 알게 되었다. 독립운동을 하다가 잡혀가서 당하는 갖가지 고문에 소스라쳤다. 손가락 사이에 젓가락을 넣고 손가락 비틀기, 고춧가루를 코에 넣고 물 먹이기, 공중에 매달고 빙빙 돌리기, 전기고문, 잠 못 자게 하기, 손톱과 손가락 사이에 가는 대꼬치를 쑤셔 넣는 등 끝도 없는 횡포가 우리 민족 말살을 위해 자행되었던 것이다. 우리 나이로 열다섯이 되던 여름에 나라를 찾았기 망정이지 솜뭉치처럼 커가던 그 아프고 슬픈 고뇌를 그대로 두었더라면 어떻게 전개되었을까 돌이킬 때마다 나라 고마움에 몸을 떤다.

춘천의 김경석 씨는 600명 회원을 거느리고 일제말기 강제부역의 <60년 채불임금찾기운동>을 벌이고 있다. 그는 후지코시사(不二越社)의 채불임금을 9년 동안 107회 재판을 거듭하여 찾아내는 데 성공했다. 일본군에게 당한 우리의 위안부 할머니들은 세계 최장(最長) 데모라고 일컫는 '수요일 데모'를 계속하고 있다. 다카기 겐이치(高木健一)가 쓴 『전후 보상의 논리(戰後報償의 論理)』를 통해 우리는 일본인의 비인도적인 이코노믹 애니멀(Economic Animal)의 진면목을 일목요연(一目瞭然)하게 파악할 수 있다. 보상문제는 철저한 끝을 보아야 한다. 우리만을 위해서가 아니라 일본이 우리를 먹어치우려는 망발을 다시는 일삼지 못하도록 하기 위해서라도 정당한 판결로 끝을 맺어야 한다.

개인적으로 나는 우수하고 친절한 일본 친구를 몇 알고 있다. 그들의 배려와 친절과 지성은 찬탄할 만하다. 일역판 시집 『신벽암록』(新碧巖錄·姜晶中 譯)이 일본에서 출판되었을 때 출판사(靑樹社·丸地守)는 동경 도심(アイヤモンド ホテル)에 70명의 시인 하객을 회비제로 모아 축하연을 베풀고 그 자리에 나를 초대했다. 번역자가 다른 또 하나의 일역판(鴻農映二 譯)을 내준 북해도대학 교수 시인(工藤正廣 露文學)은 1990년 봄에 모스크바에서 처음 만난 후부터 내 시를 일본에 펴는 일에 변함없는 성의를 보여주고 있다. 그런데 유감스러운 것은 그들이 각각 자기가 내 시집의 유일한 일역판 발행자가 아님을 못내 아쉬워했다는 점이다.

대동아전쟁은 30명 남짓한 군벌들의 결정이었다고 전해진다. 그렇지만 군벌도 다름 아닌 일본사람이 아니던가 말이다. 또한 풍신수길이 별난 사람이었다고는 하나 제2, 제3의 풍신수길이 없으란

법은 없다. 뿐만 아니라 그 무렵 일본 어선은 우리네 해변마을을 마음대로 누비며 노략질했다고 역사는 기록하고 있지 않는가. 하긴 이 가공할 침략정신이 섬나라 일본의 오늘을 만들었는지도 모른다. 바로 엊그제 한·일 간의 영해권협정에 조인함으로써 우리는 다시 막대한 불이익을 떠안았다. 이처럼 국가간의 문제는 국력에 달려 있다는 평범한 사실을 명심하는 것만이 최상의 호신책이다. 충남 연기군 용암마을의 민속놀이인 '강다리'는 임진왜란의 참상을 체험한 마을 사람들의 발상으로서 정월 대보름날, 보름달이 떠오를 때 횃불을 밝히고 놀아온 힘겨루기 내지는 힘기르기의 상징적인 민속놀이 스포츠이다. 남녀가 편을 갈라 줄다리기를 하는 건데 그 원류를 거슬러 올라간 자리에 우리 조상이 왜구들에게 장장 7년을 쫓겨다녔던 역사적 상처가 만져진다. 소 잃고 외양간 고치는 국민이 다시는 되지 말기 위해 좀더 노력하자는 것이 일본을 보는 나의 고칠 수 없는 시각이자 판단이다.

'사무라이 문화' 상륙이 가져오는 것

한 분 순(시인)

동양의 작은 섬으로 이뤄진 나라, 언제 어디서 무서운 괴력으로 폭발할지 모르는 자연의 악조건 속에 사는 화산의 나라, 유럽 최첨단 유행을 재빨리 받아들이는 자유분방한 유행의 나라, 일본. 이들 일본은 우리에게 누구인가.

혹자는 그들을 향해 약삭빠른 두 얼굴의 표리부동한 민족으로 정의하기도 한다.

최근 우리나라는 일본 대중문화 3차개방을 선언했다. 물론 개방 이전에도 일본문화가 봉쇄되어 왔던 것은 아니다. 만화나 영화 가요 외에 아쿠타가와 상을 받은 일본 작가 무라카미 하루키의 소설은 물론 무라카미 류나 요시모토 바나나, 영화 '철도원' 원작자인 아사다 지로의 소설 역시 우리나라 독자층을 형성하고 있다.

이런 현실로 미루어 보아 일본대중문화 3차 개방이 새삼스러울 것은 없다. 이미 오래 전부터 일본 가요, TV, 만화, 애니메이션은 우리나라에 음성적으로 자리잡아 왔다. 그에 따른 일본 가요의 표절 시비, TV무대 설치 등의 모방 또한 벌써부터 지적되어 온 것 중 하나다. 이처럼 일본 대중문화는 은연중 우리 생활 깊숙이 침투되어 있다.

지난해 들어온 영화 '라쇼몽', '카케무샤', '철도원' 등은 반응이 그리 크지 않았더라도 상당한 관심의 대상이었다. 일본만화 캐릭터인 '헬로키티', '짱구' 등의 상품은 이미 어린이들과 친해진 지 오래다.

이제 일본 대중문화는 일본어로 된 음반, 방송의 쇼프로와 드라마, 세계 수상작품 아닌 애니메이션, 19세 미만의 관람불가 영화부분만 미개방된 상태다.

여러 가지 상황으로 보듯 일본 대중문화, 사무라이 문화는 거침없이 물밀 듯 우리나라에서 상륙하고 있다. 문제는 우리나라 N세대라고 불리는 젊은층, 반일감정을 전혀 갖지 않고 자란 세대들의 무분별한 모방이다. 이들은 일본 대중 문화를 아무런 비판 없이 받아들인다. 일본영화 '러브레터'를 즐겨보았고 아사다 지로의 소설을 영화화한 '철도원'을 너도나도 감상했다. 인터넷을 통해 일본의 최신 음반을 쉽게 접속해 듣는다. 일본 대중문화와의 연결 가능한 채널이 많은 것도 문제 중의 하나다.

물론 우리 문화도 일본으로 수출되는 것이 없지는 않다. 영화 '쉬리'가 일본에 상륙하여 인기를 끌었고, 젊은 가수 SES가 일본으로 건너가 일본가수 우타다 히카루나 아무로 나미에에 못지 않은 인기를 누렸다.

우리가 기억해야 할 것은 우리 문화에 대해 자긍심을 가져야 한다는 점이다. 관행처럼 되어 왔던 일본문화 베끼기에서 탈피해 우리 것을 창조해 내고 발전시켜야 한다. 우리 문화의 소중함을 일깨워 줘야 하고 문화유산을 자손만대에 물려줄 수 있도록 해야 한다.

현재 일본 애니메이션 수준은 세계 최고에 달한다. 이번에 개방된 애니메이션이 국제영화제 수상 경력이 있는 30여 편 정도라고 하지만 일본 애니메이션이 우리나라에 상륙해서 개봉될 경우 우리의 미약한 수준으로는 잠식되기 시간 문제이다.

영화도 마찬가지다. 1, 2차 개방의 일본 극영화 중 '러브레터'만 흥행에 성공했지만, 3차 개방과 동시에 일본영화 사재기경쟁을 벌이고 있는 시점에서 범상히 보아 넘길 일이 아니다. 98년 일본 흥행 1위를 차지한 '춤추는 대수사선'을 비롯, 괴수영화 '고질라' 시리즈, 공포영화 '링', '사국' 등이 상영될 경우 일본 영화로 몰려갈 관객들을 저지하기 힘들 것이다. 머지 않아 일본영화 포스터들이 서울 거리를 장식하게 될 것이고 그에 따른 파장도 엄청날 것이라는 우려의 소리가 높다.

일본 가요와 음반 시장이 개방될 경우 지금까지 음성적으로 이뤄졌던 일본 가요의 한국상륙이 본격화될 것이며 따라서 우리 대중문화 잠식도 시간문제라는 지적이다. 그들은 청소년층을 집중 공략할 것이고 사회문화적 문제화 가능성이 그만큼 크게 작용하게 될 것이다.

결국 일본 사무라이 문화가 우리나라에 상륙하는 것은 경제침략보다 더 큰 영향을 미치는 문화침략 수단이 될 수 있다. 문화침략은 그 심각성이 경제침략에 견줄 바 아니라는 점을 다같이 기억하고 대처하는 마음가짐이 있어야 할 것이다.

일본, 널 보고 나를 본다

김 정 원(시인)

피로 얼룩진 역사는 느리게 천천히 흘러갔고, 그 방대한 스케일의 스토리를 나열할 필요는 없다.

지구는 수없이 돌고 돌아 부득이 함께 흘러가야만 살게 되었으니 이 시점에서 그때의 탄압과 박해의 피해의식에 잠겨 증오심을 감추지 못한다면 바보스럽게 또 한번 우를 범할 가능성을 배재할 수 없을 것이다. 그래서 민족 드라마의 큰 줄기를 살펴보고 통풍이 잘 되는 출구를 찾아 나서야겠다.

개똥밭의 정녀(貞女)

작은 존재의 어둔 터널에서, 그것이 우리시대의 삶의 화두가 아닌가.

우리에게 행복하고 아름다운 유년이 있었던가. 특히 1920년대에서 1940년대 태생에겐, 작은 가슴에 화인(火印)으로 각인된 나날의 크고 작은 사진! 지금도 지울 수 없는 부지기수의 파편들이 몸에 박혀 악몽에 시달리는 때가 있다.

인간에게 망각의 은혜가 없었다면 훈 할머니(월남에 끌려간 정신대 정녀)는 어떻게 살아 남았을꼬!

내가 초등학교 4학년 무렵, 어느 마을 아무개가 정신대에 잡혀

갔다는 소문에 어른들은 모두 쉬쉬하며 부모님들은 겁에 떨었다. 나는 무언지도 확실히 몰랐지만 좀 늦게 태어나 다행이다 여겼었다.

조선어 책

소, 소나무, 바지, 저고리로 시작하는 조선어 책은 초등학교 1학년 때 받은 책 가운데 나도 모르게 정감을 느낀 책이다. 구름무늬 군데군데 떠 있고 아기 살갗처럼 고운 연분홍 표지였다. 2학년 새 학기 초에는 그런 표지의 책은 받지 못했다.

아주 없어진 시간이라 했다. 아, 이렇게 되어가는구나! 아무도 말해주지 않았지만 어렴풋이 스며오는 분노 같은 것에 슬퍼했다. 엄마에게 그 이야기를 했으나 응답 없이 딴 일에 관심이 있는 척 하셨지만 나는 엄마 얼굴에 스치는 짙은 그늘을 읽을 수 있었다.

아홉 살의 나이에 나라의 배경을 의식하면서 자기 신분이나 감정을 반영시키는 현상은 어른 못지 않게 민감했던 것 같다.

누룽지와 벌

“오늘부터 조선말로 말하면 의자를 들고 뒤에서 벌을 서는 기다.”

일본 담임선생님의 청천벽력 같은 발표에 모두는 움츠렸다. 아직 저학년이라 일본어가 미숙할 밖에, 이때까진 조선어와 일본어를 섞어 의사소통했는데 이제 큰일이 난 것이다. 한 친구가 누룽지 뭉치를 꺼냈다. 먹고 싶어서 말을 건네야겠는데, 마음씨 좋은 옆 친구에게 물어도 모른다고 했지만 ‘누룽지’를 발설했으니 덜컥 겁이 났다. 나와는 좋은 사이이나 언제 변심해서 선생님에게 일러바칠지 몰라 전전긍긍했다.

친구들은 서로 자신이 없으면서도 다투어 일러바쳤기 때문에, 지금도 어쩌다 누룽지를 보면 입안에서 "오코게(お蕉げ), 오코케" 하고 연습한다. 등줄이 화끈해지는 조건반사적 작용이다.

살아있었던 우리말

1945년 8월 15일 낮, 일본의 패전소식이 라디오로 방송되자 거리로 터져 나온 겨레의 함성은 도가니로 끓다가 어느 초등학교 운동장으로 모여들었다. 나는 어른들 틈에 신나게 끼었다. 갑자기 조용해지더니 흰 두루마기 입은 한 남자가 손을 올리자 '동해물과 백두산이……'가 울려 퍼졌다.

저마다 감격과 엄숙함에 휩싸여 기침소리 하나 없이 8월 한더위도 시들해져 갔다.

이어 울밑에선 봉선화야…… 였다.

아! 우리나라도 애국가가 있었구나!

어느새 누가 태극기를 휘두르고 있었다. 우리도 국기가 있었고 가슴 저미는 우리말 노래가 있었구나!

열네 살 소녀는 가슴 벅차 어깨서 날개가 돋는 것같이 힘이 솟구쳤고, 갑자기 어른이 된 것처럼 많은 것을 알게 되어 한동안 심히 앓았다.

'학교에 가면 이제 일본말을 몰라 무서운 벌을 설 일도 없고 어디서나 마음놓고 우리말만 하는 거야.'

상상의 세계가 이제 눈앞에 독수리처럼 날개를 펼쳤다.

언어는 그 민족의 목숨임을 그때만큼 뼈저리게 인식했을까.

내 탓의 잣대로 보면

역사의 강변에 한 모래알보다 작은 나를 포함해서 온 백성과 우국지사들의 총체적인 그 비극적 상황은 천추에 '한(恨)'으로 지울 수 없게 사무치고 있다.

하지만 이 모두는, 19세기 일제의 침략을 막아내지 못했기 때문이다. 망국의 지경으로 무력했음은 과연 누구의 책임인가. 그들 이전에 우리가 우릴 박해하진 않았던가.

한국 근대사 100년을 학습의 시기로 정의하는 사학자의 글이 생각난다. 강대국 중심의 세계화 속에서 일본이라는 숙명적 이웃에서 먼 나라까지 우린 사통팔방으로 통용이 잘 되게 당당히 손잡을 수 있어야 한다. 고난과 희생을 통한 겸허한 깨달음의 시기임을 믿고 따뜻한 악수의 손을 내밀 줄 알아야 한다. 통한의 보답은 우리 모두의 피나는 노력이 수반되어야 한다.

일본은 우리에게 누구인가

심 상 옥(수필가)

일제침략이 지난 지 50여 년이 지났다. 일제에 의해 고통당한 많은 사람들이 생존해 있는데도 우리는 너무 일찍 일본을 잊은 채 살아가고 있다. 20년 전에 비해 재일동포에 대한 법제도 상의 차별이 개선되었지만 우리를 대하는 일본의 자세는 변한 것일까.

과거의 청산이라 하면 일본이 과거의 식민지배에 대해 진심으로 사죄해야 한다. 그리고 종군위안부 등 아직도 해결되지 않은 문제들을 짚고 넘어가야 하는 것이 우리의 입장이다. 일본인들이 말하는 과거 청산이란 다른 것이 아니라, 2차대전의 패전 원인을 자기들이 지지 않고 미국에 책임으로 전과시키려 하는 것을 말한다. 말하자면 인류의 막대한 피해를 끼치는 원자폭탄을 미국이 썼다는 것에 책임을 돌리려 한다. 그렇다면 오늘에 와서 일본인은 일본의 진로를 올바르게 모색하는 것인지 의문이 간다.

역사상으로 볼 때 신라의 문무대왕은 자기의 치세 기간 중 당시 동해안을 수시로 드나들며 해적질을 하는 왜구들을 염두에 두고 있었다. 언젠가는 그 왜구들이 한반도를 침략할 것이라고 믿고 지금의 수중능 자리에 자신이 묻혀 나라를 지키고자 했다.

수중능에는 문무대왕을 비롯하여 신라의 왕 3~4명을 장사지냈다고 한다. 그렇다면 문무대왕 수중능이 있는 바다는 신라왕실의 공동묘역일 수도 있다. 그래서나 문무대왕이 일본의 침략을 걱정했지만, 결국 일제에 의하여 침략을 당했다.

먼 역사 이야기는 고사하고 일본군에 의해 2차대전 때 한국의 여성들은 위안부로 끌려가 희생을 당했다. 일제는 8·15 패전 후 조선총독부의 기록에 의하면, 1943년부터 1945년 8월 15일 전까지 그들이 정신대로 연행해 간 수는 20만 명이라고 한다.

해방이후 50년 가까웠지만 재일동포의 법적 지위문제가 아직도 해결을 못보고 있다. 그 대표적인 예가 권희로 사건이다. 그는 자기 어머니를 폭행한 깡패들과 싸우다가 그 깡패들을 죽인 죄목으로 30여 년 간 징역살이를 했다. 그는 일본에 남아 인권투쟁을 하고 싶었다. 하지만 돌아가신 어머니의 간절한 바람과 한국으로 가는 것을 조건으로, 일본정부로부터 석방되었다. 권희로의 석방과 귀국을 반대하던 일본의 극우파와 야쿠자들이 권희로를 테러한다는 말이 돌았다. 그는 한·일 경찰의 경호 속에 부산으로 귀국하였다. 어느 자식이 어머니를 폭행한 자를 그냥 두겠는가. 이러한 권희로를 일본은 단순 살인사건인데도 불구하고 30여 년 넘게 징역을 살게 했다. 이렇듯 재일동포에 대한 일본 사회는 한국을 차별하는 의식이 뿌리 깊었다.

권희로의 삶을 그린 '김의 전쟁'이라는 영화를 본 적이 있다. 권씨는 빚 독촉을 하던 일본 폭력배 2명을 '조센징', '더러운 돼지새끼'라고 하자 격분하여 총으로 사살했다. 어느 온천여관에 들어간 그는 투숙객 13명을 붙잡고 88시간 동안 인질극을 벌이다 체포된다.

그는 인질극을 벌이면서, 재일동포에 대한 일본 경찰관의 차별적 태도를 성토하고, 경찰 고위층의 사죄와 해당 경찰관의 파면을 요구한다. 결국 경찰관은 TV에 출연해 잘못을 인정하고 사죄한다. 당시 일본 언론은 권씨를 '극악 무도한 흉악범'으로 몰아 갔지만 풀려난 인질들은 권씨가 인간적으로 대해 주었으며 거의 공포를 느끼지 못했다고 했다.

권희로가 도착한 김해공항에는 그를 환영하는 사람들이 따뜻하게 맞이하였다. 이런 한국 사람들의 분위기에 대한 일본의 반응은, 한국의 언론매체들이 민족차별에 맞서 싸운 영웅처럼 취급하는 것을 실망스럽다고 하였다. 어느 재일동포 교수는 일본에서 태어나 일본밖에 모르는 권씨가, 한국으로 돌아갈 수밖에 없게 된 것을 못 마땅히 여겼다.

지금의 우리 형편은 5천 년 한국문화의 잠재력이 일본과의 문화산업경쟁에서 새롭게 발휘되어야 할 때이다. 한·일의 고분벽화에 담긴 연대를 보면 한·일 문화의 관계를 볼 수 있다. 일본의 역사책은 왜곡되고 조작되기도 하지만 고분벽화는 당시의 인간이 어떤 생각과 감정을 지녔었는지 잘 드러내 보인다.

70년대에 발굴한 일본 다카마쓰(高松塚) 고분은 8세기에 사망한 일본 제42대 문무왕의 비빈 또는 후궁의 묘라고 하지만 현무, 청룡, 백호가 그려진 고구려의 무덤 바로 그것이다. 그러나 일본은 한국의 문화를 흡수하고, 당나라 영향권에 있었다고 주장한 일본의 견해를 부인하고 있다.

이제 한·일 간의 문화교류는 새로운 전기를 맞고 있다. 3차로 개방하는 영화, 음반, 게임, 애니메이션, 방송 등 그 범위가 매우 넓다. 이런 개방에 의해 그 영향은 그동안 반일감정과 저질 퇴폐문화 확산, 그리고 일본 자본으로 된 국내 문화산업이 잠식될 우려가 있기 때문에 개방에 대해 비판적인 시각도 많다. 일본의 대중문화에 맞설 수 있는 국내 문화산업의 경쟁력 강화 대책이 요구된다.

얼마 전 일본자위대는 태평양의 한 섬에서 군사훈련을 했다. 그 군사훈련의 이름이 독도탈환훈련이라는 것이 신문에 오르내린다. 그들은 지금도 독도를 자기네 영토라고 말한다. 만약에 독도 문제가 국제사법재판소에 제소된다면 우리는 그 귀결에 대해서 안심만 할 수는 없다. 우리가 '독도는 우리땅'이라고 감정적으로 대응하는 사이에, 저들은 국제사회에 내놓을 논리적인 자료를 완비해 놓을 것이다.

신라의 문무대왕은 자신이 동해 앞바다에 묻혀서 일본의 침략 루트를 막고자 하는 의지를 다진 분이었다. 이처럼 우리도 경제적인 것은 물론이고 문화 분야에서도 일본에 뒤지지 않기를 다짐해야 할 때이다.

황진이와 게이샤

임 명 자(시인)

일본문화가 개방되기 전부터도 우리 사회는 잔재되어 있는 일본문화를 어쩔 수 없이 껴안아가며 살아왔다고 할 수 있겠다. 일제강점기를 거치며 언어 속에 남아 있게 된 것뿐만이 아니라, 그 이전 지식인들이 동경대학에 유학하는 것을 동경하여 그곳에 갈 기회를 갖는 것을 희망으로 여기던 때부터가 아닐까.

그래서인지 지금도 일본에서의 유학시절을 추억으로 갖고 있는 윗세대들이 그곳에서 먹던 음식이며, 노래며, 거리의 풍경들을 이야기하는 걸 종종 보게 된다. 그럴 때면 싫건 좋건 추억은 추억으로 남을 수밖에 없다는 것을 이해하게도 되지만, 그런 모습을 보면 볼수록 낱낱이 개방되어 가는 일본문화에 대해 더욱더 민감하게 반응하지 않을 수가 없다.

많은 시간이 흘렀고, 일본이란 이웃을 무조건 경계만 할 수도 없게 되었지만, 윗세대의 핏속에 남아 우리에게까지 전해져오고 있는 그들에 대한 불신의 끈을 과감히 놓을 수 없는 것 또한 어쩔 수 없지 않은가.

우리의 삶 속에 어쩔 수 없이 녹아들었던 일본의 문화가 우리 민중의 혼까지 흔들 수는 없었지만 목에 걸린 가시처럼 잘 빠지지도 않아 아직도 침을 삼킬 때마다 통증이 느껴지는 상처로 남아 있다.

물론 이런 생각이 나의 개인적인 감정일 수도 있고, 발전적이지 못하다고 생각할 수도 있을 것이다. 유럽이 하나의 공동체로 나아가고자 힘을 모으고, 각 나라마다 세계화를 외치며 나라 안팎의 경계를 허물고자 애쓰고 있다. 그러나 그런 거대한 흐름 속에서도 한 나라의 문화만큼은 결코 사라지지 않을 것이라는 생각이 든다.

얼마 전 '철도원'이란 일본 영화를 본 적이 있다. 눈(雪)과 기차라는 영원한 테마가 마음에 들어서 보게 되었지만, 영화를 보는 순간 섬찟한 전율을 느끼지 않을 수가 없었다. 영화 속에서 감지되는 드러나지 않게 말하고자 하는 또 다른 테마는 그들 역무원들의 제복 속에 감추어진 일본 군국주의에 대한 향수였기 때문이다. 2차대전 때 그들이 외쳐대던 그 함성이 영화 속에 숨어서 은근히 사람들을 선동하고 있다는 것을 영화를 본 사람들은 함께 느꼈을 것이다.

'감춰진 문화', 나는 일본에 대하여 이렇게 말하고 싶다. 일본의 게이샤를 보라. 그들의 얼굴을 영상매체를 통해서 볼 때마다 왜 저렇게 가면처럼 분칠을 하고 사람들 앞에 나타날까 의아스럽지 않은가. 그들에게서 받는 인상은 진실된 모습을 선뜻 내보이고 싶지 않은, 그래서 그 누구라도 일단은 경계의 대상일 수밖에 없는 그런 모습으로 늘 비쳐진다. 나는 그러한 모습이 곧 그들의 문화라는 생각이 들곤 한다.

기방(妓房)문화는 어느 나라에나 있게 마련이지만, 일본의 게이샤는 참으로 특이하다. 물론 그들도 예(藝)를 갖추기 위해 서예와 춤, 세줄 현악기인 샤이센을 능숙하게 다룰 수 있도록 긴 수련과정을 거쳐야 한다고 들었다. 그러나 제대로 된 기생으로서의 예의범절을 배우기 위해, 유곽에서 시(詩)·서(書)·화(畵)를 혹독한 훈련 과정을 통해 익힌 우리나라 여인들의 단아한 모습과는 너무나 거리가 멀게 느껴진다. 황진이처럼 자신의 얼굴을 당당히 내보이며 당대의 걸출한 사내들과 어깨를 겨루던 우리의 여인들과는 분명 다르지 않은가. 비록 기녀의 신분이기는 하였으나 한 여자로서의 당당함과 희노애락을 진실되이 보여주는 인간다움이 왜 게이샤의 모습에서는 찾을 수가 없는 것일까. 감추는 얼굴 뒤에 숨겨진 의도는 과연 무엇일까. 그런 의문들은 종종 언론에 보도되는 일본인들의 다른 행동들에서도 감지가 된다.

중국에 진출해 기업을 하고 있는 친구로부터 직접 들은 이야기는 일본인들의 감춰진 것들에 대해 또 다른 것을 말해준다. 한국인과 일본인들의 차이가 아래와 같은 모습에서 더욱 더 여실히 드러난다는 것이다.

중국에 들어가 있는 공장들의 기계가 고장이 나면, 한국인들은 중국인들이 보는 앞에서 그냥 수리를 하는데 일본인들은 절대로 그렇게 하지 않는다고 한다. 일본인들은 직원들이 다 퇴근한 후에 자기들끼리 모여 상의해 가며 수리를 한다는 것이다. 그 후의 결과는 뻔하지 않은가. 한국인들이 경영하는 곳은 중국인들이 금방 기계의 원리를 깨쳐 자기들 것으로 만들 수 있지만 일본인들의 공장은 그럴 수 없지 않겠는가.

이 이야기를 들으며 한국인의 우매함을 탓해보기도 하였지만, 일본인들이 다른 나라 사람들에게 철저히 감추고 있는 그들의 일상에 대해 섬뜩한 느낌이 절로 들게 된다. 좋게 보면 그들의 철저함 때문이라고 이해할 수도 있겠지만, 그렇게 말하기에는 어쩐지 뒷맛이 개운치 않은 것은 그들의 계략에 당해온 세월이 너무도 길었던 탓일 게다.

다른 나라의 문화도 받아들이는데 굳이 일본이라 해서 안될 것이 무엇일까마는 투명하지 않게 다가오는 그들의 모습만큼은 가려서 받아들일 수 있도록 우리도 이제는 더욱 견고해질 필요가 있다고 본다.

용서는 하되 잊지는 말아야 된다는 말을 새삼 되뇌며, 그들의 감춰진 이면의 의도를 성숙한 의식으로 가려서 받아들이자고 말하고 싶다.

일본은 우리에게 누구인가?

손 길 순(시인)

일본은 우리의 우방국이다. 지리적으로 가장 가까운 이웃 나라다. 우리보다 체격이 왜소하나 검은 머리, 검은 눈, 황인종으로 모양새가 비슷하다. 문화적으로도 한문자(漢文字) 영역으로 음은 서로 다르나 뜻은 같고 문법도 동일하므로 이해하기 쉽다. 그러나 마음속에는 허물 수 없는 굳은 장막이 있고 암 같은 응어리가 녹아내리지 못하는 것은 수차례의 침략과 36년 간의 식민지 통치 때문일 것이다. 세계가 하나 되어 국경을 넘나들며 서로 돕고 살아가는 이때 과거만을 돌이키면 무엇하리. 뿌리 깊은 아픔을 이해와 용서로 포용하고 미래를 향하여 우리의 힘을 배양하여 능력 있는 민족으로 자리돋움 하는 지혜가 앞선다. 일본은 선조들의 모순을 부끄러이 여기며 반성하고 수치를 씻기 바란다. 양국이 신뢰하고 존중하며 발전, 교류하는 우방국이기를 기대한다.

지난 36년 간의 식민지 통치는 우리 고유의 성마저 말살하였고 수많은 선열들의 피를 흘리게 하였으며 옥살이를 시켰다. 해방의 기쁨도 잠시, 38선을 그어 남과 북의 분단국으로 이념을 달리하고 반세기를 넘어 지구상의 유일한 분단국으로 남게 했다. 오늘에 이르기까지 그 아픔을 씻지 못한다. 6·25 동란으로 동족간의 살상이 수를 헤아릴 수 없었고, 폐허 속에서 이산가족으로 부모형제가 아직껏 생사도 모르고 흘리는 눈물, 그 아픔이 있을진대 어찌 일본을 원망하지 않으리요. 그러나 머무를 수 없는 세계의 흐름 속에서 일본은 탐욕을 버리고 망언을 삼가며 겸허한 자세로 반성하는 동반자적 의식으로 변화를 가져야 한다. 오늘에 이르러서도 독도가 한국의 영토가 아니라 하는 주장은 아직도 그 잠재의식을 버리지 못하기 때문일 게다.

독도 영유권 시비는 1952년 우리 정부가 평화 선을 선포하면서 우리의 영토로 재확인하자 일본 쪽의 항의로 발단된 것이다. 울릉도에서 2백리 뱃길 되는데, 풍성한 어장이며 새들의 낙원으로 국토의 최 동단 파수꾼인 것이다. 역사적으로 「세종실록지리지」 등 문헌상의 기록을 들어 독도 영유권이 확고함을 입증하고 있다. 지금은 우리 경비대가 주둔하여 관리하고 있지 않은가? 일본은 국익의 탐욕을 재우고 더 이상 그것이 시비의 분쟁이 되지 않기 바란다.

지금도 일본에는 수십 만의 재일교포가 살고 있다. 수치와 모욕 속에서 울분을 억누른 일이 한두 번이겠는가? 그러나 반면 그들의 근면, 성실, 근검, 절약의 정신을 본받아 열심히 땀 흘린 우리 동포들의 성공담도 조국에 기쁨을 안겨 준다. 과거만을 고집하여 경계하기 보다 좋은 점을 아껴 날로 변화하는 첨단 과학 정보화 시대에 내실을 키워 부강한 나라로 만드는 일이 더욱 중요하다. 분단 55년만에 남북정상회담도 이루게 되었다. 온 겨레의 소원인 조국통일의 날도 기대해 본다. 우리 민족의 쓰라린 상처를 치유하고 2002 월드컵 대회에는 단일팀으로 구성하여 힘을 모아 자랑스런 대한민국의 기상을 드높이기 바란다. 그리하여 오래 전 일본 침략의 치욕에서 벗어나 단일민족으로의 우수성을 세계에 알려야 한다. 우리와 가장 가까운 섬나라, 인구 1억이 넘는 방대한 경제부흥의 나라, 신뢰를 바탕으로 사회의 질서를 정돈한 문화 국민의 긍지를 인정받는 국가로 유익만을 위해 신의를 저버리는 어리석음을 범하지 않았으면 한다. 지난날의 상처를 재발시키지 않고 우의를 돈독히 하여 서로 협력하고 아끼는 우방국이기를 기대한다.

둥지 속의 일본

박 명 자(시인)

일본! 금년은 해방 55주년이며 일본과 우리나라가 국교를 정상화한 지 35년 되는 해이다. 그리고 우리 국모 명성황후가 일본에 의해 시해된 지 105년 되는 해이다. 나는 해방될 무렵 여섯 살이었으므로 어렴풋이 일본인들의 활동을 기억할 뿐이다. 위로 나의 두 언니들이 일본 노래를 부르는 것을 들었고, 가족들이 모인 자리에서 이웃 일본가정의 이야기를 자주 들으며 자랐다.

그리하여 일본의 문화, 생활양식, 의식구조를 간접 체험으로 파악하게 되었다. 그네들은 어떤 보이지 않는 규제 속에 자기를 가두어 놓고 절대 정부에 복종하는 국민이다. 개인은 토끼장(목조건물 이층집) 같은 집에 절약정신으로 살아가면서 남에게 폐 끼치지 않는 가정교육을 받으며 학교에서는 어떤 조직에든 순응할 수 있는 교육을 시키면서 창의성 개발에는 눈뜨지 않았다.

뭐든지 똑같이 만들고 남과 같이 행동하라고 가르쳤다.

어느 가정에나 자질구레한 살림살이 가득 들여놓고 부채 하나로 여름더위를 이기는 검소한 시민들이라는 점 정도는 알고 지냈다.

나는 1989년 8월 5일 드디어 처음 일본 땅에 닿았다. 큰 기대로 가슴 두근거리며 나리타공항에 착륙하였다. 아다미 호텔에 들어섰을 때 깨끗하고 조경이 잘 꾸며졌으며 종업원이 친절하다는 느낌을 받았다. 객실 욕실은 정돈되고 편리하게 가꾸어졌다. 나는 떠나기 전에 이어령 교수님의 『축소지향의 일본인』을 읽고 예비지식을 갖고 갔기에 이해가 빠르게 되었다.

다음날 00寺에 갔을 때 제사지내는 어느 가족들의 모습을 보았다. 절 앞 큰 나무에는 하얀 화선지에 기원을 표시하는 쪽지가 가득히 가지에 걸려 있었다. 국가는 세계첨단 기계문명을 움직이고 있으나 민간인 사이에는 샤머니즘이 사라지지 않았음이 놀라웠다. 일본의 정신을 움직이는 하나의 구심점은 무엇일까 생각해 보았다. 일본인들 의식 속에는 화(和)라는 개념이 늘 자리잡고 모든 인간을 균일화시켜 개성을 죽이는 제도가 있다는 걸 깨달았다.

다음날 백화점에 쇼핑을 갔는데 물가가 비싸다는 걸 미리 알고 갔지만 너무 가격이 세어서 우산 3개만 겨우 샀다. 요즘 인터넷 이용료가 월 80만 원 정도라니 놀라지 않을 수 없다. 우리나라 3, 4만원에 비하여 엄청나게 비싼 비용을 감당하고 있음을 알았다.

또한 일본국민은 변화와 개성을 수용하지 않는 걸 알 수 있었다. 오늘날 미디어 시대에도 일본의 중·고등학교 교사의 70%가 컴맹이라 하니 우리나라보다 정보화 시대에 뒤쳐져 있음을 알았다.

그리고 일본 주식회사라는 말이 있다. 가정보다 회사를 더 사랑하여 종신고용제처럼 회사에 생을 거는 일본사람들은 능력 있고 경쟁력 있는 어떤 인간도 틀에 가두어 평균화시킨다.

1억 2천 일본인구가 똑같은 삶을 살아가며 집단주의에 선택 없는 생활을 한다면 그 모양새가 어떨까? 또 요즈음 추세는 선진국 여성들이 누리는 인간으로서의 권리조차 여성에게 부여할 수 없다고 주장하는 그들이기도 하다.

직장에서도 여성 위치는 임금 차별(49%)을 두고 성희롱 문제까지 대두되고 있다. 피임약이 금지된 나라, 아직도 봉건적 사고방식 속에 제 한 몸의 자유조차 없는 노예와 같이 일만 하는 여성들이 있다고 한다.

그러나 세계에서 주부감, 아내감으로 첫째로 꼽는다는 일본 여성 가운데에서 요즘 이혼 바람이 불고 있단다. 부부생활 가운데 억울한 경우가 있으면 상세히 적어 두었다가 남편 퇴직금 나올 무렵 이혼청구서를 내놓고 제 몫을 챙기고 자아를 찾아 날개짓을 한다니 기막힌 일이 아닌가. 아직 젊은 이혼여성의 경우 꽃 같은 직장 여성(하나코 OL)에서 탈출, 외국 유학길에 오르는 학구파들은 사법시험 준비를 서두는 층도 있단다.

이렇게 일본인의 의식구조는 처음에서 끝까지 실리적 추구, 즉 돈을 버는 일이 삶의 기본 명제로 떠오르고 있다. 아직도 일본은 자기만의 둥지 속에서 가슴을 열지 않은 채 어둠의 저편 자멸의 농혈을 파고 있다.

일본문화의 개방과 음식문화

이 선 옥(시인)

일본문화를 개방한다고 정부는 공식 발표했다. 개방은 아직 시기상조라는 반대 입장과 다른 하나는 해도 문제없다는 찬성입장과 두 가지 시각이었다. 반대자들은 상업적 저질문화, 퇴폐문화에 물들게 해서는 안 된다고 주장하는 반면, 찬성자들은 서구의 퇴폐문화 마저 여과 없이 받아들이고 있는데, 굳이 일본문화만을 거부할 이유도 필요도 없다고 주장한다. 일본문화의 개방에 대한 이런 논쟁을 지켜보노라면 일본의 음식문화에 대한 우리들의 감정을 되돌이켜 보게 된다.

음식문화도 중요한 문화의 한 영역임이 틀림없다. 왜냐하면 우리가 말하는 문화란 그 종류를 불문하고 결국은 우리가 먹고 살아가는 과정에서 생기는 것이기 때문이다. 이처럼 문화의 중요한 한 영역임에도 불구하고 아직까지 음식문화를 놓고 개방을 문제삼는 국가는 이 세상 어디에도 없다.

일본이 제2차세계대전에서 패하자 이때에는 친일파와 외식문화를 몰아내는 운동이 범국민적으로 일어났다. 밤낮 없이 일본가요가 흘러 넘쳤던 충무로에서도 일본 노래가 듣기 힘들어졌고, 요즈음 우리가 영어를 섞어 쓰는 것보다도 더 많이 섞어 썼던 일본말도 금새 자취를 감추고 말았다.

이런 상황 속에서도 일식집만은 여전히 호황을 누렸다. 지금 이 순간도 일식집은 고급 식당의 대명사로 자리매김하고 있다. 일본이라는 '일'자만 들어도 숨을 몰아 쉬었던 국민들도 일본 식당에 대해서만은 아무런 반감도 가지지 않아 왔다. 아니 어쩌면 일본식당과 일본문화와는 아무런 관계도 없는 것이라고 믿어 왔는지도 모른다. 일식집을 운영하는 업주들은 그저 여러 종류의 식당 중에서 일식이라는 식당을 차렸을 뿐이라고 생각할 것이다. 실제로 업주든 손님이든 일식집을 대일 민족감정과 연결해 보는 사람은 거의 없는 듯 하다. 그러면 일본만화, 일본영화, 일본가요 등 다른 문화 방면에는 지나치리 만큼 강한 반일 감정을 가지고 있는 데 반해 왜 일본의 음식문화에 대해서만은 그런 감정이 없는 것일까? 그 이유는 음식문화의 특성에 있는 듯하다.

음식문화는 항상 인류애를 전제로 하는 문화이기 때문이다.

인종과 민족과 종교를 초월하여 인간이라 이름 붙여진 존재에게는 예외 없이 봉사하는 문화이다. 외국을 여행하다 보면 음식문화가 인류애를 전제로 하는 문화임을 금방 느낄 수 있다. 우리와 다른 사고방식은 무시하면 그만이고 우리와 다른 의상은 안 입으면 그만이다.

그러나 음식만큼은 거부할 수 없다. 자기가 원하는 음식이 없으면 없음을 인정하고 다른 것을 먹을 수밖에 없다. 왜냐하면 그 길만이 살 수 있는 길이기 때문이다. 음식은 이처럼 항상 인간의 삶을 전제로 할 뿐 어떤 감정도 장벽도 전제로 하지 않는다.

인류 역사를 보더라도 음식문화의 유입을 목숨 걸고 반대한 일은 한 번도 없었다. 나의 『문화유산답사기』로 유명한 유홍준 교수

도 북한을 다녀온 후 연재한 『북한문화유산답사기』에서 옥류관의
냉면 맛을 그 유려한 필체로 극찬했다.

그러나 그 누구도 북한 음식 맛을 극찬한 그들의 말과 글을 북
한 음식문화의 숭배자라고 매도한 사람은 없다.

우리가 지울 수 없는 반일감정을 가지고 있는데 일본만이 우리
에게 일방적 호감을 가질 리는 없다. 그런데도 일본 역시 우리의
음식문화만큼은 전혀 문제 삼지 않는다. 음식문화에 대한 이러한
관대함은, 아니 이런 개방정신은 어제 그제의 일이 아니요, 한·일
간의 국한된 일도 아니다. 세계 각국간의 불문율로 지켜온 일이다.

국경과 민족을 초월하여 이러한 환대를 받은 것은 근본적으로
상대방을 강제하거나 억압하는 일이 없는 문화이기 때문이다. 어떤
경우에도 음식만은 내가 원하지 않는 것을 강요하지도 않으며 강
요할 힘도 없다. 내가 원하지 않으면 먹지 않으면 되고, 또 원하지
않는 식당에는 들어가지 않으면 그만이다.

내가 원해서 찾는 문화, 내가 좋아서 찾는 문화, 그것이 바로 음
식 문화이기 때문이다.

가깝고도 먼 이웃

홍 정 숙(시인)

지금 거리에는 노랑머리가 유행이다. 올 봄에 가끔 보이기 시작하더니 요즈음에는 대학생의 머리에도 온통 단풍이 들었다. 옷의 유행에는 그런가 보다 하고 보아 넘길 수 있었는데, 청소년들의 파격적인 머리 염색은 눈에 거슬린다. 머리 염색으로 건강을 헤칠 수도 있고, 경제적 부담도 크며, 무엇보다 외국의 잘못된 유행을 맹목적으로 흉내낸다는 데 문제가 있다.

일본의 유명 연예인 흉내를 우리나라 연예인들이 그대로 따라하고, 우리나라 연예인들을 보고 청소년들이 무비판적으로 흉내내고 있다. 그들의 말을 들어보면 개성이 있다거나, 머리도 패션이라든가, 멋이 있어 보인다든가, 할 말이 많을 것이다. 그러나 그런 그들을 보는 어른들은 걱정이 많다. 일본문화가 개방된 지금 무조건 일본을 흉내내지 말라고는 할 수 없다. 왜 우리가 일본의 잘못된 문화를 추종해서는 안 되는지 합당한 이유를 들어야 하는 것이 우리 어른들의 몫이다.

70년대 '왜색풍'이라고 해서 우리나라의 몇몇 대중가요가 금지곡이 된 적이 있었다. 지금은 해금이 된 상태지만 일부 드라마다, 코미디, 시사프로, 오락 프로그램이 그 시간대까지 일본과 똑같아 일본 베끼기라는 말을 들을 때마다 격세지감을 느끼게 한다. 지금 청소년들은 일본을 따라하지 못해 안달인 듯하다. 지성인이라고 자부하는 일류 대학가에서조차 일본의 대중가수 팬들의 모임이 형성되어 일본의 대중가요와 가수의 옷차림과 장신구까지 따라하기가 유행이고, 심지어 이런 것들을 빨리 받아들이려고 일본어를 배운다고 한다.

일본은 우리에게 누구였던가, 역사는 유행처럼 없어지지 않는다. 역사에서 교훈을 배우지 못한 민족은 비참하다. 관동대지진 때 재일 한국인이 불을 지르고 우물에 독약을 넣었다면서 닥치는 대로 재일동포를 죽이고 그 시체를 한 구덩이에 넣고 덮은 그들이 아니던가. 그리고 우리의 금수강산 지맥을 끊으려고 명산마다 쇠말뚝을 박아놓은 것이 지금도 발견되고 있다. 꽃다운 우리의 처녀들을 강제로 끌고 가서 종군 위안부로 짓밟은 비인간적인 범죄행위를 하였으면서도 "어떤 전쟁에서나 있는 일이며, 일본은 그래도 선량한 편이었다"고 시인하지 않는 그들이다. 또한 그들이 일으킨 전쟁에 우리의 청년들을 징용하여 전쟁터의 총알받이나 강제노역에 이용하다가 패전하여 후퇴하면서 용케 살아남은 징용 한국인을 그대로 버려 두고 간 만행은 일본의 위선을 그대로 드러내고 있다. 그들은 우리말과 글을 말살시키기 위해 우리말과 글을 쓰는 사람을 밀고하게 하는 등 갖은 악랄한 방법과 수단을 동원했고, 창씨개명을 강요하여 한국인의 정신문화를 송두리째 뽑으려고 기도하였으며, 창경궁을 동물원으로 만들어 역사말살의 저의를 들어내었다. 아픔도 세월과 함께 둔해지고, 세대가 바뀌어지면서 일본이 새로운 시각으로 조명되고 있지만 그들이 이 땅에서 저지른 온갖 만행을 용서할 수는 있어도 결코 잊어서는 안 된다.

지금도 일본은 우리의 일거수일투족을 노리고 있다. 독도가 그들의 땅이라며 영토를 분쟁화하려는 억지라든가, '동해'를 '일본해'로 그들의 지도에 표기해서 세계 여러 나라에 배부한 저의와, 한국에 불리한 어업협정을 강요하여 수많은 우리 어민의 생계를 위협하고 있다든가, 세계적 막강 자위대, 일본 고위급 관료들의 고질화된 망언 등을 보고 들을 때마다 일본 대중문화의 무차별 개방으로 우리 사회에 만연된 '친일문화'는 국민들의 일본경계 감정을 퇴색시키고 '한·일 새 시대'란 미명 아래 줄 이은 망언에 침묵하게 하는 등 잘못된 우리 정책에 대한 착잡한 마음 금할 길 없다. 그들의 청소년이 배우는 일본역사 교과서에 2차대전 때 일본의 아시아 침략을 '아시아민족해방전쟁'이자 '자위전쟁'으로 미화하고 있는가 하면, '태평양전쟁'을 다시 '대동아전쟁'으로 부르고 있다. 동남아 침략을 '진출' 또는 '진주'로 왜곡하는 저들의 반성할 줄 모르는 뻔뻔함을 보면서 아직도 일본은 가깝고도 먼 이웃이라는 생각을 떨쳐버릴 수 없다.

우리 청소년들은 사회문제를 일으키는 잘못된 일본문화인 '집단 따돌림', '일진회', '원조교제' 등을 따라할 것이 아니라 일본을 넘어서는 용기와 지혜가 있어야 할 것이다. 그리고 일본을 연구하는 학자도 많이 나와서 체계적으로 그들이 누구인지 지켜보아야 할 것이다.

살아가면서 이웃을 잘 만나면 행운이다. 우리 속담에 '먼 친척보다 가까운 이웃'이라고 했다. 평생을 두고 우리는 많은 이웃을 떠나보내기도 하고, 많은 또 다른 이웃을 새롭게 만들기도 한다. 개인생활에서야 이웃이 싫으면 이사라도 갈 수 있지만, 국가와 국가 사이라면 참으로 불행하다고 아니할 수 없다. 일본이 얼마나 우리의 국토를 침략했는지 임진왜란 7년 동안 목숨을 버린 장군들이 시가지 교차로에 동상으로 서 있는 것을 볼 때마다 일본을 다시 생각하게 한다. 동래성을 죽음으로 지킨 송상현, 홍의 장군 의병 곽재우, 정인홍, 노량 앞바다에서 숨을 거둔 이순신 장군, 정발 장군…… 등을 떠올리게 된다. 그들은 지하에서 오늘도 일본문화의 모방으로 스스로 타락하여 가는 우리 후손을 지켜보면서 무엇이라고 할 것인가.

나는 일본을 욕하고 싶지 않다

최 정 자(시인)

거짓말만 하는 사람, 모함만 하는 사람, 옳은 걸 외면하는 사람, 사랑을 떠들면서 사랑이 없는 사람, 진실을 떠들면서 진실하지 못한 사람, 그러면서 잘못은 다 남에게 뒤집어씌우는 사람, 그들과 합세하는 사람을 나는 욕하고 싶다.

본래 우리나라는 동양 제일의 강국이었다. 수(隋)나라 양제(煬帝)는 백 수십만 명의 군사를 거느리고 우리나라 고구려에 쳐들어왔을 때, 그때마다 어땠는가? 우리나라에는 '을지문덕(乙支文德)'이라는 장군이 있었지 않았는가? 수양제(隋煬帝)의 수십만 군대는 겨우 이천 몇백 명이 간신히 살아 도망치지 않았는가? 그 수양제를 삼킨 당(唐)나라는 또 어땠는가?

당태종(唐太宗)이 연개소문(淵蓋蘇文)에게 세 번씩이나 패하여 도망쳤다고 배우지 않았는가. 연개소문은 만리장성 입구인 산해관(山海關)까지 공격하고 북경지방까지 위협했으며, 대륙정벌을 도모하여 고려성(高麗城)을 세웠는데 하늘에 닿을 듯하던 그때의 장고 소리와 거문고 소리가 아직도 들릴 듯하다는 당나라 번한(樊漢)의 「고려성회고시(高麗城懷古詩)」가 신채호(申采浩)의 『조선상고사(朝鮮相古史)』에 당당하게 수록되어 있지 않는가?

그런 동양 제일의 강국인 내 나라를 지키지 못한 책임은 누구에게 있는가? 그런 지난날은 이야기하지 말자. 그러나 현실을 보자. 지금의 쟁쟁한 정치인들을 보자. 일본에 가서 '독도'와 '정신대' 보상을 누가 받아 챙겼는가를 보자. 그런데 그와 그의 수하들에게 정치를 맡기는 사람이 누구인가를 보자.

수(隨)나라와 당(唐)나라를 벌벌 떨게 했던, 동북아(東北亞)의 최대강국이었던 우리나라를 우리는 왜 지키지 못했나? 어쩌다가 이렇게 약소국가가 되었나? '을지문덕'이나 '연개소문' 같은 장군은 없고, 계속 권력이나 잡으려고 나라나 팔아먹으려고 궁리하는 자만 있단 말인가?

이곳 뉴욕에서 '명성황후'라는 작품을 공연한 바 있다. '명성황후'는 한국의 '잔다르크'라고 떠들었다. 너무나 어이가 없었다. 남의 나라에까지 와서 살아보겠다고 열심히 일하는 사람이라면 감히 상상도 못할 거금 5만 불짜리 광고를 한국신문도 아닌 미국신문에 내놓고, 거금을 받아 쥔 미국신문사에서 겨우 의상이 화려하다고 한 줄 써준 찬사에 대단한 가치부여를 하는 자세를 보았다. 이것이야말로 아직도 살아있는 사대주의가 아니고 무엇인가? 후에 알고 보니 60만 불이라는 거액의 국가예산을 쓴 공연이라니 기가 막혔다.

아니 그보다 더, 그토록 추앙하는 '명성황후' 즉 '민비'는 누구인가? 그녀가 시아버지인 대원군과 권력싸움을 하는 덕에 우리가 일본에게 거저 먹히지 않았는가? 이 같은 생각에 분노했었다. '명성황후'라는 민비, 한국의 '잔다르크'라는 민비, 그녀의 뜻대로 러시아 군대가 들어왔다면 어쩔 뻔했는가? 일제 36년이 아니라 아직까지도 러시아의 군화에 짓밟혀 있었으리라, 살아남지 못했으리라는 생각에 소름이 돋았다.

미워하고 미워해도 모자랄 일인데, 뉘우쳐도 뉘우쳐도 모자랄 일인데, 민비를 '명성황후'로 알리기 위해 국고를 60만 불이나 쓰다니, 우리나라의 역사에는 무대에 올려 세울 여자가 그렇게 없어서 하필이면 '민비'를 내세워 이 어려운 IMF시대에 국고를 탕진하다니.

일본의 가장 오래된 고서 중의 하나인 『만요슈(萬葉集)』라는 시가집(詩歌集)이 일본에서는 제대로 해석이 안된 채 전해져 오다가, 우리의 여류문인 이영희 선생이 우리의 고어로 해석해냄으로써 일본의 언론을 깜짝 놀라게 했던 사실은 무엇을 의미하는가?

최인호 선생의 소설 『잃어버린 왕국』을 보면 백제인들이, 이 잠자는 섬에 빛을 가지고 들어선 문화인들이었다고 한다.

우매하고 어리석은 그들을 깨우치고 가르쳤다는 증거는 떠도는 소문이 아니었다. 일본은 백제의 유민들이 세운 나라가 아닐까? 그들의 모국인 백제가 망하자 일본(日本)이라는 나라이름을 만들었다는 소문, 일본이라는 나라이름이 우리나라와 관련이 있다는 설은 무엇에 근거하는 것일까?

그런 저런 역사가 오늘의 현실에 무슨 소용이냐고 치자, 일본회사에서 일하는 젊은이에게 내 선입관의 질문을 했었다.

"차별대우를 받겠지요?"

"아니요, 열심히 일하는 만큼 대우받아요."

나는 올바른 역사공부를 하리라. 그리고 힘을 내리라. 산지 사방 양의 탈을 쓴 교활한 적들이 호시탐탐 노리고 있는 세상이니까. 어차피 세상은 내가 아닌 타인은 모두 침략자다. 어차피 내 나라 아닌 남의 나라는 모두 침략의 나라다. 적은 웃으며 다가온다. 적은 멀리 있지 않았다. 우정이 어디 있으며 의리가 어디 있으랴.

높은 의병정신

조 경 희(수필가)

리마를 여행하면서 서글펐던 일은 원주민 인디오들의 모습이었다. 엄청난 문화유산을 남긴 나라 잉카제국이 멸망한 역사는 너무나 비참하였다.

스페인 사람 프란시스 피자로의 군대는 불과 1,800명밖에 안 되는 적은 숫자였다. 이런 군대에게 잉카제국의 마지막 황제 아다우아르파는 목숨을 잃고 나라는 망했다. 아다우아르파 황제는 절대적인 권력과 뛰어난 정치력의 주인공이었다 한다. 피자로의 초대를 받고 무기 없이 고관과 인디오 5천 명을 인솔하고 접견지인 라하마루 가(街) 광장으로 나갔다. 잉카의 관습은 남에게 초대를 받을 때는 무기를 들고 가지 않는다. 그때 피자로는 황제를 포박하고 2천 명의 인디오를 사살했다.

1533년 8월 29일 이름만의 재판을 받고 황제는 처형되었다. 황제가 처형되자 잉카제국은 망하게 되었다. 잉카는 열세 명의 황제가 있었고, 잉카의 문명은 세계사에 뚜렷이 빛나고 있지만 무력이 약한 탓으로 결국 망하게 되었다.

스페인은 기마 군대였고 잉카는 보병이었을 것이다. 과거 우리 민족의 군대의 형태를 보면 지상보병들이다. 텔레비전에 비치는 사극을 봐도 우리 군의 모습은 전쟁에 나가는 전사의 차림이라기보다는 평상복과 큰 차이가 없는 복장이다.

신미양요(辛未洋擾) 때 첫 번째 외함(外艦)을 막았던 강화의 어재연 장군의 순절한 상황을 보더라도 몸으로 싸운 전투였다. 이 전투에 참전했던 미국인 그리피스는 그때의 처절했던 전황을 "창검이 없는 군사들은 맨주먹으로 흙과 돌을 던지며 끝까지 항쟁을 했다. 더러는 살상을 당하기도 하고 더러는 바다에 빠져 죽기도 했다"고 술회했다고 한다. 이 전투에 참전했던 미군들은 한국을 약소국으로 경솔히 다룰 수 없는 나라라는 것을 알았다고 말했다.

지난 8월 12일 충남 홍성에서 한국수필가협회 정기세미나가 있었다. 홍성은 처음 가보는 고장이었다. 세미나가 끝나고 이튿날 홍성의 유적지를 돌아보는 시간을 가졌다.

홍성은 구국 충의가 넘치는 충신과 애국지사가 많이 탄생한 유서 깊은 고장이다. 만고의 충신이라는 성삼문 선생의 유허비가 있는 곳이다. 그뿐 아니라 여진족을 몰아내고 왜구의 침입을 막아 민족의 자존을 지켰던 고려말의 명장 최영 장군을 만나뵐 수 있었다.

1920년 독립군을 토벌하려던 일본군을 청산리싸움터에서 승리로 이끈 김좌진 장군의 생가도 돌아보았다. 3·1운동 때 민족의 대표인 33인 중의 한 분으로 애국지사이고 그보다 시인으로 더 유명한 만해 한용운 선생의 사당에서 다례를 드릴 수 있는 기회도 가졌다. 그러나 그 중에서도 무엇보다도 뜻 깊었던 것은 9백 의사총 앞에서 참배할 수 있는 시간을 가졌다는 것이다. 이 의사총은 기록에 의하면 1905년 일본의 강압에 의해서 외교권 박탈조약이 체결되자 이미 을미의병을 일으킨 바가 있는 이 지역에서 1906년에 왜군의 진격을 받고 10여 일 격전을 벌였으나 무력이 약한 의병이 모두 전사했다는 것이다. 시신은 대교리 일대와 남산 허리에 흐드러지게 되었다. 이것을 40년 간을 방치해 오다가 애국의병의 유골을 1949년에서야 모시게 되었다고 한다. 이때에 이르러서 병오항일비를 세우고 추모제를 지냈다고 한다.

광주 광역시에는 고경명 선생을 모신 보충사가 있다. 이곳을 참배할 기회가 있었다. 고경명 선생은 고고한 학자요 어진 목민관으로 주민에게 추앙을 받은 분이다. 이분이 1592년 임진왜란 당시 조정은 당파싸움에 휘말려 국운이 풍전등화 같은 위기에 처해 있을 때 일본군과 싸워 순절한 충신이시다. 일본의 훈련된 군대 앞에 조선의 장수들은 무기력하게 패하였고 관군마저 혼비백산 흩어져버렸다. 이때 고경명 선생께서는 죽기를 맹세하고 의병의 기치를 올렸다. 몰려든 의병의 수가 구름 같았다고 한다. 그들의 무기는 창과 도끼가 전부였다. 왜병의 신식무기 앞에서 대항하기가 어려웠다. 진종일 육탄으로 접전을 하였다. 흐르는 피로 내를 이루고 쌓이는 시체는 동산을 이루었다고 한다.

선생은 이런 격전에도 후퇴하지 않고 죽기를 맹세한 의병들을 인솔하고 충남 금산성 서문을 향해서 맹 공세를 취했다. 이 전투에서 적도 많은 사상자들을 냈으나 우리 의병들은 모두 장렬한 순절을 하였다. 그때 싸웠던 의병들 7백 명을 함께 묻은 의사총이 금산에 있다고 한다.

일제 36년 식민지 시대에 나는 살았다. 황국식민화, 언론기관 폐쇄, 일본말 상용, 창씨개명, 소위 대동아 전쟁 때는 더 심하게 괴롭혔다. 남자는 학도병으로 미혼여자는 정신대로 끌려나갔다. 일본 제국주의가 두 손을 들 때까지 우리 국민이 생명과 자유의 위협을 받은 수난의 시대이었다. 그러나 우리 국민은 1945년 드디어 해방의 기쁨을 누리게 되었고 땅과 주권을 되찾게 되었다.

인간의 역사는 침략의 역사이기도 하고 강국이 약소국가를 늘 공략하는 역사였다. 민족은 살아 있고 국토를 잃은 나라들의 전쟁은 끊이지 않고 있다.

나는 남미를 여행했을 때 인디오들을 바라보면서 어떻게 그 오랜 역사와 훌륭한 문화를 지닌 잉카제국이 하루아침에 스페인의 일개 장수에게 망하고 나라를 내줄 수 있었을까 하는 의문을 가졌다. 잉카의 최후의 황제 아다우아르파는 5천 명의 인디오를 인솔하고도 불과 180명의 피자로 군대에게 잡히고 나중에는 처형되었다. 이로써 잉카국은 그대로 멸망한다. 멸망의 원인은 스페인 군대의 무기 앞에 손을 든 것이다.

중요한 것은 의병정신이라 생각한다. 절대권력자인 황제만 믿었던 국민은 정신무장이 되어 있지 않았다고 본다. 외국에 가도 무명용사의 기념탑 앞에는 늘 꽃이 끊이지 않고 꽂혀 있는 것을 봐도 참배객들의 발걸음이 끊이지 않는다는 것을 알 수 있다.

워싱턴에서 미국의 제퍼슨 링컨 대통령을 기념하는 아름다운 돔을 세우고 있다. 어느 나라를 가나 그 나라의 영웅들의 기마상이나 상징물이 눈에 띈다. 우리 여행객들은 이런 광경을 보고 그냥 무심히 지나쳐 버릴 수 없다. 그들을 생각하게 한다. 미국인 그리피스가 한국 사람들을 경솔히 취급할 수 없다고 한 말은 중요한 말이다. 나라를 지키다가 순절한 무명 의사(義士)들의 투혼을 보고 한 말일 게다.

우리가 가끔 자녀의 손을 잡고 조국을 지킨 선인의사 어른의 무덤을 찾고 추모의 시간을 갖는다는 일은 무엇보다도 뜻 깊은 시간이 될 듯하다.

百濟魂이 살아 숨쉬는 南鄕村

정 연 희(소설가)

남향촌(南鄕村). 지금도 나를 기다리고 있는 고향의 이름 같기만 했다. 가슴속 깊은 곳 한 자락에서 그리움으로 따뜻하게 숨쉬고 있는 듯한 이름이 아닌가.

그러나 그곳은, 김포에서 일본 규슈(九州)의 후쿠오카(福岡)까지 한 시간, 후쿠오카에서 다시 비행기로 40분을 날아간 미야자키(宮崎) 현에서 다시 육로로 2백여 리 산 속으로 더듬어 들어간 깊은 곳에 숨어 있는 마을이었다.

그 남향촌에 백제리(百濟里)라는 이름을 붙이고 그곳에 백제관(百濟館)을 세워 준공식 겸 그 마을 전래의 제의(祭儀)를 지낸 것은 10년 전인 1990년 11월 24일의 일이었다.

나라 안이나 나라 밖이나 온 세상이 눈앞의 몇 가지 이익을 두고 피차가 숨이 턱에 차 있는 판국에 일본 남녘 땅, 그것도 깊고 깊은 산골 마을에 백제관 하나가 세워졌다 해서 발걸음을 멈출 사람이 몇이나 있을까만은, 도대체 그 '세상 끝' 같은 산중에서 백제라는 버젓한 이름이 어떻게 해서 들고 일어섰으며 백제관은 어떤 모양으로 어떻게 세워졌는지 궁금하기 이를 바 없었다.

종려나무·야자 등 마음껏 키가 자란 열대 식물이 남국의 정취

를 진하게 풍기고 있는 미야자키현을 벗어나자 단선(單線)의 자동
차 길은 오른편으로 태평양을 끼고 왼편으로는 제대로 된 산세를
바라보며 계속 이어졌다. 마을은 심심찮게 이어져 있었으나 한적하
기 이를 데 없어 적적할 정도였고, 그렇게 이어지던 길이 닛코(日
向)라는 곳에서 급하게 좌회전하면서부터는 곧장 산길이었다.

일본의 다른 지역에서 쉽게 찾아볼 수 없을 만큼 잘생긴 산들이
어깨를 겹치고 있었다. 잘 가꾸어진 삼목이 울울한 것이 다를 뿐,
언뜻 강원도 쪽과 외설악 골짜기를 연상케 하는 산길이었다. 골짜
기를 이룬 왼편으로 물길이 이어지고 있었지만 산은 점점 깊어지
기만 했다.

목을 길게 늘여 보아도 좀처럼 그럴싸한 마을을 만날 수가 없어
지칠 때쯤 되었는데, 먹빛도 선명하게 ‘百濟の里’라고 쓰인 큼직한
입간판에 눈이 번쩍 뜨였다. 이어서 마을 어귀의 돌장승 한 쌍이
아는 척했다. 경오년 8월 백제 고도(古都) 부여인 운정(雲庭) 김종
필(金鍾泌) 기증의 장승이었다. 남향촌 백제의 숨결은 이렇게 시작
되는 것일까……. 한유한 생각에 잠겨 마을 입구에 들어섰을 때 남
향촌은 전혀 예상밖의 장면을 연출하여 신선한 충격으로 우리 일
행을 사로잡았다.

길 양옆을 가득 메운 마을사람들은 손에 손에 태극기와 일장기
를 들고 환호하고 있었다.

아기들·어른·젊은이·노인·기모노(和服)로 맘껏 치장한 꽃
같은 처녀들과 허리가 아주 꼬부라진 노파까지 이날을 위하여 평
생 아끼고 모아두었던 웃음을 맘껏 꽃피우듯 그렇게 웃음꽃을 피
우고 있었다.

그곳에 사람들이 있었다. 사람다운 사람들이 모여 있었다. 무엇

에 쫓기는 일도 없고, 무엇을 헛되이 쫓아가는 일도 없이 하늘을 하늘로 알고, 땅을 땅으로 알며 주어진 대로 열심히 살아 온 것만큼 늙은, 정직한 얼굴과 그 정직함 속에서 한눈파는 일없이 자라고 있는 산정기(山精氣)가 풋풋하게 풍기는 아이들이 있었다.

그들의 투박한 손을 잡으며 산바람에 익은 아이들의 불과 별빛으로 영근 총총한 눈을 마주보며 사람다운 사람을 오래간 만에 만나는 감격으로 목이 메었다.

나부끼는 깃발 뒤로는 신문신사(神門神社·ミカド)를 감싸고 있는 고목이 천 년 숨결을 가다듬고 있었고, 그 울울한 고목 그늘에 봉황이 활개치듯 눈부신 단청(丹靑)의 백제관이 청청한 하늘을 떠받치고 있었다.

옛 왕궁을 재현하여 현재 부여의 국립박물관이 되어 있는 건물 중 객사(客舍)를 그대로 본뜬 백제관은, 설계는 물론 기와를 한국에서 실어 갔고 단청을 위하여 몇 사람의 전문가가 끝까지 손질을 하지 않으면 안 되었다는 설명이다.

사람이 그지없이 좋아 보이는 촌장 다하라 세이진(田原正人) 씨의 지휘 아래 여러 날을 두고 남향촌을 쓸고 닦고 단장하느라고 혼신의 힘을 다했던 마을 사람들은 이제 백제관의 준공식을 보기 위해 신문신사(神門神社) 언덕 위에 겹겹이 둘러서서 숨을 죽이고 있었다. 현의 지사(知事)를 비롯하여 훈장의 띠를 띤 노인들과 정장의 귀빈들이 숨을 죽이고 있는 가운데 백색 도포의 제관(祭官) 세 사람이 등장했다.

제관들은 숨을 들이쉬고 내쉬는 일조차 자기의 것이 아닌 듯 손놀림 한 가지와 안면의 근육까지 신의 뜻을 헤아려 바치는 듯 경건한 제사를 드렸다. 숨죽여가며 북을 쳤고, 정적을 더하듯 숨죽여 피리를 불었고, 앉고 일어서고 앉고 일어서서 합장 배례하기를 여러 차례, 제문(祭文)을 읽는 목소리는 제관들의 목숨을 묶어내어 놓은 희생과 같았다.

남향촌 측의 제사가 끝난 뒤 그들의 칼춤까지 끝나 자리걷이를 할 무렵, 남향촌 동구 밖으로부터 징과 꽹과리, 장구와 북소리가 일제히 하늘과 땅을 두드리며 다가왔다. 그때까지 숨을 죽이고 있던 하늘과 땅과 사람들의 숨통을 시원하게 터주는 활기찬 소리였다. 우리의 사물놀이 패가 청청한 목소리로 길을 트며 다가오고 있었다.

천 년 전, 혹은 그보다 더 오래된 1천3, 4백 년 전에 깊은 산중 남향촌으로 쫓겨 들어와서 슬픔과 한(恨)을 묻어두고 지금도 백제 하늘을 향해 발돋움하고 있을 백제혼을 불러일으켜 한판 춤으로 다시 살기 시작한 뜨거움이 천지를 가득 채우고 있었다.

남향촌의 제사와 우리의 사물놀이는 참으로 묘한 대조였다.

백제 왕족이 목숨 하나를 끌어안고 쫓겨 들어와 애절한 한 생을 마치면서 시작된 천 년의 역사를 안고 이제 남향촌 깊고 깊은 산속 마을에서 사물놀이가 이루어지고 있다니……. 이것은 누구의 연출인가. 이 역사의 명령은 언제 계획된 것인가.

신문신사는 백제왕인 정가왕(禎嘉王)을 신으로 모신 사당이다. 마을 사람들은 정가왕을 신으로 섬겨 1천 수백 년을 한결같이 정성스럽게 받들어 온 것은 물론, 매년 한 차례씩 일본 어디에서도 찾아볼 수 없는 성대한 의식을 지금까지 치르고 있는 것이다. '백제왕족친자대면축제(百濟王族親子對面祝祭)'라 하여 전통적으로는

9박 10일에 걸쳐 인근마을 전부가 참여하는 대축제였다.

전설은 신라와 당나라의 연합군에 의해 백제가 멸망한 660년께 시작된다. 더러는 백제 마지막 왕인 의자왕의 왕자 중 하나였다고는 하나 고증할 길은 없고, 왕족임에는 틀림없는 백제인이 가솔과 무관(武官)·하속(下屬)을 거느리고 백제 땅을 벗어나 몇 척의 배로 뱃길에 올랐다는 것이다. 전해지는 이야기로는 한국 서해 쪽의 해류는 동해 규슈 쪽으로 흐르고 있어 배를 젓지 않고 그냥 두어도 규슈 쪽 어느 해안에고 닿게 되어 있다고 했다.

그러나 정가왕의 가족이 나누어 탄 세 척의 배는 심한 풍랑을 만났고 장남인 복지왕(福智王)과 작은아들 화지왕(華智王), 그리고 왕비는 각각 흩어져 생사를 알 길이 없게 되었다. 아버지 정가왕은 지금의 닛코(日向)인 '金ヶ浜'에 표착(漂着)하여 남향촌 신문(神門)으로 들어가 자리를 잡았고, 아들 복지왕은 어머니를 모시고 구사일생 문구포(蚊口浦)에 이르러 목성정(木城町) 기타키(比木)에 정착했다.

나라를 잃고 세상의 땅 끝과도 같은 산골에 숨어살면서 아들들과 아내의 생사여부에 간장이 졸아붙던 아버지에게 어느날 아들의 생존소식이 날아왔다. 그러나 모자가 정착한 곳은 남향촌에서도 2백여 리 먼 거리의 산골마을, 그때까지도 집요하게 그들 부자를 추격하고 있던 추격군들에게 들킬세라 부자는 추격군의 눈을 피해 애타는 상봉을 해야 했다.

마땅히 합솔하여 살았어야 했지만 신라군의 집요한 추적을 피해 어느 쪽이든 살아 남으려면 불가피하게 처소를 달리하지 않을 수 없었던 것이 그들 부자의 애달픈 사연이었다. 『日本書紀』에 기록된 일본고대사상(日本古代史上) 가장 큰 동난이었던 '壬申亂'(672)은 귀화한 백제계와 신라계 사람들 사이의 극렬한 싸움이었다고 전해지고 있지만. 남향촌에서 평화롭게 살고 있던 정가왕은 끝내 추격군에게 발각되어 목숨을 잃었고 둘째 아들 화지왕도 그때 전사했다고 전해지고 있다.

그렇게 목숨을 잃기까지 아버지와 아들은 1년에 한 번씩밖에는 만나지 못했었다. 그들은 어떻게 해서든 살아 남아야 했다. 그리고 한 곳에 몰려 있다가 떼죽음을 당하는 일을 면하지 않으면 안되었다. 그러나 그렇게 전사한 정가왕을 따라 왕을 모시던 시녀 12명도 왕의 시신에 매달려 순사했다는 전설이 남겨져 있고, 그때부터 정가왕 사후(死後)에 부자 상봉의 형식을 축제로 지내 내려오기를 천 년 넘겨 이어 오고 있다는 것이다.

아들 복지왕이 살았던 기타키에서 아들역을 맡을 사람을 뽑아 관사(官司)·신직(神職) 등 제관들이 기타키를 출발하여 아버지가 살았던 남향촌 신문(神門)에 이르기까지 마을마다 들러서 의식을 갖추며 행진하되 되돌아오기까지 9박 10일. 대개 음력 12월 14일에 출발하여 23일 돌아오는 일정인데 아버지를 만나는 남향촌에서의 하룻밤은 만남의 기쁨으로 밤을 지새운다. 날이 밝으면 재회의 기쁨도 다 누리지 못하고 곧장 길을 떠나야 한다.

쌓이고 쌓인 그리움을 안고 왔다가 다 풀지 못한 회포는 넘치는 눈물이 되지만 반드시 살아 남아야 될 의지는 그 눈물을 딛고 일어서야만 했다.

그들의 만남에는 엄숙하고 장렬한 절차가 따르지만 헤어짐에는 더욱 비장한 형식이 있었다.

1년 내 쌓이고 쌓인 그리움을 단 하룻밤의 만남으로 목을 축이고 다시 헤어져야 하는 애절함 앞에서도 슬픈 빛을 띠거나 눈물을 보여서는 안 되는 것이 그들 이별의 불문율이었다. 돌아가는 기타키 사람들을 배웅하되 바구니나 체 같은 것으로 얼굴을 가려야 했다.

혹여라도 그 이별을 슬퍼하여 눈물이 흐르면 부왕(父王) 앞을 떠나가는 복지왕에게 슬픔을 더해.준다 하여 눈물을 감추는 방법이었고 남자들 얼굴에 앙괭이를 그리는 것도 슬픈 빛을 감추기 위한 애달픈 연출이었다.

그리고 마지막 도리이(鳥居)를 벗어나 정해진 지점에 이르면 보내고 떠나는 사람들이 다시 한 번 마주 보면서 구슬픈 피리소리에 맞춰 일제히 ‘オサラバ-(오사라바!)’를 외쳤다. 그 애절한 인사말은 피리소리에 섞여 애절한 흐느낌으로 허공을 흔들고, 그들은 1년 후 다시 만날 희망을 안고 눈물을 삼켰을 것이다.

‘오사라바!’

일본 규슈의 깊고 깊은 산골 마을. 거기에 천 년 넘는 세월을 두고 이어져온 이 제사는 무엇을 의미하는 것일까. 백제사람 정가왕과 그 아들을 신으로 받들어, 한 해를 오직 그 축의(祝儀)를 위하여 살 듯 정성을 다하여 바치는 이 행사가 갖는 의미는 무엇일까. 신문신사에는 지금도 신처럼 모시는 33개의 동경(銅鏡)이 있다. 그리고 마령(馬鈴), 칼, 한 뼘 크기의 동상(銅像)과 대형 항아리가 보존되어 있었다.

정가왕이 백제를 떠날 때 가져왔을 것이 분명한 이 물건들은 백제사람 정가왕 일행이 누렸을 문화를 실감 있게 전해주고 있다. 토착민들이 그 백제인을 만났을 때 그 놀라움은 신비스럽기까지 했을 것이다. 백제인들에게 농경 기술도 배웠을 것이고, 병 고침도 받았을 것이고, 온갖 삶의 지혜를 전수 받았을 원주민들이 정가왕 사후에 그를 신(神)으로 섬기게 된 것은 당연한 일이었을 것이다.

미야자키 현의 지사(知事) '松形祐堯' 씨에게 "남향촌에 백제리를 다시 가꾸고 이제 백제관을 준공하는 것으로 그 곳에다 백제의 재현작업을 시작하셨는데 백제정신의 무엇을 이어 받을 것이며, 무엇을 남기고 싶으신 것입니까"하고 물었을 때 지적 분위기를 소탈하게 다듬어놓은 듯한 지사는 밝고도 흔쾌하게 이런 대답을 했다. "백제가 나라를 잃은 7세기 경, 백제인은 상당한 문화수준을 가지고 있었습니다. 백제왕족이 이곳으로 흘러들어 왔을 때 이곳에 살던 사람들은 그들의 문화나 품성을 접하면서 경탄을 넘어서서 경외심을 가졌었겠지요. 백제의 미의식, 섬세한 감각·기술, 친절하고 싹싹한 품성 등 토착인들에게는 생(生)의 혁명이 일어났을 것입니다. 우리는 그 발자취를 더듬어 찾아내고 문화의 고향을 기려야 하지 않겠습니까."

중의원의원 大原一三 씨도 한반도에서 건너온 문화의 향기에 대해 거듭거듭 선선한 찬양을 아끼지 않았다.

백제를 '구다라(クダラ)'라고 발음하면서 백제문화와 백제인을 그리워하고 칭찬을 아끼지 않는 그들이 'クダラ'라는 말까지도 한국의 고대어라는 것을 알고는 있는지. 요즘 『또 하나의 萬葉集』으로 화제가 되고 있는 이영희(李寧熙)님은 'クダラ'라는 말도 古陀也(커다라 三國遺事)라는 우리말이라고 했다.

안동·진주·거창 등 옛날 육가야(六伽耶) 때의 도읍이 있던 평

야를 고타야(古陀也)라고 불렀고 백제의 도읍지인 부여도 '커다라' 라고 불렸을 것이며 크고 넓은 곳을 가리키던 그 말이 'クダラ'로 발음되어 왔을 것이라고 했다.

어찌되었든 남향촌에는 백제의 넋이 심어져 있고 백제혼이 심어져 천 년을 지켜온 남향촌은 이제 우리의 마음에 한자리를 차지하게 되었다.

'オサラバ-'. 남향촌을 떠나올 때 정가왕 가솔(家率)의 목멘 전송은 하늘과 들과 바다를 흔들며 한국 땅에까지 이어지는 듯했다. 현지인들은 'オサラバ-'를 '사랑하다'의 '사랑'을 뜻하는 것이라고 해석하고 있으나, 그것은 사랑이라는 개념보다 훨씬 더 절실하고 쓰라린, 목숨의 무게가 실려 있는 외침은 아니었을까.

'オ'는 멀어지는 거리를 두고 소리쳐 부르던 간투사(間投詞)의 한 가지였거나, 일본어의 높임말 앞에 붙는 말이었을 것 같고, 'サラバ'는 '살아봐', '살아서 보자', '어떻든 살아보자', '살아서 다시 보자'는 절규와 같은 것이 아니었을까 싶다. 그 남향촌의 'オサラバ'가 일본 사무라이들의 인사법(人事法)으로까지 이어져갔던 것은 아니었을까.

이번 남향촌 백제관 준공식에 참석한 우리는 국경을 넘어갔다가 돌아온 것이 아니었다. 구름과 바람과 햇빛과 안개를 헤치고, 백제의 넋이 떠돌고 있는 따뜻한 남향촌으로 '오! 살아봐……', '살아서 만나러 왔노라', '살아서 보러 왔노라' 하고 백제의 넋에 얹혀서 다녀온 길이었다. 'オサラバ'의 여운은 우리의 가슴에서 국경을 지워 버렸다.

1천 수백 년 '오사라바'의 여운으로 감싸인 남향촌은 남의 나라 땅에 있는 것이 아니고 우리의 가슴속에 살기를 바라며 지금까지

‘오사라바’로 질기게 이어져 온 것이다.

국경이란 무엇일까, 그것은 집단이익을 위한 공동방어선이 그 첫째 뜻이요, 그 방어선 안에서 힘이 넘치면 방어의지에서 침략의지로 바뀌게 마련인 것이 국경이라는 것의 생리는 아닐까.

그러나 목숨을 지키기 위한 처절한 자리와 그 목숨보다 더 애절한 사랑에는 집단이익을 뛰어 넘는 보다 절실한 진실만이 남겨지게 되는 것은 아닐까.

우리는 역사의 왜곡문제를 놓고 그 시비를 벌일 일도 없고 그 시비에 말려들어서도 안되겠다. 우리들 삶의 발자취를 사랑하고 그 자취를 정성껏 더듬어 찾아가노라면 진실이 우리를 만나줄 것이고, 그 진실은 우리에게 더 깊고 많은 삶의 지혜를 가르쳐 줄 것이다.

역사는 떠들썩하게 이어지는 것도 아니겠고, 진실이란 오직 사랑 속에서 숨쉬는 것이 아니겠는가. 문제는 우리가 우리의 역사를 얼마나 소중하게 여기고 사랑하는가에 있을 것이다.

‘오사라바!’ 남향촌은 우리의 마을이었다.

제3부
일본에 얽힌 추억과 회한

김순덕 할머니의 작품 <못다 핀 꽃>

산에는 나무 없고, 강에는 물이 없고

이 정 호(소설가)

　내가 여학교에 입학한 것은 43년 봄, 그러니까 2차대전이 막바지에 달해 있던 시절이었다. 그래서 여학교에 대한 오직 하나의 꿈도 깨어졌다.

　함흥 영생여고(永生女高)를 선택한 나의 꿈이란 역사가 깊다던가, 교사진이 훌륭하다던가, 학교의 현대적 시설과 같은 기본적인 문제가 아니라 그 아름다운 교복을 입고 싶다는 것이었다. 그러나 그해부터 학교의 개성이 말살되고 통일된 교복으로 바뀌어 버렸다. 앞뒤 판에 굵은 맞주름 세 개씩을 잡아 누르고, 목둘레에는 7㎝정도 너비의 검은 비로드를 ㄷ자로 돌렸고 허리에 벨트를 매는, 여성스러운 교복이 아닌, 전시용의 투박한 옷으로 바뀌어 버렸다. 그나마 다음해부터 스커트는 아예 접어두고 몸뻬 바지만 입어야 했다. 하지만 학교생활은 너무 재미있었다.

　교장 이하 근 30명의 교사 중에 일본사람이 오직 한 분 국어(일본어)교사 뿐이었고, 학교 안에 '가미다나(神相月)'가 없었다면 곧이 들릴까.

　사람 좋은 나카다(中田) 선생은 혼자라는 점만으로도 외롭고 주눅이 들었을 터인데, 우리는 '몽키'라는 별명으로 놀려주는 것을 일삼았으니 지금 생각해도 너무했다는 생각이 든다.

유명한 한글학회 사건. 많은 한글학자가 함흥 형무소에 투옥되었다가 광복과 동시에 석방된 것은 사건의 발단이 한 여학생의 일기장이었고, 그 여학생이 바로 영생여고 학생이었기 때문이었다. 투옥된 학자 중의 한 사람인 정태진(丁泰鎭) 선생님은 국사 시간에 민족혼을 주입시키기를 서슴지 않았다. 그러나 날로 심해 가는, 일본 당국의 우리 글·우리말 말살정책과 그 압력을 우리는 체감할 수 있었다.

유명한 조류학자였던 원홍구(元洪九) 교장은 운동장 조회 때마다 형식적인 질문을 하였다. "국어(일본어)상용한 사람 손들어?" 하면 느릿느릿 과반수가 손을 들었다. 나도 이따금 손을 들지 않았다. 이런 요식 행위 끝에 교장은 꼭 국어상용을 하라고 했고, 우리는 '하이'하고 거짓말 대답을 해야 했다. 일본어 상용이란 전혀 가능한 일이 아니었다.

영생여고가 공립이 된 것은 2차대전 발발과 동시에 미, 영과 국교가 단절되어 캐나다 선교회로부터의 지원이 단절되었기 때문이었다.

45년 봄, 공립이 되면서 개명된 교명은 아사히(九日). 일본말로는 아침해라 그럴 듯하지만, 우리말로는 욱여고. 참으로 웃기는 이름이었다.

'가미다나'가 들어온 날도 희극이었다.

전교생이 강당에 모여선 가운데 교두 선생이 신주를 머리 위로 치켜들고 들어서는데 학생들은 고개를 빳빳이 들고 있었다. 당황하여 팔짝 뛰는 것은 나카다였다. "데이도(低頭), 데이도" 하며 이리저리 뛰는데 이쪽에서 숙이면 저쪽이 들고 저쪽이 숙이면 이쪽이 들고, 여타 교사들도 협력하는 시늉을 하며 웃었다.

식민지 학생의 수모를 톡톡히 당한 것은 공립이 된 이후였다. 국어강사로 나온, H여고 교장 며느리라는 여자가 기모노 차림으로 교단에 섰다. 어느날, 하이쿠(俳句 : 일본고유의 시)를 말하다가 자작시를 읊었다.

　　산에는 나무 없고
　　강에는 물이 없고
　　사람의 마음도 이와 같도다

내선일체를 부르짖으면서, 교사가 학생 면전에서 얼마나 무시했으면……. 그런데 우리는 벌개가지고 숨을 몰아쉬며 서로 쳐다보았을 뿐, 아무도 당당하게 일어서서 항의를 하지 못하였다. 지금 생각해도 부끄럽기 한이 없다.

전쟁 말기, 학생들은 책은 접어놓고 근로동원을 당하였다. 남학생은 공장에서, 여학생은 학교에서 '군복 단추 달기'와 '장갑 마무리'등을 하는 여공으로 일을 했다.

우리는 끝까지 험악한 일은 하지 않았는데 행운이었다고 할까. 새로 부임한 일본인 교장도 극단적인 군국주의자가 아닌 듯 산에 가서 솔갱이(광솔)를 캐는 위험한 일을 우리에게 시키지는 않았다. 당국의 요청을 거부했다고 당시에 들었다. 관립인 이웃 H여고 학생들은 광솔(기름을 짜는 소나무 등거리)을 캐다가 도끼에 손발을 다치는 일이 허다하였다.

일본, 솔직히 일제식민지 통치 하에서 나는 직접적인 고통이나 불이익을 당하지는 않았다. 그런데도 일본 땅을 밟기만 하면 긴장한다. 다른 나라를 여행할 때와는 기분이 조금 다르다. 깨끗하다,

질서정연하다는 것을 인정하면서도 뒤끝에 남는 앙금이 있다.

올해도 일본을 두 번 다녀왔다. 일본인 친구도 몇 있다. 개인적으로는 아주 살갑고 다정해서 친구로서 손색이 없다. 그런데 일본이라는 나라에 대해서는 신뢰가 가지 않고 해묵은 분노가 솟구친다. 아시아에 대한 과거청산, 식민지로 통치했던 나라에 대한 보상을 철저하게 한다면 우리의 가슴에 맺힌 한이 깡그리 사라질 수 있을까. 아니다. 한 나라를 짓밟고 한 민족을 말살하려고 하는 행위는 용서할 수 없는 죄악이기 때문이다. 용서는 하여도 잊을 수는 없는 만행이기 때문이다.

내가 보는 일본

박 시 정(소설가)

　나는 나의 생을 6세 때부터 기억하는데 그때 우리 가족은 일본인이 두고 간 일본식 집에서 살았다. 일본인들은 해방이 되자 몸만 빠져나간 듯 재산을 고스란히 두고 갔다. 집은 일본 전통식 집으로 도코노마가 있었고, 금칠 한 벽에는 검도가 걸려 있었다. 나의 삼촌은 마스크와 검도 복으로 무장하고 기합 소리를 내며 검도 연습을 했는데 그때마다 나는 소름이 끼치도록 무서워 멀찌감치 피해 가고는 했다. 나는 주로 앙증맞은 사기그릇들과 금테를 두르고 유리가 깔리고 그 밑에 꽃무늬가 있는 자그마한 접시를 가지고 소꿉놀이를 잘했다. 우리 옆집에서는 숙부 댁이 반찬가게를 하여 자연적으로 겨에 묻힌 다쿠앙, 가마보쿠, 아부라게, 일본된장, 간장 등 일본식품들을 접하게 되었다. 앞집은 생과자 가게여서 요캉, 당고, 꽃잎이 장식된 생과자를 유리 진열장에 진열해 놓아 나는 들여다보기를 좋아했다.

　초등학교에 입학해서는 3·1절 노래, 유관순 열사, 안중근 의사, 윤봉길 의사 등 애국운동 하다가 순국한 열사들에 대해 배우며 애국정신을 배웠다. 특히 천안에서 나이 어린 16세의 소녀로 만세운동에 앞서고 투옥되어 참혹한 고문 끝에 토막내어 살육된 유관순 열사에 대하여 배울 때는 일본 식민시대가 참으로 가혹했으며 일본인은 사람의 얼굴을 한 야수가 아닌가 치가 떨리었다. 만세운동이 어떻게 일어났는가, 독립선언서의 기초자, 33인을 경외심을 가지고 외웠다. 일본 경찰들이 한민족의 노도 같은 만세운동을 어떻게 탄압했는가, 갖은 잔악한 집단살육으로 피바다를 이루었다고 배웠다. 나의 큰아버지와 작은아버지는 징용에 징집되었으나 무사히 귀국하시어 천만다행으로 여겼다 한다. 많은 한인들이 생환(生還)하지 못했으며 또한 노동력으로 동원되어 철도구축, 구주탄광 등 열악한 조건에서 혹사당한 끝에 실향민이 되어 일본사회에서 한인교포의 신분으로 천대받으며 사는 것은 주지의 사실이다. 그러하므로 나는 일본인을 실제로 접해 봄이 없이 역사 공부와 매스컴을 통하여 알게 되었다. 미국에 평화봉사단, 한국어교사로 갔다가 귀국할 시에는 비행기의 일정이 도쿄에서 하룻밤 묵게 되어 있었는데 비행사에서 정해준 시내의 호텔에서 뜬눈으로 새웠다. 평소에 생각해온 무시무시한 일본사회 속에서 살아남게 될 것인가 조마조마했었다.

결혼 후 남편 교사직의 전근 탓으로 일본의 요코하마로 떠나야 할 때는 참으로 겁나고 마음이 내키지 않았다. 그러나 막상 가서 살아보니 나의 선입견과는 달리 문화권이 같아서인지 쉽게 적응이 되었다. 또한 한국에서 온 문인들과 친분도 맺게 되고 하여 서로 위로와 격려가 되었다. 나의 아들도 요코하마에서 낳았다. 일본에서 살면서 내가 느낀 것은 내가 역사책에서 배운 것과는 달리 민간 일본인들이 친절하다는 것이었다. 부모형제가 그립고 고국에 대한 향수에 젖게 될 때는 일본 문화의 세련미, 섬세한 감수성, 그들의 예절바른 태도 등을 관조하는 것으로 향수를 달래었다.

두 번째는 남편이 주일 미대사관에 발령되어 도쿄의 록본기에서

살았는데 록본기는 일본의 전통과 미국, 유럽문화가 자연스럽게 조
화된 장소였다. 일본인들은 자그마한 것도 평범한 대로 두지 않고
그들의 손끝이 마력을 가미한다. 꽃꽂이, 쇼윈도우의 패션 진열과
장식, 슈퍼마켓의 식료품도 깔끔하고 구미가 당기게 손질해 놓았
다. 어딜 가도 일본인들은 상냥하고 친절하다는 인상이었다. 식당,
백화점엘 가도 그 친절한 상업정신과 서비스 정신에 감탄하게 되
었다.

내가 가장 깊은 감동을 받은 것은 일본 주부들의 검소함과 근면
함이었다. 그들은 거의 항상 에이프런을 두르고 있는 인상이었는데
바겐세일을 찾아다니고, 부지런히 집안 일을 하고, 틈내어 헬스클
럽에 가 심신을 단련시켰으며, 아이들 교육을 엄격히 하고, 정성을
다하였다. 그리고도 또 틈을 내어 봉사활동에 참가하고 꽃꽂이, 서
예, 차도 등 취미활동도 등한히 하지 않았다.

그들은 현재 기계기술로 세계 제일의 경제국가로 성장해 있다. 2
차대전을 일으켜 막강히 휘두르던 군사력을 패전과 더불어 정신력
을 백팔십도 전환시키고 오로지 그들의 사회를 복구 발전시키는
데 전신전력을 다한 결과다. 그들이 밖으로 내휘두르던 호전적 군
사력을 인내와 겸손으로 내면적 재개를 치르듯이 기계기술과 상업
으로 전환시키는 데 성공하였다.

그들은 좁은 일본 영토 안에만 머물러 있는 것은 아니다. 그들
의 경제력은 세계 중요 요소에 뻗치어 경제적인 영토를 넓히고 있
는 인상이다. 그들은 세계의 첨단국민으로 지성, 현대성, 문화성,
정치성, 경제적 능력과 지식을 갖추고 있어 세계 주요국가에는 물
론 세계 각국에 잘 알려져 있고 호감을 받고 있는 인상이다. 세계
인들은 과거 그들의 식민지 시대의 과오에 집착되어 그들을 편견

216

으로 대하기보다는 그들이 패전으로 전쟁을 발발시킨 과오를 뉘우치고 피나는 인내력과 근면성, 겸손함으로 오늘의 경제국가를 일으킨 현재의 그들에게 호감을 가지는 인상이다.

일본의 저력은 내가 보기에 세계 제2의 경제국가로 일으킨 경제력을 중요 요소에 투자할 수 있는 국가적 차원의 원시안적 계산력이라고 생각된다. 그들의 경제는 일본의 문화, 학문, 언어를 전수할 바람직한 두뇌발굴, 후원은 물론 세계 방방곡곡 요소에 투입시켜 일본을 입양시키는 데 성공하고 있다. 경제력과 두뇌는 군사력과 영토의 넓이 못지 않은 국가력이라고 생각된다.

일본은 일찌감치 그들의 이웃나라인 한국에 대한 식민지시대의 과오를 정치적 외교적 차원에서 화해했어야 마땅하다. 왜냐하면 이웃나라인 한국과 원만한 국교를 유지하는 것이 다각적으로 헤아려 볼 때 바람직한 일이기 때문이다.

한국 편에서도 일본의 과오에만 집착해 있을 것이 아니라 정치적 외교적 차원에서 화해의 길을 모색, 진전시켜 식민지 국가로서의 희생적 상처를 마무려야 한다고 생각된다. 그래야만 앞날의 희망인 젊은이들이 일본과 정상적인 교류를 맺어 건전하게 공생 공존할 수 있을 것이다.

의식 속의 일본

김 용 하(시인)

"입을 벌려 봐."

"그깟 단맛이 우리를 병들게 해."

나는 대 일본제국의 사랑스런 국민이 될 사람이야. 아이는 어리둥절 입안의 사탕을 후벼내는 어머니가 야속한 듯 눈물어린 눈으로 올려다봅니다. 이야기를 지속하셨습니다. 여고 2학년 교실, 한참 감수성이 예민한 감상에 젖어 아름다운 꿈만 꾸는 소녀들에게 교장선생님의 준엄한 목소리와 이야기의 내용은 감동적이었습니다.

제2차 대전에서 일본이 유엔군에게 항복을 하고, 오랜 전쟁으로 기아에 허덕이는 그때 그들은 망국의 한을 품고도 어디서 그런 오기가 생긴 것일까?

이시구 교장선생님께서는 조금은 흥분되고, 극적인 표현으로 철 모르는 어린 아들에게 어머니로서 깨우쳐 주는 과정을 이야기 해주신 것입니다. 일본은 밉지만 그 어머니의 교육을 본받으라는 말씀이었습니다.

나는 일본을 잘 모릅니다. 역사 시간에 우리 한국을 침략해 36년이라는 긴 세월을 그들의 학정에 무고한 우리 국민이 수없이 죽어 갔다는 정도로 알 따름입니다. 그리고 지금은 세계 제1의 경제 대국으로 성장했다는 정도로 알 따름입니다.

당시에 빼앗긴 나라를 다시 찾겠다는 일념으로 이준 열사가 헤이그 만국평화회의에서 일본의 침략을 세계에 고하려다 일본의 제지로 뜻을 이루지 못하고 스스로 순국하신 것, 안중근 열사가 하얼빈 역 광장에서 폭탄투하로 조선통감을 살해한 사건과 윤봉길 의사의 거사, 유관순의 독립만세운동, 일본의 침략근성에 연루되어 아까운 인재들이 희생되었다는 사실을 단편적으로 알 뿐, 그분들의 의로운 정신으로 오늘날이 존재한다는 생각은 들지만 안이함에 길들여지는 것은 어쩔 수 없는 삶의 속성이지요.

나는 해방 후 첫 초등학교를 들어간 전후세대지만 오빠의 일본군 입대를 생생하게 기억합니다. 우리 고향에서 두 명이 차출되는 일본군으로 선발되었을 때 고장의 유지들이 모두 들러서 대단한 축하를 하고 온 군민들이 공식적인 식장에서 환영하여 배웅하는 인파를 보았습니다. 식구들은 모두 울면서 보냈던 기억이 납니다. '센닌바리'라는 빨간 띠를 가슴에 대각선으로 두르고 연단에 올라간 오빠에게 사람들은 환호와 갈채를 보냈습니다.

일본인은 속으로 비웃었겠지요. 아마 살아서 올 수 없는 총알받이로 육박전에 한국인을 앞장세울 작전이었으니까요.

당시 정신대가 무엇인지 모르지만 일본을 위해서 전신을 바치라는 것과 천왕을 위해서는 목숨을 버려도 좋다는 일본의 탄압에 속수무책으로 무고한 처녀들이 끌려갔다는 생각이 납니다. 어느날 긴 칼을 옆으로 질질 끌면서 우리집 곳곳을 뒤지는 것을 보았습니다. 지금 생각하니 놋그릇, 또는 추수 후 벼를 공출하라는 위협인 듯하고, 그때 처녀 공출도 눈에 뜨이는 대로 시행했으니까요.

"순사가 온다"하면 아이들은 울다가도 울음을 뚝 그쳐 어른들은 이 방법으로 아이들을 달랬습니다. 밥투정을 할 때도, 누구와 싸워도, 어른 말씀을 안 들어도, 모두 순사가 잡아간다는 것이었습니다. 나의 기억 속에 일본은 무서운 존재로 기억될 따름입니다.

이웃 사촌나라에 쳐들어 온 그들의 침략근성을 혐오하고, 대처를 못한 우리의 나약한 국민성을 후회하며, 36년의 탄압에 희생된 인명과 재산에 대한 배상을 정치적으로 해결해야 됩니다. 이런 논리적인 이론에 직면하고부터 일본에 대한 나의 생각은 작은 파문이 일기 시작했습니다. 왜 그들을 그냥 내버려둘까? 우리는 그들을 이해하고, 용서했단 말인가?

1945년 8월 15일 나는 7살. 거리엔 온통 태극기가 물결치고 머리에 띠를 두른 청년들의 함성이 신작로를 메웠습니다. 기차에는 기차 지붕 위까지 사람들이 넘치게 타서 굴에 들어가는 찰나 모두 떨어져 죽었다는 소문도 자자했습니다. 우리 어머니는 오빠를 기다리며 당시 중국 길림성에서 마지막 부쳐온 편지 주소를 크게 써 들고 역으로 달려나가 종일 기차가 오기를 기다리며 거지가 되어 내리는 패잔병에게 물었지만, 같은 부대가 아닌 이상 알아낼 수는 없었습니다.

어머니는 점점 초조해 제대로 잡숫지도 않고, 잠 못 이루며 피 마르는 기다림의 세월을 견뎌야 했습니다.

8월, 9월 오빠는 오지 않고, 어머니는 점점 야위어 가고, 밤에는 몇 차례씩 일어나 앉아서 울고 계셨습니다. 나는 괜히 가슴이 두근거리고 뭔가 어린 마음에도 괴롭고 어떤 강박관념에 사로잡혀 있었습니다. 10월, 11월이 다가왔지만 오빠의 소식은 감감했습니다. 오빠가 다니던 금융조합 앞을 지나가다도 어머니는 우시고, 오빠의 친구만 보셔도 울기만 했습니다.

여름은 가고 서늘한 찬바람이 불자, "중국은 춥다는데 굶고, 옷이 얇아, 이제는 얼어죽겠구나"하며 어머니는 비통한 어조로 상심하셨습니다. 중국에서는 일본인을 마구잡이로 죽인다던데 한국인이라는 것을 누가 믿을까? 나뭇잎은 떨어져 어디 숨을 곳조차 없고, 오기나 할는지, 일본은 이렇게 가정, 가정을 파고들며 괴롭혔습니다. 나는 이 세상에서 버려진 듯한 발육부진의 외톨이가 되어 사금파리나 주우며 밖을 맴돌았던 시절입니다.

11월 중순이 넘어 오빠는 구사일생으로 살아왔지만 무모한 전쟁놀이로 아시아인 2천만 명을 희생시킨 것에 대해 일본은 뭐라 설명할 수 있는지요? 최근 공식적인 발표에 의하면 한국인은 약 260만 명에 이르고, 비공식인 인원은 더 많다는데, 그 희생을 양국의 사학자들은 어떤 정리를 하여 후대에게 전해줄 것인지. 오늘의 70만 재일 동포들은 강제 징용자들의 후예들이지만 그들에게 자국민과의 차별과 범죄자 취급으로 불이익을 받는다는 것은 실로 격분을 금할 수 없습니다. 일부 살아남은 그들 후예들에게 자국민과 동등한 예우를 해주는 문화국민으로 돌아가라는 충고를 해 둡니다.

자칭 1등 국민이라는 허울을 썼으니 배상의 의미 또한 익히 알고 있을 터, 이제부터라도 과거 우리 국민에게 끼친 희생에 준하는 배상을 할 때라고 봅니다. 36년이니, 배상의 계산은 72년 동안을 헌신적으로 해도 부족합니다. 침략의 불법을 고발해서 말하는 것입니다. 아직도 남은 시간이 많습니다. 그간 못 다한 부분까지 따져 한국 사람들에게 사죄하는 마음으로 살아가라고 타이르는 바입니다. 배상문제를 철저하게 규명하고 실천하여, 이웃 사촌나라의 명분을 세우라는 말을 일러둡니다.

일본은 우리에게 누구인가

권 귀 준(시인)

일본은 지리적으로 가까운 나라다. 그러나 지구상 어느 먼 나라보다도 멀고 경계가 앞서는 나라다. 그 이유는 어디에 있는가.

우리나라와 일본과의 관계는 거슬러 올라 36년 간의 악연에서 비롯된다. 전체주의적 독재 그것과 일본 특유의 잔악한 식민지 정책은 우리 민족의 맥박을 끊고 심장을 억눌렀다. 우리는 그들에게 소나 말 같은 존재였다. 그들은 어느 영역을 막론하고 사상 전례가 없는 잔인하고 독특한 정책을 썼다. 나는 그 마지막 체험자요 증인으로 그들의 잔인함을 열거하고자 한다. 그것은 우리의 후대를 위하여 알고 넘어가야 할 의무감에서이다. 그렇지 않고는 그가 누구인가를 알 수 없기 때문이다.

내가 초등학교 입학해서 얼마 안되어서이다. 선생님은 우리들에게 선생님의 도장이 찍힌 종이를 나누어 주셨다. 그것은 일주일 동안 일본말을 안하고 우리말을 사용한 아이들에게는 형벌의 방법으로 사용되는 제도였다. 즉 우리말을 사용한 아이는 그것을 들은 아이가 그 쪽지를 뺏는 것이다. 빼앗긴 자는 억울하지만 뺏은 자는 쪽지가 많을수록 안도감과 비례하는 것이다. 그 까닭은 다 빼앗긴 자는 변소 청소를 순서대로 해야 하는 것이기 때문이다. 일주일이 시작되면서 쪽지를 나누어 받는 순간부터 벙어리가 되거나 일본말을 잘하거나 둘 중에 하나가 된다. 어린아이들의 즐거워야 할 교육 현장이 근심과 고통의 장이 되었다는 그 사실은, 오늘의 어린이나 그 부모들은 상상할 수 없을 것이다. 그렇게 일본인은 일본인화 하는 것을 어린 싹들의 얼을 빼앗는 데서부터 착안하기 시작했던 것이다. 그뿐이랴.

창씨라는 국가적 대 개혁이 있었다. 창씨를 하지 않으면 학교를 갈 수 없는 퇴학감이 되는 것이다. 매일같이 졸라대는 선생님 말씀에 반 전체가 거의 성을 갈았는데 나의 아버지는 요지부동이셨다. 나는 학교를 갈 수 없어 집에서 울며 아버지를 졸랐는데 아버지는 생각 끝에 우리집 뒷산이 발산(鉢山)이라 하셨고 그래서 나, 권귀준(權貴俊)이 발산귀준(鉢山貴俊)이 되어 다시 학교를 가게 되었던 기억은 지금 생각해도 부모님들의 심정을 이해하고도 남음이 있다. 얼마나 기가 막힌 일이었던가 한다.

2차대전 막바지에 이르러 우리는 학교 공부를 할 수 없었다. 매일같이 산에 가서 솔옹이와 솔방울을 따서 가마니에 담는 작업의 연속이었다. 집안에 있는 쇠붙이는 유기 그릇을 비롯해 밥숟가락까지도 남지 않았다. 보릿고개의 허기를 참고 견디어 죽을힘을 다해 지어놓은 추수는 논에서부터 공출량이 정해지어 모조리 공출되고 마는 것이다. 혹시나 남은 것을 감추었나 하고 쇠꼬챙이를 들고 다니며 벽을 뚫고, 꽂아 보고, 땅에 파묻었나 하고 쑤셔대는 가택수색까지 감행했던 것이다.

그것뿐이랴. 곡식은 한 톨도 수송 이동이 불가능해서 서울에서 앓고 있는 딸에게 미음이라도 먹이고 싶어 좁쌀 한 되를 몸에 감추고 기차를 타다 그것마저도 빼앗기고 돌아서야 했던 나의 어머니를 나는 기억한다. 젊은 학생은 지원병이라는 미명하에 징집되고 남자들은 모조리 징용이라는 이름으로 강제 입대되었다. 그후 행방은 묘연하고 가서 돌아오지 못하는 길, 그곳이 남양군도라는 것이었다. 지금에서야 잘 알려진 검푸른 파도와 깊고 깊은 남태평양, 바로 그곳이다. 우리 동포는 거기에서 굶주리고 일본군에게 학대받고, 미군의 폭격과 싸우다 패전 소식을 들은 일본인은 우리 동족을 모조리 학살했던 것이다. 그곳을 추모하기 위하여 뒤늦게 세워진 위령비가 고혼을 달래게 되었지만, 그곳에 가면 슬픈 역사로 가슴을 적시게 되는 것은 어쩔 수 없다. 그 먼길이 어디이기에 젊은 목숨들이 떼죽음을 당한 그 현장에서, '파도야 파도야!' 하고 파도를 붙들고 울고 싶어진다. 우리는 그들의 필요에 의해서 쓰여진 용역물에 지나지 않았다. 그 유명한 '생체 실험'은 산 자를 세워 놓고 죽이는 일이다. 일명 마루타는 '히틀러'의 유태인 학살보다도 더 가혹한 사상 유례없는 사건이다. 애국자들은 모두 불순분자로 이름지어 투옥시키고, 쫓기고 쫓겨 중국이나 만주로 망명가는 자는 압록강을 앞질러 가로막는 그들 조직망의 비범함으로 인해 탈출하면 꼭 체포되어 돌아왔다. 많은 애국지사가 옥에서 죽어야 했고, 죽음에 버금가는 고문을 당해야 했다. 시인 윤동주나 이등방문을 죽인 안중근 의사나 3·1운동의 유관순은 애국자로 그 이름을 역사에 남겼지만, 이름 없이 이슬로 사라진 무명 애국자들을 이들 만큼이나 나는 추모한다.

이런 역사적 배경이 깔려 있는 지금, 그들 나라의 시조 천조대신(天照大神)이 백제의 후손이라고 아무리 떠들어봐도 마이동풍일 것이 당연하다. 그들은 지금 세계 제일의 채권국이다. IMF를 걸친 우리나라가 독도는 우리 땅이라고 외치는 사이에 쥐도 새도 모르게 일본인이 독도의 거주민으로 등록되어 있는 사실이라든가, 어뢰 선이 일본에게 양보된 작금의 외교시책에 분노하는 우리의 어민들의 함성이라든가, 불균형의 힘의 대결의 결과가 무엇인가를 깨닫게 한다. 한국 영화 '쉬리'가 일본 돈을 벌어들였다는 것으로 세계시장 개방이 어쩔 수 없이 일본문화를 전면 받아들이게 된 지금의 입장으로는 미끼로 던진 낚싯밥을 조심해야 하고 경계해야 한다는 생각을 망각해서는 안 된다. 지나간 역사는 하나의 유물이라고 치부해 버린다던가 일본문화의 호기심에 압도당한다면 다시 한 발 뒤로 서서, 적을 알고 임한다는 태도가 절실히 필요한 때라 생각한다. 그들은 '히로시마 원폭' 기념물을 전시관에 보관하고 "보라, 미국의 만행을" 하고 외치고 있다. 요즘 우리나라는, 남북 물꼬를 트고 이산가족 상봉, 그것도 100명 선…… 이런 문제 등으로 뜨거워져 있다. 이러한 풀기 어려운 남북의 오늘이, 거슬러 올라 일본과의 악연의 꼬리가 오늘에 이어져 있다는 것을 기억하지 않으려 한다. 다만, 흑백론의 남과 북의 56년을 말하고 있는 것이다. 지면의 제한으로 빙산의 일각인 이 민족의 수난사를 열거하고 그들을 보는 견해를 피력하는 것으로 아쉬움을 남긴다.

명성황후와 다카코

강 해 경(수필가)

예술의 전당 오페라 극장에서는 뮤지컬 '명성황후'를 공연하고 있었다. 국내는 물론 뮤지컬의 본 고장인 뉴욕 브로드웨이 무대까지 진출하여 호평을 받은 작품이기에 막이 오르기 전부터 기대에 부풀었다. 링컨센터 무대에 명성황후가 올랐을 때 <뉴욕타임스>는 '우아한 무대장치, 화려한 의상, 힘찬 음악과 뛰어난 연기가 어우러져 눈과 귀가 모두 황홀해진다' 며 찬사를 보냈다.

히로시마 원자폭탄 투하 장면을 담은 영상과 함께 막이 올랐다. '고요한 아침의 나라'를 상징하는 궁궐 장면에서부터 명성황후가 '백성이여 일어나라' 노래하는 마지막 장면까지, 온통 감동의 연속이었다. 이중 회전무대도 신기하고, 한국적인 무대미술과 의상, 그리고 뛰어난 기량을 지닌 출연자들의 춤과 노래연기가 어우러져 화려함에 장중함까지 더해졌다. 특히 시해 당한 명성황후가 부활하듯 일어나 백성들과 함께 '조선이여 무궁하라, 흥왕하여라' 열창하는 마지막 장면에서는 온 몸에 전율이 일었다. 그 감동의 순간에 나는 까맣게 잊혀졌던 한 여인의 얼굴을 떠올렸다. 일본인 다카코였다.

다카코를 처음 만난 것은 미국 뉴저지의 영어학교에서였다. 그녀는 겸손하고 예의바른 전형적인 일본여성이었다. 언제나 일찍 와서 맨 앞자리에 앉아 있는 반백의 중년 여인에게 나는 은연중 호감을 느꼈다. 어쩌다 선생님의 질문을 받으면 귓부리까지 발갛게 달아오르는 그녀를 바라보며 나는 점점 일본인에 대한 거부감과 선입견을 지워버리고 있었다.

다카코와 가까워진 것은 유화교실에서 다시 만난 후부터였다. 오랜 망설임 끝에 유화 클래스에 등록하던 날, 나는 낯선 사람들 틈에서 반가운 얼굴 하나를 발견했다. 한쪽 구석에서 화폭 위에 부지런히 붓을 놀리고 있는 여인, 바로 다카코였다. 그녀의 그림솜씨는 대단했다. 가냘픈 체구에 검은 머리가 인상적이던 독신녀 미술 선생님은 매번 다카코의 그림 앞에서 감탄사를 연발하곤 했다. 한 주일에 서너 번씩 영어교실과 유화교실에서 거푸 만나게 되자 우리는 점점 가까워졌고, 이따금 서로의 집을 방문하여 다과를 나누는 친밀한 사이로 발전하게 되었다.

참으로 부끄러운 것은 다카코가 한국에 대해 관심이 많았던 것에 비해 나는 일본에 대해 의식적으로 무관심했던 점이다. 내 마음 깊은 곳에는 일본어를 배운다거나 일본문화에 흥미를 갖는 일 자체를 스스로 용납하지 못하는 옹졸함이 도사리고 있었던 것이다. 나와 반대로 다카코는 한국을 배우는 일에 열심이었다. 한국어 교본을 구해 한글을 배우는가 하면 우리나라의 역사와 문화에 대해서도 관심이 대단했다. 유화 시간이면 그녀는 아예 이젤을 내 옆으로 끌어다 놓고 그림 그리는 틈틈이 공부한 한국어 실력을 자랑하기도 하고, 이해하기 어려운 단어들을 메모해 두었다가 묻기도 했다.

유화 클래스의 여름 학기 종강을 며칠 앞 둔 어느날, 그날따라 다카코는 심각한 표정으로 내게 다가왔다. 그리고 머리를 깊이 숙이며 뜻밖의 말을 하는 것이었다.

"명성황후 시해사건에 관한 책을 읽었어요. 조선의 왕비에게 그런 못된 짓을 했다니, 우리 일본이 당신들에게 그토록 큰 죄를 지은 줄 몰랐어요. 정말 잘못했습니다."

마치 명성황후를 시해한 것이 자기 자신이라도 되는 양 머리를 조아리며 사죄하는 다카코 앞에 당황한 것은 오히려 나였다.

솔직히 그때까지 나는 명성황후에 대해 아는 것은 별로 없었다. 구 한말, 시아버지인 대원군과의 권력다툼에 패하여 일본 낭인들의 손에 무참히 죽은 불행한 황후라는 것뿐, 다카코가 알고 있는 것에 비하면 아주 단편적인 지식이었다. 조국을 대신하여 진심으로 잘못을 비는 다카코 앞에서 나는 무슨 말을 했는지 자세히 기억나지 않는다. 다만 그 순간 일본인들의 강한 애국심에 묘한 질투의 감정과 함께, 내 나라 역사에 대해 일본인만큼도 관심이 없었던 자신의 무지에 대해 일말의 수치심을 느꼈던 것만은 확실하다.

때때로 우리는 일본정부의 몰염치한 태도에 분노할 때가 있다. 걸핏하면 그들은 독도가 자기네 땅이라 우기고, 대한해협을 일본해협이라 고집하여 우리를 어리둥절하게 한다. 지난해에는 불공정한 어업협정으로 우리 어민들의 가슴을 멍들게 했다. 하긴 일제치하에서 모진 고문을 당하고 죽어간 독립투사들의 원혼에 대해서도 진심으로 사죄하는 모습을 보이지 않는 것이 일본정부가 아니던가.

조선의 순진한 처녀들을 정신대라는 이름으로 강제로 데려다 일본군의 성적 노리개로 삼은 천인공노할 만행이 낱낱이 밝혀졌을 때도 일본정부는 고작 '유감스럽다'는 말로 사과를 대신했을 뿐이다. 모진 고난의 세월을 감내하며 질긴 목숨을 부지해 온 정신대 할머니들이 참다못해 나서서 당시의 참혹상을 만천하에 폭로하고

있지만, 일본정부는 그들에게 어떠한 보상이나 사죄도 하지 않고
있다.

그러나 일본에도 의식 있는 사람들은 있었다. 정신대의 실상을
세상에 알린 것도, 명성황후 시해사건을 사실대로 일본 사회에 알
린 것도 정부가 아닌 평범한 일본인들이었다. 조국의 잘못을 인정
하고 머리 숙여 사죄할 줄 아는 다카코 같은 국민들이 있었기에
지금껏 일본은 국가의 위상을 유지하고 있는 것 아닐까.

시해 직전 자신의 죽음을 예견한 명성황후가 부르던 '왜 이리
아침은 더디 밝는가. 이 가슴은 왜 이렇게 서늘한가……' 하는 애
절한 아리아와 흰옷 입은 황후가 백성들과 함께 한발 한발 무대
앞으로 다가오며 '백성이여 일어나라' 절규하는 마지막 합창이 지
금도 귀에 쟁쟁하다.

임기를 마치고 일본으로 돌아간 다카코는 친구들과 그룹전을 준
비하고 있다는 소식을 보내왔다. 그 후 몇 차례 편지를 주고받았으
나 지금은 연락이 끊긴 상태다. 일본인에 대한 거부감을 다소나마
없애준 여인, 일본은 어쩔 수 없는 우리의 이웃임을 깨닫게 해 준
여인, 다카코 히라시이. 그녀의 다소곳한 자태가 눈에 선하다.

양력설과 검정콩

노 순 자(소설가)

　우리집엔 묘한 가습이 있었다. 양력 설날이면 무쇠 솥뚜껑에 검정콩을 달달 볶는데 그냥 볶는 것이 아니고 '검정 옷만 입는 왜놈들 어쩌고……' 하면서 볶는 것이었다. 할머니는 긴 담뱃대를 물고 옥루몽이나 심청전 같은 책만 읽으시는데 양력설만은 달랐다. 직접 광에 가서 검정콩을 내다가 손수 키로 까불러서 볶으셨다. 콩을 볶는 동안은 할머니 같지 않고 다른 사람처럼 표정이 결연하고 적대감이 생생했다. 할머니의 양력설 콩볶기는 거기서 그치지 않았다. 우리집에선 누구도 양력설을 쇨 수 없었다. 양력설이라는 표현도 우리들의 것일 뿐 어른들은 할머니 따라 모두 '왜놈 설', '왜놈 신정'으로 불렀다.

　그러나 서력기원은 일본 것이 아니라는 분별이 생기면서 우리는 할머니에게 따지기도 하고 설명을 해드리기도 했는데 아무 소용없었다. 오히려 불호령이 떨어졌다.

　"왜놈들이 우리 설 없애느라 억지로 양력설을 쇠게 한 거다. 왜놈들이 물러간 마당에도 양력설을 쇠다니 미친놈의 세상이지! 너희들은 당최 본받으면 안 된다."

　그때는 1일부터 3일까지 양력설엔 넉넉히 놀고 음력설엔 안 놀아서 음력설 쇠는 게 그리 불편하고 비합리적일 수 없었다. 어렸을 땐 친구네가 모두 양력설을 쇠는데 우리만 구닥다리로 음력설 쇠는 게 창피스럽기까지 했다. 할머니 돌아가시고 한참 후 음력설이 공식적 명절로 정해지고 충분한 연휴가 되면서 '아 할머니가 얼마나 좋아하실까? 할머니가 옳으셨어요' 싶었다. 자연히 양력설에 검정콩만 볶고 음식을 안 하던 야릇한 가습은 사라졌다. 가족들이 모여드는데 음식장만을 안 하는 분위기란 상상 이상으로 썰렁한 것이기에 할머니가 연로해지시면서 슬그머니 만두 빚고 다음 해엔 흰떡 뽑는 식으로 무너지던 것이 할머니가 몸저 누우시면서 콩볶기도 없어진 것이었다.

다 커서 내막을 물었을 때 어머니는 한숨 섞어 설명하셨다.

"검정콩뿐인 줄 아니, 붉은 콩도 있었단다. 아들을 일본에 빼앗긴 너희 할머닌 검정콩을 볶아대고 6·25에 외할아버지 납북 당한 너희 외할머니는 사돈노인을 닮는지 붉은 콩을 볶는다고 성화를 하시는데…… 멀쩡한 남편 잃고 그렇게라도 해야 견딜 수 있겠지만…… 나는 다 싫었다. 검정콩이고 붉은 콩이고 너희들이 다 잊어버리길 바랬어. 너희들은 너희들 세상을 살아야지."

그러나 우리들 세상이라 해서 역사의 그림자를 벗어날 수는 없는 노릇이다.

일본인, 그들은 과연 누구인가. 나라를 빼앗고 말과 글을 빼앗고 성씨까지 없애려 한 것은 약소민족의 서러움이라고 할 수 있을지 모른다. 하지만 정신대 문제, 우리의 시인 윤동주가 희생당한 생체실험, 세균전 등의 만행과 독도문제는 그 시절의 자료를 뒤적이는 일조차 종교의 힘에 매달리지 않고는 불가능할 만큼 처절한 것이었다. 그럼에도 나는 감히 일본인 그들을 또 하나의 우리로 받아들여야 한다고 생각한다. 또 하나의 우리로 받아들일 수 없으면 그 속에서 우리를 찾아내야 한다고 생각한다.

용서할 수 없는 만행이 내 어머니 세대, 할머니 세대의 것이고 보면 인간인 이상 분노를 참을 길이 없다. 그러나 언제까지 복수가 복수를 부르는 비극을 되풀이하겠는가. 용서할 수 없지만 이해의, 인식의 눈으로는 보아야 한다. 어찌 용서할 수 없는 것이 타인이나 타민족에게만 해당되겠는가.

광주항쟁을 비롯한 거창양민학살사건, 노근리, 산청, 울산, 순천 등의 6·25 당시 양민학살과 그 원형인 제주 4·3 항쟁의, 제 나라 군대가 제 나라 백성에게 총부리를 들이대고 난사한 일은 타민족이 아닌 우리 자신과 선조들의 만행이었다 해서 용서할 수 있는 것일까.

나는 대한민국 국민이라는 게 수치스러워서 거창의 비극, 제주 4·3의 비극을 작품화하면서 울고 울고 있었다. 울고 난 뒤에 일본인도 한국인도 인간이라는 당연한 사실을 새삼스럽게 인식하였다.

인간이 아닌 짐승의 짓거리는 비단 우리 역사에서만 발견되는 것이 아니기 때문이다. 잔인하고 모질기로는 천주교 박해도 다르지 않다. 우리나라의 천주교 박해나 네로 치하에서 크리스트교 신자들을 맹수에게 던져준 가다콤바 시절의 초대교회 참상이 어찌 인간의 짓일 수 있을까. 또 히틀러의 유태인 학살을 비롯한 전쟁의 비극들이 어찌 존엄된 인간의 행위일 수 있을까. 물론 그 비극들은 각각 상황이 다르고 원인도 결과도 다르다. 인간으로서는 그럴 수 없는 비극이라는 점이 같을 뿐이다. 존엄된 인간이 생명존재 중 가장 잔인할 수 있고 가장 자비로울 수 있으며 또한 가장 악할 수 있고 가장 선할 수 있는 본질을 지닌 것이다.

결코 받아들이고 싶지 않은 수치스럽고 치욕스러운 역사가 우리의 일부이듯 일본인 그들은 우리의 이웃이다.

　최근에 일본 여행을 하고 온 한 선배는 아마도 일본은 종교심 없는 그 미신 때문에 망할 것이라고 단언하고 또 다른 선배는 일본의 시민단체운동을 배워야 한다고 역설한다. 나는 두 번 다 고개를 끄덕였다. 눈물을 머금고 이를 악물고라도 받아들일 줄 알아야 하겠기에.

그해의 봄에서 여름까지

구 혜 영(소설가)

세월이 어지간히 흐르고 흘렀다. 좋건 궂건 그 시절에 알던 태반의 이름은 잊었는데도 구마모토 상이라는 상급생과 다카기 상이라는 동급생 이름은 여전히 잊혀지지 않는다.

일제치하에서 태어났지만 그해 1945년 봄에 상급학교 여학생이 되기까지 사귄 일본 아이가 하나도 없었다. (일인 교사에게 배우기는 했지만) 상급학교로 진학을 하고 보니 일본 아이들이 더 많았다. 지금까지 모르던 그 애들하고도 이제는 친구로 사귈 기회가 생기겠거니, 기대했다.

춘천집에서 난생처음 부모 슬하를 떠나 동대문구 용두동에 있던 경성여자사범학교 기숙사로 들어가게 되었다. 3층 벽돌건물인 본교사와 이어져 있는 기숙사는 이층건물 네 동이 층계 식으로 둔덕진 동산에 서 있고 맨 뒤에 다섯 번째 건물은 대식당과 대목욕탕이다. 조선총독부가 우선 순위로 우대하는 사범학교답게 전교생을 수용할 수 있는 규모와 시설을 자랑하는 학교다. 당연히 일본 애들 수효가 압도적으로 많았다.

하지만 수적으로 열세인 조선 학생이 그래도 꿀리지 않을 수 있었던 건 상대적으로 그들보다 더 압축된 소수 엘리트를 선발했기 때문이리라. 기대했던 일본인 새 친구는 생기지 않고 목포에서 온

김정숙이와 친한 사이가 되었다. 일본 친구는커녕 오히려 동급생인 다카기 상이라는 앙숙을 만나게 될 줄이야……

다카기와 앙숙이 된 사단은 그 나름으로 소박한 민족감정이었다. 그곳에서는 수효가 많고 헤게모니를 장악한 자신들을 내국의 1부 생도라 하고, 약세인 우리들은 반도의 2부 생도라 했으니 엄연한 차별이다. 식량난이 극에 달해 있던 일제하 전쟁말기, 다른 학교들보다는 수업시간이 많은 우대교였지만, 낮에는 워낙 배가 고픈데다 밤만 되면 그야말로 붉은 파도처럼 몰려드는 엄청난 빈대 떼에 뜯기느라 밤을 해득 새우기가 일쑤였다. 허기지고 잠 못 자는, 이래저래 죽을 맛인 지옥의 나날이었다.

어느 후텁지근한 초여름의 한밤중, 난데없이 공습경보가 울렸다. 이크, 큰일이다. 막판이 닥치나보다. 너나없이 공포에 질려서 무더위를 무릅쓰고 솜을 두둑이 둔 방공 모를 뒤집어썼다. 앙상한 어깨에 무지룩한 구급 주머니를 둘러매고 칠흑 같은 방공호로 앙앙불락 피신했다. 숨을 죽이고 한참을 웅크리고 있었으나 별다른 이상은 생기지 않으려나 보았다. 한시름 놓으려는데 지척에서 응얼대는 소리가 들렸다.

"여기엔 다행히도 2부 애가 하나도 없나보다. 그 애들 하나라도 끼었어봐라. 어휴, 그 역한 마늘 냄새라니!"

어둠 속을 파고 온 동급생 다카기의 모욕적 언사는 갑자기 몸 안의 피를 역류시켰다. 모르는 척 참으려 했으나 기어이 나도 모르게 엉뚱한 소리가 튀어나갔다.

"어떤 개 콘지 형편없네. 가까이 있는 2부 냄새도 못 맡나?"

방공호 안이 삽시간에 싸늘하게 굳으며 조용해졌다. 숨이 막혔다. 나도 속으로는 아차! 싶었다. 하지만 어차피 엎질러진 물이다.

각오를 단단히 굳히고 기다렸다. 숨을 죽이고 있는 다카기, 그러나 분을 못 참고 거칠어지는 숨결 소리는 끝내 잠잠했다. 제 깐에도 입을 악무는 모양이었다. 홍, 어지간히 개코 되기 싫은가 보지. 속으로 쾌재를 불렀다.

며칠 후 나는 수덕료 3호실로 오라는 전갈을 받았다. 나는 정화료 2호실이다. 정화료는 맨 앞 동이고 수덕료는 세 번째 동이다. 수덕료 3호실에는 정숙이가 있다. 방마다 열 명씩 수용되어 있다. 영문도 모르고 나는 가벼운 기분으로 정숙이네 방문을 열었다. 순간 눈앞이 아찔해졌다. 두 발 밑에 뿌리가 내린 듯 움직여지지 않았다. 우락부락 덩치 큰 일본 상급생들이 반원을 그리며 촘촘히 둘러앉아 멋모르고 들어서는 하급생을 맹수 떼처럼 사납게 노려보고 있었다.

나는 경악하며 소스라쳤다. 한 움큼 오그라든 순진한 하급생을 저희들 앞에 강압으로 무릎 꿀려 앉혀놓고 그들은 번갈아 무자비한 무차별 응징의 일제사격을 가해왔다. 사유는 하급생인 주제에 건방지다는 거였다. 하지만 그것은 분명한 민족감정이었다. 그 방에 정숙이가 있는 줄만 알았지 다카기의 방이기도 하다는 걸 깜박 잊고 있었다. 그 방의 상급생 구마모토는 평판이 좋지 않은 운동부 학생으로 같은 방 하급생인 다카기에게 심상찮은 편애를 퍼붓고 있다는 사실을 정숙이가 나중에야 알려 주었다.

다카기는 방공호에서 받은 수모의 분풀이를 구마모토로 통해서 통쾌하게 앙갚음한 것이다. 이튿날은 그 사건으로 해서 1, 2부 생도간의 분위기가 급격히 냉각됐다. 조선 학생 중 영향력 깨나 있는 상급생들이 정당하게 논거를 들이대며 어제의 그 불한당 패거리들을 따끔하게 비판한 모양이었다. 황해도에서 온 같은 방 상급생 언니가 알려주었다.

그 얼마 후 방갈이가 있었다. 원수는 외나무다리에서 만난다고 하필이면 구마모토와 우미료 5호실에서 한 방이 되었다. 그후에도 다카기와 구마모토와 나 사이의 악역은 광복이 되는 그날까지 이 모저모로 꼬이며 이어졌다.

김치와 다쿠앙

송 숙 영(소설가)

내가 일본아이 무라다 요시코를 알게 된 것은 초등학교에 입학하고서였다. 아버지가 군수를 지내신 관계로 나는 일본인들만이 다닐 수 있는 작은 심산소학교의 유일한 한국인 학생이었다.

"조센징와 시요가 나이네(한국 사람은 할 수 없어)"라고 무슨 일에나 조선인과 일본인을 차별하던 그 일본학교에 왜 나의 아버지는 외동딸을 입학시켜 가지고 나를 구박받게 했을까? 아무튼 나는 해방이 되던 날까지 일본학교에 다니는 유일한 조센징으로서 톡톡히 차별대우와 굴욕을 당한 기억이 밤하늘의 별처럼 많다.

나는 어려서 유난히 달리기를 잘했고 그림을 잘 그리고 '쓰쓰리가다' 즉 글짓기를 잘 했는데도 나의 통신부에는 성적 중에 뛰어난 과목이 없는 아주 성적이 나쁘고 쌈만 잘하는 깡패와 같은 아이로 기록이 되어 있다. 왜였을까? 나는 일본학교에서 한 번도 선생님에게 칭찬을 받아본 적이 없는 열등한 아이였다.

기가 막히는 일이다. 어머니는 나를 조선인의 학교로 전학시키고 싶어하셨다. 아이의 기를 너무 죽이는 것은 좋지 않다는 의견이 있는데, 아버지는 일본어를 썩 잘해야 일본유학을 시킬 수 있다는 것으로 어머니의 의견을 무 자르듯 하셨던 걸로 기억한다.

물론 나는 일본말을 아주 유창하게 잘했다. 나의 일본말은 지금 미국에서 나서 자라다 온 한국아이들의 영어처럼 완벽했다. 그러나 나의 자존심은 어려서 너무 짓밟혀 만신창이가 되었다. 일본아이들은 절대로 나와 놀아주지 않았고 무엇이든지 센징이라는 단 한마디로 거절되고, 놀이에 끼워주지 않았으며 검둥이 취급을 했다. 우선 나에게서는 김치의 냄새가 역하게 난다는 것이 놀이에 끼워주지 않는 표면적 이유였다. 할 수 없이 멀쩡하게 뜀박질도 잘하고 노래도 잘하는 나는 고무줄놀이나 기타 다른 어떤 놀이에서도 일본 소녀들과 함께 놀 수 없었다.

나는 이유 없이 인종차별을 받는 미국의 검둥이처럼 늘 처지고 슬펐다. 그러니 다리가 병신이고 곰배팔이인 무라다 요시코만이 나의 친구일 수밖에 없었다. 요시코는 얼굴에 솜털이 유난히 부루룩한 꼭 털복숭아나 살구같이 생긴 오동통한 아이였는데 아무튼 외톨이로 따돌림을 받고 있는 조센징인 나로서는 그나마 유일한 일본인 친구였다. 나는 아직 어렸기 때문에 민족차별이 무엇인지 일본인은 우월하고 한국인은 왜 저질이고 더럽고 냄새가 나는 민족인지 도무지 알 수가 없는 속에 해방 전까지 그 심산소학교에 구박덩어리 조센징으로 통학하고 있었다. 어느날 나는 무라다 요시코에게 물었다. '왜 아이들이 나하고 노는 것을 꺼리는가'에 대한 질문이었는데 요시코의 대답은 아주 간단했다. 사실 우리는 아직 열살 전의 어린아이들이었으므로 그 이상은 알 수가 없었을런지도 모른다.

"이봐 기쿠짱! 그것은 간단한 질문이다. 너는 우리처럼 달콤한 다쿠앙을 먹지 않고 매운 김치를 먹지 않니? 그 김치의 냄새는 상당히 역하거든. 그래서 너하고 그 냄새 때문에 놀고 싶지 않는 거라고 생각해."

별로 조숙하지도 않고 복잡한 사고를 하는 소녀도 아닌 요시코의 말을 곧이곧대로 믿고 나는 그때부터 다쿠앙만을 도시락으로 싸 가지고 다녔고 집에서도 김치 대신 다쿠앙만을 먹기로 했다. 그러나 아무리 내 입에서 김치냄새가 나지 않아도 일본, 그 아이들은 나를 더러운 짐승 보듯 하며 놀이에 끼워주지도 않고 슬슬 피하면서 문둥이처럼 멀리하는 것이다. 어린 마음에 심각하게 상처를 입은 나는 울면서 어머니에게 하소연했다. 내가 다쿠앙만 먹는 것이 이상했던 어머니는 나를 끌어안고 울면서 "네가 동경에 있는 대학교에 가야 한다는 것이 이렇게도 너를 기죽고 불쌍하게 하는구나. 나는 싫다. 너는 매일 울면서 귀가하지 않냐? 왜 자꾸 놀아주지 않는 애들과 놀려고 하니. 그애들에게 네가 배울 것은 일본말밖에 없어. 이제부터 너를 친구로 알고 있는 요시코하고만 놀면 안 되겠니?"

"엄마 그애는 다리병신이 되어서 고무줄도 못하고 그림도 그릴 수 없어. 겨우 책을 읽고 쓰는 것밖에 못해. 나는 병신이 아니니까 자꾸 뛰어 놀고 뛰고 달리고 싶다구!"

"그럼, 한국 애들하고 놀면 안 될까?"

어머니는 일본인들의 민족차별과 한국인을 짐승처럼 무시하는 일본인의 야만성을 잘 알고 있었을 것이다. 그러나 어린 나에게 그런 반일감정을 가르치진 않았다. 아버지의 직업 때문이었다. 나는 무엇이 무엇인지 모르는 속에서 실컷 일본어린이들에게 구박받고 억울하게 짓밟히면서 일본학교에 다니는 불쌍한 조선 어린이였다. 그러나 아직 어린 나는 내가 그렇게 무능하고 공부도 제대로 못하는 열등생이라고만 알면서 해방을 맞이했다. 나는 당연히 한국인 학교로 가서 한글을 배우면서 내가 다른 아이들보다 특이하게 기

240

억력이 좋고 종합 분석력이 뛰어난 수재라는 것에 깜짝 깜짝 놀랐다. 나의 아버지도 어머니도 나의 성적표가 항상 전부 '수'인 것을 기뻐했고 자랑스러워하셨다. 나는 해방이 되면서부터 어느 학교에 가든지 늘 우등생이었고, 그것도 늘 전교 수석을 하는 모범적인 학생이었다.

일본인 학교에 다니면서 한 번도 미술전람회에서 상을 타본 적도 없던 나는 해방 후 학생미전 때는 언제나 최고상을 받는 천재적 미술학도였고, 중학교 때는 키가 하도 커서 늘 농구부 가드로 날렸었다. 해방이 되자 나는 이름 석 자를 찾았고, 재능을 인정받는 학교생활이 너무도 즐거워 얼굴을 찌푸리거나 울면서 학교에서 돌아오던 쟁카도리 불량학생도 아니었다. 곰배팔이 무라다 요시코만이 유일한 친구였던 외롭고 슬펐던 조선아이는 이제 만장일치로 급장과 회장에 매년 뽑히는 우수한 소녀로 자라고 있었다. 아아, 얼마나 일본아이들은 나의 천진한 동심에 민족차별이라는 무모하고 웃기는 칼날을 드러내며 핍박했던가? 내가 어린 시절에 당했던 그 잔인하고 무모한 민족차별의 쓰라리고 피눈물났던 과거만은 잊을래야 잊을 길이 없다. 만약 일제가 좀더 오래 지속되었더라면 나는 아마 지지리도 공부를 못하는 열등생으로 중고등학교까지도 불행하게 엉망으로 성장했을지도 모르겠다.

가끔 일본인들을 생각하게 될 때면 뜬금없이 무라다 요시코가 생각이 나지만 그 병신 소녀마저 나에게 '우리집에 놀러올 때는 절대로 김치를 먹지말고 오기'를 당부했던 그 기막히는 수치심과 마음의 상처를 지워버리기는 쉽지가 않은 것이 정직한 고백이다. 우리는 누구나 나의 조국을 사랑하고 잘 지킴으로써 다시는 이러한 오욕의 역사를 만들어서는 안 된다. 우리는 자랑스럽게 우리의 김치를 세계에 자랑하며 사는 우수한 민족으로서의 미래를 건설하자.
나의 기억 속에 있는 유년의 기억을 우리 후손들에게 다시는 되풀이시키지 않도록 나라와 내가 하나임을 아이들에게 가르치자.

나라가 흥하면 나도 흥하고 나라의 행과 불행이 곧 나의 것임을 가르치자.

잔인한 4월

김 양 식(시인)

그렇게도 기다리던 조국의 해방을 바로 4개월 앞둔 1945년 4월 19일, 부모님께 "이 세상을 먼저 떠나는 제 불효를 용서하세요" 라는 마지막 말을 남긴 채 눈을 감고 만 큰오빠(金宗植)—눈을 감으면 항상 먼저 떠오르는 이미 오래 전 이 세상을 떠난 오빠의 안쓰러운 모습.

일찍이 내게 문학으로의 오솔길이 열려진 창가로 간단없이 인도하여 준 분이 바로 그 오라버니시다. 이렇게 소중한 진실은 내가 살아가는 데 있어 커다란 긍지로 삼고 있다. 그것은 나로 하여금 소학교(현 초등학교) 4학년에 '시(詩)'라는 것을 쓸 수 있게 하여준 장본인이 바로 그 오라버니이기 때문이다.

이처럼 항상 절실하게 그립고 생각을 키우는 것은 그 오라버니가 그렇게도 간절히 바라던 조국의 해방을 눈앞에 두고 21세의 꽃다운 나이로 이 세상을 하직하였기 때문이다.

3년 간의 오랜 투병생활과 그에 따른 부모님의 피눈물나는 뒷바라지와 남매의 간절한 소망도 헛되이 끝내 숨을 거두고 만 것이다.

그때 나는 숙명여중 2학년이 막 되면서 가장 정다웠던 큰오빠를 잃게 된 큰 슬픔과 충격에 한동안 길 잃은 아이처럼 어찌할 바를 몰라했다.

나는 일기장에 이 슬픔을 호소하였고 담임이시던 최혜숙 선생님
은 거기에 위로의 말을 적어 나의 아픔을 덜어주려 마음을 써주셨
다.

나의 큰 오라버니는 심성이 곱고 예술가적 기질과 미의식과 낭
만이 곁들여진 멋진 젊은이였다. 또 누구보다도 애국심과 민족의식
이 뚜렷한 청년으로 주변 모든 이의 신망을 받아온 것도 사실이었
다.

무엇보다도 그 오라버니는 민족과 조국에 대한 의식이 뚜렷하여
많은 책을 구입, 폭넓게 탐독하여 가며 자신의 지성의 수준을 더욱
높여갔다. 그러한 연유로 나보다 6살 위이던 오라버니가 내게 우리
나라 역사를, 그리고 ‘애국가’와 우리 민족의 슬픔이 담긴 ‘봉숭아’
노래 등을 열심히 가르치며 눈물을 글썽이던 모습은 내게 무척 숭
고하게 비쳤다.

그 뜨거운 애국청년의 가슴에서 용솟음치던 나라 잃은 분노와
설움, 또 독립을 갈망하던 한(恨)이 조금은 내게도 뜨겁고 아프게
번져왔던 것이다. 비록 내가 어렸었다 해도 그것은 당연한 것이 아
니었을까.

오빠는 계속적으로 우리나라의 역사를 틈틈이 내게 일러주었다.
옛적엔 우리나라가 ‘진단(震檀)’이라고도 일컬어졌다던가, 혹은 하
루빨리 일본제국주의 식민치하에서 풀려나 독립을 이룩해야 한다
던가 하는 민족과 국가에 대한 애정과 의식을 강하게 차근차근 심
어주었다. 그리하여 어린 나름대로 나의 반일감정(反日感情)은 굳
어져 갔고 아직도 그것은 좀처럼 풀리지 않는 멍울로 남아 빳빳이
고개를 쳐들고 있다.

한편 그 오라버니는 문학청년이기도 했다. 글짓기와 책읽기를

즐겨했고 사상전집(思想全集)도 탐독했다. 그의 서가에는 로댕의 '생각하는 사람' 또는 조선문학전집 문고본 시집들이 여러 권 꽂혀 있었다. 한용운, 춘원 이광수, 김기림, 정지용, 임화, 인도의 지성 타고르의 시집까지도…….

때로 어머니께서는 아예 큰항아리 하나를 화단 가운데 깊숙이 묻어놓고, 당시 일인(日人)에게 거슬리는 위험 서적들을 그 속에 감춰 넣고 그 위에 다시 흙을 덮고 화초나 나무를 심어 놓으셔야 했다. 그렇게 다급했던 상황들은 어린 나를 긴장케 했다.

폐를 앓기 시작한 후 경복고교 졸업반에서 휴학한 채, 요양 차 황해도 백천(白川)으로 내려가 한두 달쯤 있을 때였다. 오라버니는 그곳 마을의 아이들을 모아 밤마다 등잔불 밑에서 한글을 가르쳤 다. 당시엔 금지된 일이었기에 식구들은 걱정했지만 오빠는 중단하 지 않고 조용히 가르치는 일을 계속했다.

병마에 시달리면서도 오빠는 항시 집안 식구들에게 따스한 마음 을 써줌은 물론 이웃들에게도 사랑과 이해로 대하였다. 나는 그러 한 오라버니의 정겨운 보살핌을 받으며 그때까지 커왔고 지금도 그 오빠의 소리 없는 사랑과 가르침과 격려를 잊지 않고 나의 창 작에 임하고 있다.

나는 내 나이 39세가 되어서야 항상 그리던 그러나 이 세상에는 이미 없는 오라버니에 대하여 겨우 다음과 같은 짧은 시 한 편을 쓸 수밖에 없었다. 그렇게 밖에는 다른 말이 필요치 않았고 또 할 수도 없었다.

오라비는 살아서 · 1

오라비는 살아서 스물 하나
나는 열다섯

오라비는 살아서 스물 하나
나는 열다섯

오라비는 오늘도 스물 하나
나는 이렇게 서른하고 아홉

오라비는 언제나 스물 하나
누이가 죽어도 스물 하나

일본을 보며 우리 자신을 보며

이 숙(수필가)

　내가 초등학교 다닐 때 일본인은 한창 한국어 말살에 열을 올리고 있었다. 집에서는 한국말을 쓰며 살지만 학교에서는 절대로 한국말을 못쓰게 했다. 그렇지만 학생들의 입에서 저절로 한국말이 튀어나오는데 어쩌랴. 그것을 막으려고 교사들은 꽤 가열한 방법을 썼다. 조그만 표를 열 장씩 주어 한국말을 하면 서로 그것을 빼앗게 했다. 표 열 장을 다 잃으면 그때 돈으로 꽤 큰, 1원을 물게 했다. 그 바람에 나나 다른 아이들이나 일본말을 열심히 하던 일이 새삼스럽게 떠오른다.

　그러나 그때 우리를 담임했던 일본인 선생은 인정이 있었고 그리고 나를 유난히 아껴 주었다. 매일 자기 집에 나를 불러 지금으로 말하자면 과외수업을 아무런 보수도 없이 정성을 다 기울여서 해주었다. 그 덕에 나는 그해 우리학교에서 단 하나의 중학교 시험 합격생이 되었다. 아마 그 선생은 나를 꼭 합격시켜 담임의 체면을 세우려는 욕심으로 그랬겠지만 지금도 그 특별 수업이 고맙게 생각된다.

　그 무렵 세상은 전쟁의 소용돌이에 휩쓸려 모든 것이 무섭게 돌아가고 있었다. 그러나 철없던 우리는 그런 줄도 모르고 강압적인 일본 교육을 아무런 저항도 없이 받아들이고 있었다.

사범학교에 들어가니 일본인 학생과 함께 배우게 되었다. 대체로 일본아이들은 저희끼리 어울리고 한국학생들은 우리끼리 사귀지만 그러면서도 서로 다정하게 지내고 학우로서의 정이 깊어갔다.

헌데 졸업을 하여 교사로 발령을 받게 되니 차별이 뚜렷하게 드러났다. 일본인 졸업생은 모두 서울학교에 발령을 받았는데 한국인 졸업생은 하나도 빠짐없이 시골로 밀려난 것이다. 한국인 졸업생들은 모두 큰불만이 아닐 수 없었다. 나는 서울 시내로 들어오기를 열망했는데, 근무 2년 만에 해방이 되어서야 겨우 그 소원이 이루어졌다.

한창 성장기인, 마음의 감수성이 민감할 때 일본 교육을 받은 탓에 지금도 일본 노래가 이따금 떠오른다. 그것은 어렸을 때 부르던 추억이 깃든 노래이기 때문에 어쩔 수 없는 일이라고 생각된다.

내가 철없이 지내던 그때에 우리 독립지사들이 얼마나 열렬하게 독립운동을 폈으며 그것을 일본 경찰이 얼마나 가열하게 핍박했는지는 해방이 되고 나서야 모두 알게 되었다. 그 지독한 정신대 사냥이며 혹독한 경제적 착취, 강압적인 '지원병 모집'이며 징용간 사람들의 무시무시한 박대며 몸서리쳐지는 학살사건 등 나중에사 겨우 알고 몸을 떨었다.

그러면서 학생 시절의 일본인 동창들에 대한 정은 지금도 여전히 지니고 있다. 내 주위에 있는 일본사람 중 한국에서 공부한 학생들은 지금도 한국을 제2의 고향으로 알고 향수에 젖어 해마다 다니러 온다. 그 가운데는 한국의 멋을 열심히 자기 나라에 심는 사람도 있다.

우리 동창들은 한일합동 동창회를 한국과 일본에서 4년마다 교대로 열고 있다. 만나면 옛정이 솟아 사람을 미워할 수는 없다.

내 제자 하나는 한국에서 너무나 고생하며 자라다가 일본에 유학을 가서 일본인 남자와 만나 결혼하여 행복하게 살고 있다. 나는 참 다행스런 일로 알고 있다. 그녀의 일본인 남편은 지난날 자기 나라가 한국에 대해 저지른 잘못을 잘 알고는 속죄의 마음을 가지고 있다.

개인적으로는 그러하지만 나라로 볼 때는 일본은 거만한 나라가 아닐 수 없다. 자기네가 한국에 대해 저지른 죄를 부분적으로밖에 인정하려 하지 않으며 제대로 보상하려고 하지 않는다. 부자가 된 그들이 한국을 아직도 자기네의 지난날의 하인쯤으로 보는 것 같아 비위가 상한다.

그리고 그들의 단결심을 생각하면 어쩐지 무서운 마음이 든다. 나도 일본인 학생들과 같이 지내서 잘 알지만 그 여학생들은 나라를 위해서 필요하다면 자기네 피도 몽땅 뽑아다 바칠 그런 여학생들이었다. 그리고 동창회 관계로 일본을 여행할 때면 도시든 산골이든, 쓰레기 하나 떨어져 있지 않은 그 깨끗함에 감탄보다 소름이 끼치는 느낌이다. 어쩌면 이렇게 모든 국민이 하나같이 제 나라를 아낄 수 있는가 싶다.

그런 것을 보고 생각하면 우리나라의 부패상은 너무 지나치다는 느낌이 든다. 거리의 쓰레기며 자동차의 무질서, 국경일의 태극기 없는 일…… 등 고쳐야 할 점이 아주 많이 있다.

우리는 좀더 일본을 잘 보면서 아울러 우리 자신을 돌보았으면 싶다.

일본은 용서받아야 하나

조 순 애(시인)

초등학교 3학년 때 광복을 맞이했다. 내 나이 아홉 살.

어른들이 밤늦도록 흥분한 목소리로 해방이니, 만세니 하는 말을 자주하고, 며칠 동안 군중들이 이리저리 밀려다녔다. 그리고 이웃에 살던 일본사람들은 모두 제 나라로 돌아갔다. 1945년 8월의 기억들이다.

학교에서 일본에게 짓밟힌 역사를 공부하고, 크게 분노하며 일본에 대한 증오심을 품으며 단연 일본을 거부했다. 이건 편견이 아니었고 적어도 한국인이라면 그래야만 한다고 굳게 다짐한 시절이었다. 절대로 용서할 수 없는 상대였다.

독서를 일상으로 생활하신 어머니가 어느날 읽고 계신 책이 『내가 넘은 38선』이라는 책이었던 기억이 난다. 8·15 해방을 맞아 대한민국 국민이 모두 축제의 나날을 보낼 때 어린 자녀들을 이끌고 자기 나라로 쫓겨가는 고생스러운 여정이 그 내용이었다고 기억한다. 조용한 성품이신 어머니는 독후감을 특별히 덧붙인 일은 없었으므로 역시 틈틈이 읽으시던 모습만이 남아 있다. 일본에 대한 아홉 살 전후의 추억은 이것이 전부다.

신문지상을 통해서 드러나는 한·일 관계는 내가 성장하면서 자주 가슴속으로부터 다시 분노를 끓어오르게 했다. 우리 민족의 불행을 원인제공 한 그들의 행실이 속속 드러날 때마다 우리는 왜 이렇게 소극적인가, 밸이 없는 민족이란 말인가, 도무지 혼돈스럽기까지 했다.

고국에 오지 못한 채 타국만리에서 늙어버린, 강제노동으로 끌려간 동포들. 사람대접조차 의심스러운 정신대로 끌려갔던 꽃답던 할머니들의 증언. 멀쩡한 남의 땅 독도를 제 나라 땅이라고 심심하면 한 번씩 발언해서 우리 속을 뒤집어 놓는 일.

아! 가슴이 떨리는 이런 현실을 놓고 우리가 아니 내가 할 수 있는 일은 무엇인가. 우리 대한민국 국적을 지닌 사람들이라면 누구나 이런 울분을 참기 힘들어한다.

십여 년 전 이스라엘을 여행할 때 나치에 의해 학살된 이스라엘 국민 600만 명의 기념관에 들렀다. 잔혹한 학살장면의 모습을 사진으로 조형물로 전시해 놓았다. 관람하는 사람들은 어느 나라 사람이건 치를 떨었다. 어떻게 이런 일이 있을 수 있는가! 그 기념관 출구 바닥에는 이렇게 써놓았다.

"용서하되 잊지는 말자."

기념관을 나와서 폭염을 피해서 나무그늘에 앉아 쉬면서 생각했다. 일본은 용서받아야 하나? 우리보다 잘 산다고 해서 대외적인 신용도를 얻었다고 해서, 과거의 잘못을 인정하고 진심으로 사죄하지 않는 그들을 어떻게 용서한단 말인가.

쓸쓸한 감정만 다시 한 번 확인한 그날이었다.

내가 재직할 당시 S여고와 일본의 한 여고와는 농구가 인연이 되어서 농구단원이 우리 학교에 와서 연수를 했다. 그런 연고로 결연이 되어 교사들도 오고갔는데, 일주일 간 초청을 받고 도쿄, 나라, 오사카와 그 주변을 여행하기도 했다. 학교를 견학하고 나서 그곳 교사들과 토론도 하고 학생들의 문제점 등, 서로의 의견을 교환한 것이 일본을 제대로 보기 시작한 셈이 되었다. 그 일 외로는 구라파 등 여행하고 귀국하는 여정에 비자 없이 한 사흘 머물렀던 적이 몇 번 있었다. 내 체험은 아주 소극적이고 국부적인 것이다.

2000년에 와서 일본에 성지 순례를 다녀왔다. '아키타' 현에 있는 성지를 4일 간 순례할 때는 일본이라는 나라를 특별히 의식하지 않고 한 조각가의 작품인 성모상이 101번이나 눈물을(때로는 피눈물을) 흘린 성지에서 나는 묵상과 기도를 했다. 그 성모님의 메시지가 죄의 보속을 위한 기도였는데 그 죄는 민족적인 큰 죄인인 일본인들의 죄도 분명 포함되어 있으리라는 생각을 자주 하면서 기도했다. 죄를 지은 사람이 진심으로 통회하고 피해자에게 그 잘못을 빌어야만 한다는 절차(?)를 밀쳐 버릴 수가 없었다.

몇해 전 친구로부터 받은 책을 가끔 펴서 읽고 있는데 '오하시 시즈코'가 지은 짤막한 글모음집이다. 그녀는 「생활수첩」 발행인인데 그 잡지의 고정란 '멋진 당신에게'에 연재된 글들이다. 일본의 많은 여성독자들의 사랑을 받고 있다고 한다.

이 글을 읽노라면 이 작가가 마음으로부터 삶을 얼마나 사랑하고 있는지 그 자세에 공감이 가게 된다. 이 점이 바로 이 책을 자주 읽게 되는 이유라고 하겠다. 일본인들의 특징보다는 행복지수란 화려한 물질이 아님을 은은한 향기에 젖듯이 자연스럽게 알게 한다. 아주 평범한 일상에서 진리를 깨닫는 지혜를 얻게 된다. 나는 이 글을 읽으면서 저자가 일본여성이라는 것을 잊게 해서, 문화란 이런 입장에서 교류되는구나 하는 새로운 인식을 갖게 되었다. 아침에 눈을 뜨고 하루를 살고, 저녁에 하루를 마감하는 일기를 쓰고 잠자리에 들면서 사소한 것에 감사한다면 매우 자연스러운 인생이라 하겠다. 남의 것을 빼앗고 짓밟고 하면서 추구하고 더 큰 부를 치부한다 해서 과연 승리자가 되는 것인가.

일본이라는 나라는 내가 느끼고 바라보건대 소중한 인간적 삶의 본질을 너무 모르거나, 아니면 외면한 딱한 민족이라는 생각이다. 동행하기에는 너무나 버거운 나라이다.

가깝고도 먼 나라, 일본 어떻게 대할 것인가

홍 윤 숙(시인)

아주 까마득한 옛날 이야기 하나.

그것은 소학교 3학년이던가 4학년 때 일이었다. 나는 그 당시 전차를 타고 시내에 있는 소학교에 다녔다. 내가 살고 있는 집에서 전차 길까지의 길에는 일본인 상가(商家)가 늘어서 있었고 나는 그 상가 거리를 아침저녁 지나다녀야 했다.

그 중 한 가겟집에 나보다 한두 살 어려 보이는 사내녀석이 있었다. 머리가 밤톨 같은 녀석이 저녁 때 내가 학교에서 돌아올 무렵이면 번번이 지키고 섰다가 나를 놀려대는 것이었다.

센징! 센징!

그 말엔 조선인이란 뜻과 천인(賤人)이라는 뜻이 포함되어 있었다. 한자 '賤'자는 일본어로 읽을 때 조선의 선(鮮)과 같은 '센'이라는 음이 되는 것이다.

그렇게 센징! 센징! 하고 놀리는 말을 들으면서 눈 딱 감고 빠른 걸음으로 지나쳐버리기 때문에 그 다음 말이 무엇이었는지 들리지 않았었다. 그러나 비웃듯 불러대는 녀석의 목소리를 등뒤에 새기면서 나는 몇 번인가 이를 악물고 언제든 한번 혼내주리라 다짐했었다.

그러던 어느날이었다. 녀석은 갑자기 물총을 들이대며 가방이며 옷에 마구 물을 뿌려대는 것이었다. 순간 나는 분이 머리끝까지 치밀었다. 나도 모르게 녀석을 잡으려고 와락 달려들었지만 한 손에 든 가방 때문에 녀석을 그만 놓치고 말았다.

녀석은 벌써 저만치 달아나고 있었다. 나는 순간 가방을 길바닥에 팽개쳤다. 그리고 필사적으로 녀석의 뒤를 쫓았다. 물론 녀석도 있는 힘을 다해 달아나고 있었다. 그러나 악에 바친 내 걸음을 당해내지는 못하였다. 마침내 나는 녀석을 후미진 석탄장 창고 앞에서 잡고 말았다.

"유르시테! 유르시테! (용서해줘! 용서해줘!)"

손을 싹싹 비비는 녀석의 등어리며 정수리를 나는 얼마나 두들겨 패 주었던지 나도 모르게 눈물을 줄줄 흘리면서 녀석의 멱살을 움켜잡고 놓을 줄을 몰랐었다.

내가 일본을 처음으로 간 것은 69년 11월이었다. 그때는 일본 국제 공항이 하네다(勿州田)였었다. 프랑스 망똥에서 국제P.E.N대회에 참석하고 돌아오는 길에 마지막 여행지로 일본에 들렀던 것이다.

하네다 공항에서의 일본의 첫 인상은 엉망이었다. 출입국계 창구에 앉아 있는 머리가 새파란 20대 젊은 직원은 제 어머니뻘이나 되는 외국인 여행자의 여권을 받으면서 대뜸 반말이었다.

"니혼고 와카루? (일본말 아는가?)"

"좀 압니다"하고 대답하는데 녀석은 또 다시 반말로,

"난니치 도마루? (며칠 묵을 건가?)" 하는 것이었다. 불끈 속에서 치미는 것을 간신히 참으며 짧게 "이주일쯤……"하자 녀석은 "다메다네(안 되겠는 걸)"하는 것이었다. 나는 내어주는 여권을 받아들면서 더 이상 참을 수가 없었다.

"당신에게 좀 묻겠소"하자, 녀석은 "아 나니?(아 뭐지?)"였다.

"우리나라에선 적어도 외국인 손님에게 경어를 쓸 줄 안다. 당신은 그것도 모르니. 이 나라 말버릇은 그런 것인가!" 쏘아주고는 획 돌아서 나와 버렸지만 참으로 불쾌하기 그지없는 심정이었다.

내가 아는 일본은 전전(戰前)의 일인들이지 전후(戰後)의 일본을 알지 못한다. 전후 일본의 일부 청년들의 말투가 그런 식으로 불손해졌다는 것을 들은 것은 그 후였으니, 나로서는 혼자 분개하고 속상해했던 것이 오히려 쑥스럽고 민망하지 않을 수 없었다.

일본에 대한 추억은 책으로 엮어도 몇 권은 될 것이다. 적어도 우리 나이 또래의 사람이라면 예외 없이 당해야 했던 징용문제를 비롯하여 내선일체(內鮮一體), 국어(日本語) 상용, 신사참배, 학도병, 정신대, 창씨개명 등등, 실로 먹던 밥그릇과 수저까지 수탈 당하던 이른바 대동아 전쟁의 비극을 기억할 것이다. 물론 개중에는 개인적으로 얽힌 일본인의 미담(美談)도 없지 않겠지만 그런 것은 바다의 물 한 방울 같은 이야기일 뿐이다.

끝으로 나는 최근에 일본에 거주하고 있는 시인 왕수영 씨의 글 가운데서 읽은 이야기를 하나만 더 쓰겠다. 왕시인의 이웃집에서 무궁화를 잘 키워 해마다 예쁜 꽃을 피우는 일본인 주부가 있었다. 어느 해인가 그 집에 들른 시인은 무궁화꽃을 바라보면서 꽃이 아름답다고 칭찬하였다. 그리고 이 꽃이 무슨 꽃인 줄 아느냐고 물었다. 일본인 주부가 모른다고 하자 왕시인은 바로 이 꽃이 한국의 국화(國花), 나라꽃이라고 웃으며 일러주었다. 그리고 며칠 후 왕시인은 그 집 앞을 지나다가 무궁화꽃이 보고 싶어서 울타리 너머 들여다보았다. 놀랍게도 무궁화꽃은 한 그루도 없이 텅 빈 뜰이었다. 그 일인 주부가 한국의 나라꽃이란 말에 기분이 나빠져 죄다 잘라 버렸다는 이야기였다.

　이것이 아직도 전후 일본인 심저(心底)에 남아 있는 솔직한 감정인 것을 엿볼 수 있다. 일본문화가 물밀듯이 합법적으로 밀려오고 있다. 어떻게 대처할 것인가, 그리고 무엇보다 어떻게 젊은 세대 후손들에게 바른 가르침을 남겨야 할 것인가. 그것이 이 시대가 져야 할 몫이다.

진심어린 사과만 해 준다면

안 영(소설가)

나는 해방 후 초등학교를 들어갔기 때문에 일본에 대한 개인적 체험은 별로 없다.

단지 어른들한테 들은 대로 우리나라에 온갖 만행을 저지른 잔인한 나라, 세월이 흘러도 앙금이 가시지 않는 영원한 숙적, 이런 정도의 관념적 미움이 도사리고 있을 뿐이었다.

사촌오빠 한 분이 일본에 건너 가 가정을 이루고 사업을 하며 사신다. 그런 연유로 마침내 나도 일본이란 나라에 심정적으로 한 발 가까이 다가서게 되었다. 오빠네 가족들은 물론 친구분들도 한국의 전통 문화에 관심이 대단했고 우리 문화가 일본에 얼마나 많은 영향을 주었는가도 이미 알고 있었다. 올케와 조카들은 고맙게도 오빠의 한국적, 보수적 사고에 잘 순종해 주었으며 아버지 나라에 대해 긍지까지도 갖고 있어 기뻤다.

그러는 동안 나는 막연히 품고 있던 적개심, 증오심도 조금씩 희석시키고 하느님의 입장에서 보면 다 한 형제인데 싶어 일본에 대해 마음을 열게 되었다. 또한 나로 하여금 일본을 좀더 가까이 느끼게 한 것은 책이었다. 대학시절 심취해서 읽은 다사이 오사무의 『사양(斜陽)』은 오랫동안 내 마음에 머물러 있었다. 어딘가 어둡고 우울한 이야기였지만 그 당시 나의 정서와 딱 들어맞았던 것 같다.

그후 훨씬 뒤에 읽게 된, 미우라 아야코의 『길은 여기에』, 『이 질그릇에도 행복이』 등은 정서적으로 상당히 통하는 바가 많았고, 특히 한국에 대해 사과하는 마음이 군데군데 담겨 있어 무척 반가웠었다. 그래, 그럼 그렇지. 지성인들은 알 건 다 알고, 인정할 건 다 인정하고 있구나. 다행이다. 가끔 정치인들이 망언을 해서 우리를 슬프게 하지만 정치인보다야 지성인들이 한 수 위니까 그들의 사과가 더 값진 것이지…… 하며 일본을 조금씩 용서하곤 하였다.

그러다가 정신대 할머니들이 모여 사는 퇴촌 <나눔의 집>에 가서 역사의 흔적들을 둘러보고 어떤 할머니의 증언을 들으면서 다시금 가슴에 증오의 불길이 되살아났다. 어찌 인간으로서 그럴 수가 있을까. 참으로 그런 인간들이 이 지구상에 우리랑 함께 숨쉬며 살고 있다는 게 혐오스럽기 짝이 없었다.

할머니들은 대개 열다섯 나이로 낮에는 장교를, 밤에는 사병을, 하루에 수십 명씩 상대하면서 수치스러움이나 분노보다도 우선 살이 찢기는 듯한 아픔 때문에 견딜 수가 없었다는 것이다. 세상에 그런 무도한 놈들이 또 있을까. 하늘이 무섭지도 않았을까. 딸 같고 동생 같은 그 순진무구한 소녀들을.

그러다가 나는 또 그 할머니의 색다른 말 한 마디에 마음이 조금 풀렸다.

"나는 지금껏 살아오면서 그다지 큰 죄를 짓진 않았다. 그러나 너에게는 참으로 못할 짓을 했다. 너를 도와주고 싶으니 이곳을 나가거라."

한 일본인 장교가 소개장을 써 주며 열다섯 소녀에게 베풀었다는 따뜻한 인간애가 부글부글 끓던 나의 마음을 다시금 슬며시 녹여 주었다.

나는 생각했다. 아, 그렇다면 전쟁이 죄로구나. 그 사람들도 인간인데 선한 마음이 왜 없었으랴. 전쟁이 바로 주범이야. 이 지구상에 왜 그놈의 전쟁이란 게 생겨가지고 곳곳에서 그렇게도 처참한 일들이 벌어졌단 말인가. 땅뺏기를 위한 전쟁, 이념으로 인한 전쟁, 종교로 인한 전쟁…….

그 모든 전쟁에서 야기된 인간의 만행을 살펴본다면 누가 덜하고 더하고도 없으리라는 생각이 들었다. 얼마나 많은 인디안들이, 유태인들이, 기독교인들이 죄 없이 학살당했던가. 미 대륙에서, 독일에서, 로마에서 차마 눈뜨고 볼 수 없던 장면들이 어른거렸다. 아니, 멀리 갈 것도 없다. 우리 나라를 보자. 조선시대 천주교 박해는 어땠고, 6·25는 어땠고, 5·18은 어땠던가.

순간 문득 성경의 한 구절이 떠올랐다.

"내가 죄 없는 사람에게 무죄를 선고하였어도 그가 자기의 무죄함을 믿고 그릇된일을 한다면 전에 올바로 산 일은 생각도 해 주지 않으리라. 그릇되게 산 때문에 그는 사형이다. 그러나 나에게 사형을 선고받은 죄인이라도 자기 죄를 청산하고 돌아와 올바로 살기만 하면 죽지 아니하리라. 나는 그가 거역하며 지은 죄를 다 잊어 주리라." (에제키엘 33)

문제는 바로 여기에 있었다. 일본은 그렇게 야수 같은 만행을 저지르고도 왜 그것을 뉘우치고 사과할 줄 모르는가. 그것이 그들의 데데한 자만심인가? 우월감인가?

아직도 그 나라에 기독교가 침투하지 못하는 것은 그런 교만과도 상통하는 것 같아 기분이 씁쓸했다.

2000년 벽두에 교황청에서는 '기억과 화해'라는 글로 지난 역사에서 가톨릭이 저지른 모든 죄를 전 인류에게 사과해서 많은 사람들을 감동시켰다. 독일도 이미 나치의 과거를 사과했다. 일본은 그런 것을 보고도 느낀 바가 없었을까? 역시 그들은 대국이 아닌 쪽발이라는 생각이 들었다.

그러나 아무리 쪽발이라 한들 여러 면에서 우리보다 대국인 것을 어찌 부정하겠는가. 그러니 그들에게서 우리의 자존심을 되찾는 길은 우리가 그들보다 나아져야 한다는 것 외에 다른 아무 방도가 없다. 무엇보다 우리의 국력을 키워 두 번 다시 정치인들의 망언이 나오지 않게, 지난 역사를 온전한 마음으로 사과할 수 있게 전 국민이 노력해야 할 것이다.

아울러 일본으로 하여 배운 타산지석의 교훈을 잊지 말았으면 한다. 지난날 베트남에서 보인 수치는 어인 일이며, 지금 우리나라에서 고용하고 있는 후진국 노동자에 대한 여러 가지 핍박은 어인 일인가. 타민족으로부터 무시받는 고통을 당해보았고, 그 설움으로 반세기 넘게 앙심품고 지내는 우리가 아닌가. 그런데 조금 잘살게 되었다고 올챙이적 시절을 잊었단 말인가.

일본, 우리는 이제 더 이상 그들을 적대시할 수만은 없다. 세계가 하나로 연결되는 이 시점에서 그들의 친절, 청결, 검약, 장인 정신 등 배울 건 배우고, 건넬 건 건네며, 선의의 경쟁자로서 그들보다 나아지기 위해 노력하는 길만이 우리의 한을 푸는 길이다. 민족이여 분발하자.

일본의 소망은 양심의 소리

김 선 경(아동문학가)

40년 전 남편을 따라 일본으로 건너갔다. 그때의 일본이란 마음에 선뜻 내키지 않고 석연치 않은 곳이었다. 하필이면 일본이라니, 차라리 뉴기니아나 아프리카라면 모를까 하고 저항하는 마음을 숨길 수가 없었다.

우리는 일제시대, 해방, 6·25 동란이라는 가장 험난한 시대 속에서 고운 나이를 보냈다. 예쁜 블라우스 한 장도 알 겨를 없이 궁핍함 속에서 성장하였다. 물질의 궁핍보다 더 가혹했던 것은 일제가 자유의 의미를 모르도록 우리를 억압했고, 그런 억압 속에서 우리의 글은 물론 우리의 이름마저 말살해버린 것이다. 따라서 우리는 일본어만으로 소녀기를 채울 수밖에 없었다.

겨우 성경 읽기에서 우리 글을 배운 것이 고작이었다. 여학교마저 관립학교에 다니며, 거의 일본 소녀로서 완벽에 가깝게 성장했다. 그러나 목회를 하시던 부모님은 철저한 반일 사상을 내 맘속에 심어주셨다.

일본 땅을 처음 디디던 날, 나는 형용키 어려운 긴장감을 감출 수 없었다. 한편 강한 호기심을 가지고 나는 예리하게 일본을 관찰할 기회를 가질 수 있었다. 그후 한일 간에 일반 여행이 가능하게 되었고, 일본에 대한 많은 책이 출판되는 것을 보게 되었다. 일본을 여행자의 눈으로 속단하는 것은 위험한 일이다. 장구한 세월을 분노 속에서 살아온 피압박 민족으로서는 용납할 수 없는, 한(恨)으로 엉겨 지금도 지워지지 않는 일제의 역사가 우리에게 남긴 비극이 있지 않은가.

도일 후 일본은 우리 내외의 생활 터전이 되었다. 일본에서 40년 가까운 세월이 흐르는 동안 우리는 문학의 장르 속에서 많은 문인들과 예술인들과 교우관계를 맺게 되었다. 더욱이 시(詩)의 세계에서 지낸 남편은 일본 시우(詩友)들과 두터운 교분을 나누며 살았다.

문학과 예술의 세계에서 사는 사람들은 위정자들과는 다른 세계관을 가지고 있음을 발견하게 되었다. 하지만 때로는 일본의 문예인들과 토론하는 기회에 일본 민족에 대한 신랄한 비판과 과거에 대한 규탄을 배출하는 가슴 시원한 통쾌감을 맛보기도 했다. 이런 허심탄회한 교제 가운데 국가나 정치를 떠난 인간의 심층 세계를 서로 나누게 되었고, 거기서 눈물과 따뜻함과 용서의 마음을 찾게 되었다. 일본 문예인들은 남편의 작품에 면면이 흐르는 인간애를 감지하며 공감과 우의를 돈독히 해주었다.

나는 남편을 따라 시인의 모임에 종종 참가했다. 20여 년 전 어느날 저명한 여류시인 요시하라 사치코(吉原幸子) 씨로부터 질문을 받았다. "일본에 와서 정착해보니 어떠냐"고 물으며 어린이 같은 표정을 지었다. 생각 밖의 좋은 점이 많이 발견된다고 대답했더니, 나의 손을 꼭 잡고 일본에도 좋은 점이 있느냐고 반문해 왔다. 나는 다음과 같이 대답했다. 과거의 모든 것을 떠나 인간 대열에 서서 볼 때, 생활에서 오는 조리 있는 좋은 점들을 발견하게 되는 것이고 그런 발견이 나를 기쁘게 한다고. 그녀는 눈물어린 눈으로

"우리 선인들의 잘못을 용서하세요" 하며 마치 자기가 범한 과오인 양 사죄했다. 그녀의 이슬 고인 눈에서 나는 어둠 속에서 등불을 보는 듯 따뜻함을 느꼈다.

남편이 사우(死友)라고 하며 지내온 사이토 마로루라는 분이 있다. 그는 해방 전 서울에서 태어났다. 16년 전에 출간된 그의 시집 『어두운 바다』의 후기에 다음과 같은 글을 썼다.

"한강이 흐르고 있는 서울에서 태어나 인격 형성기의 태반을 자란 서울. 많은 친구를 남기고 일본으로 돌아온 내가 아직 그 땅에 끌리는 것은 틀린 일인가요? 내가 주저하는 것은 그곳이 대일본제국의 식민지였기에, 그곳을 고향으로 연모하는 것은 침략 당한 나라에 대한 비례(非禮)라는 것을 알기 때문이다. …… 중략…… 지금도 나의 마음에는 그 넓은 한강이 흐르고 있음에도, 그 한강에 대해 나는 영원히 나의 한강이라고 부를 수 없구나. 이 평화스런 일상생활에서 조국이 아닌 대일본제국을 위해 죽어간 많은 조선의 친구들을, 그리고 그 사람들의 억울함을 생각한다."

이것은 한국과 중국에 대한 진혼가(鎭魂歌)였다. 그의 출판기념회에서 우리는 서로 감동하여 감루에 젖었다.

현재 일본의 대표적인 여류시인 이바라기 노리코(茨木のり子) 씨는 우리 내외와 이룬 강렬한 이념의 공감대에서 서로 존경을 나누며 지내왔다. 그녀는 아시아의 분노를 자기 것인 양 일본의 과거를 사죄하는 데 용감하였다. 그녀는 사상을 가진 시인으로서, 한국에 대한 청열(淸烈)한 애정으로 읊은 상쾌한 작품은 압권이다. 한국어를 공부하여 우리의 대표적 시인들의 작품을 발췌해서 일어로 번역하여 일본에서 한국현대시선(韓國現代詩選)을 출판함으로써 한국의 시를 일본에 소개했다. 그녀는 후에 요미우리(讀賣) 문학상을

받아 우리를 뜨겁게 감동시키며 우리의 가슴을 후련케 해주었다.

며칠 전 이시카와 이츠코(石川逸子) 씨로부터 『흔들리는 무궁화』(김광림 번역)라는 시집을 받았다. 그분은 시인들의 모임에서 자주 만났던 일본의 중진 여류시인이다. 그녀의 시집은 실사시 만행을 규탄한 고발시집이었는데, 그녀의 작품을 통하여 새로운 사실을 발견했다. 그녀는 책머리에 다음과 같은 글을 썼다.

"패전 후 언제나 과거에 대해 떳떳하게 사과하는 것을 얼버무려 뒤끝을 맺지 못하는 위정자와 역사를 똑바로 보는 일을 자학사관(自虐史觀)이라 비웃는 세력이 아직도 일본에서 날뛰고 있는 것이 분해서 견딜 수가 없습니다."

이시카와 씨의 이 글을 보고 살아 있는 양심의 소리에 내 가슴은 떨렸다.

"또 위안부가 된 분들, 강제연행 끝에 피폭된 분들, 수많은 피해자의 분노에 찬 목소리를 듣고서야 겨우 일본의 비도(非道)를 스스로 깨달을 수 있었습니다. 이 시집이 일본으로 인해 희생된 모든 한국분들에 대한 사죄교량이 되기를 바랍니다."라고 이시카와 씨는 썼다. 이는 천근의 중량과 비길 수 없는 진정한 시인의 소리가 아닌가. 이시카와 씨의 시집을 번역한 김광림 시인은 번역 글머리에, 최근 급속도로 친화로 치닫고 있는 한일관계에 그녀의 시가 찬물을 끼얹는 결과가 될지도 모른다고 했다. 하지만 찬물보다 더한 것을 끼얹는 결과가 될지언정 인간의 절대적인 존엄에 대한 양심의 소리가 인류의 미래를 위해 얼마나 육중한 것인가. 그녀의 시에는 마치 자기가 일본의 과오를 짊어지듯 하는 뉘우침과 사죄가 면면이 흐르고 있다.

이시카와 씨의 시는 가뭄에 단비를 내리는 촉촉함과 다사로움으로 나의 마음에 넘친다.

언제나 양심의 소리는 연약한 것 같으나 광명과 소망을 안겨준다. 우리가 일본에 살던 긴 세월동안 우리를 떠받쳐준 '양심의 소리'로 하여 얼마나 벅찬 나날을 보내었던가. 우리는 아픔으로 상처받은 민족이지만, 이 아픔이 밑거름이 되어 세계 각처에서 두각을 나타내고 열심히 사는 후손들을 보고 있다. 인간의 삶은 경쟁만이 아니다. 자기가 선 자리에서 조국을 안고 각자 행복할 때 지난날의 아픔은 승화하는 것이 아닐까. 여기에 예거한 외에도 많은 양심의 소리가 있지만 다 쓰지 못함이 유감이다.

북소리

박 명 순(수필가)

지금도 나는 그날의 그 북소리를 잊지 못한다.

그 앞을 지날 때면 요즈음도 그 북소리가 들리는 것만 같아서 가슴이 두근대곤 한다.

'야오한'은 일본사람이 경영하는 대형 슈퍼마켓이다. 매장에는 깨끗하고 신선한 각종 동양 식품들이 먹음직스럽게 진열되어 있고, 식당도 여럿 있어서 동양인은 물론 미국인들도 즐겨 애용하는 곳이다. 무엇보다 종업원들이 친절해서 언제나 부담 없이 찾아 갈 수 있는 곳이다.

야오한이 우리 동네 가까이로 처음 들어선 것은 10여 년 전이었다. 개점하기 몇 달 전부터 TV로 대대적인 선전 공세를 펼치기도 하고, 연일 집으로 배달되는 선전지는 사람들의 호기심을 불러일으키기에 충분했다. 그 때문에 소자본으로 운영하던 한국 식품점들은 한때 존폐 위기까지 느꼈었다. 반면에 소비자들에게는 기대감을 갖게 했다. 그럼에도 불구하고 나는 심술난 아이처럼 "어디 열 테면 열어 보라지. 내가 가는가 봐라. 안 간다, 안 가. 절대로 안 간다" 하며 부아만 내다가 결국은 초장부터 찾아갔다.

개장 날이었다. 수백 대는 넉넉히 세우고도 남을 넓은 주차장엔 이른 시각임에도 불구하고 빈 자리를 찾기가 힘들 정도로 차가 들어차 있었다. 우리 일행이 차에서 내리니 때아닌 북소리가 큰길까지 진동하고 있었다.

홀 중앙에는 2층 높이의 커다란 무대가 가설되어 있었고, 무대 위에는 시뻘건 맨살에 하얀 속곳바지만 입은 일본 청년들이 일장기가 새겨진 검정 띠를 이마에 질끈 동여매고, 집채만한 큰북을 쳐대고 있었다. 홀을 꽉 매운 사람들은 일본인만 아니라 넥타이를 맨 미국인, 또는 한국인도 많이 섞여 있었다. 모두가 그 환상적인 퍼포먼스에 넋을 잃고 구경하다가 북소리가 멈출 때마다 박수갈채와 함께 환성을 질러대는 것이었다.

떵 떵 떵, 정말로 우렁찬 북소리였다. 왜 그리도 코끝이 찡해지던지, 왜 그리도 부아가 나던지, 가슴이 아리게 부럽기도 했다. 누가 왕방울 만한 다이아몬드를 눈앞에 갖다 댄다 해도 부럽지 않아 할 나는 키 큰 구경꾼들 틈에 숨어서 남몰래 눈물만 쏟고 있었다. 함께 간 노리코에게 들키지 않기만을 바라면서 말이다. 그 길만이 노리코에게 지켜야 할 내 자존심이라 생각했기 때문이었다.

'노리코 수가노'는 이곳 시카고에서 사귄 나의 유일한 일본인 친구다. 예의 바르고 싹싹하며 예쁘고 상냥스럽다. 사리가 분명하며 매우 이지적이기도 하다. 그녀는 불고기를 좋아하고, 김치를 맛있어 하며, 김치 담그는 법을 가르쳐 달라고 내게 조르기도 하였다.

우리나라 가수 조용필과 김연자를 너무 좋아한다. 또한 일본의 부패상을 내게 서슴없이 꼬집어 말하고, 이따금 수다스런 일본 여자들을 향해 삐쭉대기도 한다.

그러나 나는 일본 가수 미야코 하루미를 좋아하지만 그녀에게는 모른 체하고, 우리나라의 부정 부패를 말하지 못하고, 고려 청자와 같은 한국의 고유미에 대해서만 말하고 싶어한다. 세상이 다 알던

삼풍백화점 참사 때는 꼭꼭 숨고 싶어서 그녀와 전화하는 것조차 삼갔었다.

야오한이 오픈하기 며칠 전, 그녀는 상기된 목소리로 나와 함께 개장식에 가자는 전화를 걸어 왔었다. 나는 가기 싫다는 말을 할 수 없기에 이리저리 궁색한 변명만을 해댔다.

86년도였던 것 같다. 햇볕이 유난히 반짝이던 날, 미시간 거리를 질주하는 하얀 소나타 한 대를 보았다. 그것도 아이들이 아니었으면 놓칠 뻔했던 것이다.

"엄마, 엄마, 아빠, 아빠! 저기 소나타가 가고 있어요. 소나타예요" 하며 반가운 친척 할아버지라도 만난 듯이 아이들은 숨넘어가게 좋아하는 것이었다. 그때만 해도 캐나다에서 수입하여 캐나다 거리를 누비고 다닌다고 말로만 듣던, 순전히 우리나라 제품의 자동차가 아닌가. 그 후 미국에서도 수입하게 되면서부터 한동안 소나타의 인기가 치솟았다. 주문해 놓고 기다리는 사람도 상당수나 되었다. 이 소문을 듣고 우리는 마치 우리 부부의 업적이기라도 한 양 아들들 앞에서 잔뜩 목에다 힘을 주며 흐뭇해했었다.

그러나 얼마 후 소나타를 주문한 사람들은 기다리다 지쳐서 다 어디론지 떠나 버리고 말았다. 아마 도요타나 닛산한테로 마음이 돌아섰을 것이다. 그 이유는 본국에서 현대의 노사분규로 인해 생산이 중단되었기 때문이라고 했다.

"엄마, 아빠 참 너무 하지요, 그치요?"

그때도 아이들은 숨넘어갈 듯 다그치며 말했고, 우리 부부는 죄인처럼 아이들 앞에서 기가 죽어야만 했다. 우리는 매일 그 모양이다. 목에 힘이 갈 만하다가는 다시 처진다. 받쳐 줄 힘이 없다.

떵 떵 떵, 그날의 북소리는 너무도 우렁찼다. 높디높은 곳에서 시뻘건 맨살로 넥타이를 맨 자들을 내려다보며 신나게 두드려대던 그 모습, 그렇듯 당당함은 과연 어디로부터 오는 것일까. 나는 숨어서 눈시울만 적셨고, 돌아오는 길에는 어떤 기억 하나로 가슴이 더욱 아려 왔다.

초등학교 3학년 때였다. 내 친구는 기린 그림이 그려진 초록색 뿔필통과 뿔책받침을 가지고 있었다. 공부시간에 나는 기린처럼 목을 빼고 옆자리에 앉은 그 친구의 뿔필통에만 시선이 가 있었다. 친구의 필통에 비해 내 녹슨 양철 필통이 얼마나 초라했던지…… 그리고 내 책받침은 공책장만 찢어먹기 일쑤여서 책상 속으로 기어들게만 하지를 않았던가.

초록 뿔필통은 그 시절 나의 꿈이 아니었나 싶다. 예쁜 필통 속에 가지런히 가지각색 연필들을 가득 담고 싶었다.

나는 노리코에게 별의별 이야기를 다 해도, 초록 뿔필통과 야오한의 북소리에 대한 내 아픔은 말하지 않았다. 그것들은 모두 일제이며 일본의 우월성을 나타내기 때문이다.

아직까지 내 가슴속에 남아 있는 그 나라에 대한 어떤 응어리가 다 녹아 없어질 때까지는 아마도 말하지 못할 것만 같다.

경쟁의식의 동반자

신 순 애(시인)

일본은 우리에게 경쟁의식의 국가관을 심어 놓아 늘 미움이 앞서게 한다. 지난날의 역사를 더듬어 볼 때 더욱 그렇다. 지도상으로 가까운 일본이 친밀감보다 멀리 느껴지는 것은 임진왜란의 침략뿐만 아니라 크고 작은 울분의 사건들이 너무나도 많아서이다. 우리 강토를 36년 동안 짓밟은 뼈저린 삶은 민족사의 애환이 아니고 무엇이랴……

국보급인 수많은 문화재와 이조백자, 고려청자 등 우수한 것은 다 약탈당하고 도공들의 형용할 수 없는 수난의 세월들을 어찌 다 표현하리.

1920년 해강 유근형 선생님께서 600년 동안 단절된 고려청자 재현에 한 나라의 맥을 이어준 성공담은 그 지고한 예술혼에 고개가 저절로 숙여진다.

우리는 태극기 아닌 일장기를 가슴에 달고 뛰었던 손기정 선수의 세계 마라톤대회를 상기하지 않을 수 없다. 나라 잃은 백성의 설움을 어떻게 다 토할 수 있으랴 싶다.

내 고향은 전북 군산 항구도시이다. 초등학교 3학년 때 8·15 해방을 맞이하여 어렴풋이나마 국가관을 인식하게 되었다. 군산의 미곡 창고가 웅장한 것도 실은 호남평야 넓은 들판의 쌀을 일본으로 배에 실어 나르기 위한 수단이었다. 우리는 양곡을 공출 당하고 농민은 쌀밥도 마음놓고 먹지도 못하였었다.

달이 유난히 밝은 가을밤으로 기억된다. 윗마을 친구 언니와 아랫마을 친구 언니 두 분이 그들이 말하는 '정신대'에 나간다고 동네 처녀들이 모여 송별회를 하였다. 그 속에 나도 끼여 참석했는데 그 때는 그 모집이 무엇인지 몰라 그저 보통으로 알았다. 보내는 가족이나 떠나는 처녀들도 자신의 앞날에 닥칠 운명도 모른 채 안전한 후방에서 재봉틀이나 돌린다고 하여서이다.

지금 생각하면 그것이 일본군의 위안부일 줄이야 누가 꿈엔들 알았으랴. 경기도 광주군 퇴촌면 원당리 65에 위치한 <나눔의 집>에 가면, 일본군 '위안부' 역사관이 있다. 생생한 기록들이 차마 눈 뜨고는 볼 수 없는 슬프고 분하고 억울한 치욕의 참상을 어찌 치유할 것인가.

악몽으로 돌리기엔 너무나 골이 깊은 현실의 아픈 역사이다. 야만적인 일본 국민성에 대하여 우리는 그 수많은 꽃다운 처녀들의 가여운 일생을 생각하면 다시금 활화산 같은 분노가 이글거린다.

우리 선조들은 무엇을 하였기에 그리도 무력하게 당하고만 살았단 말인가. 남을 탓하기 전에 우리 국민성이 더욱 강하고 현명하게 대처했더라면 이러한 역사관은 없었을 것이다.

국가 안보는 어제오늘의 구호가 아니라 앞으로 영원한 온 국민의 숙원 사업인 것이다. 깊이 뿌리 내린 거목은 세찬 비바람에도 쉽게 꺾이지 않는 법, 굳건한 방파제는 노도도 잠재운다.

국민 개개인마다 모두 애국애족의 정신무장으로 뭉쳐야 한다. 훌륭한 국민성만이 미래를 향한 강대국의 반석 위에 놓여질 것을 의심치 않는다.

나는 지난해 백두산 천지에 손을 담가 시원한 물맛을 보고, 돌아오는 길에 윤동주 생가를 구경하였다. 큰 통나무 속을 파낸 굴뚝이 인상적이었고, 암탉이 병아리를 거느리고 텃밭을 다니는 평화로운 모습은 옛 주인의 저 유명한 서시 '하늘을 우러러……'를 아는지 모르는지.

중국땅 시골마을 한 소년이 곧게 자라 젊은 꿈을 펼치기 전 항일운동의 거룩한 흔적을 볼 때 아깝고 유능한 청년의 희생이 너무도 가슴아파 심장이 저려옴을 가늘 수가 없었다.

일본과 우리는 경쟁의식의 동반자이다. 독도 영유권 분쟁을 수없이 일으킨 일본은 심심하면 억지를 부리고 욕심을 낸다. 동해의 파수꾼 독도는 풍부한 어장의 보고이며 우리가 영원히 간직해야 할 섬이다. 우리 것을 보호하는 것은 우리의 의무이며 권리이다.

일본은 러일전쟁 때 망루를 설치해 놓고 침략 전쟁기지로 사용했으나, 숙종 때 안용복 장군이 용감하게 나타나 왜구를 몰아냈고, 6·25때 홍순칠 의사가 목숨을 걸고 사수한 외로운 섬이다. 우리의 강인한 호국정신으로 철저한 방위태세를 세워 잘 지켜나가야 할 소중한 우리 국토이다.

독도

아득한 수평선을 숙명으로 이어 받아 스스로 지탱하는 강인한 심장이다
작은 듯 크낙한 문패 목숨 걸고 지킬 뿐.

온 몸을 삼킬 듯이 덮쳐오는 파도 앞에

물방울 털어 내며 투지력의 연속이다
한순간 마음을 놓을 수 없는 긴장감의 박동뿐.

물밑에 트인 길로 오고 가는 핏줄의 정
울릉도형을 바라 외쳐보는 안부여라
외로움 바위벽에 새겨 들꽃들을 피울 뿐.

독도의 자작시를 읊조리며 시원한 계곡, 바람 여울목의 노송을
바라보는 나의 눈시울은 왜 이리 뜨거울까.

독도의 들꽃-섬기린초, 민들레, 갯메꽃
독도의 천연기념물-괭이갈매기
동도와 서도 사이의 바다 밑에는 둥근 자갈이 있음.
동도-해식으로 뚫린 독립문 바위가 있음.

아득한 날의 기억 속에는

이 옥 희(시인)

내 기억의 저편에서 생생하게 살아 있는 오빠의 모습은 온화하면서 과묵하고 깊은 사색에 젖어 있는 표정이었다.

참으로 내가 어렸을 때 우리집 마당에는 저벅거리는 군화발 소리와 일경의 고함소리가 끊이질 않았다. 도망 다니는 오빠를 찾으려고 혈안이 된 그들은 날마다 우리집 주위에서 잠복근무를 하다시피 하였다. 그러던 어느날 오빠가 잠시 옷을 갈아입으러 들렀다가 무참하게 체포되어 끌려갔던 것이다. 그때 오빠는 전문학교 학생으로서 일본제국주의를 비판하는 글귀를 써서 전봇대에 붙인 주모자로 밝혀졌다. 그리고 해방이 되던 1945년 8월 15일 이후 부산 서대신동 감옥에서 출감하여 1여 년 간 모진 고문의 후유증에 앓다가 운명을 달리했다.

해방 전 부산 영주동에는 빨간 벽돌로 담벼락을 높이 쌓아올린 학교가 있었는데 이름하여 '봉래전문보통학교'였다. 운영은 전문대와 교통과로 분리되어 일본인 학교장을 중심으로 많은 일본인 교사와 몇 안 되는 조선인 교사들로 통합교육을 실시하였다. 언어와 사상이 다른 체제 아래서 교칙은 가혹할 만큼 엄격하고 조선말은 일절 금지사항으로 잘못 사용하였을 때는 엄벌에 처해졌다. 오만한 일본 학생들 틈에서 망국민(亡國民)의 열등의식은 움츠려들고 비굴해진 채로 일본식 교육을 익혀야 하는 조선의 학생들은 언제, 어디서나 오기와 분노로 스스로의 갈등에 몸부림치곤 하였다.

그날도 역시 사소한 일로 시비가 생겼고, 이유는 조선학생이 우리말로 일본식 교육방법이 잘못되었다는 비난을 하다가 일본학생의 고자질로 화근이 되었다. 훈육담당 ‘구니모도’ 선생은 조선사람으로는 유일하게 좋은 직책에 있었다. 그는 매사에 신중을 기하면서 현명하게 처신한다는 평을 받고 있었으나 조선학생들 사이에서는 친일파로 낙인이 찍힌 미움과 연민의 대상이었다. 그런 선생이 많은 일본학생들 앞에서 조선학생들을 사정없이 구타하였으니 참다 못한 조선학생들이 일본학생들과 난투극을 벌렸고 그 일이 확대되어 우리 학생들만 퇴학처분을 받았다. 그날 ‘구니모도’ 선생의 살기 어린 매질은 누구도 이해하지 못한 채 시간은 흘러갔다.

참으로 나중에사 슬프고도 기가 막힌 사연으로 우리 조선학생들의 가슴을 갈기갈기 찢어 놓았으니 그 선생이 바로 항일운동 사상범으로 일본헌병대에 끌려가서 갖은 고문을 당하고 있다는 소식이었다. 선생의 구타사건과 학생들의 저항은 민족적 자존심이 짓밟힌 데 대한 절망과 분노였지만, 그 일로 하여 선생은 권고사직을, 동시에 은폐해 오던 신분이 탄로났던 것이다. 야비한 일본인들은 그렇게 교묘한 술책으로 같은 동료인 조선사람을 괴롭히고 무서운 함정으로 몰아넣었던 것이다.

세월이 얼마나 지났을까. 어느 늦가을 비가 추절추절 내리는 저녁 무렵에 청천벽력 같은 비보가 전해왔다. 감옥으로 송치되었던 선생이 혹독한 고문에 못 견뎌 참혹하게 죽어갔다는……

그때 비로소 우리 학생들은 깨달았던 것이다. 그 선생의 매정하리만큼 차갑던 침묵의 뜻을, 그리고 빼앗긴 나라에 대한 민족적 울분으로 숨죽이고 있었을 깊은 속을. 하지만 뒤늦게 자책하고 애도한들 무슨 소용이 있었으랴. 아무 힘도 없는 때늦은 항변에 불과하였을 뿐……

해방이 되고 그 학생들이 사회 일원이 되었을 때 스승의 참 용기와 거룩한 혼을 새겨 그 학교 뒷산 양지 바른 언덕에 비(碑)를 세웠다. 역사가 바뀐 오늘날의 학생들은 무엇을, 또 누구를 위해 사회적 물의를 일으키며 어떤 이념의 갈등으로 스승과의 대립도 마다하지 않는지 몹시 불행하고 안타깝다는 생각이다.

세월을 두고 망각의 늪이라 하였던가. 그 피맺힌 절규를 묻어둔 채 이제 세계는 하나의 지구촌으로 평화의 손을 잡고 친선이라, 우방국이라 칭송하니 모를 것은 역사의 흐름이고, 그 소용돌이 속에서 살아가는 우리 인간의 모습 아니런가 싶다.

그러나 지금도 일본에 대한 나의 감정은 어떤 말로도 미화될 수가 없다. 더욱이 8월이 오면 가슴 한쪽이 오빠로 하여 저며들기 때문이다.

동전의 양면처럼

박 기 원(소설가)

일본에 대한 감정은 동전의 양면같이 두 가지 감정이다. 한편은 일제 36년의 식민지의 서러움을 겪었던 국민적인 감정이다. 그 일제 때 태어나고, 일본말과 일본역사를 국사라고 배웠던 우리 시대 사람이 겪은 일본은 철저한 독재자였고 침략자였다.

개인으로 치면 자기 못나서 제 땅 뺏겼고, 크게 말하면 국력이 약하고 그런 일본을 밀어낼 만한 똑똑한 통치자가 없었기 때문에 그런 수모의 세월을 보냈던 것이다.

일본 민족성은 담백하고 깔끔하며 한편 잔인하고, 냉혈한 데가 있다. 그래서 자결(自決)도 잘하고, 자신이 목을 잘라 자결할 때 실패하면 옆에서 대신 끝마무리로 잘라주는 자도 있다고 들었다.

그들이 우리에게 끼친 민폐와 죄의 씨앗은 지금도 앙금이 남아 있다. 요새도 뉴스 거리가 되고 있는 정신대 위안부 문제. 또 징용으로 끌려가 비참하게 죽은 망령 등, 그 혈흔은 남아 있다.

여기서 아직도 우리가 그들을 용서할 수 없는 것은 그렇게 만행을 저질러 놓고도 현존의 일본 정치가나 국가가 진심으로 사죄의 모습을 안 보이고 있는 것이다.

독일하고 다른 게 일본이다. 독일은 지나간 시대 히틀러가 저지른 유태인학살의 만행을 그 후손들인 정치가가 지금 진실로 사죄하고 있는 것이다. 나치가 유태인에게 저질렀던 그 죄의 현장을 보존해 숨김없이 후손에게 보여주고 있다. 여기서 민족성의 차이가 나는 것이다. 일본은 속으로는 인정하면서도 절대로 외면으로는 정직한 사과를 안 하고 있다. 아직도 자기네는 우리보다 우월하다는 자존심과 오만이 있다. 그들은 강한 데는 머리 숙여 아부하고 약한 자는 짓밟는 비겁함도 있다.

물론 이 모든 것은 지나간 부끄러운 역사이다. 가장 가깝고 먼 나라가 일본임에는 틀림없다. 그럼 우리가 이제 그 동전의 한 쪽면을 살펴볼 필요가 있다.

그들은 어떻게 세계에서 강대국 대열에 끼고 경제기술 등 모든 면에서 우리보다 월등하게 앞서 가고 있는 것일까?

이제 그들이 어떻게 그렇게 잘 살게 됐는지, 그것을 살펴볼 때도 된 것 같다.

이번에는 좋은 면에서 그들의 민족성을 들고 싶다. 그들은 우선 학교교육도 교육이지만 가정교육의 기틀이 단단하다. 먼저, 어머니는 애들 어릴 때부터 타이르는 교육법이 '먼저 남에게 폐를 끼치지 말라' 이다. 그 정신이 지금의 일본인의 정신교육의 기틀이 된 것이다.

몇년 전 일본에 여행 갔을 때 지하철역에서 목격한 실화이다. 어떤 젊은 엄마가 네다섯 된 사내의 손을 잡고 서 있었다. 그때 어린애가 껌을 입에서 뱉어 바닥에 버렸다. 그때 엄마가 아들에게 조용한 목소리로 그 껌을 집어 쓰레기통에 넣으라고 했다. 그러나 애는 말을 안 듣고 껌을 안 집었다. 엄마의 조용한 목소리는 계속됐다. 그때 지하철이 왔지만 엄마는 타지 않고 애를 달래고 있었다. 나는 그때 일본인의 저력은 이런 엄마의 교육법에 있구나 하고 감탄했다. 아마 그 엄마는 그 아들이 껌을 집을 때까지 지하철을 몇 대 보내도 타지 않을 거라는 믿음이 갔다. 또 일본인들은 허세나 낭비를 그다지 안 하는 민족 같다. 아파트도 8평 남짓한 곳에 3세대가 사는 것도 보았다.

물론 땅값 집값이 비싸 그럴 수도 있지만, 일본인들은 필요 이상의 것을 과시용으로 남용을 안 한다.

일본이 물론 사면이 바다인 섬나라지만 모든 것이 작다. 집도 작고 골목도 좁고 담도 얇고 그러니 자연히 큰 차(車)보다 작은 차가 많다.

그리고 그들은 예의 바르고 유난히 청결하고 깔끔한 민족이다. 일본사람하고 인사를 하자면 정말 이쪽에서도 허리가 휠 정도이다. 그것이 예의 바른 것인지 버릇인지 구분하기 힘들 정도이다. 정돈 잘하고 깔끔한 것은 본받을 만하다. 아무리 좁은 집에 들어가도 현관에 신발이 흐트러져 있는 것을 보기 힘들다. 좁은 입구서부터 구석구석 잘 정돈이 되고 좁은 공간을 잘 적절하게 이용하고 있다. 나는 여학교를, 일본인 학생과 같이 다니는 여학교를 졸업했다. 그래서 일본인 동창들이 있다.

그들이 10여 년 전에 방한했을 때 우리 동창 중에 좀 잘사는 집으로 그들을 초대했다.

그 집은 장충동에 있었고 우리가 보기에는 그저 좀 큰집이거나 대저택은 아니었다. 그런데 일본 동창들은 놀라워했다. 자기 나라 총리의 집보다 크다는 것이었다. 우리들은 속은 비어도 큰 것, 화려한 것, 겉치레에 신경을 쓰는 쪽이다.

일본인들은 작은 것, 완전한 것, 세밀한 것을 택한다. 그래서 세계에서 제일 작은 물건을 만들어낸다. 또 깨끗하다. 가정집이나 식당이나 청결하다. 더구나 산 속 어느 구석에 가도 화장실이 그렇게 깨끗할 수가 없다. 그 사람들은 겉치레가 아니라 정말 누가 보든지 안 보든지 청결함은 철저하다. 무언지 기본이 돼 있구나 하는 느낌을 갖게 한다.

이런 장점이 지금의 경제대국을 이룬 저력이 아닌가 생각한다.

내가 살아온 시대

한 순 홍(시인)

일본은 지리상으로 볼 때 우리나라와는 어깨동무 할 정도로 가까운 거리에 위치하고 있다.

어느날 손녀딸이 놀러와서,

"할머니! 일본사람은 나쁜 사람들이지요? 나는 아주 미워요."

라고 상기된 얼굴로 묻는다. 갑자기 얼떨떨하고 난감한 질문에 올바른 대답을 해주어야 하겠는데 어린 손녀에게 역사적인 설명을 해주기도 그렇고 대학강의를 하는 것보다 힘든 일이다. 나는 손녀의 맑고 티 없는 눈을 바라보며 커피를 한 모금 마셨다. 이놈이 크면 얼마나 질문을 많이 할까…… 진득하고 어른스러운 손녀의 크고 시원스러운 눈은 나를 바라보고, 나는 손녀의 눈을 바라본다.

"진아야, 너 땅뺏기 놀음 해본 적 있지?"

"네, 그런데 잘 못해요."

그러면서 하얀 손을 들어 보인다.

"그것도 할머니를 닮았구나."

하며 머리를 쓰다듬어 주다가 왈칵 품에 안았다. 포근하고 따사롭다.

"할머니도 나쁜 사람이고 정말 미울 때가 있니?"

"아니요, 할머니는 이 세상에서 제일 좋고 예쁘세요."

"아이구, 그것도 우리 둘은 똑 같구나. 할머니도 진아가 제일 예쁘고 좋고 또 좋단다."

어떻게 초등학교 다니는 어린이가 일본에 대한 증오심을 가질 수 있었는가 했는데, 그 원인은 손녀의 토막말을 종합해보니 윤곽이 잡혔다. 결국은 집안 노인들(친구의 할머니 할아버지)이 일제시대에 당한 무섭고도 가슴 아린 억압이 억울한 한(恨)이 되어 푸념으로 어린 가슴에 증오심을 심어 놓게 되었을 것이다.

나라와 나라도 서로 땅 빼앗기 놀음도 한다는 등, 애매모호한 사설을 늘어놓았지만 과연 어린 손녀에게 얼마나 납득이 갔겠는가. 크고 맑은 눈으로 빤히 바라보는 손녀의 부드러운 표정이 고맙기만 하였다. 인간 본연의 모습은 선(善)한 것이라는 나의 어설픈 교육적인 주입이 얼마나 아이에게 먹혀들었을까? 강의를 할 때에도 명강의를 했을 때의 흡족함과 적당히 넘겨버렸을 때의 떠름함의 기분은 분명해서 자기 자신만은 속일 수가 없는 법이다. 아이의 머리를 쓰다듬으며 쓴웃음을 입안에서 되씹을 수밖에 없었다. 살다보면 이런 떠름함은 누구나 몇 번은 피할 수 없으니 이것이 바로 인생의 막간(幕間) 놀음이다.

내가 보통학교 다닐 때 5학년 담임인 '가미스루' 선생은 남자분이었고, 중학교 때는 국어와 작문을 가르치던 '스기하라' 선생은 멋있게 생긴 일본 여자분이었다. 그 두 분은 나를 귀여워해 주셨는데 아직도 그 두 분의 모습이 생생히 기억된다. 그 시절에는 우리의 글(한글)도 사용할 수 없었고, 학교에서는 말도 우리말로 이야기하면 안 되는 것이 규율이었다. 일본 천황을 신격화시킨 그런 상황 속, 많은 행사에서 꼭두각시놀음을 하면서도 어린 나이라 큰 반항

심도 없었던 것 같다.

성과 이름도 일본 이름으로 바꾸라는 지시에 따르지 않는 집에는 긴칼을 옆에 찬 순경들이 드나들며 못살게 굴었다. 아버지가 독립운동을 하는 임시정부에 자금을 대주셨으며 그분들이 한국에 나오면 으레 숨겨 주셨으니(金九, 李剛, 趙炳玉 씨 등등) 어머니께서는 얼마나 마음 조이며 오금이 저려오는 나날을 보내셨을까. 이제야 그 심정을 되새겨볼 수가 있다. 어머님의 안정감 있고 품위 있으신 그 모습이 되살아나 가슴이 저려온다.

큰언니는 이화전문학교 음대를 다니는 정말로 미인이고 마음씨도 고운 분이셨다. 그때만 해도 일본의 간(肝) 큰 전쟁에 우리 민족은 살아 있으면서도 죽은 듯, 귀머거리에 벙어리로 살아야만 했다. 대학(전문학교)의 졸업도 한두 해 앞당겨 단축되었고, 정신대로 끌려가지 않으려면 결혼시키는 것이 상책이었던 상황이어서 일찍 결혼을 하셨다. 지금 살아 계시면 75세가 되었겠고, 평양에 계시니 큰언니와 나는 바로 이산가족인 셈이다.

해방이 된 것이 중학교 2학년 때인 8월 15일!

어머님과 나는 광화문 거리로 나갔다. 인파(人波) 속에 독립만세를 외치는 무리와 무리 속에서도 나는 왜 그리 담담했을까. 어머님께서는 넘어지면 안 된다고 막내딸인 내 손목을 꼭 쥐고 계셨으며, 걸음마 하는 아이처럼 모두가 이리로 저리로 밀리고 넘어지고 밟히고……. 그러나 나는 환희가 넘쳐 광란의 도가니가 된 그 속에서 빠져나갔으면 하는 생각뿐이었다.

작은언니는 일본에서 해방된 후 얼마 있다가 김구선생의 주례로 결혼을 했다. 정초에는 이화장에 이승만 대통령께 세배하러 간다고 거들먹거리며, 그때 우리나라에는 하나밖에 없다는 긴 세단차를 타고 반쯤 일어나서 손을 흔드는데, 뚜껑이 없는 그 멋있는 자동차는 작은언니같이 활달한 성격에는 어울려 보였지만 내게는 지붕이 날아간 집을 보는 양 허전하게만 느껴졌다. 6·25 때 부유한 집안의 아들인 형부는 외국에서 공부를 했다는 이유로 이북으로 납치되어 갔고, 혼자 남은 언니의 배만 남산만하게 불러가고 있었다.

산다는 것이 우리시대 사람들에게는 난리와 혼란의 연속이었다. 모래판도 아닌데 엎치락뒤치락 그런 씨름판은 연속되고 교활한 자가 승자가 되는 그런 이상한 답안(答案)이 나오는 것이 상례(常例)인 시대이고 보면 물구나무 선 채로 하늘을 밟고 땅을 머리에 이고 사는 착각 속에서 서로가 서로의 혼란을 바라보았다. 혼란은 자아 내부에서는 더욱 착각을 불러일으키는 법이니 혼란은 혼란 속에서도 다른 미래의 한 자락이라도 부여 쥐고 있었으면 하고 갈망하고 있지나 않았을까…….

일제시대에 징용으로 끌려간 남자도, 정신대라는 명목으로 끌려간 여자들도, 살아 있다면 모두가 이제는 80세가 가깝거나 넘는 할아버지나 할머니들이 되셨다. 그분들은 남의 나라(러시아, 중국, 기타 타국)에서 기력 지친 눈을 감고 조국 하늘을 꿈꾼다. 초라한 그들의 살아가는 모습을 TV를 통해 비춰주곤 할 때마다 제 나라인 조국은 무엇을 했으며 일본의 사죄는 말과 지면(紙面)으로만 끝나도 되는 것인가 하는 생각이 든다. 우리나라에 계신 정신대에 끌려갔던 할머니들은 늙고 쭈글쭈글한 얼굴로 시위를 하는데 TV에 비친 그 늙음이 억울하고 가엾다.

미국과의 전쟁을 일본은 대동아전쟁(大東亞戰爭)이라고 말했고 미국의 원자폭격으로 '히로시마' 사람들은 죽거나 남은 사람들의 후손까지 불치병으로 불구가 됐다는 말을 들었다. 어느 나라 국민이건 전쟁을 치른 나라라면 크건 작건 희생양이 되게 마련이다.

완전 폐허 속에서 오늘의 일본이 세계적으로 인정받는 나라로서 당당하게 도약한 것은 경제적인 회복뿐만이 아니라 그들의 매캐한 정신력에 있다고 본다. 기후조건도 나쁘고 지진과 화산 폭발이 잦은 나라 일본! 내가 일본에 갈 때마다 그곳은 비가 내렸다. 좁고도 좁은 길과 길, 호화스럽지는 않지만 좁아도 정돈이 잘된 주택과 주택을 보았다. 자전거를 타고 부지런히 짐을 싣고 가는 주부들을 많이 볼 수 있었다. 그런 근면성은 남녀를 막론하고 습관화된 자신에의 규율이었다. 매사에 야멸차고, 자기 힘과 실력에만 의지하는 그런 사람들. 작은 고추가 맵다더니 무섭고 매서운 나라이다.

나는 갑자기 국가 대 국가 간의 친선게임이라는 명목 아래 권투 시합을 하는 '레프트 잽 라이트 잽, 훅'을 날리는 빠르고 큰 주먹을 의식하며 목줄이 뻣뻣해진다.

세월이 가도

송 효 숙(수필가)

친정 어머니가 여섯 살 되던 해다. 1918년 중복으로 접어든 어느 여름날이었다.

그날 외가에는 못논을 매는 날이라 동네사람들이 와서 일을 돕고 있었다. 품앗이를 할 때여서, 어느 집이 일을 하게 되면 동네사람들은 모두 그 집에 가서 안팎이 자기집 일처럼 도와준다. 남자들은 들일을, 여자들은 안에서 식사준비를 하여 광주리에 담아 들로 여나른다.

외가에서도 못논을 매는 일꾼들에게 줄 점심 준비를 하고 있었다. 동네아녀자들이 보리쌀을 삶아 가마솥에 많은 밥을 짓고 찬을 만드느라 여간 바쁜 게 아니었다. 꽤 멀리 떨어져 있는 들에 때맞추어 밥을 내가려고 모두들 서두르는 중이었다.

그런데 여간해서 짖지 않던 누렁이가 자지러지게 짖어댔다. 이상해서 외조모가 밖을 내다보니 기가 막혔다. 벌거벗은 웬 남자가 훈도시만 차고 게다를 끌면서 안마당으로 들어오는 게 아닌가. 콧노래까지 흥얼흥얼하면서…… 말로만 듣던 왜인의 추태가 눈앞에 벌어지고 있었다. 외조모는 가까스로 마음을 다져 먹고는 마루에 있던 다듬이 방망이를 들고 그를 향해 소리쳤다.

"백주 대낮에 감히 여기가 어디라고 벌거벗고 남의 집을 들어오다니, 이 세상 천지에 저런 불상것은 보도 듣도 못하였구나. 어서 썩 나가지 못하겠느냐"며 단숨에 뜰을 내려섰다. 그러자 집안에 있던 아녀자들이 일제히 부지깽이와 작대기를 들고 외조모와 합세를 했다.

"저 미친 왜놈 잡아라. 천하의 저 불상놈·왜놈 잡아라."

모두들 소리치면서 쫓아나갔다. 망신을 톡톡히 당하면서 혼비백산한 그는 게다 짝도 떨어뜨린 채 삼십육계 줄행랑을 치고 말았다.

나중에 들으니 이 몰상식한 무례한은 관할 주재소 소장인 일본 순사였다. 혼이 나서인지 그 후로는 볼썽사납게 훈도시만 차고 어슬렁거리는 왜인들의 모습은 보이지 않았다. 들리는 말에는 촌구석에까지도 조선여인들은 당차서 섣부르게 만만하게 대하였다간 큰 낭패를 당한다고 했다 한다.

그네들은 향리에서 은자의 생활을 하는 유림인 외증조부와 한학자인 외조부가 그네들의 식민지정책에 협조하지 않는다 하여 표적의 대상이 되고 있었다. 외가뿐만 아니라, 동네사람들도 동방예의지국이라는 자긍심에 삼강오륜과 인의예지신을 삶의 덕목으로 삼으면서 살아가고 있는 터였다. 이러한 우리에게 그네들은 오만 방자하기 이를 데 없는 온갖 행태로 철저하게 무시하면서 악랄하게 위협하고 억압했다.

민족성마저 말살하려고 혈안이 된 그네들은 통제품이라면서, 심지어 산모가 미역 한 잎도 먹을 수 없게 했다. 어머니도 나를 출산하고 첫 국밥을 아욱국과 감잣국으로 대신했다.

그네들은 공출이라는 이름으로 벼농사고 콩농사며, 목화솜 누에고치…… 무슨 농사 건 짓기가 무섭게 뺏어갔다. 쇠붙이 놋그릇 밥수저며 쓸 만한 것들이면 모두 착취해갔다.

걸핏하면 술조사를 나왔다면서 눈을 부릅뜨고 긴칼을 휘둘러대며 집안을 들들 뒤져댔다. 하다 못해 왜 숨겨놓았느냐면서 터주항아리에 쌀까지 쏟아갔다. 이런 저런 죄목을 붙여서 20여 리나 되는 주재소를 오고가게 하면서 벌금을 물리는 일이 다반사였다.

풍광 좋은 무봉산, 안산 등 산이란 산들을 민둥산으로 만들지를 않나, 멈출 줄 모르는 그네들의 야만적 작태로 극도의 궁핍과 가난의 시련을 겪어야 했다. 설상가상으로 보릿고개까지 겹치어, 초근목피로 연명해야 하는 고통을 어찌 말로 다할 수 있으랴.

더한 것은 여자공출 남자공출을 한다면서 정신대, 보국대, 징용, 학도병으로 끌어다가 얼마나 많은 사람들을 무참하게 희생시켰는가. 셋째삼촌도 징용에 끌려가지 않으려고 일본순사와 싸우고는 행방이 묘연하다가 끝내 만주에서 객사했다. 결혼을 한 지, 채 한 달도 안 되어 생이별을 해야 했던 숙모는 꽃다운 나이에 청상과수댁이 되어서 평생 가슴에 한을 묻고 살아간다.

미수가 된 희녀 어머니도 정신대로 끌려가지 않으려고 여덟 살에 민며느리로 들어갔다. 왜놈들에게 끌려가지 않은 것만을 천만다행으로 여기면서 어린 나이에 시집살이를 참아냈다. 공포감에 시달리고 암울했던 그 정황들을 지금도 생생하게 이야기하면서 치를 떤다.

1910년부터 1945년 광복이 되기까지 그네들은 얼마나 우리 겨레를 못살게 괴롭혀 왔는가. 할머니대에서 어머니대로 내 나이 일곱 살이 될 때까지 자그마치 36년 동안 그네들은 세계인류 역사상 전대미문의 잔혹한 죄악을 저지르고 말았다.

그후 이제 반세기가 넘어 나는 환갑이 되었다. 그동안 그네들은 진정으로 사죄를 하였으며 참회하고 있는가.

  독도가 자기네 땅이라며 가끔 이런 저런 엉뚱한 말을 할 때면 괘씸하다. 세월이 가면 웬만한 일은 잊어버리는데 그네들이 저지른 사무친 울분과 철천지한이 머리를 들어 일본에 대한 우리의 감정은 곱지 않다. 더하여 경계심에 분노하게 된다. 그러면서 과연 일본은 우리에게 누구인가를 생각하지 않을 수 없게 한다.

  그러나 오늘날 그 무엇보다도 일본이 가장 가까운 우리의 참된 이웃이기를 바란다. 그리하여 자자손손 함께 손을 잡고 지구상의 모든 인류의 평화와 행복을 추구해 나가며, 공존 공유하는 진정한 우방으로서의 일본이기를 바란다.

센닌바리(千人針)

임 금 자(시인)

1945년 7월 2차대전 막바지에 외아들이던 오빠에게도 출정통지서가 나왔다. 가면 죽는다는 현실 앞에 살얼음판이 된 집안이었는데 이장(里長)이 대문에 꽂아놓고 간 '영광의 출정'이란 깃발은 속도 모르고 바람 따라 춤을 추고 있었다. 그 깃발을 쳐다보면 볼수록 눈물방울은 더욱 굵어졌고, 위로 차 들린 동네사람들은 혀를 차며 눈시울을 적시곤 했다.

당시 초등학교 6학년과 4학년이던 언니와 나는 센닌바리를 받기 위해 거리로 나갔다.

하얀 무명 천에 무운장구(武運長久)란 글자를 써 놓고, 그 위에다 빨간 실로 1천 명의 손에 의해 한뜸 한뜸 정성스레 수를 놓는 센닌바리. 그 당시 출정 가족들의 간절한 모습은 거리에서 흔히 볼수 있던 전시하의 진풍경이었다.

오빠가 떠나던 날, 이장아저씨가 마음에도 없는 축사를 하느라고 떨리는 목소리로 더듬거렸고, 센닌바리를 새긴 수건을 허리에 두른 오빠는 우리들을 껴안고 부모님 말씀 잘 들으라며 빨간 눈망울을 위아래로 몇번 굴리더니 빠른 걸음으로 기차에 올랐다.

청년들을 가득 태우고 무정하게 떠나버린 기차 꽁무니를 쳐다보며, 가족들이 몸부림치는 플랫폼은 목불인견이었다.

어머니는 몸져누우시고…… 그리고 나서 보름 후 뜻밖에 해방이
라니.

기뻐 날뛰는 우리식구들, 만세를 부르는 군중들, 울다가 웃다가
서로 부둥켜안다가 거리는 온통 흥분의 도가니였다.

누구 때문에 그토록 많은 절규가 하늘을 찔렀을까. 불행히도 우
리와의 굴절된 역사 속에서 피투성이 상처만 남겨준 일본.

그대들이여,

꽃다운 나이에 강제로 끌려간 군위안부들의 축 늘어진 몸을 보
았는가. 그녀들의 초주검 신음소리를 들었는가.

거슬러 올라가 사쓰마에 끌려간 우리 도공들의 석양에 짓는 망
향의 눈물을 보았는가.

강제와 억제와 착취 속에서 포학무도한 행위는 차마 인간으로서
는 상상하기조차 어려운 일이다. 미움과 원망이, 가슴 밑바닥에 앙
금처럼 고여 있다가 때 되면 튀어나오려고 반란을 일으킨다.

그럴 때마다 다독이며 잠재우고 있는 우리들 마음을 그대들은
알아야 할 것이다. 눈으로는 가깝고 마음으로 먼 나라 일본, 북태
평양 위에 유충처럼 쭈그리고 앉아 사면에 부딪치는 격랑에도 물
속 깊이 뿌리박고 있는 일본, 전통과 현대를 노래하며 세계 속 경
제대국으로 부상한 일본, 그들에게는 NO가 없다.

자국의 이익을 위해서는 모방과 죽는시늉까지 하는 무서운 나라,
화내지 않고 속보이지 않고 근검절약으로 똘똘 뭉친 나라, 섬세함
과 친절이 몸에 베인 나라 일본.

언젠가 TV에서 보았던 우스갯소리가 생각이 난다.

음식점 음식 속에서 파리를 발견하면 한국사람은 소리 높여 화
를 내고, 미국사람은 고발을 하고, 일본사람은 파리를 건져내고 아

무 일 없었다는 듯이 먹은 뒤에 조용히 나와서 동네방네 소문을 퍼뜨린다는 것이다. 새겨볼 만한 국민성 비유이다.

식민지 설움도 이젠 그 옛날, 그때 행운아였던 오빠는 지금 77세로 흔들의자에서 그날을 회상하고 있고, 센닌바리를 만들던 소녀는 희생양이 된 선조들의 원귀 앞에서 머리 조아려 본다.

지금은 사이버 시대. 일본정부의 어거지 사과보다 일본을 알고 대처해 나가는 것이 우리들의 아픔을 잊는 현명한 길이 아닐까.

깻묵 같은 독립

이 단 원(소설가)

그때 어머니는 서울의 변두리 빈촌에서 바느질품을 팔고 살았었다. 내 언니는 이웃에 사는 김두봉(북한 부수상을 지낸) 선생 댁에 늘 가 있었다. 김두봉 선생 부모님은 어머니가 자기 딸과 동갑인 데다가 처지가 딱해서 우리 식구들을 돌봐주고 있었다. 언니는 어머니가 늘 바느질감을 한방 펴놓고 있어 앉을 자리가 없어서 그 집에 가서 놀다가 때가 되어 할머니가 실경에서 소반을 내리면 다람쥐처럼 재빨리 도망쳐 나왔다. 그리고 집에 와서는 발 디딜 자리도 없어서 방구석에 가서 겨우 쪼그리고 앉았다. 어머니는 눈치를 채고도 아무 것도 먹일 것이 없어서 모른 척 바느질만 하고 있다가 가만히 앉아 있는 아이에게 물었다.

"원아, 배고프제."

"아니……."

아이는 고개를 둘래둘래 흔들고는 돌아앉아 배가 고파서 몰래 눈물을 흘렸다. 이제 70이 넘은 언니는 이런 지난날의 이야기를 할 때마다 눈물지으면서 살아 계시면 백 살이 훨씬 넘었을 어머니가 지금 유족한 자기 처지에서 1년만 모실 수 있다면 얼마나 좋을까 하면서 한이 맺혀 있다.

1920년대 당시 아버지는 1년, 2년씩 행방이 묘연할 때가 부지기수였다. 어머니는 아이들을 데리고 삯바느질, 젖유모 노릇, 별의별 고생을 하면서 연명했다. 1949년 아버지가 세상을 떠나고도 어머니는 적빈 속에서 살았고 늘 아버지를 원망했다.

"독립이고 깻묵이고 하려면 혼자 하지, 무엇 때문에 서간도까지 와서 나를 데려다가 자식들을 낳았을꼬. 나는 열 번 죽어도 왜놈은 커녕 아무 것도 무섭지 않지만 이 자식들 못 먹이고 못 입히고 못 가르치고 장차 거지신세가 될 테니 이 노릇을 어찌할꼬"

어머니는 흔히 말하는 독립군의 아내들처럼 당당하고 훌륭하고 국가와 민족의식이 뚜렷하지 못 해선지 모르지만, 늘 자식들의 굶주림과 무학(無學)의 신세가 아버지의 독립운동 탓이기에 독립도 자신에게는 깻묵 같은 의미만도 못했을지 모른다.

지난 6월 나는 프랑스로 가는 KAL기를 탔다. 창가에 자리를 잡고 앉았는데, 한 아가씨가 옆자리에 앉으면서 웃는 얼굴로 목례를 했다. 깍듯한 예의범절에 요새도 이런 아가씨가 있구나 싶어 11시간을 함께 할 이웃이 마음에 들었다. 그녀는 시종 말이 없었고 나중에는 일본서적을 내놓고 노트까지 하면서 공부를 했다. '아, 일본 여자였구나' 나는 기분이 별로였다.

내 딸아이는 국어시간에 선생님이 "친일파에 대해서 어떻게 생각하느냐?"고 묻자 일어서서 대답을 하면서 얼마나 흥분을 했던지 덜덜 떨면서 말을 더듬자, 선생님이 "자자, 흥분하지 말고 이야기를 해봐라"하더라는 것이다.

3대에 미치는 우리 집안의 이 뿌리 깊은 배일감정을 어쩔 수가 없구나 생각했다. 그러나 일제말기 대구의 변두리에서 밭을 일구며 초근목피로 연명하며 살아가다가 해방이 되어 아버지가 학교에 보내서 갔더니 친구들이 아무도 우리 집안에서처럼 일본을 미워하지 않는 데 놀랐다.

1980년대 어머니를 위해서 나는 아버지의 독립운동 행적을 국가
보훈청에 신고했다. 그런데 옥고가 1년밖에 되지 않는다고 해서 유
공자로서의 자격미달로 탈락되고 말았다. 어머니에게는 차마 그 말
을 할 수가 없어서 "아버지가 스스로 나라 위해 한 일을 무슨 보
상을 받겠다고 내세우겠습니까. 신고하지 맙시다" 하고 말했다. 어
머니는 그후 83세로 남의 집뜰 아랫방에서 뿔뿔이 흩어져간 자식
들을 기다리고 기다리다가 허기와 노쇠로 홀로 숨을 거두었다. 어
머니 돌아가신 후 나는 아버지의 독립운동의 족적을 더 찾아내어
다시 신고를 했더니 건국훈장을 받았다. 90년대 초에는 대구의 시
립공원인 망우공원에 아버지의 애국공로비가 세워졌다. 나는 그 공
적비 앞에서, 파락호가 되어 전락한 큰아들과 아버지를 닮아서 대
쪽같던 염세증에 걸린 막내아들의 요절과 일생에서 한 번도 빛을
못 보고 슬픔에 사무쳤던 어머니의 기구한 운명에 비하면 아버지
의 이름은 오히려 허명(虛名)이라는 생각을 씻을 수가 없었다. 나
는 아버지의 행적을 찾다가 서간도에서 어떤 독립군은 일본헌병에
게 쫓기다가 개골창에 숨었는데 이듬해 봄에 해동이 되자 얼어죽
은 시체로 강물에 떠내려 왔다고 했다. 그분의 유복자가 서울 변두
리에 살고 있었으나 증명할 길이 없어 아버지의 독립운동 행적은
어둠 속에 묻혀 버렸다. 이런 부지기수의 이름 없는 독립투사들에
비하면 아무리 이름이 혁혁한 독립유공자인들 그 앞에서 머리가
숙여질 수밖에 없고, 또한 진짜로 허명(虛名)일 뿐인 가짜 유공자
도 없지 않다고 들었다.

지난 봄 여성문인회에서 정신대 할머니들의 집을 찾았을 때 참
으로 나라를 위해 목숨을 바치고 고난을 감수한 유공자들이 위대

했다 할지라도 차라리 아무런 신념도 의지도 없이 무고한 노예로 잡혀가 짓밟히고 치욕 속에 죽어간 이들의 소리 없는 절규에 비하면 그 빛이 무색해진다는 느낌마저 들었다. 의식이 있고 없고의 차이가 무슨 의미가 있겠는가. 선택한 자의 자유보다 숙명적인 고난을 겪은 자들의 영혼이 더 많을까. 이 처절한 고난 앞에는 인간은 누구나 무조건 무릎을 꿇지 않으면 안 된다는 생각으로 실로 가슴이 답답했다. 하물며 이 범죄를 끝내 '나는 모른다'고 외면하는 일본 민족을 과연 정신문화가 있는 민족이라고 할 수 있겠는가.

나는 근년에 인사동의 고 서점 '문우당'에서 만해 한용운 선생의 수연(壽宴) 축하 시첩(時帖)을 볼 수가 있었다. 거기에는 만해 선생 친필 휘호를 비롯해서 백초 홍명희 선생, 오세창 선생 등 당대 혁혁한 우국지사들의 휘호와 나의 아버지의 휘호도 있었다. 아버지는 만해 불택세류(滿海 不擇細流: 큰 바다는 어떤 보잘것없는 물줄기도 다 받아들인다)고 썼다. 나는 만해 선생과 같이 정의를 위해 자신의 목숨을 내건 고난에 찬 삶을 산 자만이 마음이 바다처럼 커질 수 있다고 믿는다. 하지만 바다처럼 세류를 가려내어 배척하지 않는다 할지라도 저들이 자기들의 죄가를 모른다고 할 때는 그것을 묻어두고 잊어버리는 것은 인류 역사의 물줄기를 혼탁하게 하는 것이다.

며칠 전 D일본 사설은 "일본의 아시아 침략을 '아시아 민족해방 전쟁'으로 묘사하는 등 역사를 크게 왜곡한 일본의 새 역사교과서가 문부성 검정을 곧 통과할 것"이라고 했다.

아세아 평화와 인류역사를 이런 식으로 왜곡하는 일본이 세계 강대국이 되어 있는 마당에 한국은 어떤 외교 어떤 대치, 어떤 남북통일을 모색해야 할지는 기본적으로 해답이 나와 있어야 할 줄 안다.

　내 옆에 앉은 일본 아가씨는 점점 마음에 든다. 그녀와 나 사이에는 빈자리가 있었다. 나는 끝내 조신하게 앉아서 책을 보는 아가씨에게 빈자리에 다리를 올려놓으라고 권했다. 그녀는 프랑스 유학생으로 불문학을 전공한다는 것도 알았다. 사람은 상대적인 동물이다. 그래서 그가 과거에 천냥 빚을 졌다 해도 탕감해 줄 수 있다고 생각한다.

좋은 이웃으로

오 경 자(수필가)

나는 인덕이 많은 편이다. 사는 동안에 주변의 사람들로부터 갖가지 도움과 사랑을 받아 왔다. 제일 큰 도움을 준 분은 부모님과 스승님일 것이다. 그 사랑은 너무 크고 조건 없이 받기만 한 일이어서 햇볕이나 공기의 소중함만큼이나 고마움을 느끼지 못하고 살아왔다.

학우나 직장동료를 비롯해서 만나고 부벼대며 지내오는 사람들이 가족말고도 수없이 많다. 그 중에서도 이웃만큼 함께 지내는 시간이 긴 사람은 드물다. 먼 친척보다는 이웃이 낫고 오죽하면 이웃사촌이라는 말까지 생겨날 정도이다. 요즘은 이웃을 잘 모르고 산다지만 나는 계속 이웃들과 집안처럼 트고 살아온 편이다.

비스듬히 뒷담장이 조금 닿아 있던 집하고 하수도 문제로 좀 서먹하게 지냈던 일이 편하지 않은 이웃관계의 단 한 가지 경우였다. 지대가 약간 낮은 우리집으로 그집 하수도에서 물이 새어 드는데 막무가내로 자기집 하수도와 무관하다고 우기는 바람에 가벼운 마찰이 있었다. 이해관계가 있으면 좋은 이웃이 되기 어려운 모양이라고 이해할 수도 있었지만 참고 대하기가 쉽지는 않았다.

지난번 살던 집의 옆집과는 형제만큼 가까이 지냈다. 지금도 대소사에 서로 오가며 평소에도 집안사람처럼 그 부인이 안부를 물어온다. 이웃하고 살 동안 사이가 좋으니까 얼마나 서로 편한지 모른다. 집이 비어도 서로 보아주고 살림도구들도 필요할 때 빌려쓰며 지내니 도움도 되었다.

한 개인의 삶이 이럴진대 나라의 경우 이웃나라와의 관계가 얼마나 중요하겠는가?

독도를 가지고 어이없는 생떼를 쓰는 일본을 보면서 이웃을 생각해 본다. 일본은 우리에게 어떤 존재인가? 백제와 고구려가 문화를 전달해 준 은인의 나라 조선이라든가, 백제 유민들이 거의 일본으로 건너가 백제의 후예들이 사는 나라 일본이라든가 하는 등의 고대사의 연구과제를 이 글에서 직접적인 화두로 삼고 싶은 생각은 없다.

식민통치 35년 간의 악몽을 되살려 내거나 우리나라를 빼앗을 때의 그 교활함과 무법함을 꼬집어 힐책하는 일을 접어두고라도 일본은 오늘도 우리의 비위를 항상 꼬이게 만드는 나라인 것 같다. 그들 국민의 평소 개인생활이 예의 바르지 않다면 좀 화가 덜 날 수도 있다.

남에게 절대 폐를 끼치지 않는 생활, 예의 바른 태도, 이것이 그들 국민성이다. 생활태도 중 장점으로 꼽히는 덕목들이다. 유독 우리에게는 무례하고 경우 없고 폐를 끼치는 정도가 아니라 아예 자기네 대신 우리가 죽어라 할 정도의 생각이 아니고서는 할 수 없는 일들을 서슴없이 저질러 대니 분통이 터지다 못해 억장이 무너질 지경이다.

우리가 위기에 처하면 기다렸다는 듯 자신들의 호기로 이용하려 하는 교활함 때문에 우리는 일본을 경계한다. 왜구를 막겠노라 물속 깊이 누워 있는 신라의 무령왕을 빼고라도 일본을 향해 두 눈을 부릅뜨고 있을 저 세상의 우리 조상들은 헤아릴 수 없이 많다. 6·25전쟁이 났을 때 일본의 참전의사가 전해지자 북쪽의 적을 놓아두고라도 총칼을 남으로 돌려 일본부터 막겠노라 기염을 토하던 이승만 대통령을 국수적인 반일주의자로만 볼 수 없는 바로 그곳에 우리의 비극이 뿌리하고 있다.

오랜 세월동안 치근덕거려서 대마도를 먹어버리고 또 그렇게도 경우 없이 계속해서 독도를 넘본다면 그 다음은 울릉도란 말인가? 도무지 말이 안 되는 일이다. 그것이 우리의 이웃이라니 이웃 복은 낙제점을 면하기 어렵다.

이웃끼리 사이 좋은 나라보다는 나쁜 나라가 많다. 하지만 대부분 역사적 사실들에 그치고 현재는 평상을 유지하는 나라가 많다. 그것은 인류가 발전해 오면서 염치를 알게 된 결과인 것 같다. 옛날의 잘못을 가지고 계속 몰아 세워대는 것이 아니라 그때는 큰 잘못을 저질렀을지라도 사실을 진실대로 밝히고 참회하고 사죄하는 수순을 밟아 역사도 제대로 남기고 용서를 바탕으로 새로운 이웃관계를 맺어 나가자는 것이 세계 문화명국들의 공통된 태도고 실천이 아닌가 한다.

고향도, 부모도 아무 것도 잘 기억할 수 없다고 하여 우리를 울렸던 '훈 할머니'의 아픈 기억말고도 우리에게는 아직 너무 많은 설움이 왜곡과 은폐 속에서 울음을 삼키고 있다. 정신대 문제를 인정하고 사죄하는 것으로 일본이 새로 태어나기를 기대해 본다. 연목구어임을 알 듯하면서도 이웃을 바꿀 수가 없기에 실낱 같은 희망을 가져 본다.

멀고도 가까운 나라

김 선 진(시인)

최근 어느 일간지에서 감명 깊게 읽은 기사가 생각난다. 일본군 위안부 할머니들의 안식처인 경기도 광주군 퇴촌면 〈나눔의 집〉에서 여름방학 내내 자원봉사 활동을 해 온 일본 시마네(島根) 현 아이신(愛眞) 고등학교 2학년 히라이치에(平井千繪, 16세) 양의 아름다운 이야기를 읽은 것이다.

"처음엔 할머니들이 불쌍해 많이 울었지만 같이 지내다보니 할머니들이 오히려 젊은 사람보다 밝고 쾌활한 모습이다"며 다음 방학 때는 같은 반(班)친구들도 데려 와 할머니들과 함께 지내고 싶다고 말했다 한다. 〈나눔의 집〉을 찾아 온 일본인 방문객 100여 명을 도맡아 안내도 하고 음식 나르기, 할머니 시중들기도 하면서 여름방학을 뜻 깊게 보냈다 한다. 그 여학생은 한·일 역사를 거의 모르다가 '97년 오이타 현에서 열린 위안부 할머니 그림전시회를 통해 〈나눔의 집〉의 존재를 알게 되었다고 한다. 일본의 어린 여고생도 위안부 할머니를 위해 헌신적으로 봉사하는데 아직도 일본 정부가 미루고 있는지 안 하고 있는지 공식 피해배상과 진상규명만이라도 하루속히 밝혀졌으면 하는 간절한 마음이다.

지난 5월, 한국여성문학인회에서 주최하여 많은 여성문학인들이 그곳을 방문한 적이 있었다. 매스미디어를 통해 무수히 들어왔던

"

역사의 현장을(모형이지만), 그 증인들을 짧은 시간이나마 만나고 왔다. 독지가와 정부의 배려로 산세 수려한 공기 맑고 조용한 환경 속에서 노후를 보내고 있는 그분들을 보니 그나마 얼마나 다행스러운지 몰랐다. 역사의 굴레 속에서 무참히 짓밟혔던 그들의 지나간 세월은 그 누구도 보상해 주지 않고 있다. 과거를 일순 잊을 수는 있지만 결코 없애버릴 수는 없는 화인(火印) 같은 것임을 그날 5월의 푸른 신록을 보면서 참으로 가슴아리는 슬픔을 맛보았다. 전쟁이 가져다 준 부산물이라기엔 너무 끈질긴 고통이 아니던가. 나라 없는 설움은 인간 본연의 기본적인 권리마저 통째로 앗아가 버린다는 증거를 우리는 역력히 보아오고 지금도 그 아픔을 되씹고 있을 뿐이다.

　일본, 참 가깝고도 먼 나라. 가까운 만큼 우리나라에서 건너 간 문화적인 유산도 엄청나게 많지만 과거의 일본은 문화적인 교류보다도 늘 호시탐탐 남의 나라를 자기 나라화하는 데만 급급했다. 설사 나라를 빼앗는다 해도 그 나라 백성들의 정신은, 가슴은 빼앗을 수 없다는 것을 알고나 있는지 모르는지 지금도 반문하고 싶다. 지금 우리 세대는 종전 얼마 전에 태어났기에 그 암울했던 당시를 체험하지 못했다. 압박과 설움의 세월 36년 간을 말이다. 나의 부모님과 할아버지 할머니가 겪었을 고통을 뼈저리게 느낄 수 없이 우리는 가끔 36년 간의 잔재 때문인지는 모르지만 일본을 동경하기도 한다. 나와 일본은 남다른 여러 가지 인연을 지금도 이어가고 있기 때문에 더 더욱 그러한 지도 모른다. 백일 된 딸아이를 두고 떠난 남편의 일본유학, 그리고 둘째 아이를 그곳 동경 동급(東急) 병원에서 낳으며 4년 간의 일본생활이 시작되었다. 과거 일제치하의 여러 억압이 있었지만 우리는 그곳 유학생활에서 참 많은 도움을 받았었다.

해마다 정월 초하룻날 꼭 우리가족을 초대해 주시던 동경공대 나가다키(長瀧) 지도교수 내외분과 세 자녀들. 가마쿠라의 대나무가 울창한 울타리를 지나 일본 고유의 2층 목조집 현관을 들어섰을 때 확 풍겨오는 일본냄새, 특유의 나무냄새는 지금도 가끔 코끝에 되살아나곤 한다. 손님 초대에 세 자녀가 부엌에서 어머니를 도와 각자의 분담으로 도와주던(모두가 초등학교 학생이었음) 그 모습들은 지금도 잊혀지지가 않는다.

내가 일본 땅에 갔을 땐 좁은 아파트 탓인지는 몰라도 세탁기가 아파트 복도나 현관 앞에 나와 있는 집이 많았다. 그 당시 그것이 너무 신기했던 기억이 새삼 생각난다. 한밤중 남편 연구실에 가려고 길을 나서면 아무도 없는 건널목에 승용차가 빨간 불 앞에 정지해 있던 그 당시의 희한했던 기억하며 어디에서든 줄서기 문화가 정착되어 있었고, 전통을 중시하며 근검절약이 몸에 밴 국민성을 보았다. 이웃 간에 선물을 하면 미안할 정도로 금방 답례를 하는 습관은 나를 당황하게 했다.

무슨 직업이거나 직업에 대한 긍지는 대단했다. 80년도나 90년도에 갔을 때도 식당이든 전파상이든 하물며 두부상점까지도 그 장소에서 그대로 가족들이 이어받아 가는 모습은 참 부럽기도 했다. 그 때나 지금이나 젊은이들의 유행은 첨단을 걷고 있지만 전철 안에서 책을 손에서 놓지 않고 보는 사람, 뜨개질을 한시도 쉬지 않고 하는 사람, 아침부터 저녁까지 앞치마를 풀지 않고 일하는 주부들도 많이 보았다. 벌써 80년 초 그 당시 쓰레기 문화가 정착되고 있었다. 화요일은 유리, 수요일은 종이, 가전제품이나 가재도구는 돈을 줘야만 가져가곤 했다.

　남편의 박사학위 공부도 힘들었지만 모든 게 낯선 그곳 생활의 어려움도 많았던 듯 싶다. 조선사람이라는 선입견을 가지고 경계심을 놓지 않던 노인들도 더러 보았다. 내가 갔을 그 무렵, 김희로 사건이 일어난 이듬해인지라 산달이 가까운 산모인 내가 병원 복도에서 기다리고 있으면 간호부가 "긴상"이라고 불러 주위의 시선이 일제히 내게 쏠려오는 느낌을 받았던 때이기도 했다.

　지금은 우리나라의 국력이 세계 방방곡곡에 알려져 있지만 70년 초에는 여러 가지 난관이 많았던 시절이었다. 4년 만에 귀국한 뒤 82년도에 또 1년 간 객원교수로 가 있는 남편을 따라간 적이 있었다. 동경 체재중 그곳에서 친정어머님의 갑작스런 부음(訃音)을 듣고 부랴부랴 나리타공항을 이륙하던 통한의 아픈 기억들. 일본은 내게 있어선 참 우여곡절이 많게 한 나라임에 틀림없다. 미워할 수도 잊어버릴 수도 없는 그곳. 결코 다다미방의 향수(鄕愁)나 동경 공대 캠퍼스의 벚꽃길이 그리워서가 아니다. 아니, 우리 가족의 가난했던 젊은 시절의 조각 조각들이 지금은 추억이 되어버린 그 시절을 떠올릴 때마다 아름다운 조각보의 물결로 출렁여오고 있을 따름이다. 그래서 일본은 내게 있어선 멀고도 가까운 나라, 결코 미워할 수만은 없는 나라인가 보다.

　지금도 그곳에서 맛본 나라츠게의 장아찌 맛을 가끔은 그리워하고 있으니 말이다.

제4부

여행과 사색을 통한 일본 엿보기

배춘희 할머니의 작품 <고향생각>

명자 아키코 소나들이여

김 수 자(시인)

명자. 벙그는 목련꽃 봉오리같이 순결하고 아리따운 처녀.

별 돋는 밤이면 오솔길을 거닐며 앞날을 약속했던 좋은 사람도 있었다. 나라를 책임지는 사람들의 잘못은 한적한 시골 마을의 그들 삶조차 평화롭지 못하게 했다. 징용이라는 굴레를 씌워 좋은 사람을 그녀의 곁에서 떠나게 했다.

명자는 사랑하는 사람을 찾아 일본으로 건너갔다. 아무런 인연도 없는 낯선 땅, 무작정 찾아간 좋은 사람의 소식을 알아내기까지는 세월이 많이 흘렀다. 전쟁터로 탄광으로 그러는 동안 명자의 이름은 어느새 아키코가 되어 있었다. 그러나 명자 아키코가 찾아간 그곳에서 좋은 사람은 이미 다른 곳으로 떠나간 후였다. 수소문하여 찾아간 사할린, 그곳에서 명자 아키코는 또 다른 이름 소냐로 살게 되었다.

삶의 거센 물결에 쓸려 부초처럼 유전하는 명자 아키코 소냐. 그것이 어찌 한 소녀에게 국한된 이야기일까. 나라 잃은 모든 백성의 삶이고 질곡이었던 것을……

세월은 무심하다.

끝없이 이어지는 시간의 흐름 속에 이루어지는 갖가지 삶의 모습, 애증과 고통의 온갖 쓰라린 경험, 잊을 수 없는 슬픔일지라도 시간의 흐름 앞에선 하나의 사건에 불과하다.

강렬한 태양 빛이 바닷물에 반사되어 눈을 시리게 하던 8월의 사이판은 평화롭고 아름다운 휴양지였다. 기름진 땅과 해풍이 가져다주는 알맞은 습기에 나무마다 무성한 잎새는 윤기가 자르르 흘렀다.

원주민 아가씨의 정열적인 마음인 양 붉고도 아름다운 하이비스커스 꽃송이를 머리에 꽂으며 우리 일행은 아무런 의식 없이 관광 일정에 몰두하고 있었다. 산을 뒤로하고 먼바다에 시선을 꽂은 듯한 커다란 비석 앞에서조차 영문도 모르고 기념사진 찍기에 바빴다.

이때 한 떼의 관광객 무리가 조용히 다가와 그 비석 앞에서 묵념을 하고 뒤돌아 바다를 향해 수없이 머리를 조아리며 손을 비벼대었다. 그러는 그들의 모습은 진지하다 못해 숙연하기까지 했다. 우리는 정신을 가다듬어 찬찬히 비석을 올려다보았다.

태평양전쟁으로 희생된 일본군 전사자의 위령비라는 걸 알았을 때 찡하니 전해져오는 가슴 저 밑바닥으로부터의 뜨거움을 느꼈다. 말이 일본군이지 그들은 누구였던가? 일본의 이름을 가진 우리의 소중한 아버지 삼촌 오빠가…… 그 멀고도 아득한 남양 군도라는 곳으로 징용 나갔던.

저들은 자기들과 인척 관계도 없는 사람이지만 멀리 타국에서 조국을 위해 목숨을 바쳤다는 그 사실 하나에 저토록 정성과 흠모의 마음을 보내는데…….

사이판은 세계 제1차대전이 끝난 후, 일본이 위임 통치하던 곳이다. 그 사실을 알고 섬 주위를 돌면서 찬찬히 살펴보니 은폐시켜 놓은 반공호를 수없이 발견하였다.

그 반공호 속에서 적을 향해 총부리를 겨눈 군인도 있었겠지만, 아침이슬 함초롬이 머금은 풀꽃처럼 청순하고 아리따운 우리의 딸들이 강제로 끌려와 목숨보다도 더 소중한 정조를 짓밟히고 유린당하던 그곳이라 생각하니 오싹 한기가 느껴졌다.

조국의 부름을 받아 신성한 의무를 수행한다는 그 알량한 명분 아래서 공물 아닌 공물로 바쳐진 대한의 귀한 딸들을 구둣발로 짓밟고 야수처럼 할퀴면서 고분고분 말 듣지 않는다고 칼로 찌르고 몹쓸 병에 걸렸다고 내다 버리고 끝내는 그 괴로움 더 참을 수 없어 죽어 넋이라도 자유롭게 고향 찾아가겠노라고 몸을 던졌던 저 바다. 바다는 그 일을 아는지 모르는지 잔잔한 물결이 평화스럽기만 하다.

아! 전쟁이란 무엇이며 누구를 위한 전쟁이란 말인가. 왜 또 죄 없는 사람이 그렇게 무참히 희생되어야 하는가.

전쟁은 참혹한 것이며 야만적이고 의롭지 못한 수단으로 행하는 것이기는 해도 전쟁에도 어진 사람은 지켜야 하는 법이 있으니 아무리 승리를 목적으로 한다 하더라도 간악한 수단으로 얻어서는 안 되는 것이며 위대한 장군은 자기의 힘으로 승리를 거두어야 하며 다른 사람의 비열한 행동을 이용해서는 안 된다라는 플루타르크의 명언이 되새겨지는 순간이다.

그러나 세월은 무심하지만은 않다. 천안의 대조산 기슭 망향의 동산에는 사이판 데니아에서 숨진 60여 명의 영혼을 모셔놓은 곳이 있다. 그 묘 앞에 놓여진 돌에는 "당신은 일본의 침략전쟁 때문에 강제징용 연행되어 귀한 생명을 빼앗겼습니다. 나는 죽은 뒤에도 당신의 영전에 무릎을 꿇고 용서를 빌겠습니다." 1983년 12월 23일 당시 징용대장 요시다 게이지라는 사죄의 비문이 있다.

죽은 자 앞에 사죄의 글을 올려 영혼의 자존심을 살려 주었다며, 광주군 퇴촌면 남한강변에 자리잡은 <나눔의 집> 혜진 스님은 늦가을 저물녘처럼 인생의 황혼길에 들어선 종군위안부 할머니들의 잃어버린 인권을 찾아 드리기에 오늘도 여념이 없다. 이제와 새삼 보상을 받은들 그분들에게 무슨 위로가 될 수 있으랴.

한 생명으로 태어나 이유 없이 유린당하고 짓밟힌 자아를 곧추세우기 위해 나도 버젓이 인격을 갖춘 인간이었다는 것을 인정받고 싶어서 할머니들은 지금도 매주 수요일이면 일본 대사관 앞에서 침묵 시위를 벌이고 계신다. 인권 회복과 역사적 진실이 철저히 규명되기를, 진리는 역사 안에서 진리라는 것을 증명하기 위해서.

일본 그들은 진정 우리에게 누구인가. 임진년에는 난을 일으켜 나라를 어지럽혔고 한말에는 부끄러운 합방을 강요해서 우리의 역사의 맥을 끊어 놓았던 아주 몹쓸 이웃, 그래도 그 멀고도 가까운 이웃을 알려면 그들과 친해져야 한다.

적을 알려면 적진에 들어가야 하고 호랑이를 잡으려면 호랑이굴에 들어가야 한다는 것처럼 터진 봇물처럼 밀려들어오는 저들의 문화, 예술, 경제 그리고 신기술, 우린 선린 관계를 유지해야 한다. 더구나 좁아지는 21세기 지구촌 시대에 옛 원한 미움만 되씹는 소모적 감정싸움은 하지 말아야 한다. 떳떳해지는 길은 우리 스스로 힘을 기르는 일이다.

역사란 처음 언뜻 보면 우연과 무질서다. 두 번 다시 보면 논리적이고 필연적인 것이며 또 다시 눈여겨보면 필연과 자연의 혼합이다. 우연이 힘의 기원이고 힘이 권리의 기원이라면.

그렇다. 강한 자만이 스스로 일어설 수 있다. 경제대국 과학의 대국, 문명의 대국이 되어야만 스스로 강하고 위대해질 수 있다.

또다시 8월은 왔다.

이 땅의 불행했던 명자 아키코 소냐여.

눈부신 조국의 발전을 보면서 고단했던 영혼 편안히 쉬소서.

나가사키의 종이학

이 해 숙(수필가)

굽이굽이 산을 넘어가는 길은 가을이 한창이다. 나무가 울울창창하고 단풍색이 화려하다. 안내자는 곧 나가사키에 진입할 것이라 한다. 창 밖을 내다보던 내게 뭔가 이상한 기운이 느껴진다. 며칠째 지나 온 규슈 지방의 풍성한 산들이 아닌 것 같다. 유심히 보니 산마다 나무가 뭉텅뭉텅 베어지고 무덤이 자리하고 있다. 다른 도시는 마을 한 가운데 공동묘지가 있더니 이곳은 좀 특이하다 싶었는데, 나가사키에는 도심에도 묘지가 수두룩하다. 의아해하는 내가 안내된 곳은 '평화 기념관'이다.

하얀 색의 초현대식으로 잘 지어진 건물로 들어서니, 또 건물이 있다. 붉은 벽돌로 지은 성당(聖堂)이 부서진 채 자리하고 있어 방문객의 시선을 끄는 것이다. 성당의 벽에 걸린 시계는 11시 2분을 가리키고 있다. 1945년 8월 9일, 히로시마에 이어 두 번째로 원자폭탄이 투하된 시각이었다. 그로 인해 인구 12만 명 중 7만여 명이 죽었다. 산마다 골짝마다 무덤이었던 이유를 이제야 알 것 같다.

기념관 내에는 많은 사진이 걸려 있었고, 비디오도 상영된다. 하늘과 땅을 새까맣게 뒤덮은 열기(熱氣)와 휘몰아치는 바람이, 도시를 순식간에 황폐화시키던 당시의 그 아비규환이 고스란히 전해져 왔다. 거리에 나뒹구는 시체를 밟고 살아남은 사람들도 아직 원자

병에 시달리며 죽은(?) 목숨을 부지하고 있음을 증언하면서, 그들이 2차대전의 최대 피해자임을 암시하고 있다.

기념관에 이어진 공원에는 분수(噴水)가 있었다. 그곳에는 맑은 물이 흐르고 있다. 아마도 당시에 쓴 소녀의 일기가 무척 가슴 아팠던가 보다. 비문(碑文)에는 일본어로,

‘물위에 기름이 잔뜩 끼었으나,

나는 목이 너무 말라서

이 물을 먹을 수밖에 없다.’

라고 새겨져 있었다.

그리고 앉은 자세의 조각 한 점이 분수 주위에 있었다. 그 모습은 오른팔을 위로 번쩍 들어 원자폭탄이 투하된 하늘을 가리키고, 왼팔은 옆으로 뻗어 평화를 상징하고 있었으며, 앉은 자세로 안정을 의미함과 동시에 한쪽 다리는 무릎을 세워, 인구의 반이 죽고 도시가 잿더미가 되었어도 고난을 딛고 부흥하는 민족의 의지를 나타내고 있었다.

이곳은 일본 각지에서 몰려오는 수학여행단의 발길이 끊이지 않는 곳이라 한다. 그들은 이곳을 방문하면서 형형색색의 종이학을 수천 마리씩 접어 가지고 온단다. 아무 영문도 모르고 사라져 간 원혼(冤魂)들을 위로하는 종이학 두름이 건물 곳곳에 주렁주렁 매달려 있었다. 나가사키의 비극을 색색으로 항변하고 있는 것 같다.

학생들은 색종이를 접으며 어떤 생각을 했을까. 잠시라도 지난 역사를 되짚어보고 희생자들을 떠올렸을 것이다. 그리고 평화기념관을 돌아보며 나가사키의 참상에 진저리를 쳤을 것이다. 전쟁의 종말과 그 대가가 어떠한지를, 눈으로 확인하고 나름대로 다짐을 하였을 것이다.

막대한 돈을 들여 평화기념관을 짓고 공원을 조성하여 상징물까지 조각한 일본과는 달리, 우리는 역사의 현장을 형체도 없이 부수어 버렸다. 조선총독부 건물은 서울 시내 한복판에 자리하고 있어 오가며 눈에 띄는 것만으로도, 나라 없는 설움과 일본인의 만행을 상기시키고 마음을 다잡게 하는 산 교육장이었다. 수치(羞恥)의 상징이라며 철거해 버렸지만, 그것이 눈에 보이지 않는다고 일제 치하의 역사가 사라지는 것은 아니다. 그것이 되풀이하고 싶지 않은 부끄러운 역사라면 더욱 잊어서는 안 되고, 잊지 않기 위해서는 보고 또 보며 정신 무장을 해야 할 것이라 여겨진다.

수학여행의 일정으로 대개가 설악산과 경주를 오가며, 어떻게 나라 잃은 설움과 전쟁의 상흔을 되새기고 국가관을 확립시키는지, 아니 그런 산 교육에 얼마나 초점을 맞추고 있는지…….

수학여행 온 학생들이 열심히 메모하면서 평화기념 공원의 이곳저곳을 둘러보는 모습을 보니, 나도 모르게 마음이 불안해진다.

마무리와 시아게

유 혜 자(수필가)

작업실로 다가가자 열린 창으로 더운 기운이 확 끼쳐 나온다. 공인이 방금 용광로 문을 열고 끈끈한 액체유리를 찍어 내온 것이다. 대롱 끝의 액체유리를 세게 불어 동그랗게 된 것을 물 속에 넣었다가 꺼낸다. 다시 다른 용광로에서 주황빛깔의 액체를 덧입혀 꺼낸 유리덩어리는 햇살에 잘 익은 과일, 달디단 수밀도처럼 보인다. 재빨리 대롱에서 빼어내 윗 부분을 가위로 오려내고 늘여내어 순식간에 꽃송이를 피워낸다.

일본 미야자키의 아야마초에 있는 유리공방에서 작업과정을 구경중이다. 어제 미야자키 비행장에 도착하여 야자수 닮은 피닉스가 죽 늘어선 해변을 지나왔다. 이곳이 남쪽이어서 우리 제주도와 풍광이 흡사하리라고 짐작했는데 남국의 정취가 훨씬 짙었다. 신선한 해풍을 뒤로하고 시내로 향할 때 순하게 흘러내린 푸른 산의 능선이 눈을 씻어 주고 이어서 정갈한 시내가 우리를 맞아줬다. 우체국 유리창에 파란 하늘이 비치는 걸 보면서, 하늘과 피닉스 사이 하얀 파도가 이는 엽서를 누구에겐가 보내고 싶은 마음이 일었었다. 시내 전체가 이곳을 찾아오는 사람들에게 자기네 고장의 아름다움을 발견하도록 깨끗하게 비질해 놓은 느낌이었다.

오늘 아침 복잡하지 않은 거리를 지나 시가지의 서쪽 유리공방에 오는 동안 반드시 신호를 지키는 자동차와 사람들을 보았다. 원리원칙을 중시하는 일본인의 일면이라고나 할까. 그런데 이곳 사람들의 인상은 일본인 특유의 위장된 듯한 상냥함 대신 약간 무표정이어서 오히려 믿음이 가고 친근감이 든다. 시골 사람들이어서 그럴까.

특히 유리공방 공인들의 작업자세는 무척 진지해서 감동적이다. 공인들이 용광로와 작업대에서 일하는 동안, 뒤에서 지시하고 작업과정을 지켜보는 나이든 장인. 그는 좀 전에 공인들이 꽃피워낸 것들을 용광로에 넣어 잠깐 데운 다음 칼 같은 걸로 다시 재빠르게 손질해낸다. 아, 그저 곱기만 하던 꽃잎이 파르르 떠는 것 같다. 모양만 만들어 놓은 공인들의 작품에 생명, 혼을 불어넣은 듯하다. 생동감 있게 보이도록 섬세하게 손질해놓은 것을 보니 다가가서 살짝 만져 보고 싶다. 꽃잎처럼 부드러워 보인다.

문득 떠오르는 단어가 있다. '시아게'. 우리가 어렸을 때 어른들이 자주 쓰던 낱말이다. 그 당시 우리네 유리제품은 조악해서 기포가 있는 유리잔이 많았었다. 유리는 높은 열에서 자연스럽게 냉각시켜야 기포 없이 만들어진다고 한다. 그런데 우리가 어렸을 때는 광복된 지 얼마 안 되어서였는지 유리분야에 지금 저 장인 같은 선배가 없었나 보다. 그때 어른들이 지탄하던 말이 생각난다. 우리나라 사람들이 아이디어나 재주가 비상해서 좋은 것을 보면 금세 모양은 잘 만들어내는데 시아게를 잘못해서 질이 떨어진다고 했었다. 당시엔 시아게란 말이 단순한 마무리의 뜻이 아닌 것으로 짐작했었다. 고도의 기술과 솜씨로 완성해내는 대대적인 작업의 의미로 여겼던 옛날을 떠올리며 주위를 둘러보니 일행들이 다 사라져버렸다. 불안하면서도 다음 작업결과가 궁금하여 선뜻 자리를 뜰 수가 없다.

다시 선배장인은 모자이크 유리덩어리를 살살 굴리며 칼집을 낸다. 그리고는 쓰다듬고 문지르며 조심스럽게 돌려보기도 한다. 바삐 돌릴 때 어쩌면 지구의처럼 보이기도 한다. 거대한 우주공간인 듯 자신의 꿈을 저 덩어리에 새기고 있을까. 의도한 대로 안 되는지 몇 번을 물에 넣었다가 냉각시켜 무늬를 새기느라 여념이 없다. 환상의 세계를, 아니 인간 내면의 깊은 세계를 형상화하고 있는 것처럼 보여 신비롭게 여기며 바라본다.

귀밑머리가 희끗희끗한 장인, 그도 젊은 날엔 무한한 자유를 위해서 열기 찬 공방을 떠나고 싶지 않았을까. 그러나 젊은 날의 자유분방한 사고, 그것의 다스림과 절제가 없었다면 유리물이 사방으로 퍼져 형체를 이룰 수 없듯이 오늘날의 경지에 이를 수 없었으리라.

사실 이번에 가고 싶은 여행지는 북구라파였다. 친구들의 권유로 별로 호기심도 없이 이곳에 떠밀려왔는데 유리공예 작업을 보는 것만으로도 이곳에 오길 잘했다는 생각이 든다.

유리 속의 무늬는 환각이나 의지가 아니다. 열정과 도취가 냉각된 결과이리라. 아름다운 유리 속의 무늬를 보며 사랑이 깊지 않았어도 진실한 교감이었다면 저처럼 가슴속에 영원히 간직될 수 있으리라고 본다.

서툰 일본말로 옆의 일본인에게 장인의 이름을 물으니 이곳 출신 유리공예작가 구니아키 구로키라고 자랑스럽게 일러준다. 자기네도 이런 작업과정은 보기 힘든데 곧 시작된 TV녹화를 위해 마련된 것이라고 설명해준다. 묵묵히 놀라운 수작을 완성해가자 구경꾼들은 박수를 친다. 격려의 뜻인가.

이를테면 내가 보는 것은 녹화의 리허설이다. 그러나 장인은 손길을 쉬지 않고 작품제작에만 전념하고 있다. 일본은 우리나라보다 30여 년 먼저 개항하여 유리공업도 앞서 시작했다. 태평양전쟁 패전 후 공업 분야뿐만 아니라 문화예술 분야에서도 피나는 노력 끝에 수준을 높여 수출에 힘썼다. 일본의 나쁜 이미지를 쇄신한 데는 저 장인처럼 묵묵히 자기 분야에서 최선을 다한 이들의 공이 컸으리라. 그리고 무엇보다도 정확하고 빈틈없이 좋은 제품을 만들어 수출로 경제대국을 이뤄 저만큼 앞서가고 있는 것이다.

우리나라의 유리공예 수준도 파악하지 못하고 남의 나라에 와서 감탄하는 자신이 경솔하게 느껴진다. 그러나 노력과 집념의 결정체인 예술품은 어디에서든 감동을 자아낸다. 국적이 어디이든지 꿋꿋하게 자기 길을 걸어가는 예술가는 빛나게 보인다.

저 장인을 존경의 눈빛으로 우러러보며 성실하게 밑받침해내는 공원들과 영원한 아름다움을 목표로 공들이고 있는 장인을 보니 당연하다. 선배는 후배를 아끼고 후배는 선배를 존중하여 그 분야의 꾸준한 발전을 이뤄 가는 단면을 보는 듯하다.

우리나라도 각 분야에서 기초를 든든히 하고, 성실한 마무리와 후배의 지도가 꾸준히 계속된다면 일본을 따라잡을 날이 올 텐데 하는 나의 속셈을 옆의 일본사람이 알까. 유리처럼 투명한 선의의 경쟁을 위해서는 실력을 높여야 한다. 아름다운 예술작품의 제작과정을 보면서도 우리나라의 열세를 절감하는 것이 순수한 예술 감상자로선 실격이리라. 뜨거운 바람도 차가운 이성으로 이뤄내야 한다고 유리조각들이 달그락거리며 다가올 것 같다.

나야말로 이번 여행의 마무리를 잘하려면 놓쳐버린 일행을 찾아야 한다. 발길을 서두르자, 뜨거운 물이 얼굴에 흐른다. 이마에선가

눈에선가 분간이 안 간다. 땀이건 눈물이건 식으면 저 유리만큼 투
명할 수가 없다는 사실은 분명한데.

이웃집 여자

윤 향 기(시인)

쇼트 다리에 검은 옷을 즐겨 입는 그녀는 박색의 일본여인이다.

입가에 피어 있는 박꽃 같은 미소는 어떤 비유를 갖다 대도 모자를 만큼 따뜻하고 편안하여 사람들의 마음을 활짝 열게 하는 마력을 지녔다. '예스'인지 '노'인지 모를 그 모호한 미소 덕분에 노를 예스로 받아들이는 우를 간간이 범한 제1탄으로 그해 가을엔 우리 부부가 이혼까지 갈 뻔한 사건이 있었다.

반상회에 와서도 마찬가지다. 향수공장을 하면서 향수도 뿌리지 않는 알뜰하기 그지없는 그녀는 그 애매모호한 미소에 향수를 곁들여 파는데, 어느 한 사람도 거절하지 못하게 만드는 그녀는 프로다.

종종 걸음으로 늘 바쁜 그녀는 애교스러운 새침데기인데 비하여 약속 하나는 칼처럼 지키는데, 건망증에 시달리는 나를 보며 그녀가 얼마나 웃을지는 전적으로 그녀의 몫이다.

하루는 앞 베란다에 물레방아를 설치하고 몇 마리 쉬리를 놓아주었다. 음악을 틀어주면 더 멋지게 춤을 추는 그 애들 옆에 앉아 곧 태어날 손주를 생각하며 수를 놓는다. 물방울이 떨어져도 퉁겨 나갈 만큼 수틀을 팽팽하게 당겨 잡고 성스러이 공 굴린 지 며칠 앙증스런 꽃신, 채송화가 피어 있는 귀여운 헤어밴드 팬더 곰이 놀고 있는 턱받침, 새들이 노래부르는 숲 속 같은 십자수의 모자가 작은 바구니에 가득 담겼다.

"저희 집으로 건너오세요."

거실 한쪽에 서서 날 부르는 그녀. 나의 십자수 놓는 모습을 어깨 너머로 언제 훔쳐보고 가서 해 놨는지 소파 위에, 식탁보에, 침대 커버까지 십자수 일색 아닌가.

우리집과는 비교도 되지 않는 정교하게 아름다운 미니 연못에는 키싱 망구로가 스포츠 댄스를 하는 것이 아닌가.

놀라웠다. 백화점만 고집하는 나에 비해 벼룩시장이 단골인 검소한 그녀가…….

"차 한잔 하러 오세요."

이웃집 여자의 목소리에선 허브 향이 나는 듯했다. 모처럼 둘이 마주 앉아 자스민 차를 마시며, 요즘 뜨고 있는 연극에 대하여 중년의 위기에 대하여 신나게 떠들었다.

한참을 떠들다보면 그녀는 조용히 듣고 있고 내 목소리만 붕붕 혼자 떠다녀, 순간 내가 작아지는 느낌을 받곤 했다.

속마음을 쉽게 내보이지 않아 어쩔 땐 약이 오르고, 어쩔 땐 화도 나지만 내 몸이 아플 때 분주하게 내 주위를 맴돌며 챙겨주는 것을 보면 속으로 서운했던 마음이 쉽게 허물어진다.

이제와 생각하니 그녀의 소개로 참 많은 것들과 만남을 이루었다. 순간 순간 질투하고 시샘할 때면 얄미운 생각이 나지 않는 건 아니지만, 어쩌랴. 평생 이사갈 기미도 보이지 않는 그녀를 버릴 수도 안 볼 수도 없을 것 같으니.

그녀를 처음 보았을 때 짜릿하게 웃어준 눈웃음 덕에 박색이 무엇인지 잊어버린 지 오래이다.

글쎄, 일본은 말이야

오 정 순(수필가)

일본이라는 나라가 내게 선명하게 들어온 것은 일장기로부터이다.

어린 시절, 방학이 시작되고 장마 비라도 쏟아지면 남동생은 지리부도놀이를 하자고 나를 꼬인다. 우리는 책을 사이에 두고 배를 깔고 엎디어 책 한 권을 샅샅이 뒤진다. 상대방이 쉽게 찾지 못할 작고 낯선 고장과 산야, 강을 찾아 우리나라뿐 아니라 오대양 육대주를 넘어 다니며 지도 위를 떠돌아 다녔다. 실제로 여행할 날을 꿈꾸며……. 지리부도의 맨 뒷장에는 세계전도가 있고 양옆으로는 만국기가 그려져 있다. 우리는 종이로 나라 이름을 가리고, 국기를 보며 나라 이름을 대는 놀이로 게임을 끝내고 그 날의 총점을 낸다. 그때 일장기는 가장 기억하기 좋은 나라의 국기였다.

나라를 상징하는 국기가 만들어지는 경위가 어떠했는지 알 수는 없으나, 그로부터 30여 년이 지난 시점에 일본을 여행하며 일장기는 바로 일본 그 자체라는 인상을 뜨겁게 받았다. 정초, 눈 축제가 열리던 삿포로에서 '나나강아토'라는 가로수를 만났는데, 잎은 떨어지고 붉은 열매만 남아 삭막한 도시의 거리에서 여행객의 시선을 끌어들인다. 붉은 열매 위에 하얀 털모자를 씌운 듯이 소복이 눈이 쌓인 풍경은 그대로 시이고, 그 색의 대비가 바로 일본이었다. 그

나라에서는 붉은 열매와 눈이 어루어지는 풍경을 유난히 자주 만
난다. 그 날의 흰색과 붉은 색의 이미지가 여행의 기억 중 가장 강
렬하게 남아 있다는 것을 그 나라 사람들이 알 수나 있을까.

　음식점에 들르면 연어알이 나오고 그 알의 빛깔과 눈을 한 계절
안에서 만나면 그 자체로 일장기가 되는 것이다. 열심히 살고 지친
자리에서 코피 한 방울만 흘려도 일장기가 된다. 가장 일본적인 기
후와 풍토에서 생산된 것들이 어우러졌다면 그것은 그 나라의 가
장 선명한 특질을 보여주는 것이며, 그들의 자연물 중에서 아름답
게 보였다면 좋은 정서의 근간이 되는 것이다.

　얼마 지나지 않아 우리에게 '왜정때'라는 별명을 들으셨던 아버
지가 일본으로 친구분들과 함께 추억여행을 떠나셨다. 옛날 수학여
행지의 현장확인은 믿음의 확인이 되었다. 아버지가 총무를 맡았다
가 여행지에서 전대를 잃게 되었고, 일행의 비상금을 모아 여행의
일정을 줄여 재미있는 여행을 마치고 돌아오셨는데, 얼마 지나지
않아 전대는 아무 것도 건드려지지 않은 채 고스란히 주인을 찾아
한국으로 돌아왔다. 아버지의 신뢰를 무너뜨리지 않은 일본은 국가
간의 어떤 아픈 기억보다도 좋은 일면을 남기었다. 우리들은 "그것
보세요, 일본도 별 수 없잖아요" 하였으나 허사였다.

　우리가 아버지의 별명을 '왜정때'라고 붙인 데는 그럴만한 이유
가 있다. 반듯한 정신과 흐트러지지 않는 자세에 물자 절약정신이
전시의 일본정신과 닮아 있는 아버지는 노트 검사와 책가방 검사
를 수시로 하셨고, 매번 이어지는 훈시말씀 끝에는 '왜정때'라는 말
이 따라붙었다. 아버지의 자녀로 살면서 우리를 가장 고달프게 한
그 단어가 아버지의 일본여행의 결과로 새롭게 빛을 본 셈이다. 우
리가 세대간에 서로 다른 생활방식을 가지며 갈등하듯, 일본의 서

로 다른 세대에서도 같은 갈등을 겪고 있으리라 믿는다.

철저한 직업정신과 투철한 장인정신은 아버지를 통해 언제나 높이 받들어졌고, 겪어보지 않은 우리들에게는 늘 지루한 말의 연장이라는 경험으로밖에 남아 있지 않다. 그러나 수동적인 교육현장에서 학생이 겪은 경험으로 그 나라의 정치적인 이념을 제대로 꿰뚫을 수 없었을 것이며, 말 잘 듣는 모범학생일수록 지침을 거름 없이 잘 지키게 마련이며, 아버지만 개인적으로 고달프게 하지 않는한, 저항은 적었을 것이다.

아버지의 긍정적인 견해와는 달리, 우리는 학교에서 안중근과 유관순의 이야기로 숙명적인 미움을 의무적으로 바쳐야 할 것처럼 교육되어졌고, 영상의 기억이 없는 순박한 가슴에 영상으로 각인시킨 '유관순' 영화는 '일본은 미워'로 내 기억을 파고들었다.

나는 애국심이 불타는 소녀가 되었고, 고문이라는 단어를 처음 접하면서 인간이 그렇게 잔인할 수도 있다는 것을 확인하기에 이르렀다.

"우리는 말도 빼앗겨 보았고, 나라도 빼앗겨 보았으며 너희의 잔인 무도한 행위도 영화를 통해 보았으므로 너희 일본을 미워할 권리가 있어. 나 혼자만 말고 국민 모두가 미워해도 되는 미움의 분출구가 되는 거야."

이 같은 심정이 되어 일본을 바라보았다. 그러나 미워하는 마음에는, 되지 못해 안타까운 심정이 배어 있다는 것을 왜 몰랐을까. 이제 요즈음 아이들에게는 내가 아버지에게 이질감을 느낄 때와는 또 다른 이질감으로 다가들 것이다. 내가 아버지의 긍정을 부정하며 일본을 받아들였다면, 우리 아이들은 어머니의 긍정이 섞인 부정을 긍정하며 문화의 사대적 기호를 가지게 될 것이다. 국력과 비례하는 국제사회에서의 인정은 보이지 않는 가운데 문화적 열등감을 심고, 정신의 비굴함이 더 정신적 바이러스가 되어질 것이기에 우리는 깨어서 그들이 그들을 살 듯이 우리도 우리를 정확히 알고 깨달아서 정신으로 살아내야 한다.

아무리 이웃나라이지만 모든 분야에서 넘어다보는 것은 자신 없는 행위이다. 이웃나라로서 인정하고 앞서간다고 두려워할 것도 없이, 우리를 당당히 살아낼 때에만 일본은 우리에게 우정어린 이웃나라가 될 것이다.

"뭐 불편한 것 없으세요?"

김 경 남(소설가)

내 옆에 앉아 있는 한 젊은이가 말했다. 젊은이는 내가 일본어로 말하지 않는 것을 의식했을 때부터 내게 친절했다. 식판을 받아주고, 물 컵을 집어주고, 화장실을 가르쳐주는 등……. 그는 아예 나를 보살펴주기로 작정한 것 같았다. 나는 처음부터 몹시 기분이 나쁘고 불안한 표정을 짓고 있었다. 오사카 공항에서 미로처럼 복잡한 복도를 지나 또 공항버스를 타고 어디인지 모르는 데스크 앞에서 새로 체크인을 해야 하는 번거로운 일이며, 원래 시간에 맞추어 마중 나온 사람이 김포공항의 두 개의 입국 출구를 눈알을 굴리며 서서 지쳐 있을 것을 생각하면 당황했고, 또 한편으로는 두려워하고 있었다.

문제는 부다페스트에서 출발한 에어프랑스가 한 시간 이상 지연됨으로써 드골 공항에서 출발하는 한국행 비행기를 바꿔 탈 수 없었던 것에서 생겼다. 때문에 생각지도 않았던 JAS기로 파리에서 오사카로, 또 오사카에서 서울로 갈아타야 하는 고생을 겪게 되었던 것이다.

기내는 온통 일본사람들뿐이었다. 작달막한 키에 납작한 코, 가는 눈, 한국인과는 많이도 닮았는데, 그런데도 왜 그렇게 그들이 멀리 느껴졌는지 그건 나도 알 수 없는 일이었다. 나는 외로워서 한바탕 꾸지람을 받고 벌로 구석에 서 있는 아이마냥 위축된 채 꼬부리고 앉아 있었다.

"걱정하지 마십시오. 내가 승무원에게 당신 사정을 다 말해두었으니 곧 조치가 있을 것입니다."

비행기가 일본 영해로 들어왔을 때 내 옆의 젊은이가 다시 말을 걸었다. 그는 JAS기가 에어 프랑스와 자매 결연을 맺은 사실이며, 나를 돕기 위해 지금 승무원들이 회의를 하고 있다고도 말했다. 과연 착륙 10분전에 한 에어걸이 내게로 왔다. 비행장에 도착하면 내가 다음 비행기를 갈아탈 때까지 자기가 인도해 주겠다는 것이었다.

이처럼 내가 만난 일본인들은 모두 친절하고 성실했다. 그들은 친절이라는 것이 몸에 배어 습관화된 것 같은 느낌을 주기도 했다.

"하이, 하이."

허리를 굽히며 상대방을 바라보는 그들의 눈에는 항상 자신감과 일본인이라는 우월성을 내세우고 있어, 내 마음속에서 잠자고 있던 그 식민지 시대의 고통과 어떤 비뚤어진 열등감 같은 것이 되살아나 기분이 구겨질 때도 있었다.

그러나 구라파에서 일본인을 만나면 이상하게도 미운 감정보다는 친밀한 감정이 앞설 때가 많다. 큰 코와 머리 색깔도 그렇지만 소의 눈 같은 큰 눈에다 파랑 갈색 초록 회색…… 등의 여러 가지 색깔을 담고 있는 서양 사람들. 오랫동안 그들만 대하다가 보면 자신도 모르게 서양인에 대한 혐오감을 느낄 때가 있다. 이때 일본인을 만나면 자신도 모르게 반가워진다. 일본인이 우리와 닮은 동양인이라는 동류의식 때문일까?

또 다른 이유는 중국인 때문인지도 모른다. 중국인에 대한 피해

의식 때문에 비교해서 일본인을 더 좋아한 것 같기도 하다. 때국물에 찌든 중국인들, 그 왕성한 돈벌이. 그들이 떼를 지어 몰려와서는 방 하나에 열 명씩, 스무 명씩 와글대며 살기 때문에 주민들은 단연코 그들을 싫어한다. 그들은 돈벌이에는 소질이 있어 '비단장사 왕서방'의 기질을 잘 발휘한다. 그 과정에서 적지 않은 물의와 혐오감을 주는 사건들이 생기는데, 문제는 그 피해가 중국인에게만 가는 것이 아니라 외모가 닮은 동양인 전체에게 간다는 것이다.

"야, 이 끼나야(차이나를 동구권 나라들이나 몇몇 유럽국가에서 그렇게 부름). 너희 나라로 썩 물러가거라."

길거리에서 주먹을 흔들며 소리치는 본토민을 만난 날이면 억울하고 외롭다는 생각이 저절로 생겨난다. 그곳에서는 중국인에 대한 혐오감이 또 하나의 스트레스가 될 뿐 아니라, 혹시나 중국인으로 오인받아 테러를 당하지나 않을까 하는 두려움도 없지 않다.

그러나 일본인에 대해서는 아무리해도 가슴속까지 문을 열어 '내 이웃'이라고 푸근해지지는 않는다. 그러기에는 아직도 건드리면 아픈 상처가 남아 있다고 할까. 개인으로 만났을 땐 친절하고 우호적인 일본인도 '닛뽕'이라는 나라의 이득관계에만 걸리면 정신도 인정도 없는 기계로 변해버리고 만다. 일본인에 대해서는 여전히 저항감이 일어나고 의심이 생긴다. 그것이 일본인에 대한 솔직한 나의 심정인 것 같다.

물론 어느 사람 치고 같은 운명체이고 공동체인 제 나라를 사랑하지 않는 사람들이 있겠는가. 하지만 일본인들은 나라 사랑이 너무 강해서 일종의 중독증에 빠진 것이 아닐까 하는 느낌이 든다. 마치 사랑 중독증에 빠진 여자가 그 맹목적인 사랑 때문에 남자의 비리나 학대까지도 용서해주는 것처럼. 일본인들은 국가의 명령이라면 무슨 짓을 하더라도, 그것이 정의이고 미덕이라고 여기는 것 같다. 그렇지 않고서야 어떻게 남의 나라 여성을 끌어다가 정신대로 활용하려는 교활한 발상을 했겠는가. 아무리 생각해보아도 이 문제에 대해서는 용서할 수가 없다.

모방과 표절

변 해 명(수필가)

　전에 출판사에서 번역 일을 한다는 사람을 사무실로 찾아간 일이 있었다. 그는 '세계문학전집'을 번역한다고 했다. 그런데 영어권의 책을 번역한다는데 그의 책상 위에는 영문원서는 없고 일본어 책만 쌓여 있었다. 의아해하는 내게 그는 아무렇지도 않게 일본의 문학전집을 그대로 우리말로 번역하는 것이 우리의 실정이라고 했다. 한국의 많은 번역서가 원서 아닌 일본 책을 보고 번역된다는 것이었다. 국교가 정상화되지 않던 시절에 러시아 문학을 일어본으로 번역본을 삼는다면 어쩔 수 없는 일로 이해할 수도 있었겠지만, 당시만 해도 엄연히 영어권의 책을 자유롭게 살 수 있을 때의 일이라 나는 놀라움과 우리 번역에 대한 부끄러움을 금할 수 없었다. 그 뒤 그 출판사에서 나온 세계문학전집은 읽고 싶지 않았다. 60년대의 우리 출판사 번역출판의 한 모습이기도 했다.

　교육부에 잠시 근무할 때였다. 교육과정이 바뀌면서 바뀐 교육과정에 따라 새 교과서를 만들 때여서 정신없이 바쁜 시간이었다. 새로 나올 교과서의 교정을 보는데 어느 교과서 하단에 삽입된 그림설명 부분이 일본어로 되어 있었다. 집필자가 그림을 일본교과서에서 그대로 오려 우리 교과서에 붙였는데 설명부분을 미쳐 보지 못한 것 같았다. 그러니 새 교육과정에 따라 새롭게 개편된 교과서가 일본 교과서의 모방과 표절에 불과했다고 해서 그 누가 부인할 수 있겠는가.

70년대의 일이다. 일본에 교환교수로 잠시 머물던 사람이 첫딸을 일본 유치원에 보냈고 귀국해서 둘째딸을 한국 유치원에 보냈는데 둘째의 그림책이 첫째아이의 일본 책과 같았다고 한다. 번역본이란 표시도 없이 우리 것인 양 만들어진 교재라는데 놀라웠다고 했다. 지금도 유치원 어린이들이 보는 그림책에서 대학교재에 이르기까지 일본 책을 그대로 베낀 것이 많다는 것을 알 만한 사람은 다 아는 사실이다. 뿐만 아니라 영화나 가요, 드라마까지 표절과 모방이 끊이지 않음도 우리는 보도를 통해 알고 있다. 만화는 일본 만화에 지문, 대화만 우리 것으로 바꾸고 그대로 인쇄를 한다니 부끄럽지 않을 수 없는 일이다. 컴퓨터의 게임이나 장난감은 일본 것을 수입한 것들이고, 일상에서 일본 것이란 확인도 없이 우리 것인 양 만들어지고 쓰이는 것이 얼마나 많은지 모른다.

우리는 일본을 너무 모른다. 모르는 것이 아니라 일본에 대해서 너무 무지하다. 겉으로는 일본에 대해서 배타적이고 일본문화를 받아들이지 않으려 하고 일본을 무시하기까지 하지만, 그러면서 속이 곪고 있는 것을 모르고 있다. 이것이 모방과 표절의 천국을 만드는 기회를 제공하는 것이다. 일본의 가요, 영화, 만화, 드라마 등을 알지 못하고 접하지 못하니 그곳의 문화를 우리 것인 양 슬쩍 옮겨다 놓아도 모를 것이다. 아니 모를 것이란 상혼이 만행을 저지르는 것이다.

의상의 디자인도, 유행도, 못된 따돌림(이지메)도 자고 나면 우리 땅으로 건너와 퍼지고 흉내내고 따라가느라고 허우적거린다. 장사를 하려면 눈치 빠르게 옮겨와야 한단다.

일본을 무시하는 척하면서 일본제품은 선호한다. 방송국에서 사용하는 기자재들도 일본 상표가 붙은 것을 사용하는 것이 TV화면에 떠도 낯설어하는 사람들조차 없다. 일상생활에서 가정에 일제 전자제품 하나 없는 집이 없으니 일본경제가 우리 땅에 얼마나 침식하고 있는지 알 만하다.

우리가 지금 자동차 한 대를 만들면 그 속에 들어가는 부품 중 10% 이상이 일제부품이어서 자동차 수출이 많으면 많을수록 일본 부품에 대한 수입이 는다는 것도, 자동차뿐만 아니라 다른 전자제품도 그렇다는 것 또한 모를 리 없건만 우리는 그렇게 새는 국력을 모르는 척 덮어버린다.

일본을 용서하지도 받아들이지도 않으려고 고집을 부리면서 살아온 반세기 동안 우리는 우리 자신도 모르는 사이에 스스로 일본을 모방하고 표절하고 그것을 선호하고 있음을 고백하지 않을 수 없음이 부끄럽기만 하다.

남의 것을 모방하기에 바쁘고, 남의 것을 내 것인 양 표절하기에 바쁜 우리는 일본에게 있어서 어떤 존재일까?

여전히 정신 차리지 못하고, 좋은 머리를 갖고도 그 머리를 모방이나 표절에 쓰기 바쁘고, 국민들은 그것을 수용하고 허용하여 함께 속국 근성을 드러내는 사람들로 비치는 것이 아닐까?

반세기 동안 우리가 변했으니 일본은 더 변했을 것이다. 전쟁을 치른 우리가 발전을 했으니 전쟁을 치르지 않고 장사만 한 일본은 우리가 따라잡을 수는 없을 만큼 발전했을 것이다. 그러니 우리가 흉내내며 부러워할 수도 있을 것이다. 그러나 우리 것은 우리 것이요, 우리 것을 세계에 펼쳐 보여야 우리의 참모습이 세계의 한국을 만들 것이니 이제 일본의 모방과 표절은 안 되는 풍토가 되어야 할 것이다.

우리의 김치나 인삼 시장조차 일본에게 빼앗기고 세계시장을 공략하는 일본인의 우리 것의 모방과 표절을 막지 못한다면 우리는 일본의 경제 그늘에서 벗어나지 못할 것이다.

아직도 일본을 흉내내려 하는 사람이 있다면 그들은 독창적인 우리 것을 찾아내려는 사람들의 처방과 치료를 받을 사람이 될 것이다.

상징의 틀을 지우며

김 규 은(시인)

봄날 잎도 돋기 전 꽃구름 뭉게뭉게 피어오르는 벚꽃 환호하다 언제부턴지 야릇한 기분이 들곤 한다. 산수유 첫 꽃소식 기뻐한들 목련꽃 노래한들 라일락, 장미 꽃송이에 은밀히 입맞추고도 아무 죄 없이 감미로운 느낌인데 왜 벚꽃을 기뻐하고 환호한 다음의 마음은 사뭇 개운찮은 것인지…… 바람에 쓸려 가는 벚꽃을 보며 내 관념 속 상징의 틀을 지우기로 한다. 꽃은 꽃일 뿐이므로.

연전에 일본의 몇몇 군대를 구경하다 아소 활화산을 둘러보고 삼나무 대나무 울창한 산길을 달려 벳푸 근처에 내렸다. 유황내 자우룩한 온천지역 곳곳에 끓어오르는 지하수를 보며 원자폭탄 솟구치던 핵우산이 연상되는지 고개를 저었다. 작은 경관 하나하나 놓치지 않고 가꾸어 관광자원으로 이루어낸 일본인의 치밀함이 무척 알뜰하다는 생각을 하며 영천사(靈泉寺)를 구경할 때다. 반듯한 대웅보전이 있는 것도 아니고 입구의 현판은 높게 세웠으나 너저분한 건물 안내소에 아기의 턱받침이 걸려 있어 건성 보고 들어갔는데, 왼쪽 불당에 수많은 동자승 같은 부처님들이 아기 턱받침을 두르고 있는 것이 이상하여 안내자에게 물어 보았다. 수자(水子 : 낙태한 아이)들의 영혼을 위로하기 위해 아기 부처님 목에 턱받침을 둘러놓고 기도한다는 것이다. 가슴이 뭉클했다.

젊은 날 죄의식도 없이 저지른 잘못을 뉘우쳐 치성드릴 겨를도 없이 살아온 나날이 늘 마음에 걸렸는데 좋은 기회다 싶어 나는 얼른 안내소로 가 턱받침을 사려고 했으나 턱받침을 해드릴 부처님이 없다고 했다. 항상 만원이란다. 안타까운 마음으로 다시 터덕이며 가다 자세히 보니 정원에는 연보라 제비꽃만 피어 있었다. 일부러 심어놓은 것인지 자생하는 것인지 눈물나게 영롱한 제비꽃만 아기 눈빛처럼 아른아른하게 피어 있었다. 한참을 보고 있는데 일행들이 불러 위쪽 석불 아래로 가니 펄펄 끓어오르는 지하수가 왜 그리 섬뜩한지 너무도 대조적인 정경이었다. 지금도 가끔 생각나는 영천사의 어린 부처님과 턱받침, 연보라 제비꽃과 끓어오르던 지하수가 언뜻 스치곤 할 때마다 일본 어머니들의 지극한 마음이 아름답다는 생각이 든다. 태어나지도 못한 수자들에게도 지극한 정성의 예우를 다 하는 그들. 도처에 사물스러우리만치 많은 토속 신앙적 치성의 흔적이 많은 나라 일본.

그런데 지난 봄 퇴촌의 한적한 마을 위안부 할머니들이 살고 있는 〈나눔의 집〉을 둘러보고 나는 다시 일본을 생각했다. 그들은 누구인가. 그들의 진실은 무엇인가 되물으며 왜 정작 뉘우치고 엎드려 사과해야 할 일에 대해서는 변명만 일삼는지, 삼나무 같은 청년들과 꽃 같은 처녀들을 갖은 압력과 교활한 수법으로 끌어가 무참히 짓밟은 죄과에 대해서는 진정어린 사죄의 말이 없는지, 내 숙부께서도 일본에서 학교를 다니다 학도병으로 징집되어 예쁘던 작은어머니 몇몇 년 아기도 없이 내 색동저고리나 지으시며 눈물로 보내시던 어린 날의 기억과 할머니의 기도가 생각나는데, 나도 너무나 안이하게 살고 있는 것은 아닌지 마음을 다잡으며 위안부 할머니들의 그림을 둘러보다 한 폭의 그림 앞에서 발을 멈추었다.

벚꽃나무에 일본군이 그려 있고 그 뿌리 밑에는 수많은 해골들이 쌓였는데 발치에 나신의 여인이 꽃잎처럼 떨어져 누운 김순덕 할머니의 그림이다. 벚꽃의 상징, 잠재의식이 형상화된 그림을 보며 나는 또 고개를 흔들었다. 꽃은 꽃일 뿐 관념 속 상징의 틀을 지우고 싶었는데, 이 혼란스러운 앙금을 속으로만 앓지 말고 우리는 한 목소리를 내야 할 것이다. 수자들에게도 정성스런 예우를 다하는 그들의 양심을 불러 일깨워야 한다. 그리고 진정어린 사죄의 조아림 앞에 우리는 늪 같은 우울을 털고 일어나 용서의 밝은 문을 열어야 한다. 새 천년을 향하여 활기찬 가슴으로……

울밑에 핀 봉선화

왕 수 영(재일동포여성문학동인회 부회장)

미국에는 한국동포가 읽는 한국어 신문도 많고 한국어 잡지도 많고 한국어 방송국도 있다. 또 한국어로 글을 쓰는 문학인의 활동도 눈부시고 문학서클도 체재가 튼튼하다.

올해 6월에 미국 로스앤젤레스의 코리아타운에 문학강연을 하러 갔었는데 "일본으로 이민 간 동포는 왜 일본에서 한글로 작품활동을 하지 않는가"라는 질문을 받고 아연실색했다.

일본에 살고 있는 우리 동포는 이민을 온 것이 아니고 거의가 강제 연행되어 왔거나, 내 나라에 있을 수 없는 역사적인 배경으로 도리 없이 일본 땅에 살게 된 것이다. 대부분이 내 나라에서 가난하고 무식이었던 사람들로서 일본에 끌려와서는 심한 노동과 학대와 차별 속에 한 맺힌 일생을 살아왔다.

서툰 일본어 때문에 한국인이란 사실이 드러나고 한국인이란 이유만으로 차별을 받았다. 이렇게 갖은 수모에 시달려온 1세들은 자녀들에게 모국어를 가르치지 않았다. 일본어만 능숙하면 일본인으로 통할 수 있고 일본인과 한국인은 얼굴이 같아서 구별이 안되므로 일본인 행세를 할 수 있었다.

일본이름을 사용하므로 한국인이라는 사실이 드러나지도 않았다. 2세들은 제대로 교육을 받게 되어 1세들의 한 많은 인생을 돌아볼 여유는 있었으나, 일본인의 끈질긴 차별은 2세들에게도 위협이었다. 그들은, 부모를 이해하려고 애쓰면서도 자신들의 처지를 한탄하고 부모를 저주했다.

1세들은 허리띠를 졸라매며 이를 악물고 살아왔다. 소·돼지의 창자를 구워 팔고, 고물장사를 하고, 쇠붙이를 긁어모아 팔고, 오물 처리를 하며 모은 돈으로 자식들을 교육시켰다. 그런 자식들이 학교에서 '조센징(조선인이라는 차별어)'이라는 놀림을 받고 돌아와 부모에게 반항할 때는 가슴이 무너지듯 한숨쉬며 눈물지었다.

김치냄새, 마늘냄새, 고춧가루냄새, 냄새 냄새 냄새가 난다. 죠센징은 더럽다. 귀찮다. 돌아가라. 사람도 아니다. 벌레만도 못하다.

이런 무서운 일상 속에 한국어를 한 마디라도 한다는 것은 다이너마이트를 안고 자폭하는 거나 다름없었다.

모국어는 그들에게 공포였다. 오로지 일본어로 말하고 쓰고 살면 그만이었다. 지금도 일본에는 동포신문이 일본어로 몇 가지 발행되고 있다. 만일에 한국어로 발행해도 읽을 수 있는 동포가 거의 없다.

한국에서 올림픽이 개최된 이후 일본인들의 한국에 대한 인식이 많이 바뀌었고 재일동포도 한국인으로서의 자부를 갖고 한국어 공부도 하고 본명(한국이름)도 되찾고 있다. 그러나 일본에서 능숙한 일본어로 살면 불편이 없고 굳이 한국어를 사용할 일도 없다.

미국과 그런 점도 다르다. 그래서 재일동포는 일본어로 일본문학 공부를 하고 스스로도 일본어로 글을 쓴다. 그래서 일본문단에 데뷔해서 활약하는 이도 많다.

내가 관여하고 있는 '재일동포여성문학동인회'의 멤버는 본국에서 건너온, 나를 제외하고는 모두 일본에서 태어난 2세·3세이며 그들은 한국어를 못한다.

10년 전부터 우리는 동인지 「봉선화」를 일어로 발행하여 올해 15집을 냈다.

재일동포는 본국에서도 소외당하고 일본에서도 차별을 받고 보니 피해자 의식이 강하게 남아 있다. 그래서 앞으로는 피해자 의식을 버리고 일본에서 나고 자라는 우리의 자손들을 위해 1세·2세들이 살아온 발자취를 남기자, 한으로 얼룩진 어머니들의 삶을 우리가 조명하자, 배우지 못해 글을 쓸 수 없는 1세의 신세타령을 우리가 문학으로 남기자, 본국도 일본도 외면했던 재일동포 할머니와 어머니 얘기를 기록하자고 우리는 모였다.

재일동포 여성들은 아무 도움도 없이 「봉선화」를 15집까지 이끌어 왔다. 10대에서 70대까지의 동포여성들의 땀이 맺힌 동인지다.

동인 중에는 일본에서 문학상을 탄 이도 있고, 단행본도 5권 출간되었다. 일본여성의 작품도 싣고 초대석으로 남성의 글도 싣고 있다. 이쯤에서 우리 동인은 본국으로 시선을 돌리게 되었다.

우리의 소원은 본국에 가서 본국의 여성문학인회의 여러분과 만나 묻고 싶은 것, 듣고 싶은 것, 그리고 본국 여성문학인의 냄새를 맡고 싶은 것이다.

아무래도 본국과의 다리역할은 내가 맡아야 하는데 이런 소원이 이루어질지 알 수 없으나 기대를 걸고 싶다.

가까운 일본의 재일동포 문학여성들에게 본국의 문학여성인들이 따뜻한 손길을 내밀 때도 되지 않았는가 하고 생각해 본다.

서로 말은 통하지 않으나, 우리나라의 역사의 희생자라고 할 수 있는 이들에게 관심을 기울여 주기를 바라는 마음 간절하다.

내가 경험한 일본

이 영 주(수필가)

얼마 전 딸아이가 자기 동네에 새 일본 국수집이 생겼다며 나를 식사에 초대했다. 이스트빌리지에 있는 아주 조그마한 집이었다. 입구부터 모양새가 단정했고, 식당 안은 좁았지만 인테리어가 여간 깔끔하지 않았다.

음식은 한 사람씩 쟁반에 날라다 주는데, 국수를 종류에 따라 담는 솜씨며 그 서비스가 예사롭지 않아 기분이 좋았다. 그런데 먹어보니 맛은 그저 그랬다. 한국 음식점처럼 밑반찬이 따라나오지 않는 국수집에서 심플한 소스에 곁들여 먹는 국수를, 아무려면 한국 음식에 비교할 수 있을까. 젊은 사람들은 그 집의 소박한 분위기에 가격도 괜찮은 편이니까 좋아할 수 있겠지만, 나는 아무래도 우리나라 식당에서 파는 국수가 훨씬 맛있다.

'샤브샤브'라는 음식만 해도 그렇다. 이스트빌리지 10가이니가에 유명한 샤브샤브집이 있다. 하도 유명해서 맨해튼에만 지점이 몇 개 있고, 다른 주에서도 그 집의 샤브샤브를 먹으러 온다기에 한 번 가 봤다. 일본식당답게 서빙은 유난히 멋스러웠지만 맛은 그게 아니었다. 거기에다가 단무지도 따로 사먹어야 하니 대단히 비싼 샤브샤브가 되었다. 맛이 특별하게 좋았다면 그런 억울한 느낌은 들지 않았을 것이다.

딸이 모처럼 초대한 점심은 인색한 음식 때문에 먹은 것 같지도 않았고, 손해본 느낌뿐이었다. 그런데 아쉬웠던 마음이 화장실에 다녀오면서 확 뒤집어졌다. 식당 안은 테이블도 몇개 안 될 정도로 좁더니 화장실은 식당의 4분지 일은 될 정도로 그 안이 넓었다. 게다가 식당 인테리어는 극히 심플하고 소박했지만, 화장실은 마치 귀족의 리빙 룸처럼 잘 꾸며져 있었다. 한쪽에 놓인 골동 가구는 대단히 정교한 솜씨의 값진 서랍장이었고, 그 위에 잘 기른 분재가 도자기 화분에 담겨 있었다. 그리고 한 옆엔 멋스런 바구니에 담긴 비치 색의 페이퍼 타월이 장식품처럼 소담했다.

손을 닦는 싱크대는 창가에 있었는데, 그 창에도 빨간 꽃이 핀 화분이 귀엽게 놓여 있었다. 싱크대의 수도꼭지는 값비싼 도자기 제품이었으며, 그 위의 거울을 비추고 있는 등은 나무로 만든 수제품이었다. 은은한 꽃향기가 묻어나는 화장실의 분위기는 그야말로 부족한 음식 맛을 채우고도 남을 만큼 사람의 기분을 편안하고 기분 좋게 해주었다.

고작 일본식당의 화장실을 내가 왜 이렇게 장황하게 설명하는가 하니, 나는 그것이 바로 장사의 기본이라고 생각하기 때문이다. 이쯤 되면 음식 맛은 고사하고라도 화장실이 좋아서 이 집을 더 자주 찾을 수도 있는 것이다. 소호에도 화장실 때문에 잘 나가는 카페가 있다. 그 집 화장실은 벽이 모두 유리로 되어 있어서 안에서는 밖이 보이는데, 밖에서는 안이 보이지 않는다. 얼마나 재미있는가.

언젠가 터키에 갔을 때도 식당에서 재미있는 경험을 했다. 크고 넓은 화장실 안에 터키 민속의상을 입힌 실물 크기의 갖가지 사람 인형들과 화려한 꽃들로 장식되어 있었는데, 그것만으로도 큰 구경

거리였다. 화장실에 들어갔던 사람들이 모두 재미있어 어쩔 줄 모르겠다는 듯한 얼굴로 나오는 것만 봐도 그 식당은 성공한 식당이 틀림없었다.

흔히 화장실이 그 나라 문화의 척도라고 한다. 우리 뉴욕의 한국 식당들 중에서 화장실에 투자하는 식당이 몇 군데나 될까. 식당 안은 번쩍거리게 크게 해놓고, 화장실은 문을 여닫기도 불편한 식당이 하나 둘이 아니다. 거기에다 청결 상태까지 꼬집자면 골이 아플 지경이다.

주한미군이 한강에 독극물을 쏟아버려도 형식적인 사과만으로 얼버무린다든지, 미군이 한국에서 범죄를 저질러도 확실하게 혼내줄 수 없는 한미행정협정(SOFA) 등, 자존심 상하는 일이 한두 가지가 아니다. 그러면서도 솟구치는 분노에 앞서 내 가슴을 미어터지게 하는 일은 이런 우리 모습에서부터 비롯되는 열등감이다.

우리에게 일본은 어렸을 때 교과서에서 배운 것처럼 우리나라를 36년 동안이나 강점하고 우리의 언어와 문화까지도 말살시키려했던 절대적인 적이다. 나보다 나이가 한 세대 전인 어떤 분은 한국 사람들이 일본 자동차를 사서 타는 것에 대해 대단히 못마땅하게 여긴다. 일본인들 것은 껌 하나라도 팔아주지 말아야 한다는 것이다. 나도 그렇게 말하고 싶다. 일본이 우리나라에 했던 못된 짓을 생각하면 일본사람들과는 눈길도 마주치지 말아야 할 것이다.

그런데 나도 일본차를 타고 있다. 더욱 약오른 점은 벌써 9년이나 탄 자동차가 그 동안 고장 한 번 없었다는 일이다. 일본차를 타기 전에 미국차도 타 봤고, 한국차도 타봤다. 그런데 운이 없었는지 자동차를 바꾸어도 처음부터 늘 문제가 생겨서 타는 동안 수없이 수리하러 다녀야 했다. 그런데 일본차는 9년 동안 한 번의 고장도 없는 것이다.

사람 사귀는 일도 그렇다. 이상하게 미국 와서 20년 동안 살면서 마음의 친구를 구하지 못했다. 그런 중에 그래도 잘 지내는 친구가 한 사람 있다. 기오루라는 일본친구다. 우리가 만난 것은 19년 전 영어학교에서였는데 가오루는 몇년 전, 남편의 직장 관계로 일본에 돌아갔다. 평소엔 서로 연락조차 없다가도 크리스마스 때만 되면 그녀는 반드시 여러 가지 선물을 정성스럽게 포장해서 보내준다. 그녀의 선물을 열 때마다 갈등을 느끼는 것은 포장한 선물 하나 하나가 다 생각하고 보낸 흔적이 역력해서이다. 정성이 가득한 선물은 받는 사람을 얼마나 행복하게 해주는가. 그래서 내겐 아직도 조그만 일본 소품들이 여러 개 있다.

가오루와 함께 영어학교 다닐 때, 딸애가 필라델피아 오케스트라와 뉴욕 필하모닉 콩쿠르에서 우승한 적이 있다. 그 때마다 카오루는 슈크림 과자를 구워 와서 클래스메이트들과 함께 축하해주곤 했다. 물론 딸아이 것은 별도로 예쁘게 포장해서 주었다. 그때 그런 카오쿠를 보면서 한국 클래스메이트 한 사람이 "정말 부끄럽소. 난 따님이 일등 했다는 소식 듣고 '한턱 내슈'하면서 한턱 내라고 오히려 으름장을 놓았는데, 같은 한국인도 아닌 일본여자가 이렇게 진심으로 축하해주고 모두가 함께 그 기쁨을 나누게 해주다니……. 우리가 배워야겠어요."

아주 진지한 얼굴로 말하던 그녀의 모습이 지금도 눈에 선하다.

식당의 화장실 하나, 접대하는 접시 하나, 자신들이 만드는 상품 하나 하나, 일본인들은 참으로 정성을 다해서 마련한다. 그를 빗대어 혹자는 일본인들은 포장술이 뛰어나다고 폄하하기도 하지만, 나는 그럴 생각이 없다. 물론 나는 해방 후 태어났으므로 일본인으로부터 직접적인 불편을 당한 일은 없다. 지금도 일본에 사는 우리 교포들은 하다 못해 골프장에 가서도 큰 소리로 한국말을 할 수 없다고 한다. 한국인인 걸 확인하면 일본인들은 심하게 멸시한다는 것이다. 정말 자존심이 이토록 상할 수가 없다.

그렇지만 그렇다고 해서 일본인과 관계를 갖지 않는다거나 일본 물건을 사지 않겠다는 생각은 하지 않는다. 그렇게 멸시를 당하기 때문에 나는 그들보다 더 우아한 화장실을 갖고 싶고, 더 훌륭한 상품을 만들고 싶고, 더 의리 있는 사람이 되고자 할 뿐이다. 누가 뭐 어쩐다고 불평하는 것은 우자(愚者)의 몫이다. 내가 말린다고 생각할 때 죽을힘을 다해 노력해서 실력으로 상대방을 극복하면 되는 것이다. 그런데 우리 인간은 게으르기 때문에 노력하기보다는 핑계거리를 먼저 찾아낸다. 그것이 약자의 대표적인 모순이다.

지금 세계는 1초마다 분주하게 발전하고 있다. 적과 우방의 관계도 터무니없이 무너지는 세상이다. 과거를 상기하며 분노를 되새김질하느니 그 시간에 한 발 더 멀리 뛸 수 있도록 자기를 갈고 닦는 일이 더 급선무라고 본다. 그까짓 일본쯤 우리 한국인들이 뭉치면 얼마든지 땅바닥에 매다꽂을 수 있다.

길이 없는 후지산

최 봉 희(시인)

"비행기에서 보이는 후지산은 일본에서 가장 아름답고 이름난 산입니다. 캄캄한 밤에도 하얗게 눈 덮인 후지산의 정상이 보입니다. 잠시 후에 왼편 지상이 내려다보이겠습니다."

스튜어디스의 안내 방송을 들으니 후지산의 등반계획에 설렘과 두려움이 앞선다. 후지방고 버스로 후지산 5합목에 도착한 것은 1992년 7월, 한 여름의 열기가 아직도 식지 않은 밤 10시였다. 고지대의 넓은 평지에 휘황한 불빛들이 이국의 향수를 자아낸다. 한 가게의 메뉴를 읽어본다. 주스류 3백 엔, 술 한 컵 왕카푸 6백 엔, 보토고히 5백 엔, 라면 7백 엔, 우동 7백 엔, 산소 1천2백 엔.

문상각 이층의 큰 다다미방에서 뜬눈으로 밤을 설치고 새벽 4시. 등산 초입의 숲길을 따라 까마득한 정상을 향해 걷기 시작한다. 가까운 곳에서 산의 모습은 보이지 않는다. 동트는 밝음 속에서도 후지산은 보이지 않는다.

후지산 등반코스는 10단계로 나눈다. 5단계까지는 차를 이용하지만 그 다음부터 10단계까지는 걸어야 한다. 황량한 사막에라도 들어선 듯 팍팍한 모래땅 모랫길이다.

'후지산은 사정이 자꾸 바뀝니다. 정해진 길로 올라가세요.'

S자로 구부러진 등산로가 아니면 절대 위험하다는 안내판의 경

고문이다. 불도저가 단단하게 다지고 메운 그 길만을 따라 오르란
다. 비가 내리거나 눈사태가 날 때면 길은 깎이고 허물어져 다시
불도저가 새로운 길을 내야 하는 공사가 계속되기 때문이다. 등산
로에 중년의 남자가 아무렇게나 누워 있다. 많은 사람들이 가쁜 숨
을 몰아쉬며 주저앉아 있다. 산을 오를수록 심해지는 고산병 때문
이다. 목이 매캐하고 갈증이 나고 하늘이 빙빙 돌지만, 그렇게 잠
시 쉬고 나면 언제 그랬던가 싶게 일어나서 다시 걷게 된다. 부드
러운 육질의 흙산이 아니고 발 디딜 자리가 힘없이 푹푹 패이는
모래뿐인 산이라서 다른 산에 비해 훨씬 힘이 든다. 푸른 잎 달린
나무 한 그루 없고 뿌리내린 작은 풀꽃 하나 없다. 나무가 없으니
그늘이 없고 숲이 없으니 새들의 울음소리, 날갯짓 소리도 들을 수
없다. 한없는 인간의 고행길이 이와 다르지 않으리라.

　해발 3776미터 후지산의 정상에서 나는 '기어코 머나먼 그 모랫
길을 걸어 정상에 섰구나!'하며 혼자 감격하며 온 몸에 전율을 느
낀다. 후지산 꼭대기에 있는 신사에 참배하기 위한 순례자들의 행
렬이 끊이지 않는 것은 일본인들이 이 산을 민족의 영산으로 섬기
는 때문이다.

　끈기 있게 참고 견디며 다만 후지산을 오른다는 이 화두 하나만
을 가지고 세 치 혓바닥의 기운이 다할 때까지 오르고 오른 후지
산의 정상이었다. 눈과 얼음으로 쌓인 높은 빙벽길이 깎이고 패이
고 무너진 검은 모래흙과 하얀 눈으로 덮인 꼭대기는 수십 번의
분화를 일으켰던 연치 1만년 정도의 젊은 휴화산이라고 한다. 커다
랗게 움푹 패인 검은 분화구의 주변에는 숙박업소와 우체국과 신
사 참배소와 물을 관리하는 신을 모신 곳과 그리고 어디를 가나
빼놓을 수 없는 기념품 상점들이 도열해 눈길을 끈다.

천상산에서 바라본 후지산은 아름답지만
아름답지만은 않은 산
땀 흘리는 여름도 눈썹 까닥 않는 산

모래 산을 밟으면
과거의 역사는 허물어져 내리고
모래는 다져져서

그 위를 걷는 그들의 경제를 만든다

후지산의 정상에서
나는 무엇을 볼 것인가

성성한 백발의 머리칼로
잃어버린 백제의 미소를 되찾을 수 있을까

높은 곳에 드러나는 속살은 검고
깊은 곳에 숨기고 묻어둔 양심이
끝내 무심한 지경에 이르러

후지산은
그 커다란 입을 벌린 채
아무 것도 말하지 않는다.

-고독한 산행 8-

　모래뿐인 하산길이 다시 시작된다. 해변가에서 맨발로 모래사장을 걸을 때의 낭만은 아니다. 넘어지고 미끄러지고 힘없이 주저앉고 쓰러지기 거듭 수십 번, 오를 때보다 훨씬 힘들었다. 왜냐하면 오르는 길은 불도저가 닦아놓은 길이었고, 하산 길은 불도저가 닦아놓지 않은 다른 길인 때문이다. 후지산은 여인의 온유함과 부드러움과 순결함의 인상을 주지만 그 정상에 가보면 거칠고 씩씩한 남성적인 산이다. 강경함과 유연함을 갖춘 후지산의 아름다운 자태는 하구호에서 다시 한 번 느낄 수 있다. 후지산 주변에 있는 다섯 개의 호수 중의 하나인 하구호 푸른 쪽빛이 넓은 수면 위에 후지산을 거꾸로 비추듯 삼각의 수묵빛 물그림자를 드리우며 환상적인 풍광을 펼쳐놓는다. 일시에 개화하는 벚꽃처럼 일본인들은 그들 집단과 공동체의 힘을 자랑하는 외형적인 모습과는 다른 것 같다.

　후지산의 모래땅과 검은 얼굴의 분화구는 어쩌면 시대착오적 망언을 일삼는 그들 내면의 모습을 적나라하게 보여주는 어떤 실체인지도 모른다.

"저희 집에서 차나 한잔 하시지요?"

박 진 영(소설가)

"今の こご わたしの うちに お茶は いかかですか?"

어설픈 일본어로 얼마 전 앞집으로 이사온 젊은 일본인 부인에게 차나 한잔 하자고 권하고자 나는 이 문장을 몇 번이고 읊어보며 아파트의 문을 연다. 몇 번 지나며 인사는 했지만 그저 습관대로 영어로 이야기를 했을 뿐이다.

일본인과 일어로 대화를 시도한다고 생각하다 막상 닥치면, 얼떨결에 일본말은 잊어버리고 영어가 불쑥 나올 것만 같았다. 독어, 잘은 못하더라도 한 문장이라도 다른 언어로 글을 읽으면 무어라 말할 수 없는 다른 문화의 냄새가 향수처럼 밀려오는 듯해, 나는 새로운 언어 배우기를 즐겨했다. 그러면서도 세계에서 우리나라 말과 유일하게 유사한 언어라는 일본말, 그래서 6개월만 배우면 10년 영어공부 한 사람보다 잘할 수 있다는 일본말을, 30대 중반이 되어서야 겨우 히라가나부터 암기하기 시작했다. 히라가나를 외우던 그 여름, 나는 어렴풋이 내가 처음으로 일본말을 배우려고 시도했던 때를 떠올렸다.

대학입시 예비고사를 마친 그 겨울 방학이었다. 오랫동안 입시공부로 시달려 다른 것을 할 여유라고는 전혀 없었던 나는 갑자기 겨울방학이 통째로 내게 떨어진 데 당황했다. 대학 입학시험이 끝나고서도 한동안은 버릇처럼 아직 창 밖이 밝기도 전 어스름한 새벽, 소스라치게 놀라 잠에서 깨어나곤 했다. 정신을 차리고 나면, 그제야 더 이상 시험 공부를 하지 않아도 된다고 다짐하며 다시 잠을 청하곤 했던 것이다.

그러나 아무 대책 없이 얻은 자유는 해방감 이상의 공허감을 가지고 왔다. '무엇인가 해야지' 하는 생각에 며칠을 궁리해 나는 두 가지를 그 겨울에 하기로 했다. 하나는 클래식 기타를 배우는 것이었다. 현악기를 배워본 적이 없는 나에게 그때 배운 클래식 기타는 이후 오랜 동안 20대의 방황을 달래주는 친구의 역할을 해주었다. 그리고 또 한 가지 계획은 내가 그 동안 한 번도 접해볼 기회가 없었던 일본어를 배우기로 한 것이었다. 우선 책방에 가 독학일본어 교본을 사다 히라가나부터 익히기 시작했다. 그러나 클래식 기타와 달리 일본어 교본은 며칠이 지나지 않아 나에게서 버림을 받았고, 그 후 내내 내 책상에서 먼지를 허옇게 뒤집어쓰고 지내는 신세를 면치 못했다.

그 이유를 생각하는 것은 나 스스로에게도 당황스러운 일이다. 하루, 이틀 히라가나를 외우며 내 마음의 한 구석에서는 "내가 왜 일본어를 배워야 하나" 하는 의구심이 떠나지를 않았다. 그 의구심은 나날이 발전하여 결국은 내가 일본어를 배우려는 시도는 우리가 일제의 식민지임을 재확인하는 작업이라는 데 생각이 미치기에 이르렀고 그 생각과 더불어 나는 일본어 책을 덮어버렸다.

지금 생각하면, 역사와 현실에 대한 잘못된 판단의 극치로 치부해 버릴 수 있는 그 당시 나의 일본어에 대한 미련한 생각을 지워버리는 데에는, 그러나 오랜 시간이 걸렸다. 대학을 졸업하고, 한국을 떠나고, 그리고 미국에 와서 동양학을 전공하면서까지도 나는 일본어를 배우지 않는 대단한 실수를 서슴없이 저지르고 있었던 것이다.

그러나 외국생활을 하며 일본인 제자들을 만들고, 학교에서 만나는 일본인 교수동료들을 접하며, 일본을 감정적이기보다는 이성적으로 받아들이는 법을 배우기 시작했을 때 비로소 나는 내가 일본에 대해 아는 것이 아무 것도 없다는 것을 깨달았다. 일본이 한국역사에 끼친 오욕인 임진왜란과 일제 36년을 제외하고 나는 일본의 언어는 물론 역사, 문화, 문학 등 우리나라와 가장 많이 역사와 문화와 삶을 공유해 왔을 수도 있었던 나라인 그들에 대해 아무 것도 아는 것이 없었다. 이 역시 당황스러운 일이 아닐 수 없었다.

그 당황스러움을 메우기 위해 읽기 시작한 일본에 관한 글 중에 지금까지 잊혀지지 않는 구절이 있다. 현대 일본 철학자 중의 한 사람인 니시타니 게이지의 말이다.

"우리 일본은 (동양과 서양의) 두 철저히 다른 문화를 상속받았다……. 이것은 서구인들은 공유할 수 없는 커다란 특권이다……. 이는 또한 우리의 어깨 위에 무거운 책임을 얹어두는 것이기도 하다. 즉 동서양의 차이점을 넘어서 형성되는 하나의 새로운 세계를 위한 사상적 토대를 만드는 책임이다."

동아시아가 서구화의 세력에 밀려 그 정체성을 찾기 위해 갈등하고 있던 20세기 초, 일본 철학자들은 이미 그와 같은 상황을 통해 자신들을 동과 서가 만나는 새로운 세계의 초석을 세울 사상적 기반을 형성하는 책임을 맡은 존재로 의식하기 시작했으며, 그 결과 교토학파라는 현대 동서 비교철학의 근거지를 마련했던 것이다. 같은 시기에 우리의 철학자들도 이처럼 거대한 기치에서 우리의 철학을 생각해 보았던가.

　그처럼 거대한 만남은 아니더라도, 나는 이제 우리집 문을 열고 복도를 지나 앞집의 문을 두드린다. 오랫동안의 침묵을 깨듯, 한여름 초록빛깔의 문을 두드리고 나는 말할 것이다.

　"오늘 오후, 저희 집에서 함께 차나 한잔 하시지요?"

가즈오의 추억

김 녕 희(소설가)

　얼마 전, 소설가협회의 독서 캠페인을 위해 모교인 이천초등학교를 방문하였을 때였다. 초롱초롱한 400여 명의 아이들 속에 가즈오의 얼굴이 클로즈업되어 왔다. 가즈오는 나와 유치원을 같이 다니고, 1945년 8·15해방이 되던 해, 국민학교 3학년까지 같은 반에서 공부한 일본아이였다. 눈이 크고 얼굴이 준수한 가즈오는 공부도 잘하였고, 나를 좋아하였다.

　붉은 기와지붕인 가즈오네 집은 정원이 넓은 양옥이었고, 사위가 트인 언덕 위의 양철지붕인 우리집에서 내려다보이는 위치에 있었다. 우리는 학교 갈 때도 같이 갔고, 대개는 귀가 길에도 같이 다녔다.

　여름방학 때, 일주일에 한 번씩 월요일 새벽마다, 체조하러 학교 운동장으로 갈 때도 우리는 함께 가곤 하였다. 머리에 청군 백군의 띠를 매고 고무줄로 단을 오므린 까만 반바지 위에 상쾌한 흰 반소매 운동복차림으로.

　여름 날 오후 댑싸리비로 잠자리를 잡으러 다녔고, 논으로 목이 긴 병에 메뚜기 잡으러 다니기도 하였었다. 특히 우리집 가까이, 우리집 조상의 묘가 다섯 기(基)나 있는 동산에 가서 만화책도 같이 읽고 숙제 같은 걸 같이 하기도 하였다. 그 동산은 봄이면 뻐꾸

기가 울고 소쩍새가 울었다. 동산 아래 드넓은 밭엔 보라색 도라지 꽃이 물결치고, 노오란 장다리꽃과 비누방울 같은 하얀 파꽃이 지천으로 피어 있었다.

그 꽃밭 위로 노래라도 하듯 호랑나비 파랑나비 노랑나비가 춤추고 고추잠자리, 보리잠자리 떼가 아름다운 원무를 추곤 하였다. 우리는 항상 깨끗한 원피스 차림인 가즈오의 엄마가 만들어주신 도넛을 먹거나 우리 엄마가 싸주신 찐 고구마를 나눠먹곤 하였었다.

상수리나무 아카시아나무가 시원한 바람을 주는 넙적바위에 비스듬히 누워 가즈오는 손에 쏙 들어가는 작은 하모니카를 불었다. 나는 노래를 잘하는 편이었으나, 수줍은 성격이라 가즈오가 하모니카로 부는 '오 대니 보이'를 따라 부르지는 않았다. 손재주가 있는 가즈오는 토끼풀꽃을 따서 팔찌를 만들기도 하고 할미꽃으로는 화관을 만들어 머리에 얹어주기도 하였다.

동생이 많은 우리집과 달리 동생이 하나뿐인 가즈오네 집은 항상 조용하고 오르간이 있어서 자주 놀러가곤 하였었다. 비가 오는 날이나 추운 겨울엔 가즈오네 집에서 공부도 하고 오르간도 치고 만화책이랑 『소공녀』, 『소공자』같은 책을 읽기도 하였다.

우리는 엄마끼리도 친해서 별식을 만들면 가즈오는 도넛 접시와 단팥죽 그릇을 가져오고, 나는 빈대떡이나 시루떡 같은 접시를 날라 가곤 하였다.

내가 태어나 자란 경기도 이천(利川)엔 그 당시 수여선(수원에서 여주까지) 기차를 놓기 위해 일하는 일본사람들이 많았다. 우리 학교의 교사인 가즈오의 아버지와 달리 가즈오의 작은아버지는 의사였고, 결혼하지 않은 삼촌은 젊은 조선남자를 징용에 보내려고 색출하러 다니는 형사였다.

폐가 나쁘고 몸이 약한 우리 아버지는 가즈오 삼촌에게 쫓겨다니며, 마루 밑에 판 지하실과 과수원 뒷동산에 판 땅굴에 숨어 지내는 고통을 감수하지 않으면 안 되었었다.

그러나 역사의 수레바퀴는 일본의 항복을 가져왔고, 세상은 하루아침에 뒤바뀌게 되었던 것이다. 일본천황이 라디오를 통해 전국 방방곡곡에 떨리는 목소리로 항복의 전파를 보낸 다음 날이었다.

숨이 턱에 찬 가즈오가 우리집 마당으로 뛰어들어왔다. 일본에 있는 자기 집 주소를 적은 쪽지와 자기가 쓰던 만년필을 나에게 내밀면서 말했다.

"우리는 지금 떠난다. 조선에 와서 가네모도 야스회, 너 같은 친구를 알게 되어서 너무 행복했다. 꼭 편지할게. 너도 내 주소 잃어버리지 말고 편지해야 돼. 응?"

다급한 가즈오의 얼굴을 마주 보며 다만 나는 고개를 끄덕였을 따름이었다. 풀로 붙인 것처럼 나는 한 마디도 하지 못하였다. 동네 사람들에게 허리 굽혀 사죄하고, 가즈오네 가족은 관부 연락선을 타기 위해 부산으로 쫓겨갔었다.

그 후 위로 딸이 셋인 우리집은 수원으로 이사하게 되었다. 이천엔 여자중학교가 없었던 것이다. 우리집주소가 바뀌고, 1965년 한일교류협정이 이루어졌다. 때때로 나는 가즈오의 통통한 볼과 『소공녀』 책 속에 그 애가 끼워준 네 잎 클로버를 떠올리곤 한다. 반세기도 더 넘은 먼 얼굴을.

1982년, 일본여행을 처음 갔을 때 나는 잃어버린 가즈오의 주소를 머리 속으로 더듬으며 사방을 두리번거리며 다녔다. 혹시 가즈오를 닮은 얼굴이 없나 해서였다. 그 후로도 몇 차례 일본에 갈 때마다 주위를 두리번거리게 되는 건 무슨 까닭인지, 아마도 우리는 마주친다 해도 서로 알아보지 못할 만큼 변했을 텐데 말이다.

책을 읽을 때나 영화를 볼 때, 가끔씩 첫 사랑이란 단어를 만나면 나는 아련한 기분에 젖게 된다. 동시에 아득한 가즈오의 얼굴이 떠오르곤 하였다.

가즈오 신다로, 너는 지금 어디서 무엇이 되어 살고 있는지.

미국 여행길에서 되살아난, 부럽고도 얄미운 나라

전 옥 주(희곡작가)

모두들 너무나 쉽게 자주 가는 미국에 지난 7월에 처음으로 가 보았다. 문협 행사가 LA에서 없었다면 아직까지도 나는 그 풍족하고 거대한 나라의 땅을 밟아보지 못하였을 것이다.

낮과 밤이 반대인 나라, 그 만큼의 긴 시간 비행기를 타야만 갈 수 있는 나라는 멀미 중에도 특히 비행기 멀미가 심한 나에게는 어려운 여행길이 아닐 수 없었다.

멀미 후유증이 소화불량을 불러와 차를 타면 눈을 감거나 잠을 자야만 견딜 수 있었으니 제대로의 관광은 하지 못하였음이 뻔하다.

그래서일까, 그 어려운 미국 첫 여행에서 기억에 남는 것은 현란한 무지개를 뿜으며 내리쏟는 나이아가라의 야경도, 아메리카 드림의 상징인 자유의 여신상도, 미국의 막강한 힘을 자랑하는 엠파이어 빌딩과, 우람한 산을 가르고 끝없이 이어지는 광활한 대지도 아닌 내 가슴을 통해 들어온 미국 속에 살아 있는 일본이었다.

샌프란시스코로 향하는 기내, 초등학생 저학년에서부터 중학생까지 수십 명의 어린 학생들이 우리 일행과 좌석이 섞여 동행하게 되었다. 태권도의 멋진 폼이 프린트된 유니폼을 입은 아이들은 심신단련과 견문을 넓히기 위해 열흘 간의 미국여행을 간다고 했다.

아주 어려 보이는 학생도 있어 처음에는 참 대단하다고도 생각했지만 그 생각은 곧 짜증과 우려로 변하고 말았다. 내 좌석 뒤에는 초등학교 2학년생이, 앞에는 4학년생이 앉아 있었는데 탑승하는 순간부터 소란스러웠다. 아이들은 비행기가 이륙하여 안전벨트를 풀자 여기저기 뛰어다니며 장난을 치는 등 난장판이 따로 없었다. 처음 몇 시간은 그러려니 해서 참고 있었다. 그러나 취침에 들어야 할 늦은 시간인데도 계속 돌아다니며, 자리에 앉아서도 얌전하게 있는 것이 아니라 의자를 차거나 밀치며 일어서는 통에 잠은커녕 편안히 쉴 수조차 없었다.

더러는 아이들을 타이르기도 하고 꾸중도 해 보았지만 소용이 없었다. 견디다 못해 인솔자로 보이는 건장한 사나이에게 좀 타일러 달라고 부탁도 해 보았지만 "애들이 그렇지요, 그러게 애들 아닙니까?" 할 뿐 미안해하지도 않았다. 앞으로 열흘 간 아이들을 돌보아야 할 인솔자의 입장에서 보면 그 고충도 이해할 수는 있었지만 정말 고통스러운 시간이었다.

비행기는 미국 UA여서 승무원은 모두 미국인이었다. 그들 보기가 부끄러웠다. 아니나 다르랴. 우리 일행의 한 사람인, 영어에 능통한 여행사 직원이 화장실을 다녀오면서 승무원들이 하는 말을 듣고 심각한 얼굴을 하고 그들이 하는 말을 들려주었다.

"일본 아이들은 쉿 하기만 해도 금방 알아듣고 조용해지는데 한국 아이들은 도저히 통제가 되지 않는다. 다른 승객에게 피해가 되는데 어떻게 해야 좋을지 머리가 돌아버릴 것만 같다. 한국 어린이들 정말 이 정도인 줄은 몰랐다" 등 고충을 털어놓는데 못 알아듣는 척 하고 서 있으려다 너무 민망해서 도망치듯 왔다는 것이었다.

조금 전까지 나 역시 그 학생들을 못마땅하게 생각하여 그 아이들의 부모, 그리고 그 인솔자까지 흉을 보긴 했지만, 다른 나라 사람이 우리 아이들을 통제가 되지 않는 속수무책의 아이로 보면서 더구나 일본 어린이의 우월성을 빗대어 말했다는 사실에 어떤 분노와 아픔이 뒤범벅되어 끓어올랐다. 그리고 우리가 바라고 원하는 것을 일본은 이미 지니고 있는 것이 많아 그들을 부러워하다가도 끝내는 그 부러움보다 몇 배 더 많은 미움을 쌓아야만 했던 지난날의 감정이 다시 되살아나고 있었다.

'우리 아이들이 그런 장점을 지녔으면 하고 원하는데 왜 일본 아이들이 앞서는 걸까? 왜 우리 아이들이 비유되어 일본 아이들의 우월성을 인정해야 하나?'

아! 부럽기도 하지만 얄미운 나라 일본⋯⋯.

워싱턴에서 버팔로로 가는 긴 육로를 달리면서 현지 가이드가 일본 관광객과 한국 관광객의 특징이라며 말했다.

버스를 타고 가다가 창 밖의 어느 지점을 가리키며 설명할 때, 일본 관광객들은 앉은 자세 그대로 시선 한번 주고는 자세의 흐트러짐 없이, '그 정도쯤이야⋯⋯' 하는 도도한 표정을 지니지만, 한국 관광객들은 한꺼번에 모두 벌떡 일어나서 고개를 내밀어 창 밖을 보려고 해서 버스가 한쪽으로 기우뚱할 정도이고, 또 길에서 질서정연하게 줄을 서서 밝은 얼굴로 조용조용 얘기를 하면서 걸어가면 일본관광단이고, 도로 전체를 점령하다시피 무질서하게 큰 소리로 떠들면서 화난 얼굴을 하고 가면 한국관광단이라고, 외모가 비슷한 동양인이지만 미국인들은 금방 일본인인지 한국인인지를 구별한다고 했다.

물론 가이드는 지루해하는 여행객을 위해 우스갯소리로 한 말일

지도 모른다. 그리고 모국인 한국이 일본보다 더 우월하길 바라는 마음에서 별로 유쾌한 애긴 아니지만 우리의 단점을 인식시켜 하루 빨리 그 오명에서 벗어났으면 하는 바람에서 한국 관광객들을 안내할 때마다 레코드처럼 들려주는 지도 모를 일이다.

그 말을 듣고 나는 꽤 오랜 시간 생각했었다. ‘왜 우리는 그들처럼 자신감을 갖고 도도할 수 없을까? 왜 우리는 질서도 지키지 못하고 교양 없이 행동할까’를. 그리고 또 우리에게 부족한 장점을 가진 일본이란 나라를 부러워하고, 한 편으로는 우리가 부러워하는 우수함을 지닌 나라가 바로 이웃인 일본이어서 속이 상했다. 어찌해서 미국에까지 와서 일본의 우월성을 느껴야만 하는지 관광을 하다가 일본 관광객을 보면 지레 주눅이 들기까지 했다.

일본에 대한 감정은 역사의 아픈 상처가 잠재의식 가운데 스며들어 있었음인지 한때는 무조건 거부현상을 보였지만, 나이를 먹으면서 점차 무조건이 아닌 작품과 자료를 통해 새로운 눈으로 분노하고 아파하면서도 그들에게 참으로 본받아야 할 점도 많은 우수한 나라라고 인정도 하게 되었다. 그리고 최근에는 내가 좋아하는 문우가 일본에서 살면서 그들의 생활이 한국에서보다 더 유익하고 보람된 생활을 하고 있음도 보고, 내 사랑하는 동생이 한동안 일본지사에 근무하게 되면서 한국보다 좋은 교육환경 탓에 조카들이 과외비 걱정 없이 좋은 대학에 입학하게 되어 고마운 마음으로 보게도 되었다. 그러나 나는 아직도 일본, 일본사람에게서 장점만 보이면 부러워하다가 곧 얄미움으로 응어리지니 이 마음을 어쩌랴.

일사불란은 싫다

박 순 녀(소설가)

세월을 잘 만나서, 정말로 세월을 잘 만나서 나도 더러 외국을 돌아다녀 보게 되었다. 세월을 잘 만났다는 생각이 나와 비슷했던 내 친구 하나가 뉴욕의 그 높은 건물들 사이를 걸으면서 눈물을 흘렸노라고 했다. 내가 어쩌다 여기에 올 수 있었을까 해서.

나는 그 소리를 들으면서 처음에는 웃었지만 이내, 너는 정말 뉴욕에 올 자격이 있는 사람이라고 말했다. 그 옛날에 우리는 밖에, 바깥 세상에 그 얼마나 가보고 싶어했던가. 그러다 보니까 그 친구 정도는 아니라도 나는 어디를 갔다 하면 감격하고 감동하고 감사까지 해버리는 판국이었다.

우리보다 잘사는 나라에 가도 좋고 못사는 나라도 신기한 것이 많은, 그래서 나는 밖에 나가기만 하면 좋을 뿐이었다. 그러다가 일본에 처음으로 가보게 되었다.

일제하에 태어나서 일본말로 공부를 했고 일본 책을 우리 책보다 더 많이 읽었다고 할 수도 있고 친근감이 있는가 하면 반감도 생겨나는 나라. 책에서 본 그 골목골목을 실제로 가보면 어떤 느낌이 들까. 일본말을 내 말처럼 할 수 있는 나라. 세계에서 오직 한 군데, 말이 완벽하게 통하는 나라가 일본이 아닌가. 그때가 80년대 초였다. 늦은 봄날의 일본 나리타공항의 날씨는 희끄무레했다.

나는 준비해 간 바바리부터 꺼내서 입었다.

그 당시, 지금도 그렇지만 경제적으로 우리보다 훨씬 앞섰던 나라가 일본이었다. 어디를 가도 정돈이 되어 있고 물건들은 반듯반듯했다. 사람들은 싹싹하고 거리는 더할 나위 없이 깨끗했다. 우리처럼 큰소리로 떠드는 사람도 눈에 띄지 않았다.

사람들은 신호등을 따라서 물 흐르듯이 움직인다. 우리나라의 거리질서가 영 말이 아닌 그 당시라 파스텔 색상의 신호등을 따라서 사람들이 물 흐르듯이 길을 건너는 그 모습이 나는 기이할 정도였다. 오로지 길을 건넌다는 생각 하나만을 하고 있는 듯한 그들의 그 진지한 모습, 표정. 거기에는 혼돈도 방관도 돌출도 없었다. 그냥 하나로 통일이 된 그 무엇이 있을 뿐이었다.

나는 머리를 흔들었다. 선입견을 버리자. 일본에 대해서 갖고 있을 수 있는 편견도 버리자. 그래야만 진짜 일본을 볼 수 가 있다.

그랬건만 나는 일본의 어디를 가도 그 모습과 그 표정에 부딪혔다. 그러다 보니까 일본의 공기 전체가 그 모습과 그 표정으로 차 있는 것 같았다. 그들이 나를 밀어내는 것은 아닐 텐데, 그 속으로 들어가지 못하고 나는 일본의 거리에 멍하게 서 있었다.

두 번째 일본여행에서도 나는 역시 일본 속으로 빠져 들어가지 못했다. 무엇이 나를 서먹하게 할까.

군국주의다!

문득 나는 속으로 그렇게 느꼈다.

군국주의가 녹아 있다. 일본의 공기가 바로 그거야. 나를 물의 기름처럼 밀어내는 것이 그거야.

약간의 혼돈도 있고 약간의 이탈도 있고 그러면서 여행은 사람에게 해방감도 주는 것인데 일본은 너무나 일사불란하다. 내 눈에는 불행하게도.

　그러나 내가 아무리 선입견이나 편견에 빠지지 말자고 다짐을 했다지만 나한테는 역시 그런 것들이 있었는지 모른다. 역시 불행하게.

　다시 일본에 가볼 기회가 생긴다면 그때는 진정 마음을 활짝 열고 일본여행을 즐기고 싶다.

밉지만 가까운 이웃 일본

박 옥 금(시인)

1998년 그 때가 10월이었는데 날짜는 잊어버렸다. 나는 친한 친구 몇 사람과 뉴질랜드 관광단에 끼여서 대한항공 비행기에 올랐다.

기내 자리에 착석하여 긴 비행 여행의 지루함을 미리 짐작하여 입을 닫고 있는데 내 왼편 자리에 한 30대나 40대쯤 되는 젊고 예쁜 여인이 앉으며 "실례합니다" 하고 일본말을 하기에 나는 '왜년이구나' 하고 속으로 못마땅해하였다.

기내 식사가 나왔는데 순 우리나라 야채비빔밥에 고추장 종지가 따로 나왔다. 나도 맛있게 먹었지만 그 일본여자는 "오이시이, 오이시이(맛있다, 맛있다)" 하고 아주 즐거워하며 먹어치우고 나를 보고 약간 웃으며 "고추장이 맛이 있어서 아껴 먹었다"는 것이었다. 고추장종지를 종이에 싸서 핸드백에 넣는 그녀의 태도에 약간 호감이 가서 대화상대가 되었다. 그도 친구들과 뉴질랜드 구경 가는 길이고, 한국에 와서 뉴질랜드로 가는 것이 비행기 삯이 싸기 때문에 일본 후쿠오카에서 서울 김포로 와서 바꾸어 탔노라고 하였다.

내 일본말은 일본인이 불편하지 않을 정도로 유창하다. 오래 일본 교육을 받았기 때문이다. 그녀는 한국에 네 번째 왔다고 하며 이렇게 말하였다.

"나는 한국음식도 잘 먹지만 한국 사람을 더욱 좋아합니다. 참으로 순박하고 친절하였습니다."

그러나 나는 불쑥 이런 말이 나왔다.

"우린 일본인에게 감정이 좋지 않습니다. 긴 세월 많은 고통을 받았으니까요."

"알고 있습니다. 요즘의 우리들이 한 짓은 아니지만은 너무나 죄송합니다."

그렇게 나오니까 내 마음이 부드러워져서 말머리를 돌렸다.

"지난날 일본인들은 나라를 위해서, 천황을 위해서 목숨을 바친다고 하였는데 지금도 그렇습니까?"

"아닙니다. 요즘 그런 말하는 사람은 정신병자지요. 아이들은 제 부모 말도 듣지 않는데, 나라를 위해서란 말도, 생각도 없어요. 지독한 개인주의가 다 되었어요."

나는 '많이 달라졌구나' 하고 생각하였다. 그리고 그는 언젠가 『문예춘추(文藝春秋)』란 책에서 보았노라 하며 안중근 의사 이야기를 하기에 나는 깜짝 놀라며 반가워하고 고마워하였다.

"안중근 의사를 심문했다는 사람이 안 의사의 애국심과 인품에 존경과 감격을 하였다고 써 있었습니다. 일본인 중에서도 안중근 의사를 존경하는 사람이 있습니다."

이쯤 되니 나도 마음이 풀리고 친밀감이 살아 나왔다.

"하기사 나도 일본인 개인에게는 악감이 없습니다. 내가 좋아한 은사님은 대부분 일본인이었으니까요. 지금도 여고시절의 일본인 선생님을 못 잊어하며 그리워합니다. 다만 그 시대 정치가 아주 잘못됐지요. 그 무서운 군국(軍國)주의의 침략정치 말입니다."

그는 약간 머리를 숙이고 미안해하며 나는 용서하는 승자의 입장이었다. 그가 건네준 조그마한 명함은 잃어버렸지만 이름은 모리야마 후미코(森山文子)라고 아직도 기억하고 있다. 나도 내 이름을 일러주었고, 72세라 황금 같은 소녀시절을 일본인의 전쟁 때문에 배도 곯았고, 고생 많이 한 것은 나만이 아니라고 하였다. 속이 좀 시원하였다.

우리는 마치 이웃 사람처럼 웃기도 하고 얘기꽃을 피우며 지루한 비행 시간을 다소 단축한 느낌이 들었다. 뉴질랜드 북섬 오크랜드에 내리니 환한 대낮이었는데 우리 일행은 거기서 내리고 그는 남섬으로 간다고 그 비행기를 다시 탄다면서 기약 없는 이별을 해야 했다. 한순간 스치는 인연에 불과하였지만, 서로 '잘 가세요' 하고 조금 아쉬운 감을 느끼며 헤어졌다. 그녀를 일본인이라고 미워할 수는 조금도 없었다.

사실 생각하면 얼마나 미운 일본인인가. 그의 어미, 할아비들이 우리 민족에게 얼마나 많은 피해를 주었는가. 우리 민족이 잊어서는 안될 원수가 일본인이라는 것을 나는 잠시 아니, 순간 잊어버릴 정도로 그 일본 여자는 겸손하고 상냥하였다.

지금 아득히 지난날을 회상해 본다.

공산주의의 세뇌 교훈이 얼마나 철저한지 잘 모르지만 일제의 식민지 교육방법의 지독함은 아마 그에 못지 않았을 것이다. 2차 대전의 종결이 일본의 패망으로 끝나지 않았다면 잘못 없는 민족이 말살될 지경에 놓여 있었던 것은 그 시대를 살아 보지 못한 사람이나 그 시대를 돌아보지 못하는 사람은 피부로 느낄 수 없을 것이다. 일제가 얼마나 악덕했는지 이제는 다 드러났지만……

그러나 세월이 많이 흘렀다. 그들이 우리를 짓밟은 것은 36년 간이고 우리가 해방된 지 50년이 흘러갔다.

이제 우리도 잘 사는 나라가 되었다. 세월이 강물처럼 흘러갔으니 원한도 미움도 그 물결 위에 실어 보내자.

일본은 무섭다

이 영 춘 (시인)

10년 전 '강원 여류시 산까치 동인회'에서 박경리 선생님을 뵈러 간 적이 있었다. 지금의 토지문화관이 생기기 훨씬 이전이다. 그때 한창 작품 『토지』를 쓰고 계시던 시절이다. 문학에 대한 이런 저런 이야기를 끝도 없이 풀어 놓으셨다. 지금은 다 잊어서 그때 그분이 무슨 말씀을 하셨는지 다 기억나지 않지만 단 하나 분명하게 남은 것이 있다.

"나는 근본적으로 일본을 싫어한다. 일본은 우리에게 적(敵)이지 결코 이웃이 될 수는 없다. 일본의 그 야만성, 표리부동한 그 저의는 아무도 모른다. 겪어보고 당해보지 않은 사람은 모른다. 그래서 나는 한·일 관계 혹은 한·일 수교도 반대하고 싶은 심정이다. 그 당시 한·일 수교 관계가 한창 진행되고 있던 때였다. 하물며 36년 세월 속에서 그들의 그 잔인한 만행을 겪은 사람들이야 죽어서도 그 한은 풀 수 없으리라."

이 같은 생각을 어렴풋하게나마 이해하게 되었다. 그 중에서도 가장 비극적인 아픔은 '정신대' 문제이다. 문제가 아니라 영원히 씻을 수 없는 역사의 큰 상처이다.

나는 직접 그 할머니들을 만나본 적은 없지만 가끔 책이나 화면에 나타난 것으로만도 그들이 한국의 처녀들에게 저지른 만행이

상상을 초월하고도 남을 정도이다. 일본작가가 쓴 『인간의 조건』과 같은 책은 일본열도에서 한동안 화제가 되었다고 하지 않던가! 그 잔인함에 대한 논란으로……. 나도 그 책을 읽으면서 사람이 어떻게 이렇게 잔인할 수 있을까? 여러 번 생각하였다.

신라시대 박제상이 고구려에 볼모로 잡혀갔을 때 발바닥 가죽을 벗겨 대나무를 자른 그루터기를 맨발로 밟게 하였다는 고사를 얼핏 연상하면서 읽은 적이 있다. 아니 그것은 어쩜 약과일지도 모른다. 전기로 지지고 주리를 틀고 쇠꼬챙이로 손톱 밑을 쑤시는 등 이루 형용할 수 없는 만행이 그 작품 속에 리얼하게 기록되었던 걸 기억한다.

어찌 그뿐이랴! 세계에서 가장 악독한 민족성을 가진 나라가 일본이라는 사실을 우리는 많은 역사를 통해서 쉽게 접하면서 살아왔다(물론 근래에는 한국인이 제일 악독하다는 말도 있긴 하지만……).

한 마디로 일본은 무서운 민족이다. 외형은 부드럽고 친절하고 싹싹하지만 그들의 내면은 어떤가? 세계 제일의 강대국을 노리는 그들의 정신력은 타민족의 추종을 불허할 정도이다. 한 일화로 60년대 반도체 기술을 전수하기 위해 외교적 노력으로는 성사를 시킬 수 없게 되자 수출품목 속에 자기네의 기술자를 집어넣어 타국에 잠입시키기도 하였다는 이야기는 우리에게 시사하는 바가 매우 크다.

아무튼 그때 박경리 씨의 말씀은 오래오래 가슴속에서 지워지지 않았다.

한동안 우리 사회에서 '일본은 없다'느니 또 '일본은 있다'느니라는 시각차를 보이면서 토론 아닌 지상논쟁을 벌인 책도 있지만,

아무튼 일본은 죽은 민족이 아니다. 무서운 민족임에 틀림없다. 그것을 일일이 증명하면서 설명할 수는 없지만, 그들은 지금 세계 최대의 강국이 되어 있지 않는가! 그리고 각 분야에서의 장인정신은 자기 가계(家計)뿐만 아니라 그들의 나라를 오늘의 강국으로 만드는데 저력이 되었음도 부인할 수 없는 사실이다. 나는 우리 국민들도 작은 것이지만 꼭 하나 배웠으면 하는 게 딱 한 가지 있다. 청결이 그것이다.

몇 년 전 일본에 갔을 때 아주 크게 감동 받은 것은 어딜 가나 깨끗하다는 사실이다. 관광버스가 휴게소에 설 때마다 나는 일부러 화장실부터 찾아갔다. 가는 곳마다 하나같이 어찌 그리도 깨끗하던지 감탄사가 절로 나왔다.

우리는 아직도 문화수준뿐 아니라 의식수준이 그네들보다 40~50년 뒤떨어진다는 말이 실감났다. 물론 단 며칠 동안에 어느 한 일부분만 보고 이런 말을 한다는 것 자체가 모순이란 것도 안다. 하지만 외형으로 당장 눈에 보이는 청결과 질서가 그것을 말해줌에 있어서야 무슨 사족을 더할 수 있으랴.

무서운 민족 안에 들어 있는 무서운 그들의 인내와 의식, 그리고 그들의 경제성장, 사회질서와 청결은 바로 그 나라의 오늘이 있게 한 원동력이 되었으리라.

타산지석(他山之石)! 타산지석(他山之石)!을 혼자서라도 크게 외쳐 본다. 아멘.

살아있는 '위안부' 할머니들을 찾아서
<나눔의 집> 탐방기

김 연 식(시인)

2000년 5월 18일, 목요일. 아침 8시에 서울 예총회관 앞에서 모인 여성문학인회 회원들은 살아 있는 역사의 증인, 김순덕 할머니를 비롯하여 위안부 할머니들이 살고 있다는 경기도 광주에 있는 퇴촌마을에 자리한 <나눔의 집>을 탐방했다. 1990년 7월에 한국정신대연구소가 조직된 이후, 일본군 위안부 문제해결을 위한 운동을 벌여 왔지만, 아직도 일본정부의 입장은 변하지 않고 있다고 한다. 일본군 위안부 문제해결을 위한 운동은 한국만의 일은 아니었기에 국제적으로 논의가 되었고, 1996년 4월 19일 유엔인권위원회에서 '일본군 위안부 문제보고서'가 채택되었다고 한다. 피해국은 대만, 필리핀, 인도네시아, 북한, 중국 등의 모든 국가들이라고 한다. 일본정부의 법적 책임을 묻는 문화운동으로의 활성화를 위한 복지시설, <나눔의 집>의 건립은 1992년 6월, 송월주 스님을 위원장으로 하여 불교계 및 사회 각계의 모금에 의해 추진되어 현재는 조계종과 후원회원의 지원으로 운영되고 있다고 한다.

　　<나눔의 집> 원장은 혜진 스님으로, 강덕경 할머니와 김순덕 할머니와 이용녀 할머니가 그린 그림들이 전시되어 일본군의 만행을 폭로하는 데 큰 역할을 하고 있었다. 할머니들의 그림 수업은 <나눔의 집>이 처음으로 서울 서교동에서 문을 열었을 때 시작되

었다고 한다. 자신들의 이름조차 쓰기 힘든 할머니들을 위한 프로그램을 만들어 한글과 그림수업을 함께 시작했다고 한다. 꾸준히 그림 그리기에 몰두했고 역사적 삶의 문제를 그림으로 묘사했다고 한다. <빼앗긴 순정>, <책임자를 처벌하라>, <우리 앞에 사죄하라> 등의 그림에서 보여주듯이 자신들이 겪은 과거의 경험을 생생하게 묘사하고, 일제의 만행을 거짓없이 표현하고 있었다.

김순덕 할머니는 <어린시절>, <소>, <끌려감> 등의 그림에서 자신의 슬픈 과거와 어린시절을 잘 그려내고 있었지만, 특히 길가에 버려진 병풍을 이용한 <못다 핀 꽃>은 일제시대 조선여성의 수난사를 상징적으로 잘 표현한 대표작이라고 한다. 강덕경 할머니의 1주기 추모비 앞 평상에 앉아서 솔잎을 한잎 두잎 따서 바구니에 가득 채우며 약을 만들려고 한다는 김순덕 할머니의 모습은 팔십의 고령이라 해도 곱고 건강해 보였다. 식민지의 딸이었기에, 가난했기에 자신의 의지를 말살당한 꽃다운 그 시절의 모습을 <못다 핀 꽃>이라는 화폭에 담아 전시장에 내 놓았다는 김순덕 할머니는 50년의 세월을 온갖 고초와 병고에 시달리다가 간 강덕경 할머니와 고발장과 손수 그린 그림을 일본에 가지고 들어가 영장 없는 체포, 구금, 고문, 살해의 만행을 한 그 치욕적인 역사의 증언을 시작했던 날을 회상하며 울먹이고 있었다.

강덕경 할머니는 1929년 경남 진주에서 열여섯 살 고1 시절, 담임선생님의 권유로 여자 근로정신대로 일본에 들어가서 비행기 부품 깎는 일이 힘들고 배고픔을 참지 못해 도망하다가 일본군에 잡혀서 위안부생활이 시작되었고, 일본패전 후 고국으로 돌아와 평생을 독신으로 살면서 위안부 생활의 후유증으로 인한 자궁내막염, 나팔관 이상, 방광염 등으로 평생을 시달렸다고 한다. 일본군 위안부 역사관 입구에는 '우리가 강요에 못이겨 했던 그 일을 역사에 남겨두어야 한다'는 최초의 증언자, 김학순 할머니의 증언의 주제 글이 방문객들의 눈길을 끌고 있었다. 세계 최초의 성노예 테마, 인권박물관으로서 잊혀져 가는 일본의 전쟁범죄행위를 고발하고, 피해자 할머니들의 명예회복과 역사교육의 장으로, 1998년 8월 14일에 개관한 위안부 역사관은, 잊혀진 역사를 바로 세워 후대에 역사의 교훈을 전하기 위해, 역사자료전시와 다양한 교육사업, 연구조사사업을 전개할 것이라고 한다. 생존 위안부 할머니들의 삶의 보금자리, <나눔의 집> 앞 광장에 세워진 '못다 핀 꽃' 상징조형물에는 "꽃다운 나이 일본군들에게 끌려가 짓밟히고 잃어버린 인생을 되찾는 데 50년의 세월이 흘렀다. 이제는 주름투성이 할머니가 되었지만 용기 있는 증언, 그 증언의 힘으로 우리는 진상을 알게 되었다.

늘 어둠의 그림자가 드리웠던 그들의 세계에 이제 환한 빛을 쪼여 주자. 돌아갈 수 없는 시절, 할미꽃이 되었다 해도 색깔옷 떨쳐 입고 날개를 펼친다. 여기서 다시 진정으로 원하던 그들의 삶을 산다. 구천을 떠돌던 슬픈 넋도 이제 승천하게 하자"는 비문이 정오의 햇살에 반짝이고 있었다.

현해탄 콤플렉스

박 정 희(시인)

　수년전, '김기림(金起林)의 시'를 연구하면서 이런 저런 자료를 모으다가 조선일보 장학금으로 일본에 가서 공부했던 기록을 본 적이 있다. 김기림은 동북제대(東北帝大) 영문과에서 영국 현대시의 정통성과 만나게 된다. 일본 땅에서 만난 '영국의 현대시', 그것은 김기림을 이해하는 데, 아니 그의 시를 이해하는 데 많은 도움을 주었다.

　그가 만난 영국적인 이미지즘과 모더니즘은 그 이후, 우리 시문학사에 엄청난 변혁의 열풍을 몰고 왔다. 소위 모더니즘 운동의 계기가 된 것이다.

　그때(1930년대) 이미 일본에는 영국적(?) 영문학을 강의하는 학문적 문화적 구조가 자리잡고 있었다.『전달의 시학(傳達의 詩學)』으로 유명한 I.A. 리처드의 제자가 일본 대학 강단에서 직접 영시 강좌를 맡고 있었다는 사실은 여러 가지 의미를 제시해주고 있다.

　그 무렵 일본에 유학갔던 시인은 김기림만이 아니다. 잘 알려진 대로 한용운, 주요한을 비롯해 정지용, 김영랑, 임화, 백석, 이용악 등과 결핵으로 죽은 이상, 감옥에서 옥사한 윤동주에 이르기까지 헤아리기 어려울 정도다.

　그 암울한 식민지의 허기와 좌절을 떨치고 현해탄을 건너 일본 땅에서 그들은 러시아와 러시아문학을, 프랑스와 프랑스문학을 접하고 돌아왔다. 닫혀졌던 귀와 눈을 뜨고, 막혀졌던 의식의 창을 깨고 격변하는 세계를 향해 경이의 전율을 맛보며 다시 현해탄을 건너 돌아왔다.

일본 땅에 가서 비로소 우리의 갇혀 있던 어둠의 실체가 무엇인지를 보았다. 그 어둠을 뚫고 나갈 통로가 어디로 향하는지 어렴풋 깨닫고 헤아리고 돌아올 수 있었다. 그때 일본에는 세계로 뻗어간 그물망 같은 통로가 열려 있었다. 일본을 통해 세계를 만나고 온 수많은 선각자의 기록에서 우리는 쉽사리 그런 사실들을 찾아낼 수 있다.

그때 그 선각자들의 열광적 외래지향성을 띤 작품 속에서는 일본취향적인 요소가 극히 제한되어 있었음을 알 수 있다. 서구문명을 앞질러 수용한 일본에게서 그 문명의 원천적 줄기만을 선별적으로 받아들여온 식민지 지성들의 선각자적 노력에서 그나마 뒤늦게 우리의 근대와 현대 의식은 앞당겨질 수 있었다.

일본 땅으로 건너간 우리 시인들은 현해탄을 오가며 일본보다 서구문명만을 고집하여 맹목적으로 받아들였지만, 쓰라린 문화적 열등감을 맛보고 돌아왔다.

주요한의 시 「현해탄」과 임화의 시 「현해탄」에서는 그 한 서린 목메임이 솟구치는 것을 볼 수 있다. 오랜 문화 선진국을 자랑삼던 우리가 야만적 해적집단 일본에게 짓밟히는 역사적 실상이 너무도 처절하고 치욕스러웠다. 근대사의 일본과 조선에 대해 우리는 좀더 냉혹해지지 않을 수 없었다.

일본의 해 묵은 '조선침략 이데올로기'는 일본역사의 수세기에 걸쳐 준비되고, 연구되고 수정을 거듭한 완벽한 과제였음이 밝혀지고 있다. 독일의 의학자 필립 플랑르폰 시볼트(1796~1866)와 『여행기』의 저자 엥겔벨트 켄벨(1651~1716)이 일본 체류기간 동안 쓴 저서에 의하면 조선은 일본 영토는 아니지만 일본의 수호아래 통치되고 있다고 분명히 기록되어 있다.

객관적 외국인의 눈에 비친 조선과 일본의 관계였다. 도요토미 히데요시(豊臣秀吉)의 조선침략 후, 도쿠가와(德川) 막부와 조선 사이의 국교가 재개되었을 때 7차례에 걸쳐 조선통신사 일행이 일본 땅을 밟은 적이 있다. 조선통신사 외교는 대등한 외교관계=교린관계(交隣關係)라고 못박았지만 그것은 도쿠가와 막부의 외교적 표면적 구실에 불과했다. 일본 내부적으로는 조선통신사가 마치 일본에 조공을 바치러 드나드는 조공사인 양 연출했다.

그 이후 조선을 사실상 속국시 하는 풍조가 일본 땅에 약 300여 년 간 뿌리내리고 있었다. 이는 일본의 국력배양에 손쉬운 조선, 만주, 청나라 등을 일본의 토지확장지에 보충에 포함한다는 대목이 들어 있다.

일본은 일찌감치 서양과의 불평등조약에서 패배했다. 러시아와 미국과의 강화조약이 정해지자 그 신의를 두텁게 할 것을 다짐했다. 법규를 엄격히하고 이적(夷狄)에게 신용을 잃어서는 안 된다고 거듭 강조하고 있다. 그리고 분명히 러시아와 미국과의 교역에서 잃은 것을 조선, 만주 등지에서 보충한다고 후쿠자와 유키치(福澤諭吉)의 『통속국권론(通俗國權論)』에서 말하고 있다. 또한 후쿠자와의 『문화개화론』에서는 문명국과 반(半)미개국과 야만국으로의 분류속에서 유럽제국과 미국은 문명국으로 터키와 일본은 반미개국으로 그리고 야만국에는 아프리카와 호주를 들고 있다. 훗날 그가 개교한 게이오기주쿠(慶應義塾)에서 1년반 정도 공부한 유길준이 『서유견문(西遊見聞)』에서 미개, 반개, 개화 등으로 문화적 개화 정도를 분류하고 있다. 우리 조선은 그때 과연 어느 만큼의 문화적 분류 속에 포함될 수 있었을까.

1947년 일본 대장성 관리국에서 나온 『일본인 해외활동에 관한 역사적 조사』에 보면 '이조 500년 간 어떤 시대를 보아도 동일한 사고, 비판의 반복, 양반지배, 상민굴복, 원시적 농경, 조선사회 비진보성 등 조선에 대한 정체론(停滯論)'에 대해서 나열하고 있다.

이처럼 그들은 조선사회의 모습을 적나라하게 그려내면서 조선 침략의 정당성을 부여하는 '식민사관'을 내놓고 있었다.

수백년을 끊임없는 탐욕으로 노리고 도사리고 연구하고 준비한 침략 시나리오에 힘없는 조선의 가장 낮은 곳부터 붕괴된 것이다.

'현해탄'을 생각하면 그냥 아프기만 하다. 정신대, 종군위안부……

21세기는 여성의 성문화를 찾을 때

김 광 자(시인)

21세기에 들어서는 여성의 성문화, 역사운동이 시작되었으면 한다. 역사, 문화라 하면 한 나라의 국사나 세계사다. 역사의 흐름에서 파생되는 문화 또한 다양하다. 대부분 전쟁으로 인한 침략과 지배, 패배와 승리로 국가나 세계를 움직여 온 남성 활약으로 이뤄진 역사, 문화다. 이러한 역사를 바탕으로 병행한 예술, 종교, 정치 등 그 시대에 성행했던 영향의 흔적에서 문화라는 용어가 낳아지기 마련이다.

문화는 한 시대의 화려하고 장엄한 영고성쇠만큼 그늘이 남는다. 잔인과 처참한 궤적(軌跡)은 또한 한 개개인에게는 씻을 수 없는 처절한 생애를 마감하게 하는 상처다. 무엇으로도 어찌할 수 없는 피해는 이 세상의 삶의 권리를 빼앗길 때이다. 티끌의 죄지음도 없는 사람들이 당하는 피해가 그렇다.

남성도 아닌 여성은 더욱 그러하다. 또한 남성 피해의 목소리는 높고 여성은 그렇지 못하다. 한없이 억울한 분노는 여성에게는 더욱 침묵이다. 부도덕과 수치심을 쇠사슬에 묶이듯 세상으로 고개를 못 들고 하늘에 얼굴을 들 수 없는 죄 아닌 수치감을 조물주는 여성에게만 부여한 게 아닌가 한다. 스치는 바람결로 치마 속에서 드러내 보인 종아리만 보여줘도 얼굴이 붉어지는 심정은 어쩌면 여성에게만 있는 조물주가 부여한 아름다움이라 아니할 수 없다. 이렇기에 아이러니하게도 부끄러움, 수치심을 또한 천형으로 여기게 한 게 아닐까.

어처구니없는 남성 전쟁문화의 그늘에서 숱한 피해자로 남아 있는 현실을 세계여성들은 바라만 보아야 할까. 남성 우월의 전쟁만으로 침략을 일삼아온 강대국이었다는 일본역사가 그 본보기다. 그것도 일본국 여성이 아닌 다른 나라의 여성들에게 피해를 입힌 일본임에도 이러한 역사는 없다고 일본은 부인한다. 한국여성이 일본군에게 죄 없이 침략 당한 억울함보다 수치심이 더욱 강해 1세기 가까이 묻어둔 무덤을 이제야 캐내기에는 참으로 통분할 세월이 아닐 수 없다.

일제식민지에서 해방이 되고 여성해방, 자유부인, 남녀평등 여성파워니 하여 여성의 외침은 커왔다. 날로 여성의 목소리가 커 갈수록 여성끼리의 성문제, 성피해는 여성들이 한 술 더 떠 아픔을 주어 왔던 것이 사실이다. 이 사실의 반성을 거슬러보면 우리 한국여성 또한 가해자가 아니었는가 한다.

‘정신대’하면 마음에서 손가락질을, 눈 너머 눈빛을 달리 보내었고 정신대로 끌려간 집이 있으면 혈육 형제, 친척이라도 쉬쉬했던 한국의 가정들이 더 수치스러워 묻어 두어 오늘의 정신대 할머니는 부모형제로부터 또한 모국으로부터 오랜 세월 잊혀진 여성들이 된 것이 아닌가 한다.

일본으로부터 피해를 입은 내 조국의 자매, 단군의 피라면 우선 우리가 그들을 감싸안고 그들의 피해 보상을 위해 일본에 항거하고 일본 여성에게 이 문제를 떠 맡겨 봄은 어떨까 한다. 일본여성들에게도 정신대는 일본군이 한국에 침략, 태평양전쟁을 함께 한 성폭행의 전쟁이었다는 것과 남성들의 전쟁에 야만적 희생물이었다는 차원에서 도전해야 할 과제라 생각한다. 정신대 피해만큼은 세계 남성들에게 고해야 할 세계 여성들의 권리다. 여성의 날은 있는지 없는지 모르겠지만 있다면 일본군에게 성을 침략당한 나라의 여성들과 함께 동참하는 세계의 여성 목소리로 우짖는 날이 되어야 할 것이다. 이에 일차적으로 한국의 여러 여성단체의 지성적 역할이 아니겠느냐는 생각이다.

앞으로 지구가 멸하지 않는 이상 자연은 자연대로 순환을 하고 사람은 사람대로 끊임없이 태어나며 전쟁과 평화도 거듭되는 게 순환불멸의 법칙이다. 이러한 순환에서 전쟁은 있을지언정 제2의 정신대는 어느 국가 전쟁에서도 이 지상에서 다시 있어서는 안 되어야 한다는 것이다.

그러므로 여성의 성문화를 이루어 놓아야 한다. 여성의 성이 남성들의 피해의 도구에서 벗어나 여성이라는 특유의 아름다운 성의 성역을 이루어 놓아야 한다고 주장한다. 남성들의 야만적 성상대는 더더욱 아니라는 차원과 여성의 성침략(性侵略)이라는 맥락에서 여성의 성(性) 그늘 문화를 양지로 펼칠 때 <나눔의 집> 할머니들의 성명예는 회복이 된다고 생각한다.

오늘날 성(性)개방이 되어서야 정신대문제를 일본에게 외치기에는 <나눔의 집> 할머니들에게는 물론 중국, 필리핀, 괌, 사이판, 인도네시아, 말레이시아, 월남, 태국, 미얀마 여성들에게도 한없이 늦어버린 세월인 것이다. 이러한 세월을 생각하면 <나눔의 집> 할머니들에게 개인적으로나 우리 여성은 자책의 빚을 진 게 아닌가 한다.

닫아두고 묻어둘 성문제가 아니고 이미 성폭력 문화를 전쟁과 함께 다루었어야 할 여성 성문화가 아니었던가.

성폭력이라는 용어가 귀에 익은 지도 한 10년으로 기억한다. 여성 성폭력이라는 용어는 이미 태평양전쟁 때부터 파생되어야 하는 일본의 성폭력, 성침략 전쟁으로 다루어야 할 문제의 용어였다. 여성의 성문화가 고귀하게 꽃을 피웠어야 할 때도 그 시점이 아니었겠는가. 있어야 할 성문화가 수치심이라는 명목으로 가리고 있었던 것이다. 일본의 침략전쟁과, 성폭력, 침략전쟁에서 희생된, 위에 열거된 나라들의 여성의 성역사가 엄연히 기록되어야 한다고 생각한다. 그리하여 여성의 성문화를 낳는 것이다.

이미 세월은 흘러 잊혀져 갈지라도 여성들 자신들의 그 단체가 여성 성문화를 이루어야 할 때인 21세기를 여는 것이다. 이것이 <나눔의 집> 할머니들에게 더욱 고귀한 성을 회복해주는 보답이라 생각한다.

지은이 / 정연희 外 (한국여성문학인회)

펴낸이 / 一庚 張少任

펴낸곳 / 돌샘 답게 (나답게 · 우리답게 · 책답게)

초판발행일 / 2000년 12월 1일

초판인쇄일 / 2000년 12월 5일

주소 / 137-834 서울시 서초구 방배4동 829-22호 원빌딩 201호

등록 / 1990년 2월 28일, 제21-140호

전화 / 편집부 532-4867, 591-8267 영업부 537-0464, 596-0464
　　　 F A X 594-0464

e-mail/dapgae@thrunet.com dapgae@chollian.net

ISBN 89-7574-137-0 03810